教育部人文社会科学研究项目基金资助
（项目批准号 09YJC751049）
内蒙古“草原英才”专项资金资助
内蒙古自治区高等学校“青年科技领军人才”项目基金资助

接受与书写：唐诗与清代蒙古族汉语韵文创作

Jieshou Yu Shuxie: Tangshi Yu Qingdai Mengguzu Hanyu Yunwen Chuangzuo

米彦青 著

中国社会科学出版社

图书在版编目(CIP)数据

接受与书写：唐诗与清代蒙古族汉语韵文创作／米彦青著．—北京：中国社会科学出版社，2014.4

ISBN 978－7－5161－4920－1

Ⅰ.①接… Ⅱ.①米… Ⅲ.①唐诗－影响－蒙古族－少数民族文学－汉语－韵文－诗歌创作－中国－清代 Ⅳ.①I207.21

中国版本图书馆CIP数据核字(2014)第228871号

出 版 人　赵剑英
责任编辑　宫京蕾
特约编辑　孙少华
责任校对　郝阳洋
责任印制　李　建

出　　版　中国社会科学出版社
社　　址　北京鼓楼西大街甲158号（邮编100720）
网　　址　http：//www.csspw.cn
　　　　　中文域名：中国社科网　　010－64070619
发 行 部　010－84083685
门 市 部　010－84029450
经　　销　新华书店及其他书店

印刷装订　北京市兴怀印刷厂
版　　次　2014年4月第1版
印　　次　2014年4月第1次印刷

开　　本　710×1000　1/16
印　　张　19.5
插　　页　2
字　　数　325千字
定　　价　55.00元

目　　录

绪　　论

清代蒙古族汉语韵文创作者对唐诗的接受，是与其生活时代的诗坛导向有着密切关联的，而选择这一课题作为研究对象，与当下的接受研究密不可分。

为接受美学奠定哲学基础的德国哲学家马丁·海德格尔指出：任何存在都不能超越一定历史环境，都是在特定时间和空间里的“定在”。存在的时间性和空间性，规定了人的认识和理解的历史具体性——我们认识、理解任何事物，都是以自己已有的先在、先见、先把握，即意识的“先结构”为基础，进行有选择、有变形的吸收[①]。接受史研究属于批评学，它要求在系统的史料整理的基础上，从审美的、理论的、阐释学和接受美学的角度做进一步的思考，以求对本文意义获得更深的理解，然后在深入理解的情况下，通过对个体诗人在诗史上的接受状况的研究，从而对诗歌创作、诗学原理和接受规律诸方面做出新的探索。

蒙古学者用汉文创作的文学作品，从元至清，无论在数量还是质量上都是相当可观的。在清代用汉文进行创作的蒙古族作家近百名，刻有诗集或词集的作家近三十名，创作从清初到清亡二百多年间，前后衔接，不断有作品问世，在数量上远远超过同时期的蒙文书面作品，仅清初以来的蒙古文人的汉文创作已十数倍于后者。以乾嘉间的著名作家法式善为例，现存诗作七千余首，为文多卷，笔记杂著若干部，合为六十余卷，诗话十七卷，不包括其他所辑诗文集，就已经与清代全部蒙文书面创作的数量不相上下。此外，像博明、松筠、和瑛、恭钊、柏葰、崇彝、锡缜、延清等，俱以丰赡的创作见称于世。

古中国是一个诗歌的国度。中国古典诗歌不但有三千年的悠久历史，

---

① ［德］马丁·海德格尔：《存在与时间》，陈嘉映、王庆节译，三联书店 1999 年版，第 189—197 页。

而且诗歌的体裁在这一漫长的历史时期得到了充分的发展，有过辉煌的全盛时期，产生过许多不朽的名作。由于历史积淀、心理接受度等方面的影响，唐诗早已成为中国古典诗歌的代表，标志着诗歌这种文学样式达到的全盛时期，也是中国文化遗产中最值得自豪的瑰宝。唐诗的繁盛是清代蒙古族汉语韵文创作者对其主动接受的一大动因，而唐代对胡民族文化的吸取和接纳以及唐王朝与胡族的关联，也是唐诗受到蒙古族诗人格外推崇的重要原因。朱熹《朱子语类》卷一百一十六指出："唐源流出于夷狄。"陈寅恪亦认为：李唐家族"既非华盛之宗门，故渐染胡俗，名不雅驯……李唐一族之所以崛兴，盖取塞外野蛮精悍之血，注入中原文化颓废之躯，旧染既除，新机重启，扩大恢张，遂能别创空前之世局"①。因为浸染胡人血统之故，唐廷一直对少数民族与汉族一视同仁。唐太宗尝自述："自古皆贵中华，贱夷狄，朕独爱之如一，故其种落皆依朕如父母。"② 由此，北方少数民族尊奉唐太宗为"天可汗"。李唐王朝因其皇室血缘浸染渐致的开放心态，使得整个国家和国民具有着不同以往的广阔胸怀。并且，唐朝诗人群体本身也是由汉族和少数民族共同组成。"在大一统的多民族融合文化背景下的唐诗人有着区别于其他朝代文人的特点。首先，在民族构成上，很多著名诗人是少数民族出身，或者是汉化已久的少数民族。如白居易出于西域，元结、元稹、独孤及出于鲜卑等。而大诗人李白的出身一直是学术界争论不休的问题。胡怀琛认为李白是突厥化的中国人。"③ 唐朝诗歌创作的辉煌性和唐代诗人的多民族性都是清代蒙古族诗人进行汉语韵文创作时接受唐诗的源流背景。

从母题学角度看，一部诗歌史就是一部原型母题的演变史。"历史的进程是由那些不断重复的原型组成，不管是人物原型还是事件原型。对于已经发生或即将发生的事件，人们都可以根据某种熟悉的模式去考虑它们。"④ 当然，诗歌史上原型母题的演变绝不是简单的重复，它必然会随着时间、情境、创作个性的变化而变化。中国诗歌史上唐诗这个原型母题，遵循个体生命的进程经历了诸阶段的发展演变。因此，唐诗母题史的

① 陈寅恪：《李唐氏族之推测后记》，《金明馆丛稿二编》，生活·读书·新知三联书店2001年版，第344页。

② （宋）司马光：《资治通鉴》卷198，中华书局2007年版，第2410页。

③ 郎樱、扎拉嘎：《中国各民族文学关系研究》，贵州人民出版社2005年版，第232页。

④ 高友工、梅祖麟：《唐诗的魅力》，上海古籍出版社1989年版，第167页。

接受不仅可以用于宏观民族文学史的研究，同样可以用于微观个体创作史的研究。从清代诸多蒙古族诗人的创作来看，其作者身份从政治家、边疆大吏到普通文人，从接受艺术风格来看，唐诗这个母题经历了“雄奇”、“清雅”、“高古”、“绮丽”、“温婉”等诗风的生命旅程。就清代蒙古族汉语韵文创作的唐诗接受史来说，在蒙古族诗人进行汉语创作时，他们在有意或无意地接受着唐诗人的作品题材、风格、体式、语言等显性文化遗产时，其实，那其中所蕴含的诗人的精神气质和真实的人性，已经成为接受者的精神家园。

唐诗带有浓郁的对生命世界的体验沟通的意味。对唐诗的接受，就是要尽可能地体验和想象彼时的社会、历史和诗人。揣摩诗人们如何以自己的强大创作力塑造着灵动的世界，并赋予生命于无数个永恒的瞬间。清代蒙古族诗人大多久居政治文化中心，他们中的很多人又曾经宦游南北，草原文化和正统文化在他们身上奇妙地结合。因其生命的律动，在接受唐诗的过程中也呈现更为丰富的多样性。考察清代蒙古族诗人汉诗诗作，主要表现在清代蒙古族诗人们对唐人生活态度的认肯和歌咏，对王孟体、太白体、杜子美、元白体及晚唐体的仿效和词语的袭用。具体到个体诗人，则突出表现为梦麟对太白慷慨激昂、志高思奇的诗歌精神的吸取，法式善、和瑛、瑞常、白衣保对王孟清新逸俗的诗歌范式的追摹，梦麟、柏葰、松筠、延清、柏春、锡缜锡纶兄弟对杜甫沉郁顿挫、句实语奇的诗史精神的承传，蒲松龄、贵成对元白诗、晚唐皮陆讽喻特质的体味，恭钊、瑞洵、花沙纳、恩孚、崇彝对温李的细腻情思的继承，三多对杜牧俊爽诗风的追摹等几大方面。

钱穆先生认为，文学的最高成就，来自内心修养、情感锻炼、文化精神三位一体的融凝合一，“故所谓性灵抒写者，虽出于此一作家之内心经历，日常遭遇，而必有一大传统，大体系，所谓可大可久之一境，源泉混混，不择地而出。在其文学作品之文字技巧，与夫题材选择，及其作家个人之内心修养与夫情感锻炼，实已与文化精神之大传统，大体系，三位一体，融凝合一，而始成为其文学上之最高成就”①。清代蒙古族诗人在学作汉诗时，对唐诗的共同选择，在某种程度上，也是其学术思想之一端，清代蒙古族诗坛的发展与繁荣，说明了“少数民族文人起到的胡汉文化

① 钱穆：《中国文化与中国文学》，《中国文学论丛》，东大图书股份有限公司1991年增订版，第42页。

交融的桥梁和先导作用，把拙朴浑厚的文学美学特质带进了诗文殿堂”①，起到了民族和文化融通的作用。而与汉文化融通后的本民族“文化精神之大传统大体系”也就集中体现在他们的可以言志的诗歌里。无论是对唐诗生命哲学的理解，还是对唐人生活状态、生命价值的解读，无论是影承，还是化通，也无论是否达到深刻而圆熟的境界，都可看作蒙古族诗人理解和接受唐人及其唐诗的努力，为清人接受唐诗画上了一个完满的句号，同时也为其他少数民族更好地接受唐诗铺垫了一条既包含哲理启示又充满生命体验的道路。这种浸染着浓厚异族色彩的解读，是清代唐诗接受史上尤可重视的一环。

清诗词是中国诗歌史和词史上的又一个高峰期，有清一代作家人数众多，作品丰富，内容充实，现实意义强，艺术个性鲜明，成就斐然。清代汉族韵文成就必然会影响蒙古族汉语创作，因此，在清代蒙古族文坛上也成就了一批汉语创作者。对于清代蒙古族汉语韵文创作的研究，在国内早已展开，只是大多数研究仅限于对个体诗人诗作的整理和诗歌风格的概述性的研究，对具体时期诗人创作中所受到的唐诗的影响未能进行更深入系统的研究，对于清代蒙古族汉语韵文创作的整体风貌亦未能考镜源流。笔者曾对清代蒙古族汉诗创作的唐诗接受做过系统研究，而此书则是在前期研究基础上对跨文体的唐诗接受做出的一番探索。所谓蒙古族汉语韵文创作主要包括汉语诗、词、赋的创作。本书探讨唐诗对清代蒙古族汉语韵文创作的影响，在如下方面提出自己的一些看法。

绪论中将清代蒙古族诗人汉语韵文创作不同历史分期中对于唐诗接受方面的文献整理和海内外研究成果做了详尽的综述，梳理出了一条较为清晰的研究脉络，并以时空为经纬，将不同历史时期中或同家族或同地域的诗人的文学创作活动归纳分析，着意强调了地域文化和家族文化在其间的重要性，并就此做了陈述。正文分为十五章。按照时代顺序依次论述代表性个体诗人的唐诗接受状况。先后计有蒲松龄、梦麟、博明、法式善家族、和瑛家族、明安后裔诗人群、道咸诗人群、柏葰家族、恭钊家族、八旗驻防诗人群、延清、柏春、三多、升允、那逊兰保、旺都特纳木吉勒家族及诗作较少的诗人群体性研究。

---

① 刘跃进：《北朝民族文学叙论·小引》，高人雄：《北朝民族文学叙论》上册，中华书局2011年版，第2页。

第一节　唐诗影响下清代蒙古族汉语韵文创作之家族性特色

清代蒙古族汉语韵文创作的数量十分庞大，其中占相当比重的当属诗作。清代蒙古族的汉语韵文创作形象地反映了清代社会的历史、文化、宗教、民俗等风貌，其内容除涉猎蒙古族生活的各个领域，也包括蒙古社会以外的广袤天地，举凡国政朝章、文苑掌故、征战工役、生息劳作、山川风物尽罗其中。在这些韵文的写作中，值得注意的是，家族性写作研究在清代蒙古族的汉语创作中日渐显现其重要性。

家族文学研究在近年的文学研究中渐成显学。家族，尤其是文化家族对文学家和文学创作的影响是多方面的，尤其在家风、家学和家脉三个方面。家风对文学家的影响在于精神指向方面，家学对文学家的影响在文化修养、创作内容及其文学风格方面，家脉则在组织形态和互动势态上直接影响文学创作。① 清代蒙古族文学的日趋繁荣，促进了一批文学家族的产生。而这一时期的蒙古族家族文学因其民族融合中的文化地位及文学特征，具有鲜明的时代性。

一　清代蒙古族文学家族概况

清代蒙古族文学家族早在清初开始萌芽，因为蒙古族家族势力的营建没有形成大的规模，所以文学传承有限，为文献典籍记载者数量并不多。至乾嘉时期情况开始发生变化。随着社会经济的发展，文学日趋繁盛，在日渐注重才情声望的汉族社会风气导引下，蒙古族家族为了提高门第威望，也开始注重家族成员的文学修养，他们或以理学相标榜，或以文学享誉社会，因而清中期至晚期出现了不少规模较大的蒙古族文学家族。知名者如以诗文著称的法式善、来秀祖孙；以诗歌写作著称的和瑛、壁昌、谦福、锡珍家族；博卿额、国栋、国柱、文孚家族；柏葰、崇彝祖孙以及恭钊、瑞洵叔侄和族侄锡缜、锡纶兄弟；喀喇沁王爷旺都特纳木吉勒、贡桑诺尔布父子。这些家族或出自功臣后裔，或是官宦世家，在清代政治、文化等领域皆有较为显赫的地位或持久的声望，也正因此，这些家族的学术

---

① 罗时进：《前言》，《地域・家族・文学——清代江南诗文研究》，上海古籍出版社 2010 年版，第 4—6 页。

文化优势才得以建立和凸显。

其中，和瑛、博卿额俱是蒙汉文兼通，两种语言著述皆擅。法式善家族、和瑛家族、博卿额家族、柏葰家族、恭钊家族均在入清后以科考起家，代代显宦不绝。这些家族因为有着很好的文化传承和文学修养，家族多能文之士，文学创作也较为丰富。这些文学家族，无论是从军功起家，还是贵族后裔，都有一个共同的特点：不仅仅可以从文学的角度进行考察，他们都集政治、学术于一体，家族的文学特征往往被他们的政治性遮蔽，这在一定程度上也决定了清代蒙古族文学家族研究遭遇的冷落。而且相对汉族文学家族而言，随满清贵族入关的蒙古族家族，来源往往驳杂，有武功、贵族，他们向文化士族的嬗变，既是由于和汉族融合的要求，更多是迫于社会环境和生存压力的无奈选择，与汉族士人营建起来的文学家族相比，他们的文化底蕴和文学成就略显逊色，家族的持久性也没有那么久远。

二　文学家族的文化教育及科举对文学的影响

钱穆曾说：“‘家族’是中国文化一个最主要的柱石……中国文化，全部都从家族观念上筑起，先有家族观念乃有人道观念，先有人道观念乃有其他的一切。”在影响文学家成长和创作的各种因素中，家族占据基础核心的位置，具有深刻而持久的作用。“对于每一个人来说，家庭是最古老、最深刻的情感激动的源泉，是他的体魄和个性形成的场所。”① 文学和家族之间所存在的天然的、密切的、深度的联系，实际上正是家族文学研究的逻辑起点，在这一点上我们可以瞻望家族文学研究开拓和发展的方向。

无论是由士人发展而成，还是从武将转变而来，清代蒙古族文学家族都非常注重家族的文化教育，这主要包括文化素养和道德品质两个方面。这种有意识的文化教育，正是清代蒙古族文学家族得以产生和发展的温床。

文学家族的文化素养教育自不待言，顺康以来，社会上大兴儒学，形成了日渐注重才情声望的社会风气。生活在汉文化氛围中，满蒙世家大族越来越清晰地感到，一个家族没有一定的汉学文化修养，即使在政治上称

① ［法］安德列·比尔基埃：《家庭史》第1卷，袁树仁等译，生活·读书·新知三联书店1998年版。

雄一时，也难以被整个社会接受。

文学家族兴衰与科举密不可分。在门第社会中，祖宗的功德可以成为泽被后代的强大力量，门第高望的家族后代们，常常不必努力就能坐享其成。但要将这种家族威望持续下去，依旧需要后人的努力。所以，清代蒙古族文学家族的成员都积极参与科举考试。清代少数民族科宦家族的大量出现，促进了整个朝代文学家族的繁荣。“科举考试在一定程度上，鼓励了文学才能的培养，而一旦这些士人进入文学的交际圈，也许他们就影响了当时文学发展的面貌。”① 清朝定鼎北京二百六十多年间，从顺治二年（1645）开科考到光绪三十年（1904）止，其间从未中断，科考陆续所取蒙古进士不下百人，举人又数倍于此，这些人绝大多数都是颇有才气的诗人。清官学也每年从蒙古各旗定期选拔生员，送国子监、咸安宫官学、景山官学以及八旗各属下官学就读深造，这些入学生员大多娴熟经典、兼擅辞赋，许多人成为一代名家。

清代蒙古族文学家族从清初到清代中期，明显地由尚武转向崇文，即由军功入显向文学家族转变。无论是和瑛家族还是法式善家族，他们的祖上在后金时期均是任武职者，并且以军功致显。入清以来，清世祖偃武兴文，崇重礼乐，特别是圣祖柄政后，更是大力推行科举制度，满蒙贵族为了保族，也随俗雅化，与时俱进，投身到科举进士竞争的行列中。但需要注意的是，虽然科举考试普及，而且有满蒙汉举之分，但因为大量居住在东北或代北的蒙古语言环境中的百姓没有接受教育的权利，他们并不能通过科举入仕，因而也就没有机会学习汉语，用汉语进行创作更是无从谈起。这样，进行汉语创作的蒙古族文学家族主要由蒙古官员或蒙八旗成员组成。因为，除了在京师供职的蒙古官员之外，蒙古八旗散驻各地并屡有迁徙，由于久居汉地，耳濡目染，从语言到习俗均产生了变化。

随着社会的发展，个人的才学德识对于家族的文化地位起着越来越重要的作用，而文化上的优势对于取得和维护家族门户地位有着重要的意义，因此上举这些少数民族家族对于家族的文化教育非常重视。法式善曾记载母亲对自己的教诲，“太淑人戒条甚密，一篇不熟，则不命食，一艺不成，则不命寝。太淑人亦未尝食未尝寝也”②。家族长者的身教言传对

① 林岩：《北宋科举考试与文学》，上海古籍出版社2006年版，第1页。

② （清）法式善：《先妣韩太淑人行状》，《存素堂文集》卷四，嘉庆十二年（1807）王墉刻本。

后人影响深远。从这里也可看出，清代蒙古族文学家族已经很注重学术追求及家族内部的文化教育。和瑛之孙谦福，以萧然散淡为生活旨趣，但并未因自己退出吏事而不关注民生，在寄给兄长的诗中，他曾说："欲谈诗务嫌多事，无补生民即废材。寄语长公须努力，方今圣世正需才。"（《重阳日得月川兄书即赋长句寄呈》）给儿子的诗里，他又谆谆嘱托，"累叶吾门诗水清，青毡故物旧儒生。家贫尚有书千卷，儿好何须金满嬴。莫以疏慵志温饱，要期远大励功名。眼前画地原堪守，可惜鹏博九万程"（《示锡庄》）。这首诗表达了前辈对后来者的真情嘱托和谆谆教诲，也可看出清代中后期的蒙古族家族成员对家族的道德教育的重视和对家族发展的关注。

不同族群的生活和生产文化是民族共同体在世代实践过程中逐渐养成、累积并传承的结果，正是基于这些知识区分"自我"与"他者"。民族共同体意识存在于物质生产、日常生活、宗教信仰、娱乐游艺等众多方面。由于缺乏有关民族历史和传统的文字记载形式，使得民族传统和历史的保留传承更多的必须依靠口耳相传的原始方式，而教育特别是家族教育在个中发挥着不可替代的作用。少数民族家庭教育更偏重于从民族的整体角度对后辈进行民族传统教育，家族的传统及历史被融入民族共同体洪流中，这与汉族家族重视本家族的历史形成鲜明的对照。清代东北地区，满族重武轻文思想浓重，致使文化教育滞后。然而，满族入关后，当地八旗子弟一改轻视文化教育的弊病，积极学习汉族先进文化，涌现了一批以满族为主的少数民族科举家族。在此种风气习染下，蒙古族子弟也积极学习汉族先进文化，并参加科举考试。从这些变化中我们可以看出，家族式教育对蒙古族文化传承有着非同一般的意义，而少数民族诗人虽然不处在文化核心，但他们的创作对拓展清代文坛的文化意蕴也有着很重要的意义。清代中后期，蒙古族家族已经有家世与德行合而为一的趋势。文化素养和道德品质的教育一定程度上保证了某些家族的历代不衰，也促成了文学家族产生和发展的绵延不绝。

三　清代蒙古族文学家族和家族文学的基本特征

清代蒙古族文学家族的范畴，应当从两个方面着手讨论。首先，从时间维度来考察蒙古族文学家族的崛起，认为蒙古族文学家族经历了一个从武到文，即从武力强宗到文学世家或经史世家的过程。其次，蒙古族文学群体的构成颇复杂，就地域和族姓来分析，分别有东北蒙古、代北蒙古等几部分组成。这是一个庞大而又松散的创作群体，他们一方面各成特色，另一方面又因从龙入关，迁徙流动，促成交流融合。

与元明相比，清代蒙古族文学家族中能够进行文学创作或有文学作品流传于世的成员人数明显增多，不再局限于父子两代，有的一代数人甚至几代人都有文学创作，在家族内部保持了良好的文学和学术传统。就对唐诗的接受和书写来说，法式善家族及和瑛家族对王孟诗风的偏好、博卿额家族对唐诗的广泛接受、柏葰家族对杜甫诗歌的袭风、恭钊家族之恭钊瑞洵对晚唐温李诗风的偏好及锡缜锡纶兄弟对杜甫诗歌的追摹，都体现了在文学家族内部所形成的雅好诗文的家风形成后，共同养成的家学及由此衍流的家脉的重要性。

由于家族内部有意识的文化培训，共同的文义商讨，密切的交流切磋，使清代蒙古族家族成员形成了相同、相近的文学观念和创作群体，他们的作品随之呈现出明显的家族共性或群体特性。如在唐诗的影响下，法式善家族诗作都有清新自然的特色，和瑛家族诗作都有雍容娴雅的特色，博卿额家族诗作都有高蹈疏阔的特色，柏葰家族诗作都有沉郁绮丽的特色，而恭钊家族之恭钊、瑞洵展示了沉博绝丽的特色，锡缜、锡纶兄弟展示了沉雄剀切的特色，喀喇沁王家族都有娴雅冲淡的特色，表现出相似的艺术风格。这种家族共性是清代之前的蒙古族文学家族所普遍没有形成的。

相比清代汉族文学家族，蒙古族文学家族明显处于家族文学发展的初始阶段。有清一代，汉族家族文学盛极一时，文学家族群星闪耀，文坛俊彦层出不穷。然而正因为蒙古族家族及其他少数民族家族文学的介入，才构成了清代家族文学史的完整性和稳定性。

由武质而文质，由政治性而文学性，由代表性而社会性，由中央化而区域化，由经济性而形而上趋向，标志着清代蒙古族文学家族的确立和独化。

第二节　唐诗影响下的清代蒙古族汉语韵文创作的动因与蒙汉文化交流关系

从先秦到清末，中国古典诗歌经历了三千多年的历史。随着社会生活的变化和语言的发展，诗歌题材不断扩大，各种诗体相继出现，表现艺术愈益成熟，在内容、形式、风格等各方面为清代蒙古诗人的汉语诗歌创作积累了宝贵的创作经验。这其中，作为中国古典诗歌创作巅峰的唐诗，时至今日，在国人心中的位置都是其他任何一个朝代的诗歌无法比拟的。对于唐诗的接受，从最初的诗歌问世起，就延绵不绝地在诗史的长河中流淌。真正的好诗是不受时代和地域局限的。它虽然或产生于千年以前，或只有数百年的历史，但却像才脱笔砚一样新鲜，无论何时吟诵，都有清新的气息扑面。唐诗的永恒魅力就在于它不但涵养了汉民族的情趣，而且也滋润了蒙古民族的心灵。唐诗中的近体诗亦即格律诗，经初、盛唐文人定型后，其音律、词汇、句式，已积淀为古代诗人的一种“集体无意识”。只要言及格律诗，就会自觉或不自觉地认为必须具备唐人那种丰神情韵。因此，清代蒙古族汉诗写作者在接受前人，并逐步形成自己的诗歌风格时，他们的目光会自然地凝伫于唐人唐诗。当然，清代蒙古族汉诗对唐诗的接受并非一朝一夕而成之事，与社会文化背景有着绝大的关系。

一　统治阶层对汉化的揄扬

在中国历史上，历代王朝的朝代更替时期往往是政治、经济、哲学、文化，甚至是风俗习惯的大变动时期，而各种历史因素的变化必然带来整个历史环境的变化，作为反映历史变化最直接、最形象、最全面的文学，也理所当然地会发生巨大的变化。朝代更替时期的文学，也许不一定都是创作上的高峰期，但肯定是文学思想、创作心态、审美趣味、文学风格等重要文学因素的大变化时期，从而显示了其变异性、过渡性与转折性等重要特征。而且朝代更替时期的文学变迁往往牵涉面非常深广，其变化常常是前一朝代各种历史因素长期积累的结果。

清朝是中国历史上第二个统一的由少数民族建立的政权。由于地域、生活方式、语言、宗教等方面接近，清朝的统治者满族人与蒙古人之间形成了密切的联系。满族上层很清楚，在征服和统治中原的过程中，必须重用蒙古人。在清军入关前，满、蒙之间就存在着联姻——同盟关系，满、蒙通婚已是一项国策。随着清军入关和蒙古人所辖主要地域进入清版图，满、蒙间的关系更加密切。据清朝皇家族谱《玉牒》记载：满、蒙联姻共五百九十五人次，其中出嫁到蒙古的满洲格格达四百三十二人次，娶蒙古王公之女的满洲贵族有一百六十三人。两族联姻时间长达三百年。满、蒙联姻过程中，大量陪伴人员或前往边疆地区，或来到中原内地，这些人中既有满族人、蒙古族人，也有汉族人，他们的互相融合使不同民族的文化得到交流，而且由于满、蒙民族之间的长期通婚且人数众多，又繁衍了更多的具有满、蒙民族血统乃至含有汉族血统的混血后裔，对于民族融合具有不可忽视的积极意义。

清军入关以前或其后，大量蒙古人进入清统治上层，并发挥了重要作用。清廷对蒙古封建主分别加封亲王、郡王、贝勒、贝子、镇国公、辅国公等爵位；其下还有一至四等台吉、塔布囊，且受封为六等爵的和执政的台吉、塔布囊都有俸禄，不论执政与否，其领主身份和爵位都是世袭的，都享有特权①。另据《清代职官年表》统计，清代在京城各重要衙门任职的八旗蒙古官员，官至内阁大学士的有10人，内阁学士有41人，军机大臣有9人，军机章京有54人，六部尚书有22人，六部左、右侍郎有57人。此外，理藩院、督察院、翰林院等重要部门也有八旗蒙古多人次担任要职②。不仅如此，八旗蒙古官员还被委以重任到各地任职。大清帝国“以八旗制度统治满洲，以盟旗制度辖蒙族，以行省制度治汉人，以伯克制度治回疆，以政教制度驭藏番，以土司制度或部落制度辖西南苗夷，以及以宗主制度对番邦”③。在此基础上，又在边疆各地派驻中央机构加以监督、控制和指挥边疆地方。比如设立盛京将军、吉林将军、黑龙江将军、伊犁将军、察哈尔将军、热河将军、绥远将军、定边左副将军、库伦办事大臣、西宁办事大臣及驻藏大臣等衙门。“边疆三万里，相安二百年，为历代所不及。”④ 在军事方面，蒙古人不但可以大量参加国家正规军，组成蒙古八旗，跟随满族八旗南征北战，驻扎在全国各地，而且许多在战争中立有军功者还步入仕途。清代共有16位蒙古人分别出任过山陕、湖广、两广、云贵、四川、陕甘、两江、直隶、闽浙、东三省等地总督，有22人分别出任过湖北、四川、湖南、山东、安徽、江西、广西、陕西、江苏、广东、山西、浙江等十三省巡抚。此外，还有多人次出任布政使、按察使、学政等地方要职⑤。满蒙关系的发展，在清入关以后更加明显，实际上蒙古人与满人一起成为统治民族。满人作为人口不及汉族人口三百

① 朱绍侯主编：《中国古代史》（下），福建人民出版社1991年版，第262—263页。

② 张力均：《清代八旗蒙古汉化初探》，《内蒙古大学学报》2006年第5期。

③ 萧金松：《清代驻藏大臣》，唐山出版社1996年版，第6—7页。

④ 同上书，第7页。

⑤ 同上。

五十分之一的少数民族入主中原后[①]，如何有成效地统治这么一个地域辽阔、人口众多的国家是摆在清朝统治者面前的重大问题，而关键是如何对占全国人口绝大多数的汉族实现有效的控制。

清军入关后，于顺治二年（1845）开科取士。科举之制，清悉依于明。满洲科举，始于顺治八年（1651），吏部言："先帝在盛京，作养人材，已有成例，今日正当举行。"于是令八旗子弟通文义者，取入顺天府学，合满、蒙、汉军三百人为额，乡试取中百二十人。汉清文随其所习，惟汉军依汉人例。廷试满洲进士各五十人，别为一榜[②]。科举制不曾因为政权易族而受到影响，这就为汉族文化的传承奠定了基础，加之最高统治者的垂范，习练汉诗，学习汉文在满蒙贵族中日渐成风。史载，康熙四十二年（1703），玄烨巡河，并值五十诞辰，诸臣进献鞍马等物，玄烨不受。曰："朕素嗜文学，诸臣有以诗文献者，朕当留览焉。"玄烨以提倡文学，尊崇儒术为职志[③]，其后的清帝也都秉承其志。由于清代皇家的大力提倡和科举制度的施行原则，使得汉文化的精髓也随之被满、蒙族文人接受。

满人在向汉人学习的过程中，不仅提高了满族人的文化素质，还使满、汉民族之间的差异越来越小，逐渐有了共同的文化和共同的民族心理，最终导致了民族之间的融合。与此同时，作为满清忠实盟友的蒙古人，在清入关以前就与清结成了同盟，共同开拓了清朝的疆域。为笼络蒙古人，清朝给予他们种种优惠政策，使蒙古人特别是其上层与朝廷的关系越来越密切。显然，在这种情况下，蒙古人在清政权接受汉文化并使其成为主流文化的过程中，也在很大程度上融入了这一过程，使蒙古上层接受汉文化的程度也大大提高。清初以来，特别是康熙、雍正、乾隆年间蒙古作家的汉文创作极其繁盛。考察这其中的原因，社会背景方面的因素是绝不能忽略的。

二 唐诗在清代的流播

有清一代，唐诗在清诗史上的接受始终处于一种流变过程，在这个变动的过程中来看繁盛的清代蒙古族汉诗创作对唐诗的接受缘何兴起，对于

---

① ［美］欧立德：《清代满洲人的民族主体意识与满洲人的中国统治》，华立译，《清史研究》2002 年第 4 期。

② 萧一山：《清代通史》，华东师范大学出版社 2005 年版，第 482 页。

③ 同上书，第 623 页。

清代唐诗接受史的研究是非常有意义的。

清初顺康年间诗坛大抵宗唐：河朔诗派申涵光等人宗唐；岭南诗派屈大均等宗唐；顾炎武宗唐；黄宗羲宗宋；虞山诗派之钱谦益诗兼唐宋，而其后继冯舒、冯班则宗唐；娄东诗派吴伟业及“梅村体”的传承者吴兆骞、陈维崧皆宗唐；秀水诗派奠基人朱彝尊以宗唐为主；神韵诗派王士祯亦以宗唐为主；饴山诗派赵执信宗唐为主；宗宋派查慎行等。清中期诗坛宗唐宋者各执一端：浙派厉鹗宗宋；格调派沈德潜宗唐；性灵派袁枚反对分唐界宋；肌理派翁方纲宗宋为主；高密派二李宗唐；桐城派姚鼐等兼取唐宋；常州诗派洪亮吉、黄景仁等宗唐。清后期诗坛依旧宗唐宗宋各执一端：龚自珍非唐非宋，自成风格，但唐音更重；汉魏诗派王闿运既不宗唐也不宗宋；中晚唐诗派樊增祥、易顺鼎宗唐；同光体沈曾植、陈三立等宗宋；诗界革命派黄遵宪承传龚自珍思想①。从这个过程中可以看出，尽管宗宋的情形始终存在，但整个清代诗坛对唐诗的接受还是一以贯之的。

清代初期的诗坛，在复古思潮的影响下，诗人们尝试从过往朝代的诗歌范式中寻觅适合自己创作的诗法，唐诗自然也就称为摹效的典型，以致“世道江河，动成积习，风雅之道，而有高髻广额之忧。十年前之诗人，皆唐之诗人也”②。乾隆时期大开文字狱，文人为求自保，多不撄事务，远离官场，以求自适为名，追求飘逸情趣，尚雅慕通脱，于是诗歌渐近王维思想。王维后半生活在文人的世界里，无尘世的喧嚣，有心灵的自由，创造了一种追求高雅脱俗、优游自适而又情韵无穷的审美文化模式。成为后世文人追求的目标，而王维的审美情趣，为其后的诗歌创作提供了宝贵的精神资源，构建了清代部分蒙古族诗人我中有你的作为整体性的王维诗歌的接受史。清朝后期，国力衰颓，且官场积弊日显，部分诗人看到现实生活中百姓的困苦和朝廷的无所作为，效仿元白讽喻诗旨，写现实主义诗歌。部分诗人开始转向对内心世界的探求，或钟情效仿晚唐温李，向绵邈深情类诗歌甚而是艳情类诗歌掘进；或效仿中唐以来李贺孟郊贾岛诗歌，雕琢于诗歌句法词法。

中国古典接受美学之所以能与西方那种理性意识清晰、逻辑秩序森严的阐释理论并置为历史的两大话语系统，根本原因就在于其鲜明而独特的体验论特色与诗性言说方式，就此而言，唐诗所代表的这种独特的接受方

① 参看刘世南《清诗流派史》，人民文学出版社2004年版。

② （清）纳兰性德：《通志堂集》，上海古籍出版社1979年影印本，卷14。

式与话语行为所铸就的古典接受美学的民族性品格与规定，它既表征了中华民族独特的致思方式，也言说了中国古典接受美学的审美理想。唐人妙处即在情景交融中产生一种绵延的生命感发。而唐诗的多重维度，就保证了它在不同的历史分期中，始终会有鲜活而灵动的美感。

唐代诗人，是清代蒙古族汉语创作习唐者心中的精神标志，唐人的田园风光，唐人的边塞华庭，唐人的精神世界，是清代蒙古族诗人的精神栖所。唐人的气质和志节，在一定程度上导引着蒙古族诗人的情怀。客观来看，在唐诗的接受史中，清代蒙古族诗人处于由认知、阐释到原型意义衍变的关键阶段，也是唐诗范式从元明蒙古族诗人形象的、感性的传播到清代理性的、哲思的过程中一个重要转折点。研究清代唐诗接受史，决不当忽略蒙古族汉语创作者对其接受这一段，而研究清代文学史，同样不能忽略唐代诗人的影响。

唐人及唐诗作为一种“典型的即反复出现的意象”① 被历代诗人不断传播和接受，这一接受过程实际上是唐诗作为一种精神象征逐渐建立，作为一种艺术符号不断完善的过程。清代蒙古族的汉诗创作从初始就受到了汉族诗歌学术思想或直接或间接的影响，因此作为清代诗坛变动着的“宗唐”或“宗宋”思想精髓的“唐诗接受史”，与清代蒙古族汉语诗坛创作有着本然的内在的关联。对于唐诗在蒙古族诗人汉诗创作诗史上的接受过程的研究，本身就具有跨民族的融合意义。

三 接受与书写

清朝建立以后，蒙古族以其加入“八旗”的征战功勋获得了特殊地位。这就为蒙古族学习传统文化奠定了基础。政治上的民族压迫与统治，文化上的相互交流与融合，是清代社会的一个重要特征，作为清朝统治民族满族的最早盟友，这种历史环境使蒙古族游牧文化获得了与中原农耕文化互相交流的极其有利的条件，为蒙古族汉诗创作者学习和吸收先进的汉族文学提供了最广泛的可能性，从而出现了继元朝之后蒙古族作家汉文创作的第二次高潮。

中国文学，从《诗经》开始便在一个复杂而广大的地面上展开。以《诗经》和楚辞为源头，雅化一直是中国文学演进的主要特色，蒙古族文

① ［加拿大］诺斯罗普·弗莱：《批评的逻辑》，陈慧、袁宪军、吴伟仁译，百花文艺出版社 2006 年版，第 3 页。

学亦不例外。雅化使中国文学与社会政治结下不解之缘。因为雅化运用的人，大都是当时社会上层的贵族，他们最先注意的必然是政治教化，必然是实际社会应用。所以在清代蒙古族的汉诗作品中，常常能看到诗人们以饱蘸热情的笔力描写朝会赋诗的情景。从存在形式上看，中国古典接受美学一直与文学创作的具象形式保持着很大程度的同构性，那就是采取一种体验论的诗性言说方式来观照文学实践活动，而在具体的阐释过程中又主要诉诸感性化的形象塑造来贯彻这种理念。① 在佛道思想的影响下，文人形成了一种“尚雅”的人生境界与审美趣味。而这种趣味虽然同一，在汲取唐诗的过程中却又根据个人情性和生活时代的不同，所选择追摹的诗人也不同，在法式善是阑入王孟一派，而在恭钊则是阑入温李一派。法式善既得王孟诗的高古娴雅，又有伦常理道的温厚清正，其总体诗风表征为清雅，已凝定成为一种文学特质。这种清雅文学特质的凝定，一方面胎基于法式善简远的天性，得力于他那嗜诗的雅好；另一方面助长于乾嘉时期由上至下诗风鼓胀之滋养，拓充于家族儒学诗教之浸润。这个代表不了中国整体文化的以蒙古族汉文创作者为中心的民族性很强的文人文化团体，通过民族融合加强这一途径，他们的作品逐渐向全国传播，将中国的知识阶层、庙堂决策者笼罩在这种文化气场之中，从而在清诗史上获得了一定的话语权。

梦麟、和瑛、松筠、柏葰、恩孚、锡缜、锡纶、延清、柏春、三多、那逊兰保、贡桑诺尔布等清代蒙古族诗人留给后世的遗产包括政治实绩和文学两大部类。品论政治家的他们，应当着重前者，兼顾后者；评析文学家的他们，则必须平剖后者，而又不可脱离前者。古人将“立德、立功、立言”称作人生的“三不朽”。作为蒙古族诗人，他们深晓此中三昧。他们除力图建功立业外，也十分重视“立言”。在勤劳王事之余，他们笔耕不辍。如何阅读这类诗人诗歌，用得上孟子的名论：“颂其诗，读其书，不知其人，可乎？是以论其世也。”读书须知人，知人须论世，这是深切了解文学人物的通则；考察梦麟、和瑛、柏葰这样与政治始终紧密相关人物的文学作品，尤其要以“知人论世”为入门途径。

“一种学术思想，便是那一时代的人，在那一社会环境中，对社会人生问题的一种新的解说。”② 解说社会人生问题可以有多种形式，学术思

① 李胜清：《古典接受美学的现代话语机制建构》，《文学理论与批评》2011 年第 6 期。

② 曹聚仁：《中国学术思想史随笔》，三联书店 1986 年版，第 212 页。

想是主要的形式。对于清代的蒙古族汉诗创作者来说，追摹唐诗并且以此成为提高自己诗歌写作的基石就是他们或隐或显的诗学思想。正如有些蒙古族诗人在诗文中并没有对唐诗的直接评论，但在创作实践中却又不时暴露出唐诗影响的痕迹。他们的诗学理念、接受唐诗的学术思想，既体现在友朋交流中对诗歌写作方式、风格的追求上，又有对文学理论的简明表述和对诗歌创作的实际规范中。比如《易简斋诗钞》中和瑛收有与松筠互相赠和诗作九首。卷二的《中秋玩月简后藏湘浦司空二首》、《对月怀松湘浦制军》、《喜雪次湘浦韵》、《手煎白莱羹饷湘浦并致以诗》、《端阳书怀寄前藏湘浦司空二首》、《四明楼吟》，卷三的《寄别湘浦将军瘦石参赞四首》、《巡阿克苏城有怀松湘浦将军》，卷四的《海口十月见菊有怀松湘浦制军并简寄》，这些诗作，无论其诗歌体式是五言还是七言，都是在唐诗学的范式下进行的创作。当然创作中也有属于来自于民族自身的新变，一种对变化了的朝代的文化的承载。

对文学的传承，并不仅由于友朋间的共同推尊，传承的前提是他们自身须有传承的能力，也就是说，他们的文学或文化身份须印证他们的创作可持续性。在清代蒙古族汉诗创作群体中，除了法式善家族、和瑛家族、博卿额家族、恭钊家族诸人，牧可登、奈曼、诺敏、福明安等，都是进士出身，保安、永慧、雅尔善等，都是乡举及第，这些人都有诗作留传；再如，嵩贵、蒲松龄、白衣保、景文、托浑布、柏葰、倭仁、谦福、清瑞、贵成等，都有专集行世；清朝末年的锡钧、升允以及入民国以后仍在国务院作官的三多，都有较好的汉文诗艺修养。这样，唐诗在传播过程中的润色加工，接受过程中的领会记诵，都不断融注于蒙古族诗人自己的作品之上，最终在文字保存出现之前形成其作品的全貌。同时，蒙古族接受者鉴识力的提高．激发了诗人们对于唐诗从字句到风格的理解与追摹，相关的生活经验，被吸收到后起之作家笔下，生成能令读者会心领受的知识传统。这种知识传统渐成体系，遂出现供学者批评、解释所用的诸种学派。

清代蒙古族汉诗典型地反映了清代蒙古族诗人对唐代诗歌的接受的某些特征，即既对唐代各时期的诗歌艺术兼收并取，又突出以模仿、继承盛中晚唐诗人诗艺为主的接受情形。如乾隆间法式善对于王孟诗风兼之唐代他人的追摹所形成诗歌体式，晚清延清对于杜甫“诗史”精神的领会结合晚清政局缩写成的“诗史”性质的诗歌。但接受唐诗之后的书写，会因接受者的不同而发生变异。这种传承和新变在多位清初蒙古族诗人身上都曾有所体现。如梦麟与法式善的最大可比性在于他们的山水诗上。梦麟接受李白的山水诗风，而法式善受到王维的影响很大。梦麟和法式善一生在山水诗上投以极大精力，且都获得了很大成功。但他们二者的山水诗风格歧异两极，一个清雄瑰奇，一个则冲和淡远，呈现出大相径庭的美学趣味，各自代表了一个完整的审美创作模式，而又以两种迥然有异的美学形态生动地表现出蒙古族诗歌创作的面目，成为清代蒙古族汉诗创作的杰出代表。究其由，法式善之所以接受王孟的影响，要因之一在于他与王孟一样，推崇的都是天然、真淳的诗风，反对的则是雕琢造作、寻奇逐险的恶习。而梦麟受到李白的深刻影响，也是因为他与李白有着相似的高蹈情怀。当然，梦麟和法式善的诗作与李白、王孟的诗作内容、思想意境也有着非常明显的不同。这种承载中的变异，是后代对前代的接受呈一种"焦虑"的心态所致，主要不在接受问题，在于变革。诗人笔端的语词是民族文化的载体，尤其是用字、典故、隐喻、象征种种诗歌中的语言，深深植根于民族的历史结构和文化传统之中，充满了历史上的事件和记忆，也给读者以丰富的联想。语词意蕴有着相当丰富的开放性。黑格尔说得好："每一个字都指引到一种意蕴。"① 语词是构成文本意蕴的基本元素，善于学习唐诗精妙语言的蒙古族汉诗创作者无不对语言的把握有着高超的能力。朱庭珍《筱园诗话》中曾言："本朝满洲诗人，如梦文子麟、法梧门式善，皆清矫不凡。"就是对于他们诗歌写作中语言的驾驭能力、诗歌艺术的运用能力、意象的整合能力、诗格的定位能力及诗歌思想性和诗材承载性的肯定。

《清史稿》记曰："康、乾盛治，文教大昌。圣主贤臣，莫不以提倡文化为己任。师简崛起，尤盛一时……道、咸多故，文体日变……同治中兴，文风又起……光、宣以后，支离庞杂，不足言文久矣。"② "文化之间的交流互动始终是随着社会历史的发展而发展的，它会冲破重重障碍，在时间和空间两个纬度展开，具有开放性、多元性、融合性和互补性的特点。"③ 黄宗羲认为，古文自唐以后，语言形式发生了很大的变化："唐以前字华，唐以后字质；唐以前句短，唐以后句长；唐以前如高山深谷，唐

① ［德］黑格尔：《美学》第1卷，朱光潜译，商务印书馆1979年版，第25页。

② （清）赵尔巽：《清史稿》，中华书局1977年版。

③ 尹晓琳：《古代北方少数民族汉文创作的文化内涵》，《内蒙古社会科学》2009年第6期。

以后如平原旷野；盖画然若界限矣。然而文之美恶不与焉，其所变者词而已。其所不可变者，虽千古如一日也。”① 古文有变有不变，其可变者语言风格，其不变者才关系到文之美恶。而这不变者正是文章要能表现作家独有的精神气质。黄宗羲对古文的看法其实也可辐射至诗歌。蒙古族作家与唐人最相同之处就在于独有的精神气质。清代蒙古族作家在把他们独有的精神气质注入诗歌后，我们就会感觉到，蒙古族汉诗充溢着中华民族丰厚的精神文化气质，它是抒情文体园地里的一株纤微而又极富生命力的精英；它展示的是蒙古族在唐诗影响下创作的绰约风姿；他们隶属于作家的生活经历、人生体验、心灵世界的范畴，并较为完整地保留了中华文化的原生色彩，本身具有体验性和亲历性的特征。它以相对凝定的视角，从点滴日常生活到学术研究再到典章制度，一一开辟出新颖而又独到的艺术和学术天地。而这一切又大都标示出作者对唐诗和清诗两个不同时期诗歌世界的反省和思索。从总体上说，蒙古族诗人接受和研究唐诗，出于其自身血脉及所使用语言的局限，比较多的一个层面是摹仿唐诗，而另一个层面是对唐代诗歌和诗论的内在机理较为深入的探讨和研究，相比之下，后者自然是属于高层次的，它与汉族诗人的接受有相同之处，却也同中有异，由于文化背景和文学传统的差异，导致了蒙古族诗人与汉族诗人眼光的不同，看问题角度的不同，从而显示出其某种程度上迥异于汉族学者的接受风格的独到特点。形式不只是外在物，学术著作的体例有时即是作者思想的体现。对于资料搜集比较困难的清代蒙古族汉语创作唐诗接受史的研究来说，如何选择、组织和运用资料，把丰富复杂的诗歌创作纳入到系统、明晰的框架中，建构深度的叙事模式就更为重要。蒙古族诗人对唐诗的接受，可能融合了先在的文化学术系统里不同的要素，它不是单一的传承，而是在传承中取自多方。虽然有的为主，有的为次。

文学经典是文学接受的选择产物，文学接受既与接受者的思想与审美期待相联系，又与文学史研究对历史真相的追问深度紧密相关。清代蒙古族作家的诗文集中，大多表现内容不外是忠孝节义，或者是光风霁月、淡泊名利的人生情怀。他们所重视的，不是仅属于个人的感性欲求，而是带有普遍性的德性情感。唐人诗文集中，表现内容更为融通、豁朗，更彰显个性和生命的欲求，表面上看起来，与清代蒙古族作家的表现是相反的，

① 《黄宗羲全集》第10册，浙江古籍出版社2005年版，第9页。

而其中自有相通之处：他们在表面上有着不相似的生命哲学：一则张扬、一则内敛；而生命价值的解读则是一样的，都要让生命的存在达到最圆满的程度。盛唐时期的文人因生逢盛世，充满了功名心和进取心，他们关注生命的意义。生活在康乾盛世的蒙古族文人也大多如此。任何作家，其文学作品成为经典都会提供给阅读者一些不可取代的意象、意境，其反复不断地出现最后将形成一种文化原型。在清代以前，唐人及唐诗经过欣赏与批评、接受与排斥，已经在士林阶层产生了非常大的影响，这种影响也正是具有唐诗文化气象的阅读期待的兑现。而当这一原型进入具有更大阅读期待的清代蒙古族诗人群时，诗人与读者的双重身份的兴会吻合使得这种原型不但迅速固定下来，并随之扩大，成为一种群体性语言。翻阅清代蒙古族诗人诗歌，我们会很清晰地看到唐诗中的王维的终南山、刘禹锡的石头城、白居易的琵琶女、杜牧的扬州、李商隐的锦瑟等众多意象，连同初唐四杰、燕许大手笔、诗史、李杜、小李杜、温李等特定词语都成为了一种指代词。这些指代词背后所涵盖的唐诗精神，是清代蒙古族汉诗创作者们最愿意获得的有意味的阅读体验和心理熏陶，并最终成为他们自身文学作品中的意象。蒙古族的汉诗创作对唐诗的接受主要表现在吸取汉文化的同时，依旧坚持自己的民族意识和民族习俗。

雷内·韦勒克说："艺术品绝不仅仅是来源和影响的总和，它们是一个个整体。从别处获得的原材料在整体中不再是外来的死东西，而已同化于一个新结构之中。"① 唐诗的影响使蒙古族的汉诗创作出现了许多新质，并在清代中期晋升为一种独立的审美形态和诗歌体式。清代初年至中期，统一全国、平定叛乱的战争较多，许多蒙古族随军转战南北，卫国戍边，长期的异乡生活使他们对当地的风土人情、山川景物有深刻的感受。和瑛对新疆风光的描写，松筠对西藏风土人情的描述，博明对云南风俗的刻画，都极为生动而真实，这些来自于亲身经历在诗中展示的新奇的意象、雄浑的格调，与他们自身的民族属性，和与民族人士的交往息息相关。这样的文学作品，扩大和深化了清代文学的题材，是蒙古族诗人在清代文学史上的贡献。到清后期，社会的动荡加剧，社会环境与唐末的腐朽黑暗逼似，接受者渐渐可以走进杜甫，走进杜诗对社会和人生的哲理思考，这种接受一旦与读者本人的人生经历和哲学思想相碰撞，得到进一步契合，更

---

① ［美］雷内·韦勒克：《比较文学的危机》，张隆溪编：《比较文学译文集》，北京大学出版社1982年版，第24页。

易生发出新的思想火花，为杜诗解读增添诗趣之外的理趣视角。与清前期文人的外向性、展望性的审美情趣相比，晚清诗人更多的是内向的、回归式的审美意识，他们在风雨苍茫中无法抗争、无法回澜，便愿在独立的人格境界里寻求安宁和自我救赎。而晚唐诗的相同的审美内涵正契合了晚清士子的审美期待，他们在生存形式上选择隐居，在审美理念上选择宁静冲淡。对晚唐文学意境多样化、增值化的解读，是晚清诗人复杂、苦闷心态的反映。"香草美人"手法是楚骚主要的艺术特征，亦在晚唐温李诗歌中得到广泛运用，就咏物抒怀、神女、恋情等几种诗歌题材中都有所传承。晚清嘉道以降，社会动荡，整治黑暗。内忧外患常使士人深感生命脆弱。"香草美人"手法成为士人在高压政治下抒怀叙志的理想方式。他们在承传中进一步拓展用于比兴象征之物象、意象。深入发掘各种意象的内涵，促进了咏物诗赋的繁荣。具体到来秀，他对咏物诗的爱好也可说还受到了家族传承的影响。清代中后期是蒙古族汉诗创作的重要阶段，但由于唐诗天然情韵的不可重复性，加上诗歌题材、审美观念和个人才性等多方面的原因，后人学唐更多只能从语调、句法、比兴、意象等方面效仿，而很难得其神理。然而瑕不掩瑜，清代蒙古族的汉诗创作增添了诗史的壮阔，丰富了诗歌的审美好尚，体现了农耕文化与游牧文化两种不同质的文化交感激荡、碰撞融合，而承传自盛唐的古朴自然美与草原民族阔大的情怀交融所形成的审美好尚，影响了众多的蒙古族汉诗创作者。

"历史上确曾有过哲学与诗之间真正合作的情形，但这种合作只有在既是诗人又是思想家的人那里才可以找到。"① 在唐诗的接受过程中可以看到，作为多种文学与文化原型，首先被后人接受的是不同作家的或昂扬或隐逸或抗争或高蹈的生命以及作品文本的艺术意境，而其中的哲学思考一直处于与接受者的时代精神有所隔膜的尴尬境地。这种现象随着大清的由盛转衰而逐渐改变，蒙古族诗人们通过一系列拟作，将触角伸展到唐人思维的这一层面，但未能产生群体效应，形成蒙古族汉语诗坛气候。

中国国土辽阔、民族众多，各地域间、各民族间、城市与乡村间，文化习俗存在着巨大的差异，需要有包容而大气、坚韧而霸气的文化精神进行统驭。通过蒙古族汉文创作者表现出来的以梦麟、托浑布、恩孚等人为代表的貌似时代精神的文人文化，表现的正是这种包容和大气、坚忍和霸

① ［美］韦勒克、沃伦：《文学理论》，三联书店 1984 年版，第 119 页。

气，这就注定了它会渐渐上升为主流文化、正统文化。多元化社会的形成应该是时代进步的标志。从某种意义上说，蒙古族的汉语创作，为清代的中国文化注入它正在日渐消损的包容和大气、坚忍和霸气。“一部理想的文学史，必然该以这一民族的全部文化史来做背景，而后可以说明此一部文学史之内在精神。反过来讲，若使有一部够理想的文学史，真能胜任而愉快，在这里面，也必然可以透露出这一民族的全部文化史的内在精义来。”（《中国古代文学与神话》）因此从蒙汉文化关系整体研究着眼，对清代蒙古族诗人的发展就能从大的方面把握，着力探讨清诗与清代社会及整个思想文化的关系，探究清代蒙古族汉诗创作是在什么样的社会环境中发展的，诗人创作的优缺点怎样与其生活环境与文化氛围发生密切的联系，等等。蒙古族汉语创作者实际上是清代唐诗接受史这个渐进过程中的一个重要环节。但后人论清人习唐，很少有人提到少数民族诗人对唐诗的接受。总之，当研究者站在一个新的高度，以历史的眼光观察和分析唐诗的发展变化，冲破了传统学术方法的某种狭隘性和封闭性，就会获得更为完满的清代蒙古族汉语韵文创作的唐诗接受史。

第一章

奇崛蒲松龄创作中受到的唐诗影响

蒲松龄（1640—1715），字留仙，一字剑臣，别号柳泉居士，世称聊斋先生。山东淄川人。据蒲氏族谱序，“祖墓在邑西招村之北，内有谕葬二：一讳鲁浑，一讳居仁，并为元总管，盖元代受秩不引桑梓嫌也”。至“宁顺间有夷族之祸，刑戮之余，止遗藐孤，时方六七岁，匿于外祖家，外祖姓杨氏，居村北之杨家庄，遂从母姓为杨。元鼎既革，始复旧姓”①。蒲氏“自元代受秩”始迁淄川，其后“遂土著焉”②。有蒲璋之墓在蒲松龄故居西南半里许，墓碑前有石一方。据蒲氏传说，此石以鼓形为志，以纪念其远祖为蒙古族。蒲松龄早岁即有文名，但屡应省试皆落第，七十一岁始成贡生。除中年一度在宝应作幕客外，一生都在家乡为塾师。他用二十年时间写成的优秀文言短篇小说巨著《聊斋志异》，在中国文学史上占有重要地位。另有《聊斋文集》、《聊斋诗集》、《聊斋俚曲》等多种文学著作。

第一节　蒲松龄诗歌中的唐诗接受

蒲松龄《聊斋诗集》现存诗二百余首，包括日常生活、读书感怀、题诗题画、赠友怀人、咏史怀古及田作农政等题材，其中乐府诗和格律诗比例大抵相当。但不管是触景生情，还是托物言志，都呈现出喜爱唐诗，主动模拟接受唐代诗人诗作的特点。他的《〈宋七律诗选〉跋》中虽称道“宋人之什，率近于俚；而择其佳句，则秀丽中自饶天真，唐贤所不能道也。”③ 其实还是认为唐诗高于宋诗。

蒲松龄生活的时代，正是王士祯“神韵说”、袁枚“性灵说”盛行之

① （清）蒲松龄：《浦氏族谱》，清康熙二十七年（1688）写本。

② （清）蒲尚荣：《重修族谱序》，清道光二十七年（1847）写本。

③ 盛伟编：《蒲松龄全集》，学林出版社 1998 年版，第 1116 页。本文所引诗文均出此集。

时，情景交融、情韵兼生的唐音在彼时受到士人广泛推崇，蒲松龄志存高远的性格志向和坎坷不平、偃蹇科场、先为人幕僚、后为塾师的矛盾，是蒲松龄诗歌时而豪放不羁时而盘曲郁结甚至于拗峭的内在原因。同时，又因其长期生活在下层社会，对百姓疾苦的关注成为生活中的本能，在诗歌创作中也就有大量这方面题材的作品出现。唐代诗歌包罗万象，无论在体裁、题材，乃至对个性展示、心灵世界的描摹方面都达到巅峰。所以无论是白居易和皮日休、陆龟蒙式的描述民生的乐府诗歌，还是瑰丽拗曲的李贺式诗歌，甚而工整沉郁的杜甫诗，都成为蒲松龄的摹写范式。

观蒲松龄《聊斋诗集》，从字面看非常明显的咏唐人唐事或仿唐代诗人的作品有《为青霞选唐诗绝句百首》、《中秋无月，客出太白捉月图，因赋得把酒问青天》、《秋闺，拟李长吉》、《马嵬坡，拟李长吉》、《杨妃》、《褚遂良》、《杜子美》、《华清》、《读唐人诗集》，等等，但这些仅仅是从字面上可以看出蒲松龄受唐诗影响而写的诗作。他在思想内容和艺术特色上的模拟之作才更为突出。

一

蒲松龄一生怀才不遇，经历坎坷，因此对政治腐败、社会黑暗有深刻认识，这些都为他的文学创作提供了有利条件。唐代元白新乐府重写实、尚通俗，体察百姓疾苦，批判黑暗现实，句式灵活，语言质朴。蒲松龄写了许多学习新乐府之作。如《贫女》：东家有二女，少小嫁同乡：长者适贫儒，少者适富商。贫女来归宁，荆布无华裳；富女来归宁，门庭耀红妆。荆布入门坐，苦苣间青粱；红妆裁入户，烹肥罗酒浆。殷勤择甘旨，奉于小女尝。贫女向翁媪，致词色声怆："我岂爱冻饿？遣嫁由爷娘。遣我与贫偶，乃憎贫无光！因贫复得贱，不齿儿女行。"拂衣出门去，里社为怜伤。[1] 两女出嫁，一适贫儒，一适富商，贫富生活悬殊，父母家人均嫌贫爱富，更见世态炎凉。语言浅显直白，讽喻意图鲜明，极似白居易的《新乐府》。不过这类诗作在蒲松龄诗集中并不很多，从蒲松龄的批判态度和情感表现看，较之元白更为激愤。这一方面是由于他继承了元白新乐府诗直面人生、揭露社会的传统，对黑暗现实作了真实反映；另一方面，由于蒲松龄个体生活状况和精神器局的限制，使他的作品已经脱去元白注

① 盛伟编：《蒲松龄全集》，第1944页。

重道德与伦理说教的外衣，由讽喻诗转变为怨刺诗。从这一点上看，蒲松龄对唐代新乐府诗歌的接受其实更表现在对晚唐陆龟蒙、皮日休等人诗歌风格的接受上。论者曾言："从乐府古风诗人的指陈时弊到格律诗人的怨愤讥刺，大中至咸、乾之际的寒士诗歌，一方面继承了元白诗派新乐府哀伤民瘼，反映现实的浅俗传统；一方面逐渐消泯了'救济人病，裨补时阙'的政治功利目的，更多地融入个人的激愤不平之情，表现出日益强烈的怨刺色彩。"① 皮日休有《正乐府》十首、《三羞诗》三首真实反映晚唐社会阶级矛盾，对百姓寄予深切同情的诗歌。蒲松龄《口号》云：青苗遍野麦输芒，南北流人道路僵！为问播迁何自苦？"月终传说要征粮"②。谴责官吏对百姓横征暴敛。《糠市》："千里无乐土，升粟百钱直。城中聚糠市，人众道路塞。筥携而囊负，如蛇迁其国。十月秋方尽，农家已绝食。流人去邦族，奸民或作慝。日暮无行旅，惧遭伏莽踣。麦田旱未耕，隔年望秋穑。冬春将如何？念此心悲恻！"农田受灾，赤地千里，困苦的百姓拥塞于集市上买糠果腹，对未来忧心忡忡，诗人以白描笔法具体描述大灾之后的城乡各色人等的生存状态，表达对百姓的同情。《田间口号》云："日望饱雨足秋田，雨足谁知倍黯然。完得官粮新谷尽，来朝依旧是凶年！"③ 展示了怜悯农家的情怀。还有《田家苦》、《闻缁东无雨》，这些诗放在一起，就是反映现实的大型组诗。

除了像皮日休那样，以专题吟咏和客观描写反映现实之外，蒲松龄还学习晚唐诗人陆龟蒙《南泾渔父》、《筑城词》的直抒悲情的方式，倾诉对时事的愤慨和对百姓的同情。《清水道中决口》曰："河水连天天欲湿，平湖万顷琉璃黑。波山直压帆樯倾，百万强弩射不息。东南濈濈鱼头生，沧海桑田但顷刻。岁岁滥没水衡钱，撑突波涛填泽国。朝廷百计何难哉？唯有平河千古无长才。谁能负山作长堤，雷吼电掣不能开？民不竭力，国不竭财，官不苦累吏不催。蒞屋缓输天子乐，千秋万世不为灾！"④ 谴责面对水患，朝廷没有人才，只好让百姓受苦。《养蚕》曰："养蚕三四月，小蚕出丛丛。采桑伤素手，投食误女红。几何时，三眠起；大者蜿蜒，小

① 尚永亮等：《中唐元和诗歌传播接受史的文化学考察》（上卷），武汉大学出版社2010年版，第110页。

② 盛伟编：《蒲松龄全集》，第1607页。

③ 同上书，第1642页。

④ 同上书，第1584页。

者纷如蚁。蚕娘入室看，抚之窃窃喜。阿姑送老小姑嫁，一切衣装俱待此。——谁知大蚕腹便便，只知饱食卧叶边；纵使小蚕都勤苦，缫得丝来能几许！”[①] 以质朴浅近的语言，抒发了养蚕人的悲怨之情。《牧羊辞，呈树百》曰：“南山高万丈，秋雨苦淋浪。彼谁者子？箬笠来牧羊。其羊千百以为群，箠之在山冈。昼逐茭草，夜备虎狼。羊不得食羵其首，主人怒问尔何瘦我羊？稍纵之，羊入阿，食人禾。禾主来骂，牧人不敢呵。风黧尔面，雨败尔蓑。队指裂肤，守之不得去；不求主人赏，但愿无风波。甲子之冬冻羊死，欲求刍与牧，山中霜雪多。牧人牧人，奈甲子何！吁嗟乎！奈甲子何！”[②] 通俗活泼的形式，简洁明了的语言，描绘出清代中期牧民的不幸命运。

蒲松龄古体诗直承《诗经》、汉乐府及元白新乐府注目现实的传统，尤其是受到晚唐乐府古风诗人的影响，意多劝讽，其诗集中尤以古题或新题乐府反映田家苦难的诗为佳。如其《田雀行》云：“种禾南山下，禾叶发青苍。农人披短蓑，荷锄来思剪其荒。衣沾雨露，体败风霜。日当午汗滴禾下，不敢言瘁，但愿无灾伤。七月交，粒半黄；农喜相告，今无患绝粮。越日乃复来，看雀纷纷动盈群，啾啾唧唧，若言彼谷可餐，遂集如云。口枯舌噪空号呼，彼雀公然不惧。摘笠挂竿头，闯然如人竖。初惊去，旋复来聚。嗟尔农人指空叫骂：‘我谷费苦辛，尔乃饱饍使我饿！雀乎雀乎何不仁！’”[③]《蝗来》：“蝗来蔽日影纵横，下上扰扰如雷轰。风骤雨急田中落，垂垂压禾禾欲倾。老农顿足何嗟及，唇干舌燥瞠双睛。老妇解破襦，竿头悬结为旗旌；稚子无所计，破釜断作双鸣钲。手挥口叫惊始去，到头回看复已盈。禾头公然相牝牡，或言旬日遗虫生。薨薨飞来犹未尽，我观此状心悲悯。吾里三月困骄阳，禾黍无苗草黄陨；只有高粱才齐腰，叶焦不堪入唇吻。蝗兮蝗兮勿东飞，诳尔空行吾不忍。”[④]《旱甚》（三首选一）：“大旱三百五十日，垅上安能有麦禾？报到公庭犹不信，为言庭树尚婆娑。”[⑤] 上述作品都以冷峭锋利的语言，反映苦难民生。

蒲松龄一生锐意功名而潦倒不堪，在康乾盛世的荣光背后，他冷眼世

---

① 盛伟编：《蒲松龄全集》，第1835页。
② 同上书，第1606页。
③ 同上书，第1663页。
④ 同上书，第1707—1708页。
⑤ 同上书，第1835页。

像百态，与晚唐诗人在军阀混战中漂泊流离、饱经忧患，于时代浮沉中见其衰朽，因之有着沉痛的忧国伤时之心有所不同的是，作为盛世繁音中的不和谐音符，他对世事的体味与思索更多了一层冷静，也多了旁观的透辟。然而，他还带着希望，没有晚唐寒士诗人诗歌中的沉郁之气，所以他还写有《流民蒙君恩，载送东归》（家中逃者方出门，旧年逃者返乡村。归来尚得首邱死，尽荷君王覆载恩）这样的诗。

二

作为一名才华出众的诗人，蒲松龄对唐诗的接受必然是多方面的。蒲松龄的诗歌不仅题材广泛，而且风格多样。“他的古诗，前期多学习李贺，后期多学习汉乐府和新乐府。他的艳情诗，继承了南朝宫体诗和晚唐香奁诗的传统。他的格律诗，特别是七律，受到了杜甫、苏轼、陆游等人的影响。”① 确此，除了古体诗创作中非常鲜明的承续元白新乐府传统，袭风晚唐寒士诗人群怨刺时代、描述民生的诗歌之外，蒲松龄诗歌对李贺诗歌的接受也是非常明显的。李贺的诗虚幻诡谲、奇峭瑰丽，蒲松龄曾对李贺诗歌艺术进行题材、技巧、意境等多层面的学习和接受。他的有些诗歌在题目上就明确写出是仿李贺之作，如《秋闺，拟李长吉》、《马嵬坡，拟李长吉》。李贺诗在诗歌艺术上因其独特性而难以摹仿，所以一直是历代文人为了逞才而热捧的对象，蒲松龄是不第才子，愈发能够炫才使气，所以对李贺的追逐是在所难免的，不过就其效仿本身，依旧表现出了对李贺诗的看重。《秋闺，拟李长吉》诗中的“云委娇力寻芳梦，帐冷柔魂吊香魄”，角度独特，辞采幽微，颇得李贺诗旨。《马嵬坡，拟李长吉》在篇章结构上借鉴了李贺的《苏小小墓》，在艺术表现方式上更是明确摹仿李贺的奇诡、幽艳之风。试比较两诗如下：

> 幽兰露，如啼眼。无物结同心，烟花不堪剪。草如茵，松如盖，风为裳，水为佩。油壁车，夕相待。冷翠烛，劳光彩。西陵下，风吹雨。（《苏小小墓》）②
>
> 雨潇潇，风浩浩。露泣黄昏径，湿萤沾暗草。林中灯，狐夜啸。磷火青，不自照。寒螿啼，如相吊。雾为肌，冰为骨。环佩声，随烟

① 袁世硕主编：《蒲松龄志》，山东人民出版社2009年版，第206页。

② 《全唐诗》第390卷。

没。松花冷，湿罗袜。四方高，悬秋月。(《马嵬，拟李长吉》)①

蒲松龄在诗歌的内蕴和表达主题上和李贺一样，都是选择了寻绎缺失的爱的女鬼形象作为描写的对象。在寒蝉凄切的风雨之夜，磷火灯青、鬼狐夜啸的黄昏暗草丛中，一个幽怨的冰骨雾肌的女鬼，用若有似无的叮咚环佩，向世界宣告她曾经热烈地生，然而，寂寥野旷，无人欣赏她的凌波微步，所以美人幽眇的芳踪愈加展示其内心的悒郁。马嵬是杨玉环赐死之处，而苏小小墓是一代名妓葬身之所，这两首诗都给我们提供了“幽独”的美丽女鬼的形象。所不同处在于李贺着眼于苏小小伫立等待的姿态，而蒲松龄描写了杨玉环爱无依傍的身影。

蒲松龄诗歌更多的是在造语结构等方面学习李贺，如《大风》里的“识破五色青天惊”，显然是学习模仿李贺的“石破天惊逗秋雨”(《李凭箜篌引》)；《旅邸》里的“鲤鱼风起荷花老”，是由李贺的“鲤鱼风起芙蓉老”(《江楼曲》)而来；《赠谭近公代箸》里的“仙人孙思邈，日日耕烟种瑶草”，是由李贺的“呼龙耕烟种瑶草”(《天上谣》)而来；《挽淮阳道》里的“幽灯如漆迎新人”，是由李贺的“漆炬迎新人”(《感讽五首》其三)而来。《把酒问青天》在艺术构思上继承和发展了李贺的诗风，大胆运用神话传说，驰骋想象，奇幻瑰丽。② 蒲松龄在学习李贺诗艺的同时，能凭借自己的艺术功力和才气，将之融入自己的诗歌创作中，以致诗歌风貌出现了和李贺类似的现象。如《夜坐悲歌》中的“短烛含愁惨不照，顾影酸寒山鬼笑。”《霸王祠》中的“一曲离歌征月暗，千年恨血楚江腥。鬼巢雾塞吹阴火，秋草烟寒落湿萤。”再如《夜电》之“青石裂破碧天漏，郁郁浓烟蒸宇宙。玉女无声迸线条，一夜乾坤亦应瘦。胸中磊块如云屯，万盏灯光和酒吞。醉中披发作虎叫，天颜辄开为我笑。”③以奇想、奇物来表达不平常的情感，旗帜鲜明地继承了李贺诗歌的美学追求。蒲松龄学习李贺诗，不仅在语词、意象和构思上可圈可点，而且颇得长吉诗之艺境和风神。在此种美学范式引领下，蒲松龄还把李贺的奇谲生新倾入自己毕生心血凝铸而成的《聊斋志异》中。其《次韵答王司寇阮亭先生见赠》云：《志异》书成共笑之，布袍萧索鬓如丝。十年颇得黄州

① 盛伟编：《蒲松龄全集》，第 1662 页。

② 袁世硕主编：《蒲松龄志》，山东人民出版社 2009 年版，第 208 页。

③ 盛伟编：《蒲松龄全集》，第 1584 页。

意，冷雨寒灯夜话时。卢见曾《国朝山左诗抄》云："留仙撰《聊斋志异》，皆叙神怪诸事，靡靡可听，有常侍《搜神》、临川《幽明》之遗。渔洋先生书后云：'姑妄言之妄听之，瓜棚瓜架雨如丝。料应厌作人间语，爱听秋坟鬼唱时。'"王士祯是蒲松龄知己，他用李贺"秋坟鬼唱鲍家诗"（《秋来》）之语来形容蒲松龄小说之艺境，显是知语，同时也传递了蒲松龄深得李贺诗歌三昧的消息。

三

蒲松龄诗学唐人，不唯新乐府之思想内容和李贺诗之艺术风格，其实唐人多种风格在他的诗集中都可感受。李调元《雨村诗话》："即墨蒲松龄，即作《聊斋志异》者。有《青石关》云：'身在甕盎中，仰看飞燕度。南山北山云，千株万株树。但是山中人，不见山中路。樵者指以柯，扪萝自兹去。勾曲上层霄，马蹄无稳步。忽然闻犬吠，烟火数家聚。挽辔眺来处，茫茫集翠雾。'此公诗亦专学新城者。"① 新城王士祯，肆力于唐诗学，尤好王孟韦柳之诗，李调元看出蒲松龄作诗专学王士祯，无疑也暗示了其间先后传承的关系。除了李调元所录《青石关》诗，还有《河堤远眺》、《清明》、《山村》，等等。

盛唐王昌龄擅长闺怨诗，他的"闺中少妇不知愁，春日凝妆上翠楼，忽见陌头杨柳色，悔教夫婿觅封侯"已成为后世人不断模仿的题材，蒲松龄也模仿唐人的闺怨诗，写了五首七绝《闺情》，反映了深闺少妇的相思之情。中唐王建的绝句体《宫词》一百首，这些诗作，体制短小，描写细微，反映的是宫中情事，因而效法者甚多。清代蒙古族汉诗创作者中就代不乏人。蒲松龄模仿唐人的宫怨诗，写了五首七言绝句《宫辞》，反映宫女嫔妃的孤寂之苦。他还模仿唐代边塞诗，写下了《拟边衣》。蒲松龄还借鉴晚唐韩偓的香奁体，写下从服饰舞姿、体态歌艺来描摹女子的艳情诗，如《赠妓》、《公子乐》、《又赠妓》，等等。

蒲松龄的格律诗能够兼取各家之长，陶冶熔铸，形成"苍劲峭刻"②的独特风格。论者曾指出，蒲松龄诗歌对杜诗的学习，体现在"戏"字诗的创作上和以议论入诗。③ 蒲诗借鉴杜甫的诗句特别多，如"方舟蛱蝶

---

① （清）李调元：《雨村诗话》，清光绪八年（1882）刻本。

② （清）张鹏：《聊斋诗集序》，盛伟编：《蒲松龄全集》，第395页。

③ 张月霞：《浅论杜甫对蒲松龄诗歌创作的影响》，《杜甫研究学刊》2003年第2期。

深深见”（《湖上早饭得肥字》）化用杜诗“穿花蛱蝶深深见”（《曲江二首》其二）；“渔艇暮灯犹泛泛”（《河堤远眺》其四）化用杜诗“信宿渔人还泛泛”（《秋兴八首》其二）；“空庭尚有藤萝月”（《草庐》其二）化用杜诗“请看石上藤萝月”（《秋兴八首》其二）；“迎秋坠粉莲房老”（《稷下毕振叔斋中》）化用杜诗“露冷莲房坠粉红”（《秋兴八首》其七）；“千家野哭闻墟舍”（《赋得满城风雨近重阳》）化用杜诗“野哭千家闻战伐”（《阁夜》）；“春阳管动又飞灰”（《十六日途中得灰字》）化用杜诗“吹葭六琯动飞灰”（《小至》）；“好花忽自雾中看”（《夜饮再赋》）化用杜诗“老年花自雾中看”（《小寒食舟中作》），等等。化用唐人诗句或诗意翻新打并入自己的诗歌中，是蒲松龄非常擅长的对唐诗的接受方法。如“但余白发无公道，只恐东风亦世情”（《三月三日呈孙树百，时得大计邸钞》），前句融入了杜牧的诗句“世间公道唯白发”（《送隐者一绝》），后句融入了罗邺的诗句“唯有东风不世情”（《赏春》）。如“夕阳多向乱流明”（《舟中独酌》）化用了韦应物的“夕阳明灭乱流中”（《自巩洛舟行入黄河即事，寄府县僚友》）；“烟雨楼台十万家”（《泰山远眺》）化用了杜牧的“多少楼台烟雨中”（《江南春》）；“翘首乡关何处是”（《射阳湖》）化用了崔颢的“日暮乡关何处是”（《黄鹤楼》）；“江人依绿水”（《客署作》）化用了王湾的“行舟绿水前”（《次北固山下》）。除此而外，“途穷书为著，愁盛酒无权”（《独坐怀人》）后句由李白“举杯消愁愁更愁”的诗意转变而来，“冀群一顾遂无马”（《答汪令公见招》其三）用韩愈《送温处士赴河阳军序》一文中的句意。蒲松龄古体诗善于状物、长于叙事；其近体诗工于对仗、精于用典。他善于在继承中创新，在立意、结构、语词等方面都有其独创性①。这些特色都使得蒲松龄在清代袭风唐诗而进行汉语创作的蒙古族诗人中成为杰出代表。

第二节　蒲松龄赋中的唐诗影响

唐诗中有许多长诗，均以细致描摹物象、构思奇特，表达出赋的特征。白居易《赋赋》云：“赋者，古诗之流也。……全取其名，则号之为赋；杂用其体，亦不出乎诗。”开头用班固《两都赋序》中的话，说赋源

---

① 袁世硕主编：《蒲松龄志》，山东人民出版社2009年版，第208页。

出于诗；后面针对赋体独立之后，诗赋之间相互交融的情况，认为全按赋体标准做出来的篇什就是赋，但如果杂用赋体成分，也还不出乎诗体的范畴，仍旧是诗①。学者在考察唐代诗赋杂用现象时亦认为“白王轻快本色，写实叙事，体则近乎赋也”②，这意味着文体在演进过程中，互相参用的现象是存在的。考之赋史，诗歌在字法、句法、章法等技巧细节方面对赋产生影响。在内在气韵上，对赋的流畅磅礴也有影响。蒲松龄是清代在诗、文、词、赋、小说创作方面都卓有成就的文学家，他对各种文体皆娴熟于胸，故此，在赋的创作中杂和、借鉴其他文体的现象也较为突出。

赋体多用于咏物铺陈，与后世咏物诗较为接近，诗歌类型至唐始为完备，而唐代诗人中杜甫颇擅长咏物。杜甫仅以物名为题的诗作就有《雷》、《火》、《热》、《雨》、《孤雁》、《鸥》、《猿》、《鸡》、《黄鱼》、《暝》、《云》、《月》、《初月》、《归燕》、《促织》等，“大多着重赋写物的形态、大小、习性，从用笔看，是通过赋法状物，写物情物理，体现用意”③。因为这些诗作是以赋法写就，因而后人不仅在创作诗歌时可以习杜诗，在赋的创作中也可以参用杜诗。蒲松龄有很多写景状物的赋，如《泰松赋》、《古历亭赋》、《趵突泉赋》、《荷珠赋》、《煎饼赋》，等等。其《泰松赋》云：“泰山之半，有古松焉：遥而望之，苍苍然，郁郁然，槎枒黄岘之岭，轮囷曲盘之路。俨五老之古装，恍四皓之伟步；骀背鹤发，龙翔凤翥。俛首类揖，曲躬似语，磬折伛偻，磅礴交互。……尔乃清标独耸，大盖孤垂，意挺挺而自若，似无喜而无悲。至如奇情诘曲，憨致妩媚，月来当画，瞰上疑帷，龙鳞蜿蜒，蛇影离披，因风时舞，得雨欲飞，虬枝半横，棘刺全低；夜则涛声沸涌，昼则烟雨凄迷。止容鼠窜，未许禽栖。游子休装，行人息辔，颠倒围量，流连坐憩。”蒲松龄赋泰山古松，由松之远观到近赏，再由空间不同到时间上的昼夜不同所致松之变异，从整体到局部，对松的形态极尽描摹，想象奇特，后云：“秦虽以我为大夫，我未尝为秦大夫也。为鲁连之乡党，近田横之门人，高人烈士，义不帝秦。秦皇何君？而我为其臣！”五大夫不以受封为荣，蒲松龄用比兴手法突出松的高尚节操，真得杜甫咏物诗之真味。杜诗咏物不唯对外形用赋法描写，而是结合运用比兴手法，传达出所述之物的品格，物的精神。蒲

① 余恕诚：《杜甫与唐代诗人创作对赋体的参用》，《文学遗产》2011 年第 1 期。

② 钱锺书：《谈艺录》，中华书局 1984 年版，第 84 页。

③ 余恕诚、吴怀东：《唐诗与其他文体之关系》，中华书局 2012 年版，第 79 页。

松龄这篇《泰松赋》就是在赋泰松外形的基础上，最终想要传达出作者的怀抱。

我们知道，杜甫特别喜欢那种元气淋漓、生气横溢的东西。顾随说得好："老杜之赋鹰赋马简直就不是活的外界的鹰和马，而是内心的一种东西。"这是因为诗人的内心正有一种张扬的激昂的有力量的东西。蒲松龄《趵突泉赋》云："尔其石中含窍，地下藏机，突三峰而直上，散碎锦而成漪。波汹涌而雷吼，势澒洞而珠垂；砰訇兮三组鼎沸，鞺鞳兮一部鼓吹。沈鳞骇跃，过鸟惊飞，羌无风而动藻，径上栏而溅衣。夜气长熏，涛声不断；沙阵抟云，波纹丝线。天光徘徊，人影散乱；快鱼龙之腾骧，睹星河之隐现；未过院而成溪，先激沼而动岸。漱玉喷花，回风舞霰；吞高阁之晨霞，吐秋湖之冷焰。树无定影，月无静光，斜牵水荇，横绕荷塘。冬雾蒸而作煖，夏气缈而生凉。"紧紧抓住济南趵突泉的特点而驰骋想象，一种昂扬的激情在笔底凸显。再如其《煎饼赋》云："溲含米豆，磨如胶饧。扒须两歧之势，鏊为鼎足之形。掬瓦盆之一勺，经火烙而滂溯，乃急手而左旋，如磨上之蚁行，黄白忽变，斯须而成；'卒绿葛答'，乘此热铛，一翻手而覆手，作十百于俄顷。圆如望月，大如铜钲；薄似剡溪之纸，色似黄鹤之翎，此煎饼之定制也。若易之以莜屑，则如秋练之辉腾；杂之以蜀黍，又如西山日落，返照而霞横。"蒲松龄的赋作特别擅长从所赋之物的环境气氛、神韵上描写，画面感极强，这得力于他在赋物之时肖形状物细切而又准确，而这一特点在杜甫《龙门阁》等诗中展示的是非常清晰的。如杜甫《桔柏渡》诗，浦起龙就曾云："上八，可作长桥行旅图。"[①] 可见杜甫随物肖形之精准。蒲松龄在诗歌创作中唐人的袭风，上文已曾论述，因之，在他的赋作中对自己熟悉的前人诗歌精华进行再创造和互参，也是非常可能的。

在蒲松龄文中，如书史典故的大量使用，人文意象批量融入，词语汇奇巧翻新等，都具有突出的因学诗而呈现的才学化的特点。所谓"李杜文章，金张阀阅"[②]（《为二孙与高梓岩启》）、"文起八代，获昌黎氏之家传"[③]（《八月为蝨斯侄与韩受锡启》）等都是典型的习唐诗而得的文句。蒲松龄把诗体中的众因素移植于赋体，不用他自己最为擅长的近体，而是

① （清）浦起龙：《五古》，《读杜心解》第1卷，中华书局1961年版，第87页。

② 袁世硕主编：《蒲松龄志》，山东人民出版社2009年版，第1301页。

③ 袁世硕主编：《蒲松龄志》，山东人民出版社2009年版，第1299页。

用古体。也体现出了唐代以来古体诗和赋体互相参用频繁的特点。

第三节　蒲松龄词对唐诗的接受

蒲松龄是著名小说家，又是大诗人，词是介于俗文学与雅文学之间的文体，在此情况下，蒲松龄参用诗作入词，可谓能用其才。蒲松龄词对唐诗的接受，首先表现在对唐诗成句的参用上，《沁园春·岁暮唐太史留饮》中的“尤难处，在世人欲杀，我意怜才”就来自杜甫《不见》中的“世人皆欲杀，我意独怜才”。其次，就是对唐诗意境化用在词中。如其《莺啼序·丁未春日济城感赋》，词云：

> 恼他一声啼鴂，把花魂唤醒，画栏曲、闲杀双鸳，寻香慵步苔径，算过了、清明寒食，棠梨满地飘愁影，倩余寒勒住，荼蘼缓催芳讯。春色年年，自来自去，那知人瘦损？香篆袅袅，窗掩文纱，雨丝风片销凝，露花梢、斜阳一抹，隐深坞、断红将暝，争而今，天也悭晴，替增愁病。谁家院落，一树绯桃，颓霞依断井，自点缀、伤心春色，红泪偷抛。寂寞闲庭，悄无人问，呢喃燕子，雕梁难觅，旧时王谢今何处，便寻常、巷陌殊风景，此情莫诉，怕他妆阁人知，黛蛾蹙损明镜。绣裙簇蝶，玉管调鹦，正韶光似锦，道是处、珠帘翠幕，彩柱秋千，花压栏杆，昼长人静，春风十里，司勋梦胜，梢头豆蔻音尘冷，况楼台、灌莽添凄景，那堪断送繁华，杨柳青青，荒蘼不尽。

词因其文体特性，更能以具体细腻的笔触表达作者心绪。这首莺啼序通篇所表现的就是作者仕途困厄远离家人坐馆济城的怅触情怀：正是清明后余寒又至荼蘼缓开的暮春时节，诗人慵步苔径，因内心烦闷，故此懊恼啼鴂、看棠梨叶落而感愁影飘零。岁岁相似的春色，飞来飞去的旧时燕子，在已然改变的旧时巷陌中提醒旧家山的物是人非，更有那豆蔻梢头的音尘绝，增添无限伤感。这首长调的后两片将刘禹锡《乌衣巷》之“旧时王谢堂前燕，飞入寻常百姓家”和杜牧《赠别》之“娉娉袅袅十三余，豆蔻梢头二月初。春风十里扬州路，卷上珠帘总不如”诸意象打并入词，在拓宽词境的同时，也将时空交错的历史感融入词中。在寻常的暮春景致中更增添了年华似水的惆怅意绪。其实词作的这种融情入景，借词境而耽于体验自己的内心世界是中晚唐诗坛李贺、李商隐、温庭筠最为擅长的。他们都能把本来极其难以表达的情怀，精炼而又富于诗意地烘托出来。蒲松龄长于学唐，他的词作也就将诗歌中的艺术经验成功地移入词中。“诗与词的彼此影响与渗透，是中国韵文文体关系中突出的重要现象。”① 内容、意境、意象、辞藻等方面，皆有可参之处。

再如其和友人李希梅的咏物词《瑶华·白秋海棠，和希梅作》。词云：

咏冰绡里泪，暗洒西风，立苔阶人瘦。春醒乍醒，清露浣、叶叶罗衣凉透。啼螀絮语，怎偏说、断肠时候。叹怨闺、锦字深缄，莫认玉苞含蔻。碧空寒兔斜飞，伴寂寞闲庭，无数更漏。肌凝獭髓，点素颜、那有吴宫人购。凄凉倩影，化一片、行云吹皱。想玉梅，憔悴楼东，谁寄夜珠盈斗。

把心象与物象熔铸到一起，构成艺术形象，表现人的心境意绪，在中晚唐一些诗人作品中是很普遍的。蒲松龄在这首咏物词中明显借鉴了此种写法。在他笔下的白秋海棠，正如思念远人的多情闺中女子，在深秋时节独自含悲咽泪、素颜憔悴。词人用细致入微的笔墨展示受到外界环境触动的种种凄凉意象，诱发出恍惚迷离的心象，将心象与眼前物象相融，构成印象色彩浓厚的艺术形象。

词体的发展离不开诗，当诗人在诗作中接受前朝诗歌中的艺境时，他们的词作中自然也会受到此种风气的影响，因而，现在读蒲松龄词集，依然可以清晰感受他对于中晚唐诗歌意境、意象及辞藻的接受。

① 余恕诚、吴怀东：《唐诗与其他文体之关系》，中华书局2012年版，第313页。

第二章

学者博明的唐诗传承

乾隆时期的著名学者博明，在其颠沛的一生中，对于唐人唐诗，既有自己的文学理论研究成果《义山诗话》，也在实践创作中倡导了少数民族诗人中的唐诗风，他以自己的诗歌之旅，进一步揭示出唐诗在蒙古族诗人创作中产生巨大影响的原因。

第一节　宦海颠沛的博明

博明（1718—1788）是乾隆时期著名的学者，他曾在乾隆朝任职多年，文坛上也有一定建树，但遗憾的是，《清史稿》、《清史列传》等官纂史书都查不到博明传。而方志、诗文总集所收小传又甚为简略。清末民初，徐世昌《晚晴簃诗汇》收六千一百余家诗作，凡二百卷，是搜罗清代诗人创作最全的一部诗歌总集。卷八十一选博明诗二首，小传曰："博明，字希哲，号晰斋，满洲旗人。乾隆壬申进士，改庶吉士，授编修。历官云南迤西道，降兵部员外郎。有晰斋诗。"① 称博明为满洲旗人，族属不明。清末满族名儒盛昱编《八旗文经》，杨钟羲为之撰作者考，博明小传条云："博明，字希哲，一字晰斋。博尔济吉特氏，隶满洲镶蓝旗，两江总督邵穆布孙。"② 由此可知，博明虽隶籍满洲八旗，但其姓氏为博尔济吉特氏。关于此点，道光间沈涛说得更为明白，"蒙古博西斋洗马明为元代后裔，有《西斋偶得》一书，中论辽金元掌故，颇足以资考证"③。雍正间官纂的《八旗满洲氏族通谱》载博明始祖为琐诺木，世居乌叶尔白柴地方。天聪时归附清朝，任散骑郎。子图巴，官护军参领兼左领。孙

---

① 徐世昌：《晚晴簃诗汇》卷 81，中国书店影印本 1989 年版。

② （清）杨钟羲：《八旗文经作者考乙》，见盛昱《八旗文经》卷末，光绪刻本。

③ （清）沈涛：《交翠轩笔记》卷 1，上海古籍出版社影印本 1985 年版。

舒穆布，官至江南、江西总督，此即杨氏所指两江总督邵穆布也。曾孙为德成、纳兰泰。元孙二人，其一为博林，任中书硕瞻，尚公主，为和硕额驸。另一位即博明也。至此，博明家族谱系基本清晰。

关于博明仕履的记载，散见于各家编着，大同而小异，阙遗既多，任职时间又往往失载。博明祖父邵穆布于康熙年间官两江总督，博明生长于京师。乾隆初，曾任主事。乾隆十二年（1747），在哈克散佐领下应丁卯科顺天乡试，中举。乾隆十六年（1751），肄业官学。次年（1752）赴会试，廷试列第二甲第七十名，赐进士出身。据严懋功《清代馆选分韵汇编》卷十一记载，博明中进士后被选入庶常馆，乾隆二十年（1755）散馆，授翰林院编修，寻充办翰林院事。《清秘述闻》卷六载乾隆二十一年（1756）丙子科广东乡试考官中列有其名，作“编修博明，字晰斋，满洲镶蓝旗人，壬申进士”。又，《皇朝词林典故》所列教习庶吉士一官中亦有博明，二十七年（1762）以洗马充任，次年，教习癸未科庶吉士。自举进士以后，博明一直在翰林院供职。其间，除任考官、充教习之外，还参与了朝廷的修书工作。如修功臣传，成官员传2900余篇，又附无考者27人。在博明仕履中，供职翰林院时间最久，故同时代人多以洗马冠其名前，以示尊崇之意。《西斋诗辑遗》收有《千叟宴纪恩诗恭和御制元韵》一诗，自注曰：“臣以戊寅充起居注官者七年，岁时筵宴皆入值。”①戊寅为乾隆二十三年（1758）。《皇朝词林典故》之“翰林院办事官”条，记载博明于乾隆二十七年（1762）以洗马充办事官。洗马者，司经局专掌书籍之官，清制，由满洲、汉人各一人充任，秩从五品。乾隆二十八年（1763），以洗马出守广西庆远府，即翁方纲所谓观察广西者。《八旗文经》作者考及其《奉天通志》等均漏掉此段经历，唯戴璐提到“博西斋明，满洲人。壬申编修，外任府道”②。语焉不详。《雪桥诗话》则明确记载了出任的时间和相关事宜。“乾隆癸未（1763），博希哲以洗马出守庆远，翁正三约钱箨石作红兰图以赠其行，以庆远多红兰也。”③任至何时，诸小传无载。翁方纲说：“余视学粤东，西斋观察粤西，余寄诗有十同之咏。”查《清秘述闻》，翁方纲于乾隆二十九年（1764）至三十五

① （清）博明：《西斋诗辑遗》卷3，嘉庆六年（1801）刻本。

② （清）戴璐：《藤荫杂记》卷6，北京古籍出版社排印本1981年版。

③ （清）杨钟羲：《雪桥诗话》3集卷7，《近代中国史料丛刊》续集影印本，文海出版社1985年版。

年（1770）以侍读学士任广东省并院，掌地方学政事务，据此，乾隆二十九年（1764）他们二人同时在粤之东西是可以肯定的。王昶于乾隆三十五年（1770）奉命在云南办理靖边左副将军、云贵总督阿桂军务，博明闻讯专程由广西前往拜访挚交，王氏为此作诗一首，题为《博观察晰斋明至永昌携樽酒歌伶见过有作》，诗中有“隽唐云树渺天涯，细柳军中过使车”[①] 之语，是为博明此时仍任职广西庆远之一证。乾隆三十七年（1772），博明任云南迤西道，在广西期间，他曾于乾隆三十三年（1768）自腾越赴滇城襄赞试事。在云南迤西道任上，又曾于乾隆三十七年（1772）参加征缅甸的军事行动。乾隆四十二年（1777），博明因事降职，由迤西道入为兵部员外郎。是年春，又外任凤凰城榷使。乾隆五十年（1785）正月，时逢高宗御极五十年，复得元孙，朝廷在大内举行千叟宴，博明与宴，并作恭和御制诗一首。

关于博明卒年，翁方纲的《〈西斋杂着（著）二种〉序》曾云：“而西斋之卒，予适出使江西。西斋以所著此二编，于疾革时始托同里邵楚帆给谏，遂有脱误，不及尽为订正。今又十余年，给谏将为付锓，而属余序之。”[②] 查翁方纲生平，他于乾隆五十一年（1786）九月，奉差督学江西，任至五十三年（1788）。《西斋杂着二种》刻于嘉庆六年（1801）辛酉，“今又十余年”者，与出使江西的交差时间基本吻合。翁方纲与博明有十同之谊：同生京师，乡试同举，会试同甲，同出桐城张树彤少詹若需之门，同选庶常，同授编修，同为中允，同充讲官，同通考馆纂修，同在庶常馆供职。他断不会误记好友的生卒年份。因此博明卒于1788年是可信的。[③]

博明的宅居不见于笔记。戴璐称其年迈之际徙倚城东，未指实地。翁方纲题诗有“玉河桥水柯亭绿”之语，震均据此推断：“蒙古博晰斋观察明之居，当在御河桥之左近。”[④]

对于博明的学识，学界也有论评。清末谭献曾为光绪二十六年（1900）刻行的博明的《西斋偶得》撰写了一篇序文，其中写到：“蒙古西斋兵部先生，夙官禁近，揽柱下之藏万卷研求，学有心得，随笔纂录。

---

① （清）王昶：《春融堂集》卷12，《劳歌集》，据内蒙古师范大学图书馆藏清刻本。

② （清）翁方纲：《西斋杂着（著）二种序》，博明：《西斋杂著二种》卷首，嘉庆六年（1801）刻本。

③ 博明生卒年参看白·特木尔巴根《古代蒙古作家汉文创作考》，内蒙古教育出版社2002年版。

④ （清）震均：《天咫偶闻》卷2。

掌故舆地，经典之纲要，援古证今，无游移傅会之陋说。学人也与，史才也与。”[①] 周作人也认为：“博氏进士出身，而通晓蒙古满洲唐古忒诸国语，故所见自较广，与一般文人不同。”[②] 这是对博明才学的恰切的评价。在清代蒙古作家中，博明的创作和著述影响极大，流传也颇为广泛。清代诗文集《熙朝雅颂集》、《白山诗介》、《国朝正雅集》、《八旗文经》，民国期间的《晚晴簃诗汇》、《永昌府文征》，当代钱仲联先生主编的《清诗纪事》等都收有其诗文，他所撰写的《题评本昌黎诗集》、《义山诗话》等也都作为文论名篇得到学人的赞誉。

第二节　《西斋偶得》中的唐诗接受

博明的代表作品是他的笔记杂录《西斋偶得》。《西斋偶得》共上中下三卷，也是博明的成名之作。凡九十六条，包括天文、地理、器物、历史、文学艺术、音乐等，涉猎广博，颇有见地。按照现代学术的观点来看，其中的文史杂考类堪称学术笔记，而探究自然界现象的篇什实属科学小品。此书的写作延续了近二十年，嘉庆六年（1801），广泰据邵楚帆净写本连同《凤城琐录》合刻于广陵节署，是为《西斋杂着二种》，由翁方纲撰序。光绪二十六年（1900），杨钟羲在杭州重刻《西斋偶得》，谭献为之作序。

《西斋偶得》中文史杂考篇什补充考订了文学史和史学史上早有定论的较多议题，并多有发覆。就文学论之，有《朝鲜诗人》、《义山诗话》诸条。朱彝尊在《明诗综》中收录朝鲜诗人若干名，博明在任职凤凰城榷使期间致函朝鲜，委托该国专家代为检核，增补四十八人，爵里、创作明晰无误，使《明诗综》更臻完备。唐代大诗人李商隐的《碧城三首》是一首讽喻李唐皇室的政治诗，诸家笺释歧见迭出。博明对该诗进行逐句考释，直道义山原意。杨钟羲充分肯定了博明的见解，认为“其说诗可谓融洽分明”[③]。作为一名蒙古族诗人，博明的《义山诗话》有着民族融合的诗史意义。这一诗论在目前的李商隐研究中尚属新见。因文本较短，

① （清）谭献：《西斋偶得序》，《西斋偶得》卷首，光绪二十六年（1900）刻本。

② 周作人：《知堂书话》下，岳麓书社 1986 年版，第 712 页。

③ （清）杨钟羲：《雪桥诗话》初集卷 6，《近代中国史料丛刊》续集影印本，文海出版社 1985 年版。

故引全文如下：

语云：诗无达诂。然有本事在者，不为笺释，何以得解？顷见扬州陈午桥所补朱长孺笺注其显有事迹者，无论矣。最可议者，则碧城三首也，因论之如左。

碧城三首，不唯朱竹垞之辨甚确。末首直出武皇内传，即作者亦恐人误认，而明言之必曲为公主入道之说，则所谓人间不知者何事，诗人何为，而郑重言之乎？今为逐句笺之，然后义山之意可见。贵妃以女道士入宫，故三首皆作仙家语。第一首首联以仙山比宫禁，三句言选入，四句言进宫，三联星沈雨过盖指武惠妃殂后而阿环乃专承恩幸，末联以赵家姊妹馈遗之物寄意，言武惠若未殂，犹得交相妒宠，或不致佚乐而受祸。诗人忠厚之旨也。二首乃指入宫时事，对影闻声，人言妃之美也，玉池莲叶。竹垞谓妃以处子入宫，萧史者，寿王，洪厓指帝，皆以仙人喻之也。或曰洪厓谓禄山者，非。盖唐人咏妃事，多言其入宫怙宠，未有斥及阿荦者。紫凤一联骄纵已极，鄂君怅望亦谓寿王焚香独自眠，即薛王沉醉寿王醒之意。有谓此言妃殁后帝思妃，非是。盖三首始言妃之死也。七夕相逢溯入宫之日，帘幙至今垂，人不见矣。桂轮生魄喻月缺，珊瑚无枝喻花残，神方驻景隐鸿都客事，凤纸相思即长恨歌意。唐人无不以秋风客拟南内人，作者已显言之，更何必出已意以为曲说哉。①

文中提到的“朱长孺笺注其显有事迹者”指朱长孺所作《李商隐诗集笺注》一书。朱鹤龄（1606—1683），字长孺，号愚庵，吴江（今江苏省吴江）人。明末诸生。明亡后绝意仕进，以著述为业。长于笺疏之学，撰有《杜工部集集注》、《李义山诗集笺注》，行于世。其诗文结集十五卷而成《愚庵小集》。《愚庵小集》卷七《笺注李义山诗集序》曾道出其笺注李商隐诗集的缘由，及对义山诗品、人品的再认识，在李商隐诗歌接受史上具有重要意义。朱鹤龄自谓曾“翻阅新、旧《唐书》本传，以及笺、启、序、状诸文所载于《英华》、《文粹》者，反复参考”，并得出结论，“义山盖负才傲兀，抑塞于钩党之祸，而《传》所云‘放利偷合’、‘诡

① （清）博明：《西斋偶得》卷中，光绪二十六年（1900）刻本。

薄无行’者，非其实也”。“义山之诗，乃风人之绪音，屈宋之遗响，盖得子美之深而变出之者也。”推究其意，朱鹤龄认为之所以造成史传中对李义山的曲解，是学者“不能论世知人之故”，从而在义山诗歌研究史上进一步强调了当以史实为依托来探究义山诗的观念。并且论证了义山写男女之情的诗（包括《无题》诗）多比兴寄托的原因，明确指出义山诗“楚雨含情皆有托”的特点。对时人及后人研究李商隐这类诗歌的审美接受有重要的启迪作用。有关李商隐诗歌的笺解工作，从晚唐至晚明的八百年间，一直进展缓慢，虽然对义山诗的审美接受，不同时代都有热衷摹写者，但由于李商隐的个人隐衷和广博学识在诗歌中造成的隐谜连比现象，他的诗歌的普及接受长久以来成为一个难题。朱注本的出现虽在晚明释道源之后，但由于朱鹤龄的笺疏功底，和个人创作中对义山诗有意识的接受所感知的义山诗心，使得“朱鹤龄的《李义山诗集笺注》为义山诗提供了第一个完整的注释比较简明，间有笺解大体稳妥、不务为穿凿的笺注本，这就为义山诗的接受奠定了一个比较坚实可靠的阅读文本的基础”。“是此后一系列补注本、新注本的主要蓝本，也成为此后评论李诗的主要文本依据。”[①] 不过，朱鹤龄书对《碧城三首》的笺注，却有些语焉不详，所以博明认为有再谈的必要。朱鹤龄曰：“义山诗，往往借仙境作艳语。首章，言阆苑女床，而以飞燕晶盘结之。次章，言萧史洪崖，而以鄂君绣被结之，同一风旨。”并说“七夕有期，至生魄之后，久而不来，是犹之网珊瑚口枝尚未生也。然神方凤纸，内传所载，人间共知，今犹不肯我顾，何哉？潘畊曰：首章曰‘一声长对’定其情也。次章曰‘怅望’‘独眠’，致其思也。末章不免于怨矣。然曰‘帘箔至今垂’，是盼望之情，终未有已也。义山诗，用意多如此”[②]。没有明言这组诗究竟是唐明皇与杨贵妃情事之叙写还是借仙家语讽当时皇室贵主。

在朱鹤龄之后，清代与博明同时期或更早期尚有多人谈及《碧城三首》。其中较知名的有刊于乾隆八年（1743）的程梦星（1675—1755，一作1678—1747）的《重订李义山诗集笺注》；成稿于乾隆二十五年（1760），以三卷稿本及抄本行世的姜炳璋的《选玉溪生诗补说》（又名《玉溪生诗解》）；乾隆二十八年（1763）初订，乾隆四十五年（1780）重校的冯浩（1719—1801）所著的《玉溪生诗集笺注》（又名《玉溪生诗

① 刘学楷：《李商隐诗歌接受史》，安徽大学出版社2004年版，第92页。
② （清）朱鹤龄：《李义山诗集笺注》，光绪二十四年（1898）刻本。

详注》)；成书于乾隆十五年（1750），在光绪十四年（1888）由朱记荣校刊印行的纪昀的分上、下两卷的《玉溪生诗说》。前两部书在时间上虽有先后，但程氏和姜氏在笺注李义山诗歌的思路上是一致的。他们都采用传统的以比兴论诗解诗的方法，通过对李商隐身世的探究，从而考订其诗歌中所蕴蓄的真正内涵。其中程梦星认为《碧城三首》是李商隐劝惩"唐时贵主之为女道士者"①。后两部书是清代李商隐诗歌接受史上非常有影响的作品。《玉溪生诗集笺注》是清代李商隐诗集最详赡精审的笺注本，也是李商隐研究和接受史上最重要的著作之一。《玉溪生诗说》是专论李商隐诗歌艺术特色、艺术美学的著作。无论纪昀还是冯浩都不同意《碧城三首》是咏明皇和杨妃事的看法。纪昀认为诗中寄托深远，而冯浩则明确指出是刺入道公主者。以上四部书，生活在同一时期的博明即便没有完全看过，但部分了解是没有问题的。所以博明在自己的诗论中提出"诗无达诂"，并表明自己对于《碧城三首》的观点，认为只有朱彝尊之辨"甚确"。朱彝尊《曝书亭集》卷五十五云：李商隐《碧城三首》一咏（杨贵）妃入道，一咏妃未归寿邸，一咏帝与妃定情系七月十六日。证以"武皇内传分明在，莫道人间总不知"，是当时诗史矣。对于诗歌的笺解历来注家纷见迭出，所谓道理愈辩愈明。博明以自己的学识肯定了朱彝尊的观点，虽然这一观点在当时后世都属少数派，但毕竟显示了博明在学术上不轻易苟同的个性。值得注意的是，朱彝尊的这段话还曾被博明的好友翁方纲引述："义山辟《碧城三首》，或谓咏其时贵主事，盖以诗中用萧史及董偃水晶盘事。阮亭先生亦取其说。然竹垞《跋杨太真外传》……此说当为定解，而注家罕有引之者。"② 翁博二人是多年知交，他们对义山诗的共同感受，更证明了文友间的同气相求。

乾嘉时期文字狱严重，文人重考证，但是深情绵邈、带有唯情倾向的李商隐诗风却受到重视，这一时期关于义山诗的评论、考据文章丰硕而博杂，这一方面说明重考证的功夫对义山诗的笺注有所裨益；另一方面也说明时代对士人心灵带来的重负，使得他们愿意把对国家民生的关注之情，向对于心灵世界有着开拓而又幽眇的李商隐式诗歌方向转移，既深情，而又谨慎地不愿让他人窥知。

---

① 转引自刘学楷、余恕诚《李商隐诗歌集解》第4册，中华书局1998年版，第1671页。

② （清）翁方纲：《石洲诗话》卷2，郭绍虞编选、富寿荪校点：《清诗话续编》（下），上海古籍出版社1983年版，第1394页。

清代李商隐诗歌接受史研究是以绵延持续的诗史上的李商隐接受的存在为依据的，是晚唐李商隐诗歌本文潜在意义的外化形式在清代的衍化史，是李商隐作品在整个清代不同时间流程中经读者解释后所呈现的具体面貌，也就是读者阅读经验的历史。这一时期的不同接受者，既有普通读者，也有诗评家及作家，在民族性上不但包括汉族受众，更有像博明这样的蒙古族学者，对作品不断作出鉴赏、阐释及在创作中吸收借用等。

艺术史的流水总是奔腾向前的，诗歌属于审美型文学体式，接受诗歌时既不能脱离创作主体，也不能脱离审美主体而存在。对于接受史的考察，既要注目于后代对前代的发展和推进，也要同时把握失去原作的部分定在的含义和和不能够全面理解诗作的可能性，这样才能准确全面地把握接受史。作为一位诗史上的杰出诗人，李商隐总是善于领会包含在日常生存情感中的超越性存在，善于将艺术构思的技巧与这种超越性的领悟能力统一起来。而少数民族诗人、诗评家介入对李商隐诗歌的接受，其美学意义就在于沟通古今各民族的审美经验，实现晚唐历史视野与清代视野之间的融合，从而发挥文学的造型功能。清代蒙古族汉语创作诗歌史上对李商隐的延绵不绝的接受，其实也正说明了这二百余年的李商隐诗歌接受史，正是一部感性的民族心灵史。

除了李商隐，唐代诗人中博明还曾对韩愈特别关注。他写有《题评本昌黎诗集》，曰："昌黎先生诗十卷，朱笔为何义门评点，墨笔为朱竹垞批点，依原本录焉。时己卯端阳前二日也。盖庄谧庵得之姚江黄君稚圭者，黄馆庄方耕少宗伯谧庵，与（予）兄伯埙为少宗伯从兄弟，伯埙适馆余舍，是以转相钞录也。此余钞批时所识也。丁酉十一月因装是册，复录前识于首幅。晰斋博明书于凤皇（凰）城边门之草庐。"① 对自己见到何焯和朱彝尊点批的《昌黎诗集》的缘起大概介绍了一下。

第三节　博明创作中因袭的唐风

博明谙熟汉语、藏语、满语，雅善琴棋书画，文学造诣尤深。所谓"白香山之诗句名搏鸡林，裴中令之文章价留鸾掖。绾符粤古，持节滇

① （清）盛昱：《八旗文经》卷22。

南，讫声教于遐荒，寄性情于山水”①，既是其外孙的誉美之词，也大抵对博明身世文才作了较为恰切的评价。博明一生勤学，自称“予自髫年侍先人即获闻绪论于辨证考订之事，每心志之长，得肆力于学，因知今之考证者非衍书说，即涉穿凿附会，比岁亦有所论述。然于是二者恒谨持之，浸久成帙，录之以备遗忘”②。故“博学多识，于经史、诗文、书画、图书、蒙古、唐古忒文字，无不贯串娴习。著《凤城琐录》、《西斋偶得》，多述遗文逸事，自为序刻行之”③。他的经史书画等的考订文字，皆收于笔记散文《凤城琐录》和《西斋偶得》中，而诗歌方面的成就则存于两部诗集《西斋诗辑遗》和《西斋诗草》中。《西斋诗辑遗》三卷，由其外孙穆彰阿刊于嘉庆六年（1801），收诗二百余首。《西斋诗草》是手抄本，现存两部，不分卷，收诗一百一十一首。两相对照，《西斋诗辑遗》中的第一、第二卷，《西斋诗草》中均有，只是编排次序不同。《西斋诗草》中的后半部分，从《赠讲书诸生》一诗开始，在《西斋诗辑遗》中列为第一卷，前半部分列为第二卷。《西斋诗辑遗》中的第三卷，《西斋诗草》中没有。不过，《西斋诗草》中有八首诗，《西斋诗辑遗》中也没有收入。《西斋诗辑遗》存诗较多，但此集非按创作先后顺序排列。如卷一之第一首诗《赠讲书诸生》作于离京前的乾隆二十八年（1763），而同卷之《赠讲书诸生三迭前韵》则作于三十四年（1769）。卷三既有作于乾隆二十八年的诗，又有作于五十三年（1788）的诗，如《戊申首夏乐槐亭初度》。《西斋诗草》目次与《西斋诗辑遗》互有异同，刻本未收的一些诗见于此两部抄本。北京大学藏《西斋诗草》抄本卷首首页有墨笔题诗一首，本为七律，至第三联对句出现阙文。卷首次页有王昶题诗，为七绝四首。第一首曰：“麟凤文章迥出群，玉堂声誉禁中闻。搴帷才到西河郡，早播才华敌庆云。”题诗末两句言及博明任职庆远、迤西间事，其必为乾隆四十二年（1777）以后所题。博明志耽风雅卅余年，所为诗绝不止于此。法式善曾说：“惜缣素零散，古刹墙壁间，尚有存者。余采《诗话》，载其壬午典试粤东咏古四诗，略见一斑而已。”④ 穆彰阿在《西斋先

① （清）穆彰阿：《西斋先生诗文集序》，原载《详注韩昌黎诗集》卷首，上海会文堂书局1925年版。

② （清）博明：《西斋偶得自序》，《八旗文经》卷14。

③ 徐世昌：《晚晴簃诗汇诗话》，中华书局1990年版。

④ （清）法式善：《八旗诗话》，张寅彭、强迪艺编校：《梧门诗话合校》，凤凰出版社2005年版，第512页。

生诗文集序》中又有："昨又于先生敞簏中得待刊诗文若干卷，郭景纯之碎锦依旧斑斓，李义山之烂襦并无割裂"[①] 等语。杨钟羲略事考订，称："（广泰）……复取《西斋诗辑遗》梓而行之。诗皆补外以后作。钱箨石有《宏仁寺》、及《观荷》各诗，均西斋官中允时同作者，原诗皆散佚。"[②] 又云："博西斋孤贫无以为家，宗老文端公劝之学。乾隆丁丑由召试授中书，庚辰成进士。历官陕西兴汉道、云南迤东道。少从其姊夫沈泰初于广东学幕，复从甘肃谢太守某于安徽，转至肃州，踰二十年，奔走四方，习于劳勚。其家居也，爬梳繁剧，廉介不肯丝毫苟，每五更辄蹋壁诵幼时所习古文诗赋，尽一篇乃已。有《燕贻堂诗稿》。"当《西斋诗辑遗》编成待梓时，翁方纲为之题有七绝二首，云："艺苑蜚声四十年，凄凉胜草拾南天。玉河桥水柯亭绿，多少琼瑶未得传。""香浓雪冱怆人琴，给事频年感旧心。留得梅庵诗话在，淮南烟月讯知音。"诗点明此辑遗乃凄凉胜草，其未得流传的佳篇正复良多的事实。以《西斋诗辑遗》名集，谓其不全也。

博明在翰苑供职既久，早期创作大体不出侍从文士的范围，在反复的奉命写作中技巧得到磨炼，增强了虚拟写作的能力，后期去往地方任职后，在现实的体会中，开拓了人生经验表达的深度。这些都使得博明拥有了很好的艺术表现力，加之一定的艺术技巧，既能写出明快洗练的民歌式的诗句，也有含蓄蕴藉的咏史类诗篇。博明的诗歌创作内容颇为丰富，举凡勤劳王事，讲筵翰苑，追慕古贤，文博鉴赏，酬答友朋，游历山水，诗人的所有社会活动以及所见所闻所感率以入诗。因为他本身是一位造诣很深的学者，一旦把生活和学问结合起来，出之多为可读之诗。博明秉性耿直，为人清廉，达观而务实。诗如其人，博明的反映社会现实的诗歌创作整体上看来是质直的，但也不乏清健之作。他的诗歌形式，诸体兼备。乐府有《天井山歌》、《大观贴歌为柳城倪明府作并序》诸篇。五古、七古亦占有一定比例，五七言律诗尤多。尤为突出的是，诗人注意从民歌中汲取养料，写下大量的《竹枝词》，颇似唐朝刘禹锡。《永昌竹枝词》、《庐阳竹枝词》等便是这方面的代表作。《梧门诗话》卷九谓：晰斋观察博明亡后诗多散佚，余访之而未得也。《清绮集》中载观察丙子主广东试，于定远壁间题《庐阳竹枝词》四首，情韵俱佳。《周瑜》云：小乔初嫁正风

---

① （清）穆彰阿：《西斋先生诗文集序》。

② （清）杨钟羲：《雪桥诗话》初集卷6，《近代中国史料丛刊》续集影印本。

流，绣袴纶巾冠列候。一曲红牙三爵后，元戎帐上几回头。《张辽》云：将军飞骑过山溪，无数村儿尽不啼。桥上晓风桥下水，蜀山秋草接云齐。《曹植》云：八斗才名纪异材，终焉于此亦堪哀。洛川西望盈盈水，罗袜月明波上来。《焦仲卿妻》云：南来孔雀喜双翔，白马青庐积恨长。千载人行梧柏路，五更啼断两鸳鸯。①这里法式善转述的是娄县廖景文觐扬《清绮集诗话》所载对博明诗歌的评价，博明七绝颇为清丽可诵，能在短窄篇幅内抓住历史人物特点出以颂之，诗才诗情俱见一斑。博明在任地方官期间，常借公务之暇外出游历和走访，对云南、广东各民族人民的生活习俗、风土人情，都有较深的了解，曾写了不少的记游之作，《永昌竹枝诗》五首是其中的特色之作，也是被诗评家称颂的“情韵俱佳”的诗作：

九隆山翠双鸦鬟，涌珠泉水声潺潺。水色何如侬面白，山翠何如侬眉弯。

昨宵新雨水澄清，直烧城边半入城。流到门前偏作响，好炊新稻煮鱼羹。

才梳髻子滑于油，尺二青缣整覆头。几度数钱买新伞，半遮秋雨半遮羞。

短裙长衫玉为簪，小立街头近屋檐。莫讶侬言多婉转，故乡曾说是江南。

宾门如妾萎如郎，齿颊流丹味自长。萎得宾门偏有色，宾门得萎更生香。

诗人细致入微地为我们描述了少数民族地区秀丽的山泉、清新的春雨、鲜活的少女、婉转的语言和初开的情窦，这一切读之如在目前，白描中精选的意象，营造出清新绵丽，富有生活气息的西南民族生活画卷，增进了我们对清代云、粤各民族人民的了解。这种清丽之作，在中唐白居易、刘禹锡等人的《望江南》、《竹枝词》一类作品中曾多次体味。

王昶极为推崇博明的诗作，在《寄博晰斋八迭前韵》中作了这样的评价，“使君才似萨天锡，曾向蓬瀛看画壁。竭来按部抵邪龙，十八溪流轰霹雳。”法式善也说：“博明……记诵绝人，生平所阅山川人物以及一

① （清）法式善：《梧门诗话》卷9，张寅彭、强迪艺编校：《梧门诗话合校》，第282页。

言一动，隔数十年纤缕不遗。于朝廷掌故，世家谱系尤能口授指划，条分目晰，真一代行秘书也。诗援笔立就，浑脱流转中动合绳墨。”①

《恭贺御制千叟宴诗原韵》是博明于乾隆乙巳（1785）参加千叟宴所写应制诗歌，诗韵源自康熙朝寿宴韵。郭则沄《十朝诗乘》曾载：“千叟宴始自康熙五十三年，是年值六旬圣寿，三月壬寅，宴汉籍臣庶年六十五以上者千八百四十六人于畅春园正门前，遴派宗室子孙年二十以下、十龄以上者六七十人执爵劝饮。越三日，又宴八旗员兵闲散人等年在六十五以上者千有十二人于畅春园正门前，礼亦如之。六十一年正月二日，宴八旗官员及致仕退黜年六十以上者于乾清宫前。越三日，又宴汉籍官员年六十五以上者，王大臣则命诸皇子赐觞，未及岁之皇子皇孙，咸侍立观礼。典隆镐宴，义本虞庠。御制七言律句，命與宴诸臣各赋诗纪盛，汇辑为《千叟宴诗》。洎及高宗，上承祖制，乾隆乙巳，值御极五十年，兼诞育元孙之庆，新正六日赐宴干清宫，依品次列凡八百筵，与宴者三千人，官跻一品及年逾九旬者，召至御座前赐酒，丰貂文锦，颁赉有差。御制恭和圣祖原韵一章，别用柏梁体选百人联句，司业邓钟岳年百五岁预焉。博晰斋恭和御制原韵云云。诗中适寓嗣皇年号，若为先兆。注谓貂锦颁赐束以黄缣，朝鲜陪臣前议政李徽之年七十一，礼曹判书姜士晃年七十三，同与其盛。”博明诗云：“令人新春景物妍，卿云纠缦绕琼筵。义轮正值中天日，尧朔重符大衍年。五世仙源嘉庆集，两朝盛事赏恩延。功成治定箕畴协，史册从来孰比肩？”这首诗是典型的侍从诗，但诗写得确是“浑脱流转中动合绳墨”。从中可以看出博明此类诗歌的艺术技巧，而其风格则颇类唐初宫体诗。

博明在其一生的颠沛宦海中，只有前期的翰苑生活比较脱离现实也较承平，后期去往地方赴任屡有贬谪，他在《和稽兰谷夜坐偶成韵》中写道：“宦情识变幻，世味异咸酸。消尽微云畤，闲愁未许平。”道出宦海波折带来的内心隐忧。究其由，自谓因“从政少疏通”，故而“几度获咎遣”（《邵楚帆武部五十生日》）。就在这样的沉浮中，他对下层人民的生活有了日益深刻的了解和同情，并在自己的诗歌中记述下来。在诗人的作品中，反映民生疾苦的诗篇虽然不多，但写得十分真切。如在《勘灾柳郡纪事》一诗中他对自然灾害带给百姓的痛苦描写到“无穷哀怨意，凭眺入

① （清）法式善：《八旗诗话》，张寅彭、强迪艺编校：《梧门诗话合校》，第512页。

船窗”，“原田期补助，牖户待绸缪”。在《端阳小集柬诸同人》诗中又有“所求甘雨家家足，约更携樽到舞雩”的诗句，表现出诗人对受灾人民的同情。他的感情虽然不能同杜甫的“大庇天下寒士俱欢颜，吾庐独破受冻死亦足”相比，但“虽不能至，心向往之”也是好的。他还有《游感通寺是日大风》等篇，都在不同程度上抒发了诗人的同情感。这部分诗主要作于乾隆癸未（1763）博明出任地方官以后，可见诗人的社会接触面扩大，也就拓广了诗人的视野，诗风和题材同前期相比，自然就有了明显的变化。《舆人言》八章是诗人代表性的诗作，写出了“盛世”中的舆夫生活场景，与乾隆初的蒙古族诗人梦麟为同题之作，但梦麟是通过一名舆夫自述表现其生活之艰辛，而博明是透过自我观察，白描其场景，若元白“长庆体”之直陈社会现实，揭示盛世繁荣表象下所隐含的阶级矛盾。其一至其八诗曰：

走走复走走，长亭与短亭。十里五里迤逦行。速速更速速，茅亭接茅屋。倚竿且啖两钱粥。

过小桥，桥小时防蹶。怪石怒攒剑直突，阴流下有蛟蛇窟。石齿血流足见骨。

左靠右靠，左空右空。彳亍战栗，前却东龙。阴风洒洒，雾雨蒙蒙。伛偻肩臂，其曲如弓。

上连台，台高努力上复上。一级一尺，百级十丈。通彻于心两脚掌，舆中之人坐而仰。

上坡路，奔向前。下坡路，拽在后。前支足，后曲手。泥在身，汗覆首。一筒米，二钟酒。俟归来，养我母。

泥水石头路，仔细好着步。泥滑水深奈若何？且听鹧鸪满山多，行不得也！哥哥。

且歇谁敢歇，官有紧事清晨发。张髯瞋目十走卒，行行若迟便打咄。

平阳路，且十里，左有修竹右芳芷。青如毯坡平似纸，嗟嗟舆人且莫喜，万仞之山面前起。

这八首诗是博明乾隆三十一年（1766）典郡柳州后的作品。诗人曾自序：“粤地万山悬焉，一径蛇行于中，不惟无车，更无骑。赤足舆夫，蹶于石罅水涯，时闻其呼号，此不第劳者之歌也。作《舆人言》八章。”杨钟羲《雪桥诗话》云：“此西斋典郡柳州时作也。郡县劳人之职，公事刺促，不遑宁处，有不能为性命缓须臾者，岂第为舆人言哉!”可见经过多年翰苑生涯后的诗人对现实的关注之情与日俱增。千年前柳宗元曾被贬谪至柳州，当时的柳州是远离京城之僻地。“柳在唐时，为极边”①，至清时，虽然已不似唐代那样偏远，但依旧是荒远边地。正是在这里，博明才能关注周围百姓的生活，倾诉真实的情感，也发挥自己的才情，写下这样的诗歌。

博明在其仕宦生涯中，为官较清廉。他认为做官要施恩德于民，这样才能算作一个大仁大义之人。在《赠屠太和雁湖》诗中，他说：“论士于今日，存心贵以真。义言为大勇，拙政是深仁。”在《邵楚帆武部五十生日》一诗中他又谓“在官无大小，罔非出恩卷”。这样的为官理念其实早在博明离京赴外任时已经形成，他在奉命出任地方官临行前写给诸生的赠别诗《赠讲书诸生》一诗中写道：“十载承明值讲筵，分麾典郡到南天。谈经久矣三冬足，课士须知六艺先。名教昭垂尊往圣，秋香如此来年日，风流政迹愧前贤，愿策前途共着鞭。”诗中并无常见的离别悲伤之感，诗人以朋辈的态度、关切的心情，希望与诸生在学业和前程上共勉。在博明诗集中，反映社会现实、反映劳动人民生活疾苦的篇章并不是很多，但他的这类作品感情深厚，笔锋犀利，语言质朴，颇有元白新乐府通俗浅切、讽喻教化的特点。

综观《西斋诗辑遗》，博明留下来的诗歌更多的是酬赠送别、题图题画、咏史咏物、抒情写景之作，卷中《赋得牧童遥指杏花村》用杜牧“清明时节雨纷纷，路上行人欲断魂。借问酒家何处有？牧童遥指杏花村”之末句诗境，赋得五言长律。诗云：

> 杏花寒食雨，小市恰芳春。欲觅村醪肆，重劳牧犊人。东风笼远岫，绮陌静纤尘。茅店青帘影，柴门碧水滨。过岗纡数里，回径绕长津。老树红香遍，鲜刍绿酿新。遄行应在望，直去讵烦询。尽醉销乡梦，何须重怆神。

① 《柳州府志》卷28《迁谪》，乾隆刊本，北京图书馆1956年版油印本。

东风拂面，细雨润物，紫陌纤尘悄然静寂，寒食清明的杏花春雨就这样走入街市，诗人寻寻觅觅，不知何处可以一饮佳酿，幸而他遇见了千百年前杜牧问过的牧童，终于可以尽醉不归了。这首诗诗境清新廖远，仿佛是博明为杜牧续作一般，读之回味不绝。《游万柳塘句》云："怀残鼠璞何容惜，难扰龙狂未肯降。莫负清秋好节序，倚栏且覆酒瓢双。"愁肠百转的博明，在广东的荒寒之地经年不能回京，酒成为他生活中不可或缺的朋友，所以他常常是清明饮至清秋。杨钟羲《雪桥诗话》云："西斋于乾隆丙子主广东试，戊寅日讲起居注官者七年。万里投荒，回旋于子厚种柳、升庵簪花之地者七载。又后为郎，白首于役陪都。尝以丙午九日游万柳塘，坐客有惜其衰孱而作不平之鸣者，西斋赋诗云云。其天机萧散，初不以世缘相缚也。"① 在《柳侯祠》和《观柳侯祠龙城柳断碣》等诗中，博明表现了对唐代柳宗元的缅怀崇敬之情。而《题黄鹤楼图》中，他又想起了崔颢的《黄鹤楼》，诗曰：

江深汉广两悠悠，十雉崇城百尺楼。仙客云从天外去，昔人诗向壁边留。谁吹玉笛江城晚，我写金飙汉沔秋。鹦鹉赋成千载恨，白沙残日下寒洲。

千载之下，人同此心，历史的遗迹带给诗人的都是时空流逝中的叹惋和追悼之情，其实也是人和自然相对照中焕发的生命意识的呈现。《和孙笠山秀才忆燕诗》云：

采莲肠断木兰舟，寂寞乌衣细语留。水驿残阳何处梦，旧巢新垒总成愁。梁空故国三千里，帘卷西风十二楼。此日萧斋重惆怅，浴蚕天气话重游。

诗中化用了唐代诗人刘禹锡"旧时王谢堂前燕，飞入寻常百姓家"和张祜《宫词二首》其一："故国三千里，深宫二十年。一声《何满子》，双泪落君前"的诗句及诗境，比起上引诗，这首诗中时间的流逝和空间的转换更加圆转，而典故的运用也是化合无迹，此诗当为博明诗歌中非常

① （清）杨钟羲：《雪桥诗话》初集卷6，《近代中国史料丛刊》续集影印本。

典型的浑融蕴藉之作。

博明性情疏放，晚年罢官后生活愈加贫困。梁九图《十二石山斋诗话》记载："博晰斋……老年颓放，布衫草笠，徙倚城东，醉辄题诗于僧舍酒楼。有叩其姓氏者，答云：'八千里外曾观察，三十年前是翰林。'又云：'一十五科前进士，八千里外旧监司。'性情可称洒脱。"① 因其个性使然，博明虽勤勉，于诗作并不专力而为，故常作诗，但所作诗歌并无固定程序，当然也就成就有限。

① 转引自钱仲联《清诗纪事》第2册，凤凰出版社2004年版，第1377页。

第三章

天才梦麟文学绮梦中的唐诗因子

梦麟是清代乾隆初年的诗人和政治家，清代以蒙古人典试外省，自梦麟始；以资望少浅而参与朝廷最高机密决策的蒙古族官员，又自梦麟始。在清代蒙古作家中，梦麟是第一位驰名文坛的青年诗人。他的诗歌一则输入沉重的社会责任感；一则张扬清奇的个性。在意象选择上，强调宏阔壮丽的美学特征。梦麟诗歌艺术风格多样，或豪宕，或质直，或沉郁，或清新，兼而有之，究其形成原因，既是其民族、个性所致，也有来自唐诗的影响。

第一节　梦麟诗歌思想内容中的唐诗传承

梦麟（1728—1758），字文子，一字瑞占，号谢山，又号午塘、耦堂、喜堂，蒙古正白旗人，姓西鲁特氏。祖籍内蒙古科尔沁，七世祖博博图率七十余户来归清太祖努尔哈赤，授牛录额真之职。其后，历代为官。父宪德官至工部尚书。宪德任职四川时，梦麟于雍正六年（1728）出生于成都官舍，六岁随父定居京师。梦麟自幼聪颖，七岁习唐诗，初学之作即为名士称许。乾隆九年（1744），梦麟以十七岁的年龄参加乡试，中为举人。次年（1745）会试连捷，成为有清一代科举史上最年轻的进士之一。后改庶吉士，散馆授检讨。乾隆十五年（1750），二十三岁的梦麟一年中官职数次改迁：三月充日讲起居注官，五月迁侍讲学士，充广西乡试副考官。七月再迁国子监祭酒，九月提督河南学政。乾隆十六年（1751）梦麟被授予内阁学士，十八年（1753）二月署户部侍郎，六月充江南乡试正考官，九月提督江苏学政。清代以蒙古人典试外省，自梦麟始。乾隆二十年（1755）五月授工部侍郎，十月署兵部，十二月兼蒙古镶白旗副都统。二十一年（1756），奉命在军机处学习行走，参与大政。以资望少浅而参与朝廷最高机密决策的蒙古族官员，又自梦麟始。乾隆二十二年

（1757）往治黄河，因劳致疾。二十三年四月（1758），复调工部侍郎，七月署翰林院掌院学士，八月卒，年仅三十一岁。

《清史稿》云："梦麟早年负清望，参大政，方驾遽税，惜哉。"① 所谓早年负清望者包括两个方面，一是政绩，二是诗歌创作上的成就。《清史稿》梦麟本传在列传第九十一，属于政界大臣一类。而李元度的《国朝先正事略》却将他归于文苑传，曰："梦麟，字文子。蒙古人。乾隆十年进士。官至工部侍郎。工诗。乐府宗汉人。五言古诗宗三谢。七言古诗宗杜韩。皆能具体。一时台阁中无出其右者。惜早逝。未竟其才。"② 重其文化上的贡献。国子监祭酒和翰林院掌院学士，这两个清要之职只有通儒才得以担任，梦麟以二十一岁官祭酒，三十一岁署掌院学士，可见他的才华在清代诗坛上是非常突出的。

清人文集中有许多关于梦麟生平事迹的记载，关于其家世，《清史稿》本传曰："梦麟，字文子，西鲁特氏。"查雍正间敕纂的《八旗满洲氏族通谱》，无西鲁特一姓。此姓见于《皇朝通志》卷七，氏族略。该志卷六已录《八旗满洲氏族通谱》所载姓氏，而卷七根据《八旗通志》内名臣、勋臣、忠烈各传及八旗档案，又补录前谱失载之姓。"席鲁特氏"条云："明安达哩，正白旗人，世居科尔沁地方。任吏部尚书，加太子太保，授二等子，谥敏果。"③ 该条末尾附有案语，"席鲁特，系地名，以地为氏"。《清史稿》有明安达礼、宪德传，二传均关系到梦麟，且世系记载相差甚远。据明安达礼传，其父名博博图，清太祖时率七十余户归附，授牛录额真，领所属。明安达礼于顺治元年（1644）随驾入关，抗击李自成。历官兵部尚书，康熙八年（1669）卒。其子都克袭爵。都克孙永安，乾隆间官山海关都统。永安孙宪德，即梦麟之父。从博博图到梦麟，共八世。宪德传则说："宪德，西鲁特氏，尚书明安达礼孙也。父善，官头等侍卫。"④ 据此，从博博图到梦麟为五世，两传相差三世。前传曾言明安达礼四世孙永安，亦即宪德之祖父，于乾隆年间官山海关都统，而据后传，宪德于雍正四年（1726）授湖北按察使，遂出现祖孙颠倒出世的谬误。从康熙八年（1669）到乾隆元年（1736），共六十余年，于常理不

① 《清史稿》卷340，列传91。
② （清）李元度：《国朝先正事略》卷43。
③ （清）敕纂《皇朝通志》卷7，氏族略7。
④ 《清史稿》卷294，列传81。

可能跨五世，因此可以断定明安达礼传所叙梦麟先祖世系有严重讹误，不足为凭①。

关于梦麟的诗集，最早见于《八旗通志》的著录，名曰《大谷山堂集》，刻于乾隆年间。原刻本无序跋文。持之与刘承干刊刻于民国戊午（1918）仲冬的《大谷山堂集》六卷加以比勘，三百多首诗的排序无异，唯刘氏刊本卷首有沈德潜序，次刘承干序，此本无之。沈序撰于乾隆十九年（1754），当时梦麟由户部侍郎提督江苏学政。《国朝诗别裁集》是沈德潜选的诗歌总集，卷二十九收梦麟诗七首，小传后附以评语，云："乐府宗汉人，五古宗三谢，七古宗杜韩，虽不能至，心向往之，不必议其不醇也。近日台阁中无逾此者。倘天假以年，乌容量其所到。"② 从沈氏评语看，编别裁集时梦麟已去世。小传、评语都未提到梦麟的诗集。嘉庆初，法式善在《八旗诗话》中较详细地记述了《大谷山堂集》的版刻源流："初刻为《梦喜堂诗》，又总《石鼎》、《乙览》、《南行》、《入吴》诸集为《大谷山堂集》。皆门下士某某书，一仿钟绍京，一仿李北海，书刊之精，在本朝新城王文简、泽州陈文贞私集外，罕有伦比。"③ 王昶是梦麟癸酉典试江南时甄拔的名士，他在《户部侍郎署翰林院掌院学士梦公神道碑》中也谈及梦麟的才华和创作的流传，谓梦麟"自少以能诗名，后益浸淫于汉魏六朝暨唐宋元明各大家，萧闲清远之旨与感激豪宕之气并发于行墨，四方才俊揽其所作无不变色却步。初著有《行余堂诗》，入词馆有《红梨斋集》，在江苏删为《梦喜堂集》，后为《大谷山堂集》六卷。长洲吴泰来刻之，行于世"。法式善与梦麟相去未远，又曾奉校八旗诗人诗作，见到《大谷山堂集》，并为之题诗一首，理应知之甚确。今检法式善所撰《存素堂书目》，卷四清别集内著录《梦喜堂诗》、《嵩云集》二种。未署刻本抑或抄本，亦未标明卷数。王昶又出于诗人门下，情谊醇挚，且曾恭聆诗教，于诗人创作必有较翔实的了解。根据上述文献记载，我们可知梦麟诗作前后结为五个集子，刻行的有《梦喜堂诗》、《大谷山堂集》二种，余皆为抄本。

---

① 梦麟身世参看白·特木尔巴根《古代蒙古作家汉文创作考》，内蒙古教育出版社 2002 年版，第 135 页。

② （清）沈德潜：《国朝诗别裁集》卷 29，中华书局影印本 1975 年版。

③ （清）法式善：《八旗诗话》，张寅彭、强迪艺编校：《梧门诗话合校》，凤凰出版社 2005 年版，第 509 页。

梦麟自幼便以能诗著名。《大谷山堂集》共六卷，收诗三百二十八首。加上《梦喜堂诗》中不存的二十八首，共三百五十多首诗。梦麟诗歌内容广泛，有反映人民疾苦的，有抒写个人情怀及政治抱负的，也有描写山水风光与军旅行役之作。梦麟生活于“乾嘉盛世”，当时诗坛上盛行沈德潜主张的作诗温柔敦厚、效法古人的“格调说”，翁方纲主张的以义理为主、以学问为主的“肌理说”和袁枚倡导的写诗须抒写性情、关注个人内心怀抱的“性灵说”，在这众多的诗学思想中，梦麟对沈德潜所倡温柔敦厚的复古思潮最感兴趣，但对由此造成诗坛上脱离现实的风气并不满意。梦麟认为“丈夫读书务实用”，在他十几年畅达的仕宦生涯中，个体的生命价值和儒家伦理关怀始终紧密结合，兼济天下是梦麟不变的追求。所以，当诗坛上高歌盛世繁音时，梦麟却独辟蹊径，写出了很多关注苍生同情民瘼的现实主义佳篇。正如沈德潜对《大谷山堂集》的评价：“诗凡若干卷，皆奉使于役，经中州江左，成于登临校士余者，凭吊古迹，悲闵哀鸿，勖励德造，惓惓三致意焉。准之六义，比兴居多，盖得乎风人之旨矣。至平日歌天宝，咏清庙，矢音卷阿，铺张宏体，扬历伟绩，应有与雅颂相表里者。”① 在诗集中，梦麟的《河决行》、《嶅阳夜大风雪歌》、《沁河涨》、《舆人哭》、《哀临淮》、《悲泥涂》诸篇，诗人选择或冷峻、或豪骤、或跌宕的意象，呈现出生活于“乾隆盛世”的劳工、舆夫等疲于奔命，朝不保夕的众生世相图，以更深广的力度、颇具典型性的生活场面来反映现实。

黄淮水患历代为害甚大，特别是明清以后为便利内河行船，筑闸积水，致使河床淤积，时有决堤。乾隆十八年（1753），黄河在山东铜山一带决口。作为这场水患的目击者，梦麟曾写了反映人民疾苦的诗篇《河决行》。乾隆二十一年（1756），黄河又在孙家集决堤，次年春梦麟奉命驰勘，并兴办荆山桥工程，工竟议叙加一级。同年乾隆皇帝南巡阅视河工，又命梦麟前往勘治六塘河以下积潦。山东金乡、鱼台诸州县水患成灾，他又奉命与裘日修相度办理，从根本上扭转了沂水入运为害的状况。督办河工期间他屡上奏章，疏言治水方略，如治沂水之概要，治淮河之概要，乾隆皇帝“揽奏，颇得要领”②。身为河工大臣，梦麟脱略官吏行迹，深入工程第一线，勘察河形、督理河工。对水害的肆虐、人民的灾难，以及治

① （清）沈德潜：《大谷山堂集序》，《大谷山堂集》，民国七年（1918）吴兴刘承干刻本。

② （清）李桓：《国朝耆献类征初稿》卷43，明文书局1985年版。

河大员们借机肥私等情状，都有了深入了解。于是，他又写下了《沁河涨》、《嶅阳夜大风雪歌》等描写人民在河患危害下家破人亡、妻离子散境况的诗篇。《沁河涨》云：“涛翻浪吼大堤决，冲屋屋塌墙坍墙……东家携孩稚，西家呼爷娘。苍茫未识天地意，夫挽妻袖牵儿裳。传闻泽州水更大，冥冥暴雨连宵堕。沁源村户数千室，十家遭水死五个。时见浮尸逐堤岸，半日已阅数人过。”这首诗围绕着水灾，用白描的手法，对水灾中人民的悲惨境况做了深入刻画，实景实情，感人至深。“呼爷娘”、“暴雨连宵堕”、“十家遭水死五个”、“浮尸逐堤”这些令人触目惊心的意象的连续使用，造成诗歌节律比较急迫，仿佛有一股不断向前冲击的力量，似乎语言的流速赶不上感情的流速，更深切地展示出了面对自然灾害时的人微物渺，把哀鸿遍村野的惨状描绘得淋漓尽致。而“冲屋屋塌墙坍墙”这样的重字运用表现了诗人心理情绪的节奏，也为诗歌营造出更强烈的冲击力。《嶅阳夜大风雪歌》云：

> 山风吹山山夜号，雷硠霄霓奔崩涛。地轴挫折鸣巨鼇，攫拏老树鸦雀逃。夜入万族掀蓬茅。砂砾旋舞雪疾作，鹅毛万片如手落。东邻墙塌西叫呼，夜半抢攘声势恶。雪片转粗风转急……嗟乎！儿泣尚可休，无衣之人何以活？君不见，铜山县东四十里，筑堤十日工方起。呼集丁壮谐汝声，下扫日仅尺与咫。手僵脚冻扫不稳，眼见千夫万夫死。我乞天神顾神已，此风莫入黄河水。呜呼！此风莫入黄河水！

“君不见”句式，在南朝刘宋诗人鲍照《拟行路难》十八首后渐成风气。唐代李白二十八次①使用了这一句式。梦麟于“君不见”后接以残酷地纪实的诗行，在强化诗歌气势中，产生发聋振聩的效果。《触目行》中诗人又写道：“仁恩如海民弗及，费而不惠空嗷嗷。岂必官吏肆吞囓，偏全极次分纤毫，我历徐淮逮高宝，触目未免中切切。收因所见道余意，作歌聊当陈风谣。”大胆写出皇恩浩荡并不及民的现状。从写作《河决行》时歌颂“天子纡策促使忧悴民命也”到《触目行》的“仁恩如海民弗及”，梦麟诗歌的思想性明显增强。不唯如此，诗人在《新安坑卒行》里更有“君王自有函谷关，何与新婚更垂老”这样把矛头直接指向最高统

① 杨义：《李杜诗学》，北京出版社 2001 年版，第 427 页。

治者的诗句。

梦麟的诗歌显示他承载了沉重的社会责任感。当为朋友送行时，他询问“使君何以筹苍生”（《送何西岚出守凉州》）；同僚宴请时，席间他高谈“君不见，东南其亩稼与禾，高坟潦退茎穗罗。卑壤浸渍犹盘涡，河声昨夜奔前坡”（《检沁楼宴歌》）；独居四望时，他期盼“顾祝百室盈，吾亦心安居”（《园居夏夜》）。梦麟倾听着盛世下的悲吟，常常感受到苍生在灾难到来时候的无助：“天地深恩在，苍生痛哭存。”（《从谒景陵》）梦麟以关注社会民生的态度和愤世嫉俗的感情，燃烧自己的内心，写作了大量伤时忧世、体恤百姓的诗篇。在整个蒙古族诗史上，没有一个诗人的“灾害诗”，写得像梦麟这么多、这么震撼人心的。梦麟以其《大谷山堂集》在乾隆诗坛上崭露了头角。“四方才俊，揽其所作，无不变色却步。”[①] 可见影响是颇大的。

梦麟《大谷山堂集》有两个突出特点，一是诗人大量地选取清中叶现实生活作为创作题材。二是较多地创作了七言歌行体的叙事长诗。这两个特点与清初的著名诗人吴伟业在表象上有相似之处，实则区别很明显。吴伟业是通过描写晚明清初上层社会的动态来反映现实的。他以身际沧桑陵谷之变，其题材多纪时事，关系兴亡。“梅村体”诗歌的特点是：藻采被气韵淡化，词丽却不嫌浮艳，情愫激穿情节，状物摹人如在目前。读来一气呵成，绝无滞涩之感。显然是在传承元白歌行体风华绝丽的基础上，加之以李商隐式的凄婉，从而形成了哀感顽艳的诗歌特色。而梦麟这种诗史般的写作显见传承自少陵，以时事入诗，以发现现实的隐而未彰的底蕴为诗旨，以近于白描式的书写带给读者强大的力象感的冲击，这些都是杜甫诗作才具有的。不过，梦麟的七言歌行写作时如狙击手射击，屏气连发所中颇丰，然而一口气呼出时，手便在不知不觉中抖动，漏洞展现。不能像杜诗写作那样，韵律、格调、意象、气势各个方面俱协调一致，然后不疾不徐写出。但是诗人在创作道路上不断探索，技巧日见成熟的痕迹在在。

作为一名蒙古族诗人，梦麟诗作中对北方牧区生活也多有抒写，如其《榆台行》：

---

① （清）王昶：《户部侍郎署翰林院掌院学士梦公神道碑》，《春融堂集》卷52，内蒙古师范大学图书馆藏清刻本。

朝登榆台，暮登榆台，榆台高高胡天开。天四垂，风倒吹，牛羊日暮声大来。军中甲士歌胡歌，胡人坐地吹胡笳。胡笳声悲，胡歌声苦。吹笳胡人泪如雨，壮士拔刀夜中舞。夜中舞，悲向天，健马死途人死边。

胡天开阔，风吹草低，胡人吹胡笳、歌胡歌、旋胡舞，是一幅牧区民俗风情图。然而在牧区的人民和戍边兵士的生活却并不仅仅是感受“天苍苍，野茫茫，风吹草低见牛羊”这样简单。他们在胡歌和胡笳声中，倾诉的是死边的痛苦和悲情。梦麟这些描写牧区人民艰辛生活的诗篇，比那种浮光掠影单纯描写边塞风光的作品，自是要高出一筹。蒙古民族的生活和命运，作为一种崭之不断的精神根脉和挥之不去的生命记忆，早已构成了诗人丰厚的创作资源和强烈的倾诉冲动。他一直感受着和反思着与自己休戚相关的蒙古牧民的生活与命运，使得他的诗质文俱佳，显示出较高的社会意义与审美价值。《企喻歌》对牧区的贫富悬殊作了揭示：“鹞子经天飞，黄羊窜黄莪。有钱生风云，无钱莫抬头。”有钱人可以呼风唤雨，无钱人连抬头的权利都没有。

不唯如此，梦麟诗歌有比较丰富的思想内容，对当时少数民族间的征伐也有描述，同一首《企喻歌》中他还写道：“闻说单于来，歇马青海西。不愁人不多，但愁心不齐。”可见无论民族怎样不同，但人心是思安的。

“感于哀乐，缘事而发”本是诗歌创作之大旨，梦麟以其朝官之身份，竟能对黎民疾苦感同身受。当清诗反映社会矛盾趋于淡漠之际，《大谷山堂集》出现于帝都京师，流布诗坛，这是值得大书一笔的。无怪乾隆朝及后世的诸多学者名流、文坛耆硕都曾给梦麟的诗以较高评价：“午塘先生未弱冠而入词垣，未三十而跻入座，且屡掌文衡，进参枢务。而其为诗……方处春华之时，已造秋实之境，盖得于天分，非人力所能与也。”① 青年梦麟诗歌中的深厚的思想内涵确乎是同时代诗人中罕见的。

第二节　梦麟诗歌艺术风格的唐诗影响

意象是中国首创的重要审美范畴。《周易·系辞上》里的“圣人立象

① （清）张维屏：《听松庐诗话》，转引自《国朝耆献类徵初编》卷43。

以尽意”为意象理论的诞生开了先河。从刘勰的《文心雕龙·神思》中的“独照之匠，窥意象而运斤”，到唐代司空图的“意象欲生，造化已奇”、清代叶燮的“不可言之理，不可述之事，遇之于默合意象之表”，“意象”在历代文论家的阐释中成为中国古典文学理论中的一个不可或缺的成分。意象是个复合词，“意”在“象”先，“意”对应的是作者的精神气质，时代背景、作家心志、人生际遇和文化素养都作为主体意念因素，注入“象”中。“意”融入“象”，拓展了“象”的内涵。作为一种思维形式和文化心理积淀的结果，意象在诗人笔下具有灵动的生命和丰富的解释可能。梦麟诗歌在选取意象上，常常有自己的独到之处，并因之而使自己的诗歌形成了特殊的艺术风格。梦麟诗歌的造型艺术中，诗人常选择具有阳刚之气的意象，而这样的意象，最能反映人类本质力量的情态，如向上、奋发、积极、富于理想、永不停止等。这些意象的运用所形成的诗歌风格集中体现在梦麟古体诗歌中。他的古体诗除了关心民瘼之作，还有一部分驰骤豪宕、浪漫飘逸的诗篇。如《六朝松石歌》、《登清凉山绝顶展眺放歌》、《谒岱庙》、《明堂》、《渡江望金山放歌》、《梦游缥缈峰歌》、《登长干浮图绝顶放歌》等。《登长干浮图绝顶放歌》云：

……脱我薜荔之衣切云之冠，翱翔何必凌霜翰，贾勇直上两千尺，微躯径造青云端。云端猎猎秋风酸，欲堕不堕身蹒跚。我足蹀蹀衣翩翩，天乎天乎吾其仙。仿佛来双童，乘风骑紫鸾，招我游太虚。下见万里之波涛，千里之关山，阆风元圃置眼前，奔流东去何时还，城郭良是人变迁，但见秋晖日日悬，不见昔人颜再丹……

作为青年的天才诗人，梦麟在这首诗中营造了许多离奇、夸张的虚幻境界。“直上两千尺”、“径造青云端”、“骑紫鸾”、“游太虚”等意象均是超越现实的，诗人驰骋想象于广阔的时空，穿插以幻境，营造出具有强烈艺术效果的画面，在豪宕中带有飘逸之气，颇得李太白之风旨。“七言古诗，概曰歌行”①，“歌行之畅，必由才气”②。李白“七古”才气超人。梦麟的七古诗以主体精神的积极张扬为动力，由收而放，纵横驰骋，变化出奇。尽管在气象上尚不及李白，但已有李白歌行的“入神”途径。再

① （明）胡应麟：《诗薮》内编卷3，上海古籍出版社排印本1979年版。

② （明）胡应麟：《诗薮》内编卷1。

如《登清凉山绝顶展眺放歌》："骑鼋我昔遨平羌，宦游直过萧丹阳。送江入海半天下，鲸鱼夜吼翻枯肠。"选择"骑鼋"、"遨平羌"、"送江入海"、"鲸鱼夜吼"这样雄奇壮浪、动态鲜明的意象，让我们随着诗人的足迹，感受壮美意境。梦麟这两首诗所呈现的阳刚之美和豪放飘逸之气，足以令人有凌云之感。梦麟有李白式的浪漫潇洒气质，这大约是源出血液中的草原文化的影响，所以七言歌行这种诗歌体式非常适合"天才奇纵"① 的梦麟。王昶《蒲褐山房诗话》称："（梦麟）先生乐府，力追汉魏；五言古诗，则取盛唐，兼宗工部；七言古诗，于李杜韩苏，无所不效，无所不工，风驰电掣，海玄云垂，正如项王之救赵，呼声动地，又如昆明夜战，雷雨交惊。"是对梦麟古体诗歌的中肯评价。

梦麟虽擅长七言古诗，但其近体诗创作也取得了不俗的成就。"日出大旗高，霜腾万马豪。雷霆朝伏垒，鼓角昼鸣刀。"② "积气盘空曙色开，丹屏翠盖矗崔嵬。龙归雾失东甘涧，风起雷奔舞剑台。半岭白封云似带，上方墨点海如杯。悬知绝顶闭关客，目极干旍拂地来。"③ 均是选择具有阳刚之美的意象，所选择的意象虽然也有想象的成分，但总的看来偏于写实，与古体不同。前人曾言，梦麟"五言则萧寥澄旷，七言多激楚苍凉"④。无论是萧寥澄旷，还是激楚苍凉，都是通过对物象的选择，参之以一己之意念，出为意境后所生发出来的艺术风格。而此种艺术风格的形成与诗人对意象的选择是大有关系的。文坛耆宿沈德潜对他倍加激赏，称梦麟"具轶伦之才，贯穿百家，其胸次足以包罗众有，其笔力足以摧挫古今，而能前矩是趋，志高格正"。并说其"乐府胚胎汉人，五言含咀选体，即降格亦近王韦，七言驰骤豪宕宗太白，沉郁顿挫宗少陵，离奇环伟宗昌黎，近体亦不落大历以下"⑤。沈德潜从艺术风格的角度指出了梦麟诗歌的源流，从中我们可以看出梦麟诗歌从汉魏乐府至盛中唐五七体的创作路径。虽有一定的道理，但亦不尽然。事实上，梦麟在诗歌的创作中是无意苦学前人而诗旨暗合前人的。如《大谷山堂集》卷一《冬日观象台二首》：

---

① （清）法式善：《梧门诗话》卷1，文海出版社影印稿本。
② （清）梦麟：《平则门外观征蛮师出二首》，《大谷山堂集》卷1。
③ （清）梦麟：《马上望盘山》，《大谷山堂集》卷2。
④ （清）张维屏：《听松庐诗话》，转引自《国朝耆献类征初编》。
⑤ （清）沈德潜：《大谷山堂集序》，《大谷山堂集》，民国七年（1918）吴兴刘承干刻本。

木落风高画角哀，霜浓野阔一登台。云旗天转桑干出，日驭烟横碣石开。黑水遐对思禹迹，金方借箸失边才。汉家养士恩如海，谁伏青蒲请剑来。

严飚吹雪满西山，原野苍茫积素间。钲鼓一军劳挽粟，风河十月忆当关。重闉日落铜符出，大漠云驱塞马还。骠骑贰师俱寂寞，短衣拟缀羽林班。

这是诗人展示抱负的代表作。梦麟虽供职翰苑，是为儒林中人，但他并未沉溺于安逸闲适生活，崇尚读书致用，曾意欲投笔从戎，为国出力，故王昶有“夜台有恨观难尽，未遂骠姚斩骨都”（《挽梦麟诗》）之句。《冬日观象台》正是这一志向的绝好写照。梦麟把观象台作为古迹来凭吊，从中生发出历史沧桑感。诗风悲壮沉郁。梦麟七言近体诗的意象组合比较紧密，往往把几个意象压缩在一句诗中，显得凝重、老成、深沉。如第二首颈联：重闉，守卫森严的城池也；日落，天晚也；铜符出，将军出征也；大漠，荒寒边塞也；云驱，天气将变也；塞马还，军队凯旋也。十四字间含有六意。其实不止这两句，整首诗的意象密度都很大，这样容量也就大，读起来耐人咀嚼回味。所以法式善评此诗“沉雄瑰丽，独出冠时，百余年来北方学者未能抗手”①。在这首诗中，梦麟学杜而有所变化，他把杜诗中的顿挫转变为豪宕，从而展示出诗人的青春激荡。

《登燕子矶旷望大江》是梦麟五言中的佳作：

危矶尽天地，独立悲风多。落日送大江，万里明颓波。四顾何茫茫，孤鸟飞江沱。川原接杳霭，秋色来岷峨。西望峨眉山，奔涛胡坡陁。遥思大海东，万代同此过。来者固未已，逝者将奈何。我怀在古人，但见山与河。谁当识予意，泪落空山阿。

诗人在秋日独上燕子矶的时候，从脚下的吴越大地旷望四方，此时的心境清虚如风，潜在的精神活力与眼前的秋日景色在诗学的世界相逢，想象与现实混响交融：秋风寂寥的薄暮，万里长江浩瀚却又苍茫，失群的鸟儿在空旷的天地间倏然飞逝，让追逐着它的目光更感到天荒地老的人间的

① （清）法式善：《梧门诗话》卷1。

孤寂。岁月就是这样走掉的啊，不知道何年开始，又在何年终结。哀恳的词笔传达出了悲怆的诗情，萧条的秋日里诗人发抒的是陈子昂跨越千年而不衰的“前不见古人，后不见来者，念天地之悠悠，独怆然而涕下”的感喟。在梦麟诗歌的宏大视野中，他的山水吟唱往往蒸腾着浓郁的沧海桑田、人生如寄的时间意识和生命意识。诗歌的力度存在于有现实背景支持的气势非凡的艺术夸张中，它不仅提供了社会史料，也提供了精神文化史料。因为在这里我们深切地感受到了人与自然之间的生命对峙的力度。

梦麟诗对于汉魏乐府、唐风吟唱，往往于继承中多有变异，于熟悉处制造陌生，于整合时实现创造。参差对应之间的多元选择才造就了属于他的艺术风格。而其旨归便是一种力象美。主体生命中的一种丰沛的元气，与历史人物的情感交换，皆由于散发着青春气息的生命力量。

施蛰存在《唐诗百话》里论及格诗律诗时这样说：《文镜秘府论·论文意》云：“凡作诗之体，意是格，声是律。意高则格高，声辩则律清。格律全，然后始有调。”可知古诗重在内容，故称格诗，格是风格。近体诗重在声韵的美，故称律诗，律是音律。古诗意高而声韵不美，近体诗声韵美而意不高，都还不够，因此要求格律全。格高律清的诗，才可以称为有调的诗。调是风调，也就是现在我们所谓格调或风格。[①] 梦麟古体诗或为直接干预政治、服务现实的吟唱，或追取太白，发驰骤豪宕之意气，展示壮美之景象。而近体则揣摩少陵，展示沉郁苍凉之气。所谓格高律清者，在梦麟诗集中有所展示。《大谷山堂集》卷三《汤阴岳忠武祠》云：

> 啼鸟徒闻唤奈何，君王久已厌挥戈。紫宫霄冷铜驼梦，碧血秋添鄂渚波。三字一经称信谳，六师不复望争河。可堪遗庙烟荒里，无数昏鸦响暮柯。

诗人以时间的体验，对执持一己之信念，英勇抗金的岳飞的生命价值，作出了赞颂式的审视，在时空的交错回溯中，融进对历史人物的叹惋和现实景物的描述，深沉的史语脉动体现的是诗人的历史感，而现实的物语回味的是生命意识。其咏史诗，颇有中唐刘禹锡诗味。这时的诗人，早已抛却了狭隘的民族观念，只是在人性的角度来看待往岁的英雄，其诗歌

---

① 施蛰存：《唐诗百话》，上海古籍出版社 1988 年版。

之格高，从另一方面得到体现。清代本身即是以少数民族来统治，统治者又刻意学习汉族先进的文化知识，所以民族融合超过迈以往朝代。身为蒙古族诗人，梦麟认为“短衣射虎平生事”①，他还愿自己“踏涛北去追风鸟，长绳生系南单于”②。

无论是古体诗还是近体诗，梦麟常常选用具有阳刚之美的意象来表现自己的或质直，或豪宕，或沉郁的艺术风格，但这并非他诗歌的全部，事实上，梦麟诗集中有相当一部分是表现向往田园归隐生活的倾心之作，此点在探讨他对孟浩然、王维诗歌接受中再叙。

梦麟对于诗歌理论的探讨也很值得研究。王昶曾援引过他的一段诗论，系其创作经验的总结，谓：“先生曾云，五言必从悟入，而七言古诗忽起忽落，信手拈来，纵横如意，亦非妙语不能，尤属前贤所未发。”③《大谷山堂集》卷六有一首题为《长歌赠陈生宗达》的七言歌行，纵览中国诗歌源流，指陈沿革，品评风格，可称为诗史。就当时诗坛，推挹耆硕沈德潜，称“归愚老人沈宗伯，浸淫卷轴铺云肪。采兰餐菊撷英秀，咀涵齿颊回甘香”。同时对朋辈诗人王芥子、曹仁虎、王昶等奖掖备至，称他们“生复天矫出流辈，劲力搏抗探纯钢”。诗中还有“掀腾万派涌真气，挽近奚必皆寻常”，“挥斥八极就绳墨，法随言立堂哉皇”等语。从他的诗中可以看出诗人崇尚的是“温柔敦厚”的正统诗论，在继承传统的基础上，主张“采兰餐菊”，博采众长，创造自己的风格。梦麟对诗的见解还充分体现在他为赵损之《媕雅堂诗集》所撰写的序文中。序文首先据《周礼》，阐述了传统诗教，对诗之“六要”加以概括总结，谓：“惟出于正，是以直陈之为赋，曲陈之为比、为兴，无所之而不宜。诗有六要，归于雅焉可知矣。”他还就赵损之的创作特点与传统诗教的关系提出自己独到见解。他认为，赵诗“大略据经史为根柢，循古人为矩镬，取丛书稗说为辅佐。又本诸萧闲真澹之志，故发于音者或殚谐慢易，或廉直劲正，如栾铣然，石播柞郁之不形也；如皋陶然，长短疾舒之悉中也。可谓广大而静，疏远而信，恭俭而好礼，于大小雅有和焉者已”。梦麟的诗学研究尽管篇幅无多，不似法式善有《梧门诗话》等专著，但他毕竟是在清代诗坛上较早从事此项研究的蒙古族作家。在览胜兴怀之余品藻风

---

① （清）梦麟：《送用晦之官留都》，《大谷山堂集》卷2。

② （清）梦麟：《冰嬉行》，《大谷山堂集》卷2。

③ （清）王昶：《户部侍郎署翰林院掌院学士梦公神道碑》，《春融堂集》卷52。

雅，洞彻得失已属难得。其卓识不凡，发前人所未发，又非徒事钩章索句，偏照方隅者所能比肩。梦麟的诗学观，可以说是两种民族文化、民族精神和民族审美传统相交融的结晶。由于他深受儒家诗学的影响，因而创作极重风雅比兴的传统和温柔敦厚的诗教，他现存诗作中有不少追摹汉魏乐府的作品，就是此种原因。另一方面，北方文化的熏陶和潜在的民族气质的影响，使得梦麟在诗美追求上，倾向于阳刚美风格。

在长期的诗歌写作中，由于梦麟认真借鉴了中国古典诗歌的艺术技巧，所以，艺术水平也达到了一定高度。他曾作有五言长诗《平金川诗》一千六百四十九字及《春日八西园四十韵》，可约略窥其驾驭诗歌语言和韵律的能力。杨钟羲的《雪桥诗话》评价“午塘年仅三十一而残，其诗已是名家”并非虚言，关于梦麟的诗才，诸家多有评骘。江阴缪孟烈是梦麟乾隆十八年（1753）视学江苏时所取士子，其五言排律《依韵呈梦麟司空》对诗人的词章给予如是赞誉：“仙人坐瑶席，凝笑吹玉笙。静中发天籁，清响悠然生。元音何淡荡，妙旨传心声。上穷云雷状，下验草木情。咸英古初调，毋俾庸耳听……”乾隆二十年（1755），梦麟任工部侍郎期间登临泰山，赋七言长律一首。江南名士读之不胜钦佩，将其勒石殿壁，以期久传而不泯。严冬有还奉和一首，题为《祗谒岱庙谨和元韵并效其体》，诗中有“公如天柱頳中峰，元神陟降应在穹”等语，尽抒感知怀旧之情。

对于唐代诗人，梦麟并非只学习李白、杜甫，他对陈子昂、王维、韦应物、孟浩然、刘禹锡、韩愈、贾岛诸人都曾关注，或作有和诗，或作有悼怀诗，或在自己诗歌中吟哦其人，或在诗歌中化用其诗境。如其《贾阆仙墓》：“骑驴行荒山，寒封隐桑柘。晚光动林墅，迢迢见僧舍。树影拂苔碑，阴坛数鸿下。白日隐榛芜，青燐淡长夜。平生酒脯意，采蘋及清暇。茧足忆吟魂，酹酒寒墟罢。”是感念贾岛生平写下的怀想诗。《寄题云壑草堂四首之四》云：“旧出乌衣系，今成谷口身。闲披种树传，老作看花人。鱼鸟为知己，烟霞自写真。待寻餐玉诀，来结孟家邻。”梦麟少年得志，身负重任，常年奔波各地，无由闲暇，但诗人心中渴望着诗家清静，田园之乐，所以他写下这首五律，表达对于孟浩然能与邻人“把酒话桑麻”的欣羡之情。诗歌语言朴素自然，对仗工整而流畅，虽为律诗，却似古风，颇得孟浩然《过故人庄》的神韵。《朝往香山山》云：“梦觉钟鱼清，褰裳月在栋。盥洗辞精庐，山僧出林送。苔光上芒屩，昨霄知露重。乱泉听乍失，溪涧涩余冻。石骨生清寒，行吟抱朝甕。日出照幽谷，山鸟发新哢。微风被空翠，流云散崖洞。永怀煨芋者，隔岫闻清诵。”味之颇得王维诗歌的清虚。《夜自宾阳洞归宿香山》“绳床一觉睡初熟，醒来独听寒山钟”用张继《枫桥夜泊》“姑苏城外寒山寺，夜半钟声到客船”诗境。《拟韦苏州寄友》曰：“端居岁云徂，密雪洒幽馆。启户夜钟寒，坠叶空阶满。缅彼车轮遥，衣带至今缓。把酒望空江，临风布深欸。”检《全唐诗》，韦应物用 an 韵作寄友类诗十首。皆是状眼前景，写心中情，诗味散淡中有从容，更有深致，梦麟拟诗亦是照此范式来写。《兰山传舍走笔和壁上用韩昌黎山石韵》：“驰曜堕地阳力微，敲门打火鸦雀飞。尖风如刀面如割，触之安得肌肤肥。残秋归自大江浒，袖罗珠贝遗者稀。帝曰女谐女复往，有士弗获如尔饥。留卿十夕秣吾马。月乙卯日辞黄扉，冲飚南下二千里。襟沾泥渍冠萦霏，岱宗偏侧尽冈阜，如星之共城之围。荦确虽易断车轴，喜鲜浮涴来吾衣。东西南北数年惯，本无拘缚何韁靰。投笔一笑吾就枕，短檐哑哑惊禽归。”韩愈《山石》是其为游洛阳北惠林寺所作，诗歌以明丽爽快之笔墨抒发磊落胸怀。诗中用“山石荦确行径微”状途中地形，用“芭蕉叶大支子肥”写寺院风光及众人游兴，写斋饭“粗粝亦足饱我饥”，写古寺佛画“以火来照所见稀”，而末句更是以“安得至老不更归”写出等等不一而足，诵之刚健通脱，热爱生活之气扑面。梦麟诗亦是如此。

梦麟在其短暂的生命中，以宦海生涯中的人文关怀，以天才奇纵的笔力思致，表达出内心的生发感动力量，也为其后的蒙古族诗人汉诗创作提供了良好的范式。他在清代诗歌史上的成就和地位是不容忽视的。

第四章

杰出学者法式善及其家族的唐诗接受

法式善（1753—1813），原名运昌，字开文，号时帆，又号梧门、陶庐。蒙古伍尧氏，祖籍察哈尔。内务府正黄旗人。乾隆四十五年（1780）进士。后因乾隆皇帝赏识，赐改今名，“法式善”即满语“勤勉”之意。累官至侍讲学士、国子监祭酒，是乾隆时期知名的学者和诗人。著有《存素堂集》、《梧门诗话》、《陶庐杂录》、《清秘述闻》、《槐厅载笔》等。

《清史稿》列传二百七十二及《清史列传》卷七十二俱载其传，惜失之简略，记载亦有讹误。清末李桓纂《国朝耆献类征初编》卷一百三十二词臣十八收有关于法式善传记文字五篇，以黄安涛所撰小传较详。法式善《存素堂诗初集录存》卷首载阮元撰《梧门先生年谱》，于法式善生平事迹及著述胪列至为详尽。然有两点需考厥其实。

首先是姓氏。年谱称，“法式善，蒙乌吉氏”。清代笔记杂著也往往以此姓冠于法式善名前。王昶在辑《湖海诗传》时收有法式善涛若干首，小传亦称“蒙乌吉氏”。钱林《文献征存录》则作“蒙古尔吉氏”。《八旗满洲氏族通谱》附载蒙古姓氏二百数十种，以姓统人，兼及世系，其中无“蒙乌吉”一姓。法式善的父祖辈中虽无显宦，但毕竟也是从龙入关的功臣，氏族通谱注重记载的恰恰是这些功臣。法式善本人曾重修过一部族谱，《八旗文经》卷十三收有《重修族谱序》一文，即是其证。但世无传本，无法得知他自己是如何确认其姓氏的。现在可资考求的旁证有两篇碑传文字。其一是赵怀玉的《御园织染局司库伍尧君家传》，其二是王芑孙的《内务府司库广公墓志铭》。广公者，法式善之本生父广顺。当他去世之后，法式善持其生平载记恳请两位文友为之撰文。赵氏所撰家传曰：“君姓伍尧氏，讳广顺，字熙若，号秀峰，蒙古正黄旗人，世居察哈尔。”① 王芑孙所撰墓志

---

①（清）赵怀玉：《御园织染局司库伍尧君家传》，《亦有生斋集》卷13，嘉庆二十二年（1871）刻本。

铭曰："公讳广顺，字熙若，号秀峰，蒙古正黄旗人，其氏曰伍尧。"① 就法式善的姓氏而言，这两篇碑传文字的记载毫无二致，均指为伍尧氏。其所以一致，源于它们都出自法式善本人提供的背景材料。众所周知，《梧门先生年谱》是由后人编成，重在表彰法式善的为人和业绩，姓氏、世系传承等未必在详究之列。赵、王二人的碑传文字却是在法式善的亲自参与下产生的。丧主在即，又有族谱可稽，岂能误写亡者姓氏而贻笑后世。乾隆年间敕纂的《皇朝通志》氏族略，录载了蒙古八旗姓氏，其中有伍尧氏，并注明"世居察哈尔地方"。官纂史书与赵、王二文之吻合，自是有力证据，因此法式善姓伍尧氏可以论定。

其次是世系。年谱称"始祖讳福乐，以军功从龙入关，隶内务府正黄旗，六传而至先生。"世次为：福乐—六格—平安—本生父广顺—法式善。赵氏撰家传则与之不同，作"文皇帝时有代通者，从入关，隶内务府。曾祖梦成，官内管领"。世次为：代通—梦成—六格—平安—广顺—法式善。年谱所称六传者，实少一世，赵氏所言为六世，人名又有歧异。假设梦成又名福乐，年谱尚少从龙入关的代通一世。赵氏撰此家传时，法式善在国子监祭酒任上，重修族谱之事已趋告竣，不可能持遗漏一世的家族资料去请人属文。因而，法式善先祖传承世次以据赵氏家传为妥。故此知《清代人物生卒年表》据阮元年谱说法式善是满洲正红旗人有误②。

法式善的文学创作和著述极为丰富，多数都得以刊刻流传。未刻者有《备忘录》一册、《诗龛诗稿》一卷、《存素堂书目》四卷、《诗龛藏书目录续编》等数种。另外，法式善在任四库全书提调期间从内府秘藏中查询、抄录宋元人诗作，辑成《宋元人诗集八十二种二百七十卷》，以宋人杨亿《武夷新集》始，止于元人赵访《东山存稿》，凡 30 册，现以抄本形式藏于北京图书馆。其录而付梓者有宋代名家辛弃疾的佚作，为后人研究辛弃疾提供了极大的方便。唯《清史稿》本传所记《天真阁集》一书，既未见之于法式善和同时代人的著述，又不曾有署名为法式善的传本。本传先列《存素堂诗集》，而未及《存素堂文集》和续集，其《天真阁集》者必为馆臣笔误。作为历史学家，法式善编著的历史文献有《槐厅载笔》二十卷、《清秘述闻》十六卷、《陶庐杂录》六卷、《备遗杂录》八卷、《约西杂记》，等等。特别是现存的《陶庐杂录》是杰出的史学百科全书，

① （清）王芑孙：《内务府司库广公墓志铭》，《惕甫未定稿》卷 9，嘉庆间刻本。

② 江庆柏：《清代人物生卒年表》，人民文学出版社 2005 年版，第 528 页。

对研究我国古代典章制度、风土人情、社会政治经济，以及古籍版本学等，都具有重要的参考价值。

蒙古族作家多为贵族出身，必然重视文学的应用，所以赋诗以政治教化为第一义。其中一部分人虽作品颇多，然并不入文苑传，说明其不以文人传于世。法式善则是先为文人，再有意识地作文人之诗。在法式善勤勉著述的学术生涯中，与唐诗关系最为密切的当是代表他的诗学思想的《梧门诗话》和他的作品集《存素堂文集》、《存素堂诗集》，现分述之。

第一节 法式善诗论中的唐诗观

《梧门诗话》是法式善历时多年所撰成的一部诗话著作。在这部诗歌理论作品中，法式善评点了清代乾嘉诗坛的众多诗人诗作，提出了自己的“唐诗观”诗歌理论，并且通过为他人诗文集作序等途径将这一理论广为传播。法式善的“唐诗观”有以下两个特征：

一是法式善在对唐诗的接受中，其诗论主体意识一旦形成，便产生了一种向后延伸的历史积淀，为自己及其后诗作追随者对唐诗的接受和评价定下了一个主调。

“唐诗多以丰神情韵擅长”①，对诗写性情的强调，一再为法式善重复或发挥，成为他品评诗歌的基础理论。法式善对清代乾嘉诗坛诗人诗作的评价广泛。从法式善评论对象来看，涉及官宦、幕僚、文士等不同的社会阶层。其中有法式善的师友，也有从未谋面的仰慕者，更多的是与法式善同时期的文士诗人。王昶《湖海诗传·蒲褐山房诗话》曾云：“时帆自登仕版，即以研求文献，宏奖风流为事。……所居在厚载门北，背城面市，一亩之宫，有诗龛及梧门书屋。室中收藏万卷，间以法书名画。外则移竹数百本，寒声疏影，如在岩谷间。经师文士，一艺攸长，莫不被其容接。”从法式善评价的内涵来看，也各不相同：有的才华被欣赏，有的语言清丽被欣赏，有的是被称赞构思奇特，皆是正面的赞誉。但有一个非常显著的特点，就是这些诗歌皆属性情之作。

法式善诗歌理论主要揭示诗歌的本质是情感，并且意识到诗歌的本质与功能之间的内在关系，只有写“真性情”的诗歌，才能产生“动人心”

① 钱锺书：《谈艺录》，中华书局1984年版，第2页。

的效应，而诗写性情恰是唐诗的典型特征。在法式善看来，“诗者合性情而已矣。欲知人之性情，必先观其诗”①。法式善的这种认识，并非空穴来风。“唐人之诗，无论工与不工，第取而读之，其色鲜妍，如旦晚脱笔研者；今人之诗，即工乎，然句句字字拾人饤饾，才离笔研，已似旧诗矣。夫唐人千岁而新，今人脱手而旧，岂非流自性灵与出自模拟者所从来异乎！”② 这是明人对唐诗内在精神的发掘之论，表达了晚明公安派诗人提倡性灵，视唐诗为诗人真性灵的自然流露，视真性灵为唐诗千岁常新的生命之源的诗学思想。而这里所说的性灵实质上也就是性情。据此也可以看出，注目于唐诗是表述性情之作这一论点在明代已经被重视。清代康乾时期，由于皇权话语的导向，诗坛接受明诗的审美范式，依旧大倡唐诗。王士祯、沈德潜、袁枚、翁方纲等诗坛代表人物虽然理论各不相同，但对唐诗的接受是共同的。因此我们可以肯定地说，对唐诗的接受既是法式善的个人学术追求，同时也是时代的需求。

“文学作品有三个主要因素：审美因素，指作品中为审美需要和形式结构所决定的因素；心理因素，指那些为作家个人所决定的因素；文化因素，主要有某个时期特定社会中产生某作品的背景决定的因素。”③ 每位作家所具有的审美趣味、心理因素、文化积累的差异，决定了他们作品的差异。乾嘉时期是清代集古典诗学之大成的时期，也是诗话发展的鼎盛期。根据不完全的统计，这一时期的诗话数量达上百种之多，几乎占清诗话的三分之一。就理论价值而言，继康雍时期的“神韵说”之后，主要从格调和性灵的角度对传统诗歌理论作出了超越明人的总结。法式善的《梧门诗话》就是这其中既受到时代诗潮影响，但又保持着自己独立性的一部诗话集。法式善生活的时期，王士祯的“神韵说”、沈德潜的“格调说”、翁方纲的“肌理说”、袁枚的“性灵说”最有影响。很明显，法式善的《梧门诗话》主要受到了王士祯和袁枚的影响，同时对沈德潜和翁方纲的学说也有吸收，但他并没有盲从，而是在理解他们诗学理念的基础上建立起了自己的诗歌理论。法式善取法唐诗所提倡的性情之论与同时期

---

① （清）法式善：《蔚嵫山房诗钞序》，《存素堂文集》卷1，嘉庆十二年（1807）程邦瑞刻本。

② （明）江盈科：《敝箧集引》，《雪涛阁集》卷8，黄仁生辑校：《江盈科集》上册，岳麓书社排印本1997年版。

③ 王先霈：《文学批评原理》，华中师范大学出版社2001年版。

的袁枚提倡的性灵之论同中有异。袁枚的“性灵说”，提倡写个人的性情遭际，写个人的情怀，要求突破传统的束缚，反对翁方纲的以学问为诗。认为文学创作主要是抒发“性灵”，“从《三百篇》至今日，诗之作者，都是性灵，不关堆剁。”[①] 反对堆垛学问，抒发个性灵感是袁枚诗论的重大成就，然而当袁枚在鼓吹“性灵”说时，将创作的天分强调到不恰当的地步，就会给学界带来无穷贻害。如说：“诗文之道，全关天分。聪颖之人，一指便悟。”[②] 在给法式善《存素堂诗初集》所作的序中又说：“其人之天有诗，自能妙万物而为言；其人之天无诗，虽勤之而无益，调之而无味。”[③] 这些过分强调创作天分有失偏颇的话，确实会使那些未究袁枚全部诗论的“天事稍优者”将作诗看作简单容易之事从而流于浮泛。法式善尊袁枚为“前辈”，其《存素唐诗初集》自序中言在审定诗集的过程中，曾汇钞两大册，寄给袁枚审定。“简斋著墨卷首，颇有裁汰。”[④] 但师友之谊并不能让法式善湮没自己的学术主张。因而虽然法式善论诗主性情，与袁枚的影响分不开，但是他也多次强调“性情说”和“性灵说”是有区别的。《梧门诗话》卷七谓：随园论诗专主性灵。余谓性灵与性情相似而不同远甚。门人鲍鸿起辩之尤力。尝云：“性情者，发乎情止乎礼义而泽之以风骚汉魏唐宋八大家，俾情文相生辞意兼至以求其合。若易情为灵，凡天事稍优者类，皆枵腹可办。由是街谈俚语无所不可，芜秽轻薄流弊将不可胜言矣。”余深是之。在法式善的诗论中我们明显可以看出，他认为性情之情并非滥情，而是有限度的，当以礼义为准绳，以风骚汉魏唐宋八大家这样的符合道统的高格之作为指导，方能写出好作品。法式善在性情与性灵的论辩中吸收了沈德潜理论的精髓，对于诗歌的格调问题教化作用非常重视。对此，他还有很多相关表述，如称赞王葑亭诗作“皆寄托高远意味深厚有合风雅之旨者存”[⑤] 就是一例。比较之下，袁枚看重诗人才华远甚于重视诗格，因而对于情之约束也就没有这么严格。郭绍虞认为，袁枚所谓“性灵”，“性”是情的表现，“灵”是才的表现。因而“性灵”是情与才的综合。[⑥] 袁枚提倡信手写诗，独抒性灵，虽有长处，

① （清）袁枚：《随园诗话》卷5，人民文学出版社1960年版。
② （清）袁枚：《随园诗话》卷14。
③ （清）袁枚：《随园诗话》卷3。
④ （清）法式善：《存素堂诗初集录存》，嘉庆十二年（1807）王墉刻本。
⑤ （清）法式善：《王葑亭双佩斋诗集序》，《存素堂文集》卷2。
⑥ 郭绍虞：《中国文学批评史》，上海古籍出版社1982年版，第568页。

但率露和俚俗之病显见。为了弥补这一缺失，法式善认为后天之学力亦不可轻忽。“诗之为道也，从性灵出者，不深之以学问，则其失也纤俗；从学问出者，不本之以性情，则其失也庞杂。”① “君之诗笃于性情，能神明于古人之法以自尽其才。”② 在对袁枚、翁方纲诗论的理解上，法式善一直采用兼容并包的思想原则，所以，他认为：“诗有经指授始工者，学问为之也；诗有不经指授即工者，性情为之也。”③ 而学问之诗虽是在宋代成型，但溯源自晚唐李商隐，即是性情和学问兼胜。只有以真性情加之学问或词采，这样的诗歌才能流传当时后世。“夫世之以词翰求知于人者，非炫其所长以为名高，将挟以博富贵利达也。其词翰往往不工即工矣，其流传必不久。何也？无真性情以贯之其中耳。”④ 只有把性情和对社会人生的体验融合，才能源源不断地写作。

在诗写性情的理论基础上，法式善对诗中表现的性情还提出了“真”的要求。“夫人之性情，则其人之真。”⑤ 唐代著名诗人无论诗味淡泊抑或高蹈，无一不是真性情之人。正是在广泛接受唐诗的基础上，法式善认为诗道性情，哀乐寄予其中，诚伪大有不同。性情真，则语言虽质朴也有余味，性情不真则虽然用绮语写就也无味。“性情真则语虽质而味有余，性情不真则言虽文而理不足。”⑥ “情有不容已，语有不自知”（法式善题诗龛诗，《随园诗话补遗》卷六引），都是强调诗情之“真”。正是从这一诗学观出发，他对那些表现真性情之作给予充分肯定，反之则表示贬意。

在对具体的诗歌体式评价上，法式善还特意强调了清初诗坛的吴梅村对唐代元白纪事诗的接受。“纪事之诗委曲详尽，究以长庆一体为宜，不得议其格之卑也。然元白合作亦少，至梅村而始臻极盛。则此体自当以娄东为大宗。”⑦ 反对当时有人认为纪事诗诗格不高的说法。并肯定了从元白“歌行体”到梅村“诗史”间一脉相承的记言历史的诗歌作用和地位。“诗能包括史事，一语胜人千百者。”⑧ 而元白体的形成，同样离不开其发

---

① （清）法式善：《鲍鸿起野云集序》，《存素堂文集》卷2。
② （清）法式善：《吴兰雪香苏山馆诗文集序》，《存素堂文集》卷2。
③ （清）法式善：《香雪山庄诗集序》，《存素堂文集》卷2。
④ （清）法式善：《王延之遗诗序》，《存素堂文集》卷2。
⑤ （清）法式善：《具园记》，《存素堂文集》卷4。
⑥ （清）法式善：《兰雪堂诗集序》，《存素堂文集》卷2。
⑦ （清）法式善：《梧门诗话》卷14，张寅彭、强迪艺编校：《梧门诗话合校》，凤凰出版社2005年版，第396页。
⑧ （清）法式善：《梧门诗话》卷11，张寅彭、强迪艺编校：《梧门诗话合校》，第327页。

轫者白居易诗作颇有性情的渊源。“有学人之诗，有才人之诗。学人之诗，通训诂精考据，而性情或不传。才人之诗，神悟天解，清微超旷，不可羁绁。唐之太白乐天，宋之放翁诚斋，各得其所近。”①

法式善的诗学理念不只体现在《梧门诗话》和《存素堂文集》中，同时在选本中也可以看出。法式善曾校《全唐文》，还曾与铁保共同编选《熙朝雅颂集》。铁保是清中叶满族诗坛上的重要人物，其诗论主张与法式善如出一辙，“夫诗之为道，即以言性情也”（《秀钟堂诗钞序》）是铁保诗歌观的核心。共同的诗学宗旨决定了他们编选诗集的入选作品的标准是相同的。除此而外，法式善的唐诗观，在他的存书中也可约略见之。法式善《存素堂书目》四卷②，卷三集部总集藏有《唐诗》、《选四朝诗》，别集类存白居易《白氏长庆集》、李商隐《李义山诗文集》、韦应物《韦苏州集》、王桀《麟角集》、权德舆《权文公文集十卷》、独孤及《毗邻集》、元结《漫叟拾遗》、陆龟蒙《笠泽丛书》、李之芳《李文公集》；卷四总集类藏有金元好问编《唐诗鼓吹》，明吴琯、方一元仝编《唐诗纪》，清王士祯《唐贤三昧集》、《唐人万首绝句》、《十种唐诗选》，赵孟龙编《唐诗解》，徐增编《说唐诗》，杜诏编《唐诗叩弹集》，吴瑞荣编《唐诗笺要》，赵瑗臣编《唐诗别裁集》。《诗龛藏书目录续编》又有顾况《华阳集》、独孤及《毗邻集》及《唐四杰集》③。

二是诗话中对王孟诗渊源的探寻及其“清”、“淡”艺术风格的寻绎。

同乾嘉诗坛诗歌主流保持一致的是，法式善最喜欢唐诗，《梧门诗话》卷一评李丹壑绝句《抵润州》和《毗陵舟中寄友》“雅有唐人风致”；卷十五评价张青溪诗“予最爱其忆李婉兮、陆素窗二十字，颇近唐人。”最爱某诗的缘由只是“近唐人”，此理由朦胧而又饱含情感，恰可让我们见到一个诗论家的感性一面。而近唐人的评语也充分说明法式善对唐诗的喜好。其实，法式善诗论中多饱含情感的印象式描述，这也是源出于唐人诗评中的一个特点。

在众多的唐代诗人中，法式善喜爱和激赏的艺术风格来看，多是王孟的山水田园诗和清淡的艺术风格。他的诗论中品评最多、评价最高的诗人是孟浩然，他曾寒夜挑灯，读孟诗，仿孟作。《梧门诗话》卷四云：“余

① （清）法式善：《容雅堂诗集序》，《存素堂文集》续集卷2。
② （清）法式善：《存素堂书目》，四卷稿本，现存国家图书馆善本室。
③ （清）法式善：《诗龛藏书目录续编》，二册稿本，现存国家图书馆善本室。

最爱孟襄阳诗，每诗寒夜挑灯读之至四鼓不倦。拟作十余章，愧弗肖。”很显然，孟浩然清新冲淡的诗歌旨趣受到法式善的偏爱。法式善诗作也大抵冲淡幽雅，他把怀才不遇、不媚权贵的思想寓诸清淡的物象，制造了一种清淡中具有超尘拔俗、凛然正气的诗歌境界，并把这一标准作为品评诗人和诗歌境界的审美标准。主张诗作应该蕴藉、含蓄，以冲淡、清远为尚。在《梧门诗话》中这样的表述有很多。如“诗者，心之声也。声者，由内而发于外者也，惟清为最难。四时之声，秋为清，物之声，鹤为清”。①“清”是法式善诗美的终极旨归。法式善称赞史震林的诗谓：“皆能造意造句，清妙绝伦。”② 评施蒙泉“诗才清新”③，同卷又评汪剑潭“诗笔清艳处，绝去俗万里”。评刘大櫆诗“清微古淡，可入《极元》、《三昧》集中”④。评靳荣藩诗“词既流逸，意亦清微”⑤。诗歌的“清”、“淡”在法式善的诗论中出现频率最高，法式善还曾说：“天下事，惟平淡可以感人，真切可以行远。而诗尤甚。”⑥《梧门诗话》卷八评如皋吴梅《题罗两峰秋苔画册》诗为“淡远有致”。除了上述评论，《梧门诗话》中还多“清空”、“清远”、“清迥”等字眼，以此美学范畴来评价诗人诗作，反映了法式善所追求的诗风特点，法式善对追求天然入妙、余味无穷的“神韵”诗美，是颇为心仪的。就康乾诗坛的诗学思想的相互渗透和对峙来看，法式善在品评诗歌的审美范式方面，明显受到了王士祯“神韵说”的影响，也表明了他对王维、孟浩然诗歌趣味的本质认同，标示出法式善对王、孟清淡幽雅的美学观的传承和发扬。

陆元鋐《青芙蓉阁诗话》谓：“法时帆学士五言多王孟门庭中语，清远绝俗，未易问津。杨蓉裳序其诗云：‘桃花流水，灵源自通。桂树小山，清梦常往。’可以想其旨趣矣。”就审美趣味而言，陶诗的平淡自然和王、孟、韦、柳诗的清微淡远都是法式善所宗尚的，但在个人的写作中，他对唐诗的摹拟似更显豁。论者多以为法式善“论诗主渔洋三昧之说，出入王、孟、韦、柳”，但需要指出的是，法式善虽偏爱王孟，但对唐诗中的其他艺术风格并不排斥。法式善对诗歌创作和评论的审美

① （清）法式善：《涵碧山房诗集序》，《存素堂文集》卷3。
② （清）法式善：《梧门诗话》卷3，张寅彭、强迪艺编校：《梧门诗话合校》，第113页。
③ （清）法式善：《梧门诗话》卷2，张寅彭、强迪艺编校：《梧门诗话合校》，第87页。
④ （清）法式善：《梧门诗话》卷4，张寅彭、强迪艺编校：《梧门诗话合校》，第136页。
⑤ （清）法式善：《梧门诗话》卷8，张寅彭、强迪艺编校：《梧门诗话合校》，第258页。
⑥ （清）法式善：《寄闲堂诗集序》，《存素堂文集》卷3。

趣味的多样性及其合理性有非常圆通的认识，认为“凡物不相掩，入秋皆有声”，主张“诗家宗派不同，各有所至。世之执一以例百者，观此当爽矣”①。正是基于这样的审美观，他编“诗话”时，一以“性情”为准，凡抒写真性情之作，无论师法王孟韦柳、李杜、元白抑或温李，也不管表现出何种风格，如沉雄悲壮的、明畅轻俗的、幽雅清秀的、绮丽深婉的等，一并收录，并都给予肯定。《梧门诗话》兼收并蓄，唯美是赞的态度，在清代众多诗话中是较为突出的。不唯如此，法式善录诗和评诗时也不排斥通俗之作。如他称赞刘廷玑“诗尚浅近，而独抒性情，有老妪解颐之趣”②，在法式善看来，只要从真性情出发，即或诗歌浅近，依旧值得称道。

法式善的诗歌主张以性情为根本，以清雅为艺术风格，以意境浑融为旨归，“境界实出于蕴真”。法式善现存诗，大部分是写景之作，故其对写景诗的主张，实是个人诗论之精华所在。他认为“写景诗，真则不伤肤阔，雅则不落纤巧”③，这里所谈的“真”即真性情；“雅”即清雅，脱离琐屑饾饤。为了达到这样的境界，法式善在诗歌气象，诗歌语言及具体的诗歌体式、艺术风貌写作上都提出了切实的理论纲领。法式善《梧门诗话》卷二：诗有气象。诗贵幽不贵冷，贵峭不贵涩。气骨语入诗中最足动人。卷四：诗贵神似不贵形近。诗之工拙不在字句多少。卷四：咏古事诗以浑融蕴蓄出之乃佳。卷七：七言绝句最忌衰飒，以神韵绵长为极则。讲究诗歌的幽峭、神韵并非就是要完全以“神韵说”为宗旨，其实，《梧门诗话》对于“神韵说”始终是有接受也有克服的：“近来尊渔洋者，以为得唐贤三昧；贬之者或以唐临晋帖少之。二说皆非平心之论。夫渔洋自有不可磨灭之作，其讲格调，取丰神而无实理，非其至者耳。后人式微，不克振其家声，可为悼叹。”建立在真雅基础上所形成的诗歌境界是法式善多年诗学理论和实践结合的产物，更是师法王孟诗境所形成的。法式善品评世举诗时称：“余尤爱其《宿松山寺》”，并评价说：“风神散朗，有物外之致。”“风神”指诗歌的风格、趣味。“有物外之致”与唐代司空图所指出的“象外之象”的理论主张有密切联系。司空氏说的“象外之象”指的是诗歌艺术的形象特色，好的诗歌，能使读者产生联想和想象，

---

① （清）法式善：《梧门诗话》卷6，张寅彭、强迪艺编校：《梧门诗话合校》，第198页。
② （清）法式善：《梧门诗话》卷4，张寅彭、强迪艺编校：《梧门诗话合校》，第137页。
③ （清）法式善：《梧门诗话》卷8，张寅彭、强迪艺编校：《梧门诗话合校》，第242页。

并在读者头脑中重新创作出艺术形象和意境，这就是“象外之象”。前一个“象”是指作品本身的艺术形象，后一个“象”是读者通过想象和联想重新创造出来的意境和形象。法式善在这里指出的“物外之致”中的“物”就是指诗中所描绘的物象，“致”指的是意态，情趣。“物外之致”是要求诗歌作品的含义应当深远，要超越他所描写的物象本身。法式善在前人的基础上，从诗歌的意境和形象的美学高度上，提出了“物外之致”的新的见解，这是司空图“韵外之致”、“象外之象”、王士祯“神韵”说的发展。这正是法式善的《梧门诗话》接受唐诗美学观，丰富中国古代文论的一个方面。选取眼前物象入诗，以眼中景写心中情，诗境须含蓄有味，这样的诗歌必能有“物外之致”。法式善曾说“余最喜戴松崖五律，有超然之致”①，意境的特色最能体现风格特征，所以司空图的《二十四诗品》，就是通过描绘不同意境的特征来说明各种不同风格的。如王孟诗歌艺术风格中的“冲淡”：素处以默，妙机其微。饮之太和，独鹤与飞。犹之惠风，荏苒在衣，阅音修篁，美曰载归。遇之匪深，即之愈稀，脱有形似，握手已违。实质上也就是法式善追求的含蓄蕴藉和自然天成。

一个有着多方面艺术才华的诗人，他的诗歌总会出现新的审美品格，像唐代的王维，法式善同样把诗歌、绘画、金石审美集合在一起，融合个性、学问、世情之助和考据，拓展了诗学的疆域，确立了乾嘉时期以宗唐为内核，同时又兼容并包的美学原则，成为唐诗接受理论的倡导者和践行者。法式善为解析清代蒙古族汉诗创作，理解“唐诗接受”的内涵、方法和意义，提供了一个重要的范例。

蒙古诗人法式善的理论思辨与直觉感悟相会通，从而形成具有民族特色和文化生命感的诗歌创作体系。法式善理论性的思考和归纳与实践同步，于创作实践中体现“诗写性情”的诗学观。经过五十年左右的反思和精心积淀，迨至晚年，已有足够的实践感受和时空体验。于是，其理念性的思辨亦臻于成熟。又因为思考的从容，所以新锐纷出。在当时诗坛就已经显示，法式善的诗学见解，特别是对抒情主体的个性特质的辨认上，已经卓然于当时。成为与袁枚、沈德潜、翁方纲并称的大家。法式善性情高逸恬淡，但对社会人生并非忘却，而是以明净之心在诗歌中感受和思考着生命的哲学，并潜入诗学思维的方式的深处，写下不朽的《梧门诗

① （清）法式善：《梧门诗话》卷1，张寅彭、强迪艺编校：《梧门诗话合校》，第49页。

话》。《梧门诗话》作为探视法式善美学趣尚的标本，全面展示出法式善的“风雅观”，表现了其以王孟趣味为趣味所作出的美学选择，客观上反映了法式善诗论中的唐诗接受状况。

第二节 法式善诗作的唐诗接受

法式善“幼喜讲声律，泛览百家”①，后科考登第后，又长年在馆阁供职，诗歌创作也因此成为其生活、生命中的一部分。法式善曾自言：“士君子之志无穷，而职各有守。唯能尽职者其志之无穷乃愈见。”② 守馆阁之职份，求无涯之诗学胜境就是法式善一生竭力去做的事业。作为诗人，法式善创作了大量的古、近体诗。这些诗主要保存在《存素堂诗集》里：初集二千三百三十一首，二集一千零一十首，续集五十八首，诗稿一百二十首，合计有三千五百多首。现存诗多是晚年所作，早年诗作准备由其友汪云壑编次刻印，后云壑病殁，诗稿也散失不少，所以我们现在所看到的法式善诗歌并非其全貌。

一

法式善诗歌，俱在精心的语言锤炼下显出含蓄、省净的特点。尤其是清新素雅、澹远悠长的景物描写，超然于清代众多写作汉诗的蒙古族诗人之上。潘瑛、高岑《国朝诗萃二十集》云：“先生嗜古爱才，诗宗唐贤，逸韵遥情，味之不尽。”法式善的诗学思想是兼容并包的，但他的诗作主要反映他的审美趣味，是非常典型的宗尚神韵说、取法唐代王孟韦柳诗歌风格的创作。法式善的同时代人也感觉到了他的这种偏好，所以宗室昭槤《啸亭杂录》卷九曾云：“蒙古法祭酒式善……家藏万卷，多世所罕见者。好吟小诗，入韦、柳之室，颇多逸趣。”③ 钟骏声《养自然斋诗话》：“法梧门学士作《诗龛向往图》，以陶公为宗主，而以王孟韦柳及己侧其间。”④ 宗法王孟韦柳，揣摩他们的诗歌作品，从而使法式善形成了清雅的诗风。法式善诗“清”，因为他能以思运物，不以物累思，于情景互

---

① （清）法式善：《恩福堂诗集序》，《存素堂文续集》卷1，嘉庆十二年（1807）刻本。
② （清）法式善：《使琉球日记序》，《存素堂文集》卷1。
③ （清）昭槤：《啸亭杂录》卷9，《清代史料笔记丛刊》，中华书局1980年版，第275页。
④ 《养自然斋诗话》，钱仲联主编：《清诗纪事》，凤凰出版社2004年版，第1612页。

渗、虚实相比中增强诗歌的活性。同时，他也在“清”中求“雅”，从而把山水田园在更深程度上灵化，由此更可拓展山水诗歌的抒写外延和意蕴内涵。法式善诗歌常常通过选择清雅之词入诗，从而诱发诗歌的意境美。这些清雅之词又往往不加色泽，以淡泊取胜。法式善曾谓“诗以工胜，亦以拙胜。以泽胜，亦以味胜。吾则有取于拙焉味焉，非谓工与泽之不可为也”①。

从诗人的运思角度和关注焦点看，法式善的诗思旨趣大致可以分为两类：一是描写山水风光的诗。描写山水风光在法式善的诗作里占有很大比例，并且代表了他的创作风格，成就比较高。这些诗主要描写的是京城的山水风光。如其代表作品《西涯诗》：

西涯我屡至，未暇考厥名。指为积水潭，客至如登瀛。今岁看荷花，写图纪幽清。赋诗皆胜流，佳话传春明。茶陵昔赐第，言在西南城。西涯乃别业，下直联群英。不知公少日，矮屋三五楹。红灯炯一楼，时闻读书声。老臣忧国深，家室心所轻。故宅竟不保，居人凡几更。慈恩寺遗址，秋梦时回萦。骑马见林木，隐隐思平生。

路折李公桥，吾庐一水隔。杨柳绿依依，不见李公宅。桔槔亭已颓，清响落林隙。微风散稻田，斜月上松石。菜园全荒凉，莲花总幽僻。惨淡经檀花，照人尤深碧。李公社稷臣，杯酒非所适。挥涕白鸥前，散发秋堂夕。竹林寄余兴，禅房时着屐。偶然出诗句，幽怀感今昔。鰕菜尚难具，平泉安足惜？惟有法华庵，空廊黄叶积。

客来访西涯，扁舟舣湖口。指点城外山，问讯风中柳。我已沿旧说，溪桥未深剖。看花年复年，鸥鸟笑人否。譬如名士居，不曾辨谁某。一旦识姓氏，翻悔坐久失。快读西涯诗，西涯胸中有。文章惊一代，眉寿夸十友。翩然神其来，面目落吾手。纻衫与朱履，破椟僧能守。风流渐销歇，我恐西涯负。但期随老渔，烟篷卖菱耦。

诗人自注：“西涯，即今之积水潭，在李文正旧宅西，故名，非别业也。余既辨李广桥之误，因绘西涯卷子，并摹文正像于帧首。”西涯是明

① （清）法式善：《谷西阿诗集序》，《存素堂文集》续集卷2。

朝武宗年间著名大学士李东阳的旧居名，李东阳喜奖掖后进[①]，而法式善也是如此，所以法式善对李东阳很感兴趣，曾写下《李东阳论》和《西涯考》。《西涯诗》和《续西涯诗》是他著名的山水诗，诗中对西涯的来历、景观颇多考辨，诗中有画、意境清远，颇有“英特之思，超悟之味”[②]。陆游曾说：“夫心之所养，发而为言；言之所发，比而成文。人之邪正，至观其文则尽矣，决矣，不可复隐矣。”[③] 大自然的不依人们意志为转移的美，它的生命力，是人类的精神源泉。对于自然的某种细微的生发变化，法式善有着敏锐的反应、特别的感知和超强的审美能力。审美的主观成分是很大的。它需要想象，更受情感的驱使。法式善对大自然的感受，出自他对自然生命力的接受和理解，也出自内心的幽雅情怀。再如其《和西涯杂咏十二首用原韵·响闸》：“春流静无声，烟绿一溪满。偶逐白鸥行，云掩石桥短。”短短四句诗描写出如此美妙景象，可见作者体察自然景物之细致入微。《续西涯杂咏十二首·积水潭》：“何年积此水，浸润春明城。西山一夜雨，万柄荷花生。”一潭清水、万柄荷花，唤起对以往积水潭优美景象的美好追忆。法式善的一些五言绝句诗由于作者善于体察自然景物，撷取自然风光中转瞬即逝的妙境，所以显得玲珑剔透、意境优美。正如林昌彝《海天琴思续录》语：“吟怀澄淡似苏州，三昧都从五字求。时帆用渔洋三昧之说言诗。气义云霞诗性命，梅花尊酒话清愁。”徐世昌《晚晴簃诗汇诗话》也说到：“时帆论诗主渔洋三昧之说，出入王孟韦柳，工为五言。”法式善诗学王孟，提倡“神韵”，以淡雅之意象，竭力在诗歌中营造了清新淳雅的意境。不过，作者有时也一改习惯手法，用浓重的笔调和浪漫的手法把它们表现出来。如其《樱桃沟》：

> 夕阳明远山，残红滴入水。水纹晕樱桃，玲珑光琐碎。我从谷口出，眉鬓染寒黛。曲折历数阪，始与孤亭对。乍疑枫树林，经霜逞酒态。又似糁丹砂，涂抹峰腹背。筐尝恨未携，攀折恐不逮。

---

① （明）何良俊《四有斋丛说》云：“李东阳当国时，其门生满朝，西涯又喜延纳奖拔，故门生或罢朝或散衙后，即群集其家，讲艺谈文，通日彻夜。率岁中以为常。”何良俊：《何翰林集》，《四库全书存目丛书·集·142》。

② （清）杨钟羲撰，雷恩海、姜朝晖校点：《雪桥诗话全编》（一），人民文学出版社 2011 年版。

③ 赵则成：《中国文学理论辞典》，吉林文史出版社 1985 年版。

作者选取了傍晚时色调绚丽的特定时刻，用夕阳、远山谷口、孤亭、枫林、樱桃、我，勾勒出一幅深秋丽景，然后用夕阳残红、酒态枫林、丹砂峰腹这样缤纷红色渲染樱桃沟色彩的迷离，最后调动味觉，点出深秋迷失在美景中的缘由是樱桃美味所致，这样浓墨重彩的诗歌不是法式善常写的，然而他依旧可以以心中之画境写出的眼前之化境。由此可以看出，其诗中有画之特色。有学者言法式善“五言律学王孟”[①]，王维非常擅长以语词在读者视界中突出鲜亮的色感，比如“嫩竹含新粉，红莲落故衣”（《山居即事》）、“荆溪白石出，玉川红叶稀”（《山中》），跳动而鲜明的色彩立刻就在读者的脑海中呈现出一幅幅豁亮的图画。

他还有一些同样具有这种特点，但感情冷峻而孤独的诗。如《和氏园林》：

> 空堂流白云，斜阳媚时筱。开窗万山纳，随墙一溪绕。主人何处去，咏苔但秋鸟。耽幽客不乏，佳趣得偏少。老僧桥上行，曲径通深窈。忽闻钟磬声，恍惚出云表。

在白云流水、秋鸟幽客、老僧曲径衬托下，仿佛闻得仙乐，神飞天外。明末徐增在《而庵说唐诗》卷首云：“今之有才者，辄宗太白；喜格律者，辄师子美；至于摩诘，而人鲜有窥其际者，以世无学道人故也。”有学者认为，这说明王维不易学，因为学者少有淡泊虚静、随缘任运的心态[②]。而虚静对于法式善来说，似乎是先天所赋有的一种生命气质，是其内在气质和生命精神的深刻规范，而且，诗人也自觉、自然、自在地生成这样的人生价值取向。正因为他的这种生命气质，他表现出与王维相似地以安命为起点、为宗旨的生命自觉。他们本能地在自身与社会不能和谐相处产生矛盾时，先天的虚静因素就会使主体暂避红尘扰攘，以使生命和心灵免受侵害，表现出万物归宗的淡泊，表现出于内心寻求平衡和宁静的自足性。再如《僧寮听雪》：“寺深惟有树，入夜益孤清。松叶偶然响，栖禽时一警。隔窗猜月上，归院少僧行。侵早开门看，谁知雪满城。”深宅寺院，寒树孤清，偶有松叶响动唤醒栖禽。侵早开门，屋外已是白雪皑皑。这首诗特意选用多种幽冷的意象入诗，表现了作者冷峻孤独的感情，颇得

① 严迪昌：《清诗史》，浙江古籍出版社2002年版，第869页。

② 王志清：《纵横论王维》，齐鲁书社2008年版，第18页。

“清瘦坚苍”[①] 之境。再如其《梅花》：

> 但有梅花看，何妨常闭门。地偏车马少，春近雪霜温。老剩书藏箧，贫馀酒在樽。说诗三两客，往往坐灯昏。

法式善的一生正如此诗所叙，追求的就是与二三友朋赏梅、论书的清淡境界，而梅花的孤标也正是诗人的精神写照——“萧廖澄澹”[②]。这也就是说，法式善表现于风格上的审美追求，同他的性情是相契的。法式善的这种淡泊个性，在为其提供了虚静心态的同时，自身也转化为一种审美追求。虚静在处世上，是恬淡无为的超功利，而在审美上，则是物我不辨的超意识。虚静的人生态度在其审美时得到艺术的转换，诗人虚廓心灵，荡涤情怀，静观群动，虚待万物，是很容易进入空明澄淡的审美心境的。以虚静为其主体精神的王维，虚静的人生状态，与虚静的审美观照互动，彻底化入自然山水之中，将客观之物内化为虚静之心。他的《赠王芑孙》诗有句云，“取我淡花句，较君孤月词”，俞陛云《吟边小识》以为“颂其诗可知其性行矣”。

清人论及法式善大都认为其诗学王孟，长于五言，如潘德舆[③]、张维屏[④]等，实际上，法式善的七言也颇多佳作。[⑤] 如《万寿寺》：“万竹忽低池上风，水烟吹到寺门空。斜阳不管花开未，一角西山各自红。”读之如临仙境。“法式善以七绝较有情韵，颇多‘神韵味’，而且善于借景。”再如《命儿子宿大觉寺养病忆山中景况示以诗》：“晚踏山花十里行，山家楼阁与云平。板桥步过无尘土，木叶声中流水声。”傍晚散步，人在山花丛中迤逦而行，远观楼阁，近闻流水，生活情趣浓郁，令人心旷神怡。很明显，法式善的山水风光诗是在追求一种恬淡幽美的意境。再如《题老莲没骨芭蕉石》：“画雨声完又画风，繁华刊落世缘控。谁知大叶粗枝处，

---

① （清）阮亨：《瀛舟笔谈》。转引自钱仲联主编《清诗纪事》，第 1611 页。

② （清）张维屏：《国朝诗人征略·听松庐诗话》，钱仲联主编：《清诗纪事》，第 1612 页。

③ （清）潘德舆《夏日尘定轩中取近人诗集纵观之戏为绝句》：“梧门潇洒五言中，王孟门庭结体工。可似前修梦文子，银潢屈曲涌天风。”钱仲联主编：《清诗纪事》，第 1612 页。

④ （清）张维屏《国朝诗人征略·听松庐文钞》引《惕甫未定稿》：“时帆用渔洋三昧之说言诗，主王、孟、韦、柳，又工为五字，一篇之中，必有胜句，一句之胜，敌价万言。”钱仲联主编：《清诗纪事》，第 1611 页。

⑤ 严迪昌：《清诗史》，第 869 页。

多少秋心在此中。”陈老莲名洪绶，字章侯，一名胥岸，号老莲。明亡后削发为僧，改号悔迟、老迟、弗迟、悔僧、云门僧、九品莲台主者。法式善这首题画诗不唯题画亦是题人。

二

二是表现劳动和描写田园风光的诗，这类诗歌风格大抵“清醇”①。法式善一生在京做官，老年告病住在内城地安门，偶去农村游览涉足。曾写下为数不多的田园诗。《黄安舆孝廉过访出友渔斋家集欠赠并乞题驯鹿庄卷子信以新句集序图记皆老友郭君之笔感触成诗》云：“白云日渺漫，青草春芋眠，从古读书人，不敢忘耕田。”写出自己对田园风光的向往和对农事之乐的羡慕。《秋日田园杂咏同汪云壑作》云：“既不如农劳，又不及农拙。羡彼落体足，胜我争口舌。”农民的春种秋收虽然忙碌，但远胜过官场的倾轧争吵。“荷锄吾所愿，生平乏幽筑”（《蔬圃》）；“我有百亩田，远在北山北。性弗辨黍豆，地乃委荆棘。老仆买一牛，行将学稼墙。”（《吴谷人前辈斟定拙诗并许为序》）筑房、置田、买牛、荷锄，俨然一副躬耕稼穑的样子。从法式善的传记中可以获知他一生并没有真正去种过地，但素性淡泊的法式善厌倦官场应酬，向往大自然赐予农家的欢乐倒是真的。《题画》云：“我亦喜蓑笠，素心久已违。青山何处好，茅屋看人归。松叶带云绿，稻花含雨肥。田家有真乐，慎勿去荆扉。”茅屋看人归是世间是最好的景致，田家的欢乐是最纯朴自然的真正欢乐。对法式善而言是“虽不能至，心向往之”。他还有很多描写农家风光的五言断句也写得很美。“晚稻今已收，村居亦多暇。卧听田水流，直到前溪泻”（《稻田》），选取农民大忙已毕暂得休息这一特定时节，表现农家在收获以后，卧听田水汩汩而流的喜悦心情。可谓情景交融。“松花与梅花，落地香风碎。前村人未还，笛声在牛背。”《牛拘》这一首小诗简直可以说是一首牧童歌。松花和梅花在微风中轻飏散落，茂林掩映下牛背牧童的笛声与花香盘旋萦绕，让人耳鼻一新。平易的语言表现出情景交融的诗境，这种诗境是经过艺术提炼后的具有自然美感的诗境，是把味觉、听觉、视觉充分调动后，构成的一幅恬淡幽美的田园风光

---

① （清）康发祥《伯山诗话》：“长白铁梅庵保宫保与法时帆式善二公诗，雄浑清醇，各极其妙。”转引自钱仲联主编《清诗纪事》，第1612页。

图。这样的田园正是孟诗所长的滤去尘劳的清新田园，是《春晓》式的具有“自然素朴”[①] 的美的诗歌。所以苦拟孟诗的法式善还是习得了孟襄阳的真谛的。

孟浩然一生中曾两次入长安应试或求职，虽然他有着“归赏故园间”（《秋登张明府海亭》）、“予意在山水”（《听郑五愔弹琴》）的追求，但是“魏阙心恒在，金门诏不忘”（《自浔阳泛舟经明海》）也是他孜孜难以忘怀的。孟浩然的求仕而不得的苦闷给他的诗歌带来的变化就是终其一生也无法真正融入自然，感受自然的恬淡与平和，虽然他的诗因其语意的淡泊、语脉的流畅、词语的朴素而颇似陶渊明。法式善的苦闷是仕途不畅，或者说仕隐依违，这同样使得他的诗句中有陶影却无陶魂。艺术风格的追摹源于心灵中的某些情愫的相通。殊徒而同归的心灵的苦闷，让法式善在追求陶公诗心的路上先看到了孟浩然的足迹，所以他从孟诗中得到了更多的启迪。

《大觉寺憩允云轩晚坐》云：

> 夕阳下西岭，丛木响阴壑。归云无定踪，随意卧山阁。暗泉咽危石，孤磬出秋箨。劳生亦已倦，得地思立脚。霜气上篱菊，风味足园藿。富贵岂不佳，达人安淡泊。

诚如徐复观所说：“在中国艺术活动中，人与自然的融合，常有意无意地，实以庄子的思想作其媒介。”而其作品的境界“便于不知不觉之中常与庄子的精神相凑泊”，甚至可以说，是“庄子精神的不期然而然的产品”[②]。法式善的“达人安淡泊”的独好幽寂素淡的性情，物质化为与老庄朴素阴柔美学观有关的诗歌境界，而他的“劳生亦已倦”的悯农情怀又在客观上提升了自己的人生态度。虚静在法式善，有处世和审美两方面的价值内涵。其审美态度正是人生态度的自然转换。中国古代的美学基础是伦理化的，审美实际上就是对于物化了的自我人格的欣赏。王维正是通过山水田园诗来表现他与自然和社会的审美关系，因而，我们从王维诗中可以反观其人生态度和人格意蕴，也同样地可以从法式善的山水田园诗中领略其人生哲学的精义。

---

① 罗宗强：《隋唐五代文学思想史》，中华书局1999年版，第95页。

② 徐复观：《中国艺术精神》，春风文艺出版社1987年版，第216页。

袁枚曾在其《随园诗话补遗》中写下大段评论法式善诗歌文字。“法时帆学士造诗龛，题云：‘情有不容已，语有不自知。天籁与人籁，感召而成诗。’又曰：‘见佛佛在心，说诗诗在口，何如两相忘，不置可与否。’余读之，以为深得诗家上乘之旨。旋读其《净业湖待月》云：‘缓步出柴门，天光隔桥湓。溪云没酒楼，林露滴茶笼。秋水忽无烟，红蓼一枝动。’又，‘抠衣踏藓花，满头压星斗。溪行忽有阻，偃蹇来醉叟。攘臂欲扶持，枕湖一僵柳。’此真天籁也。又，《读稚存诗奉柬》云：‘盗贼掠人财，尚且有刑辟。何况为通儒，腼颜攘载籍。两大景常新，四时境屡易。胶柱与刻舟，一生勤无益。’此笑人知人籁而不知天籁者。先生于诗教，功真大矣。《咏荷》云：‘出水香自存，临风影拂乱。’可以想其身份。又曰：‘野云荒店谁沽酒，疏雨小楼人卖花。’可以想其胸襟。”袁枚对法式善的这番评价可以看作是乾嘉诗坛的代表性观点。

法式善诗作追求的是王孟恬淡之意境，这种意境的构成源于其对意象的精心选择，法式善诗常用的意象有“梅”、“鹤”、“清”、“静”、“幽”之类，如“梅真清似我，鹤亦懒如人”（《樊学斋中作》）；“林深仙鹤导，潭静毒龙依”（《赠徐浣梧》）；“月隐万松顶，清光君早知”（《柬陶琴坞》）“选石素琴张，泠泠写幽抱”（《唐子畏水亭午翠》）；“归来坐茅屋，默忆足幽趣”（《陆叔平溪山余霭》）；“老鹤孤舟守”（《八月廿四日樊学斋道人招同谢芗泉徐星伯游大觉寺过海甸别墅小憩》），等等，“时帆开诗龛，供摩诘庐陵诸贤像以示瓣香所在”。所以时人认为“论时帆之诗而以为摩诘，论时帆之文而以为庐陵”①。因为法式善处于清王朝康乾盛世时代，当时弥漫诗坛的“神韵说”对其影响巨大，所以写作轻巧恬淡之诗既是诗人的个性所致，也是时代的特性所成。

法式善曾有诗句：“自古情至语，中必无色泽。”符葆森《国朝正雅集·寄心庵诗话》云：“时帆先生为诗得冲淡之旨，标萧廖之趣，创为诗龛，以禅为喻，所谓三昧之说，由此推出。”正是解人之语。在法式善诗歌中可以反映出与王孟相似的生命体验，在精神内核上与之达到一致。究其成因，一部分原因在于诗人的个体遭遇和性格与他们无大差别，另外从宏观上看，也是社会文化心理的发展使然。法式善的诗学旨趣从某种程度上看，亦与时代风潮一致。诗人一生在艺术上追摹王孟，追求清雅逸远之

① （清）吴锡麟：《存素堂文集序》，《存素堂文集》卷首。

境。当然，他的某些诗，细味之下，较之王孟，少了点灵动，而多了些僵滞；少了点清远，而多了些苍茫；少了点温润，而多了些冷涩。特别是，具有程式化的缺憾。这种差异性，表现出他们的社会历史感、人生价值取向与艺术才能的差别，也从客观上反映了封建社会鼎盛时期的盛唐，和正走向封建没落的康乾盛世两个时代诗歌的不同特点：充满活力与日趋保守僵化。

三

王孟诗歌对于法式善诗歌创作颇多启迪。事实上，这种启迪既让法式善形成了自己的创作主导思想，同时也带给他更为广阔的唐诗胜景。在法式善的一些诗中，他突破并超越了王维、孟浩然诗歌的思想境界。史载："（法式善）两试翰詹，并以下考左迁。先生固泊如也。盖先生虽雄于文而楷法殊不逮，故每试多以此见绌，性爱闲素，于世俗之以便捷驰骛见长者屏迹弗染。虽挂朝籍，而苦志力学，口吟手钞靡停晷。"[①] 法式善自身文学职志与审美风致随着年龄和宦海生涯的左迁发生转变的同时，对于清雅诗风的思想性变迁也起了一定的作用。如果说扈从应制的馆阁文臣生涯使得法式善诗作在声律和语言等外在形式的技巧方面达到成熟，那么宦海不畅的贬谪时期则进一步为他的诗作注入真切深沉的情感，因为，贬谪使法式善认识到升迁无望，使他把对仕途的关注转移到纯粹的文学创作中，把目光从狭窄的宫廷朝堂移到广阔的市井农家。这种心理位移使得他的心理情境发生巨大改变，客观上开拓了他的视野，为他的诗歌注入了新的内容，并结合触目所及的山水田园，使他创作出一大批寓情于景、内蕴丰富的感人之作，促其诗歌达到更高的水准。

当法式善逐渐把表现同情人民疾苦的内容提到到抒写性情的重要地位时，杜甫、元白类诗歌对他的影响也日渐明晰。从诗人的创作实践看这点更清楚。《七夕汪杏江招同吴谷人鲍雅堂谢芗泉赵味辛张船山芥室小集分赋洗车雨》："洗车雨天上来，眼中泪心里灰。长桥宛宛云门开，尔车不行胡为哉。安得祝风吹雨行，银河倒泻玉垒城，洗车不如还洗兵。长安春雨贵如油，秋霖过多农夫愁。车上之尘盍少留，君不见郎牵牛。"从洗车雨想到秋霖过甚，淹没庄稼；雨涝成灾，农夫哀愁。眼中流泪、心中酸楚进

---

① （清）李柏：《国朝耆献类征初编》卷132。

而想“安得祝风吹雨行”，虽然未必能祝来大风、吹去涝雨，但体察民心、同情黎庶之情昭然可见。诗人触景生情，观察问题站在了百姓的立场上。正所谓“民心即我心”（《送何兰士出守九江》）、“民安即我安，陶然百忧释”（《送桂未谷馥出宰滇南》）。

贬谪对文人而言是一种不幸，但痛苦的经历却往往能成就艺术上的高峰。正如清代尤侗所论：“古之人，不得志时，往往发为诗歌，以鸣其不平。”① 法式善在诗歌中注入关心民瘼的思想内容后，使得他的诗歌更为充实了。法式善在对农事欢乐的描写中有时也会表现出对人民痛苦生活的同情。“谁知养蚕人，苦逾叱牛客。一般桑叶云，夜夜春风陌”（《桑田》），农民的生活是痛苦的，养蚕人的生活更痛苦。法式善用白描的手法展示了养蚕人的苦况。他还进一步希望当权者除暴安民。“君今官县尹，当函求安民。奸宄亦易除，要使归忠淳。玉琴偶一弹，不若幽风陈。安邑乡俗古，种菜能疗贫。”“治裕小事耳，我望君治人。”在《赵伟堂大会之官安肃出种荪图乞诗》中，诗人希望当权者能把除暴安良、解决人民温饱当成头等大事，从中可以看出，作者由于切身经历和社会现实种种原因，使他的诗作终于突破逃避现实的藩篱，对社会现实有所触及。在法式善的诗歌美学趣味中，自然冲淡含蓄蕴藉是他所向往的，但并非完全脱离生活，所以他也倡导“言须有物”，讲究抒情主体的褒贬较显豁，不朦胧，不深藏。这就关系到他的诗一部分与现实社会切近，能写民生之哀。在这点上，他不但继承了杜甫，也继承了元白的新乐府传统。他在此基础上强调的含蓄蕴藉，显然有针砭时弊的意思。

法式善现存诗歌创作，还有《存素堂诗稿》咏物诗一百二十首。诗前作者自序写作缘由：“余诗多写意，雅不欲妃红俪紫，然未免入于萧飒一派。适案头置唐贤李巨山咏物诸作，喜其壮丽，有拔天倚地之概。爰依题拟其体为之。只以自矫所短，非敢与古人争长也。”② 集中诗如《瑟》：“胶柱谁能鼓，安弦信可挥。金丝弹越女，珠泪掩湘妃。雪艳瑶台散，云和玉轸飞。好竽真是僻，吾守晏龙徽。”诗句从唐钱起《湘灵鼓瑟诗》意境入手，通篇运用各种有关瑟的典故，诗境密实，与法式善其他诗作显然不同，或许这也正如诗人序中说想要矫正自己诗多写意之弊，但咏物诗太过胶着所咏之物，也是矫枉过正了。诗集后施朝榦跋云：“取材之博，修

① （清）尤侗：《叶九来乐府序》，见《西堂杂俎》一集卷3，四库禁毁书刊丛本。
② （清）法式善：《存素堂诗稿序》，《存素堂诗稿》，嘉庆十二年（1807）王墉刻本。

辞之雅，固不待言。其中如‘春风绿一江’、‘梅花雪一桥’等句，风神淡荡，右丞襄阳之遗韵也。‘风劲击中原’、‘拳老雪天骄’等句，气骨苍浑，供奉拾遗之宏轨也。”此跋写出时人对法式善诗歌师承唐人的认识。王昶《湖海诗传·蒲褐山房诗话》曾云：“为诗质而不癯，清而能绮”可谓知语。从法式善的咏物诗中也可看出，法式善学唐而不尽摹唐的诗歌风格的变化。

法式善编纂《全唐文》的第二年，亦即庚午年（1810），他写下了题唐明贤小集诗六十首[①]。诗前序曰：“题诗六十首。人不皆贤也，贤者居多，贤斯名，名斯传矣。小集者何？别四库所已著录者，而其文不必尽工，人不必尽载，诸史取其数可为集焉。文至少严郢也，重咏之任华也。义各有取乎尔。校唐文之次年病中述。”从诗序可以看出，法式善把唐人作品的艺术风格归于“任华”二字，任即任情，华即华赡，以感情为驱遣，写作语词华美完备的诗歌是他对唐人诗风的理解。而这与他的诗歌理论和诗歌创作是一脉相承的。因此通过自己的理论与实践传承唐诗艺术风尚在法式善是一以贯之的。

“文变染乎世情，兴废系乎时序。”[②] 五七言诗在经历了漫长的诗史衍变后，在唐代定型。唐诗成为后世诗歌创作的恒久母题。其音律、词汇、句式，已积淀为古代诗人的一种“集体无意识”。只要言及格律诗，就会自觉或不自觉地认为必须具备唐人那种丰神情韵。法式善作为一名承平时代的馆阁诗人，虽然一生勤奋，但毕竟没有丰富的社会实践，没有跌宕的人生际遇，这一切都注定了他是凡俗的，但是，他在致力于对唐代王孟的摹写中，把自身的世情、人生际遇和人文关怀融入诗歌，同时呈现出师法杜甫、白居易和晚唐诗风的诗歌倾向，客观上表现出了在唐诗影响下所致创作的多样性。

第三节　法式善家族创作中所受到的唐诗影响

法式善曾协助铁保进行《熙朝雅颂集》的编选工作，这部清代著名的选本，主要编选八旗诗人诗作，入选的诗人作品风格与康乾时期诗歌主流十分合拍，集中反映了这个时代的诗美趣味。因为是“钦定”，客观地

① （清）法式善：《存素堂诗二集》卷4，嘉庆十二年（1807）王墉刻本。
② （梁）刘勰：《文心雕龙》，浙江古籍出版社2001年版，第244页。

标示出皇权话语的趣味。高仲武《中兴间气集序》云："诗人之所作本诸心，心有所感而形于言，言合典谟，则列于风雅。暨乎梁昭明，载述已往，撰集者数家，榷其风流，正声最备。"他认为其所选乃诗人"本诸心"的作品，认为所选皆具有"言合典谟，则列于风雅"的原则，而且认为此为正声。这正反映了服务于中兴政治的独特审美取向和诗坛风貌，不仅仅是唐代选家对中兴时代本质的认识，也与清人对诗歌本质的认识符合若契。法式善的创作趣味，以王、孟等诗歌境界为标尺，来取舍当代诗歌，虽然推崇诗歌对心灵陶冶的功能和意义，但并不轻忽间接干预政治、服务现实的吟唱。其所谓正声的标准，同时代主流是一致的。

法式善的唐诗接受，反映在他著述为学的各个方面。文学积淀对家族文学发展影响深远。法式善始祖代通，以武功起家。五传至法式善之父广顺始为儒臣。广顺，字熙若，号秀峰。于乾隆二十五年（1760）中为举人，初任笔帖式，后补为御园织染局司库。据法式善记载，广顺移家玉泉山下，每驾一小舟，从老隶二，棕鞋桐帽，往来湖山烟雨中，见者以为张子同、陆鲁望一辈人。故其诗淡远幽秀，似韦柳。集中语通禅悟。[①] 他雅好词章，作有《夜步》、《赠僧》、《秋晚玉泉山即事》等诗，收于《熙朝雅颂集》。广顺不佞佛而深于禅，据法式善《本生府君逸事状》言，广顺曾游万寿山寺，见五百应真像，徘徊移时，若有所思，夜半忽起，索笔疾书，得偈五百首，语多出于思议。法式善的母亲为汉军旗人，亦有诗名，"法梧门祭酒之母韩氏，号端静闲人。有雁字诗三十首，闺阁争传颂焉。著《带绿草堂集》"[②]。法式善子桂馨，嘉庆十六年（1811）进士，官内阁中书，以疾卒。法式善嗣孙来秀（1819—1911），字子俊，又作紫莜，于道光三十年（1850）庚戌成进士，亦为诗人。来秀妻妙莲保出身内务府满族镶黄旗完颜氏家族，完颜氏也是一门文学之人。妙莲保著有诗集《赐绮阁诗草》，编辑完成《国朝闺秀正始续集》十卷。《清史稿》艺文志未著录来秀的创作，震钧的《八旗人著述存目》载有《扫叶亭诗集》，而恩华的《八旗艺文编目》则又仅仅著录有《扫叶亭咏史诗》四卷。《扫叶亭咏史诗》五册，同治刻本，现藏于国家图书馆，为咏史专集。卷首有宗稷辰等撰于同治年间的序文七篇，卷末又有汤淦、荣祥等二十人所赠

① （清）法式善：《八旗诗话》，张寅彭、强迪艺编著：《梧门诗话合校》，第514页。

② （清）震钧：《八旗诗媛小传》，《清人说荟》2集，民国六年（1917）新编，扫叶山房石印本。

题词。诗作以前汉至明代历代名人为吟咏对象，发为诗章，凡二百二十七首。此集是自元代以来蒙古族作家中出现最早的咏史巨制，流布颇为广泛。《扫叶亭诗集》传本罕见，然检读符葆森辑《国朝正雅集》，其所选来秀诗并非咏史篇什，因此可推断来秀除《扫叶亭咏史诗》外，还有其他创作。

《扫叶亭咏史诗》共收诗二百三十首，皆为吟咏历史人物之作。每首诗后附有小字释人。卷二咏唐人三十位。分别为：《唐太宗》、《李司徒》（李靖）、《房太尉》、《魏司空》、《李太史》（李纯风）、《武皇后》、《张昌宗》、《狄梁公》、《白太傅》、《姚太保》、《张曲江》、《杨贵妃》、《唐肃宗》、《贺季真》、《颜忠节》、《张睢阳》、《郭汾阳》、《段太尉》、《李西平》、《马庄武》、《杜子美》、《孟襄阳》、《崔员外》、《浑忠武》、《吴贞节》、《陆宣公》、《元微之》、《颜鲁公》、《裴晋公》、《韩文公》。

《白太傅》即白居易，诗云："九老图成八节滩，笙歌文酒饯流年。古来妙笔天然巧，要算香山长庆篇。"诗后注曰："……与弟行简友爱东都，构石楼，香山凿八节滩，自号醉吟先生，与胡杲吉旼等皆高年不事，绘为九老图。"

《张曲江》即张九龄，诗云："风扬鞭丝指岭南，箧中秋扇付归骖。禄儿跋扈诸姨宠，料得先王睡未酣。"

季真为贺知章号，《贺季真》诗云："四明狂客有谁如，领略溪山好结庐。社酒正浓新稻熟，半窗风月镜湖居。"

《杜子美》诗云："老杜穷愁句自工，生逢天宝乱离中。满腔忠愤无人诉，聊借诗篇写苦衷。"

《孟襄阳》即孟浩然，诗云："中年高卧鹿门云，曾匿牙床谒紫宸。半榻梅花一支笔，高怀谁似孟山人。"

《崔员外》即崔颢，诗云："不念糟糠赋好逑，洞房花烛惯温柔。郎休再说痴人梦，屡易香衾依也愁。"

《元微之》诗云："元白诗才且漫论，如何恃宠沮功臣。不图阿附崔潭峻，事业终嫌两截人。"诗后小注曰："元与魏宏简、崔潭峻相善，倾乱国政，沮裴度。"

《韩文公》即韩愈。诗云："忠言忤旨贬潮州，可惜皋夔愿未酬。后代犹钦公正真，一片谏表颂千秋。"

清人张玉穀《古诗赏析》评左思《咏史》，曾把咏史诗分为四类：

“或先述己意，而以史事证之；或先述史事，而以己意断之；或止述己意，而史事暗含；或止述史事，而己意默寓。”考论中晚唐咏史诗，杜牧的《隋宫》属第一类；杜牧的《赤壁》属第二类；刘禹锡的《石头城》属第三类；杜牧的《过华清宫绝句》、刘禹锡的《乌衣巷》等属第四类。古典诗学有“咏史以不著议论为工”之说，诗评家也以“止述史事而己意默寓”为最高境界。然而，发思古之幽情往往是为了现在。因此，咏史怀古之作无不包含“史事”和“己意”两个要素；换言之，既要“揽碎古今巨细，入于兴会”①，又要“咏古人而己之性情俱见”②，诗人在咏史之时必然会流露和表达对史事的识见和人生的思考。来秀的咏史诗既有先述史事，而以己意断之者，亦有止述史事而己意默寓者。无论怎样运思，皆重在历史人物的道德官声，显然这和诗人当时所处的情境有关。尹耕云与来秀同登道光三十年陆星农榜，他曾说：“诗在子俊守黄州时，正捻逆充斥之际，曹郡当贼冲，无日不举烽火，子俊登陴之余，取古人之事迹发挥而咏叹之，以劝善而逞恶，即以砺其临变不渝之心，而期无愧于古之忠臣孝子者。则诗岂图作哉。”③ 宗稷同治癸亥（1863）序曰：“来子俊世兄精熟史事，继美诗龛，尝论自汉以来二百三十人，各赋一诗编成一集。语不主常，论不涉异，隐括婉约。不独弦外有音，更觉味中有味，令人寻之不尽。非本乎性情而兼乎才学识者，乌能若此。”他所说的来秀咏史诗的弦外音显然也就是尹耕云所讲述的作诗的政治背景了。来秀在当时指挥若定之余旁及吟咏，既是为了述志，同时也和他“深于诗，尤熟于史事”④ 有关。从他的文学创作中我们可以感知家族文化环境的影响，法式善后人更趋于重视道德学问的培养，即或得第，也不会轻易因科举改变自己的兴趣方向和文学创作。对此，来秀的朋友看得很清楚：“……经传祖训，学有师承，早岁登科，遂知制诰。中年典郡，得助江山。雅擅三长，兼通六艺，而又不为风月之词，窃寓褒贬之旨。公事稍闲，吟笺已展，抉皮里之书，制胸中之锦，或一字搜其隐念，或片言中其微情……”⑤ 道出了来秀所受家族文化传承的影响。符葆森《国朝正雅集·寄心庵诗话》

---

① （清）王夫之：《明诗评选》，太平洋书店，民国二十四年（1935）。

② （清）沈德潜：《古诗源》，中华书局 1963 年版。

③ （清）尹耕云：《扫叶亭咏史诗序》，《扫叶亭咏史诗》，同治刻本。

④ （清）贡潢：《扫叶亭咏史诗序》。

⑤ （清）吕慎修：《扫叶亭咏史诗序》。

云："子俊太守为法时帆先生嗣孙，客京师，往返均为睹面。闻其豪气深情超然尘俗。及颂其诗，如见其人。官山左，有政声。别〈任城父老〉句云：'愧无奇绩酬知己，赖有清名慰故人。'可以知其所尚矣。"①

《扫叶亭咏史诗》第五册是《扫叶亭花木杂咏》，共四十首。分咏松、柏、槐、枫、竹、桐、冬青、芭蕉、斑竹、竹笋、薜荔、葡萄、榆钱、藤萝、牡丹、梅花、杏花、紫薇、桃花、海棠、荷花、水仙、凤仙、菊花、鸡冠、槐花、菜花、棉花、荷珠、竹粉、松钗、荷钱、雪花、腊梅、花影、柳絮、落花、落叶、枯木等。诗作皆深情婉丽。如其咏《芭蕉》云：

> 绿蜡烧残梦不成，碧天如洗嫩凉生。潇潇一夜无情雨，滴碎秋心是此声。
>
> 咏《梅花》云：
>
> 春风开向百花前，品占群芳第一仙。不遇知音林处士，只堪孤岭伴云眠。
>
> 咏《柳絮》云：
>
> 羡他曾度好春光，也似飞花上下狂。弱质谁云能耐久，隋堤梦冷胜斜阳。
>
> 咏《桃花》云：
>
> 落英满地雨沥沥，流水无情去不还。是叶是根都是恨，从来薄命半红颜。
>
> 咏《落花》云：
>
> 香魂渺渺水东流，寂寞黄昏怕倚楼。万种离情千点泪，问谁替得许多愁。

时人评来秀咏物绝句附于书后，都认为来秀诗明显有晚唐温李特色。汤东笙云："格调似渔洋，而渔洋无此情也。风神似简斋，而简斋无此味也。置之中晚唐诗中，几无以辨。"崔芋堂云："温李七截胜似杜韩，一尽一不尽也。统观全作，深得三百篇比兴之旨，殆二公之亚欤。"宗滁楼云："一往情深悠然不尽确是七截作法。唐之温李宋之欧苏亦如是尔。"贡荆山云："风神绝世。唐之温飞卿今之王渔洋，皆无以过之。"吴蕙生

① （清）符葆森：《国朝正雅集·寄心庵诗话》卷89，咸丰七年（1857）刻本。

云："意新笔婉，藻采纷披，其一种缠绵不已寄托遥深之致，尤足耐人寻味。"来秀生活的时代已是大清王朝的没落之时，风雨飘摇的帝国幻灭中，士人的生存之路备感艰辛，这一时代的诗人，既要想回转天地，又不免要钻进艺术之宫，苦心追求诗律，以供苦闷身心的寄托。"咏物用典能贴切固佳，能用典切题，而兼有意则尤佳。"①

对末世的怀恋和时代人生的喟叹，在来秀这个时而朝中时而边地诗人的敏感心性中既完全表现为对晚唐温李唯美诗风的承袭，也表现在对自然物象的深刻体味和摹写上。

第四节　来秀词中的唐诗轨迹

来秀还有《来子俊望江南词》一册，是清末刻本。词共40首，分为风土人情22首和钓游旧迹18首，堪称一幅北京风情画。风土人情第一、第二首如下：

都门好，园馆闹元宵。菊部登场歌锦瑟，兰台胜会聚云韶，人老一枝箫。

都门好，厂店万编书。晋帖唐书秦古镜，隋珠汉鼎宋瓷炉，巨眼辨韩苏。

钓游旧迹如：

都门好，湖影荡昆明。远浦荷花千万朵，断桥渔火两三星，人卧水心亭。

都门好，灵鹫会棋坪约胜克斋同年作手谈会，僧院子敲凉月白，佛楼花落夜灯青，一鹤唳华亭。

卷末附三篇跋文，李宗泰写于道光乙丑（1865）跋云："俚事以俏语出之，游戏之笔，抑何绮丽乃尔。若钓游旧迹，诸阕更一往情深矣。"②来秀是出生于帝京的蒙古族后裔，表面上蒙古族后裔与这个古老的地方比

① 俞陛云：《诗境浅说》甲编，上海书店出版社影印本1984年版，第2页。
② （清）李宗泰：《望江南词跋》，来秀：《望江南词》，清末刻本。文中引词皆出此本。

汉族隔膜——虽是出生地，在很多人眼中还是外来者，然而他们在这里的行走、交游，乃至赋诗填词，与同族或异族的融通，为古都留下的新的痕迹，成了现在我们看到的京都的美妙的瞬间记忆。陶醉在古城历史遗迹中的如来秀这样的墨客，记载的北京，体味着京城市井间的凉热，也更加贴近真实，这些气息流散到时光的空洞里，用自己的感受和笔墨穿透历史的天空，渗出丝丝温情，把这沉郁的古都，变得诗意而灵动。据考，林大椿《唐五代词》收和张璋《全唐五代词》均收刘禹锡白居易词。其中白居易《忆江南》3 首刘禹锡《忆江南》2 首都是脍炙人口之作，内容皆是围绕江南好而忆江南，描述、咏叹江南的自然及人物胜景，为后人留下了对江南丽日春水、都馆楼阁的美好想象，后人在习写此类词作时常常无意识地将刘词白词魂魄铸于笔端。

“一往情深”其实不唯是来秀词的特点，亦是诗歌特色，虽然时移诗易，但法式善所强调的诗歌是情之载体却始终未变。李商隐诗歌喜用典隶事，没有一定的学识就会觉得难以索解，更谈不上下笔摹仿，所以来秀对温李诗风的偏好在一定意义上显示了其学殖实力，同时也表明法式善及后代并非仅仅是简单以唐诗为宗，而是在学法唐诗的过程中能认真揣摩，发现最适宜自己内心情志的诗歌路径。义山诗风曾引领了在清代后期衰颓时世中想要以抒写爱情来证明自己生存的意义，又苦研声律表明自己学富才力，和在朦胧绮丽藻汇的流转中闪现末世悲感等错综复杂的美学趣味。所以来秀对温李诗风的喜好，从某种意义上来说，也是时代的选择。同时更是少数民族入主中原后主动学习汉文化，被文化同化的一个例证。

“诗可以群”，孔安国注曰：“群居相切磋。”① 家族后人在创作中有意识的接受本家族先代作家，从而也接受了其作品中的美学理念。四世相承，三代诗人，行武之家变为书香门第，法式善之所以被称为先有诗骨而后生之人，来秀之所以为同时代人所欣赏，其家世的影响是一个重要的因素。法式善祖孙四代诗情的嬗变，从一个层面上展示了清代蒙古族汉诗中晚期的审美轨迹，诗写性情的观念逐益加深，是诗的自觉的表现，换而言之，也就是抒情主体自我觉醒的反映。法式善家族从广顺、法式善至来秀对唐诗的接受代代相传，而且随着时代政局的变革和诗人个性特点的变

① （汉）孔安国：《论语孔氏训解》，清玉函山房辑佚书。

化，诗中的政治因素逐益增强，对诗歌本身的美学特征、艺术手段代有强化，在作品中逐次体现出的盛唐至晚唐的影响也日益增多。正是法式善家族所参与的对唐代诗风的接受活动，再次把蒙古族对于汉族优秀文化的传承扩大了，而这种民族间的文化融通也提升了唐诗于文学史的经典地位。

“文化名门世家”的背后，不仅有学术文化的底蕴，更有杰出学者、文化人的个体与其家族群体和时代文化相关联的历史情境。家族文学实际上构成中国文学发展嬗变的“物质”机缘，而且这种“机缘”可以涵盖中国文学整个发展历程，当然蒙古族文学创作也是其中的重要组成部分。

第五章

唐诗对和瑛家族的文学创作的影响

和瑛是乾嘉间重臣，其在政治生涯中的显赫地位不但没有影响到他的诗歌创作，而且还因为生活阅历的丰富，更丰富了他的创作题材。作为驻边大臣，和瑛的新疆、西藏之行带动了自己对于唐代边塞诗的接受，而闲暇时的休闲诗作却又颇得王孟的轻灵笔调。和瑛对于唐诗的多样性喜好，直接影响了他的后代壁昌、谦福，使得家族性的唐诗接受传承深远而醇厚，为整个清代诗歌史也涂上了一抹亮色。

第一节　和瑛与他的《易简斋诗钞》

一

和瑛（1740—1821），原名和宁，为避道光帝旻宁之讳，改名和瑛，字太葊，又字太庵（亦作泰庵），号润平、铁园。姓额尔德特氏，蒙古镶黄旗人。乾隆三十三年（1768）北闱，乾隆三十六年（1771）会试中辛卯科进士。以主事用，分户部，荐升员外郎。乾隆四十七年（1782）充张家口税务监督。乾隆四十九年（1784）充理藩院内馆监督。乾隆五十一年（1786 年）京察一等，六月授安徽太平府知府，十二月调颍州府。乾隆五十二年（1787）擢庐凤道。乾隆五十三年（1788）迁四川按察使。乾隆五十五年（1790）二月擢安徽布政使，三月调四川布政使，九月调陕西布政使。乾隆五十八年（1793）赏副都统衔，命赴西藏办事，旋授内阁学士兼礼部侍郎衔，仍兼副都统。嘉庆五年（1800）七月迁理藩院右侍郎，十月兼正白旗蒙古副都统。嘉庆六年（1801）正月调工部右侍郎，四月转左侍郎兼正红旗满洲副都统，七月调户部左侍郎，九月调仓场侍郎，十月授安徽巡抚，十一月调山东巡抚。嘉庆七年（1802）八月因事遣戍乌鲁木齐，十一月赏蓝翎侍卫充叶尔羌帮办大臣。嘉庆八年

(1803)，擢三等侍卫调喀什噶尔参赞大臣。嘉庆九年（1804）七月，赏三品顶戴授理藩院右侍郎，九月转左侍郎仍留喀什噶尔办事。嘉庆十年(1805）十二月兼正红旗汉军副都统。嘉庆十一年（1806）正月，招回京调吏部右侍郎、镶蓝旗满洲副都统，五月调仓场侍郎，十月授乌鲁木齐都统。嘉庆十三年（1808）十月招回京。嘉庆十四年（1809）正月署陕甘总督，五月实授，六月以前仓场任内过失降五品京堂。嘉庆十五年(1810）补大理寺少卿。嘉庆十六年（1811）三月擢盛京刑部侍郎。嘉庆十七年（1812）以宗室移居盛京。嘉庆十九年（1814）二月调热河都统，同月招回京迁礼部尚书兼镶红旗满洲都统，三月调兵部尚书，四月因前任将军任内过失降盛京副都统，五月迁热河都统。嘉庆二十一年（1816）七月调回京授工部尚书兼正黄旗汉军都统，九月充翻译乡试正考官，赏紫禁城骑马。嘉庆二十二年（1817）六月调兵部尚书加太子少保衔，七月调礼部尚书兼镶蓝旗满洲都统，十一月复调兵部尚书。嘉庆二十三年(1818）二月命在军机大臣上行走，三月上谒西陵，命留京办事，五月充文颖馆总裁官，八月充崇文门监督，九月授正黄旗领侍卫内大臣阅兵大臣，十月充上书房总谙达。嘉庆二十四年（1819）正月调刑部尚书罢军机大臣任。二十五年三月上谒东陵，命留京办事，四月授内大臣充翻译会试正考官。道光元年（1821）卒。

和瑛从科举入仕为宦凡五十年，屡迁屡谪，屡谪屡迁，足迹遍及南北。其间在藏八年，先后驻节新疆七年，任职边疆的十五年在他的整个仕宦生涯中为时最长，其政绩彰著于边陲，《清史稿》称他“久任边职，有惠政”①，所以他是清史上有名的边疆重臣。他去世后，道光帝诏曰：“刑部尚书和瑛服官五十余年，抚绥封圻，内擢正卿，总理部务，老成勤慎，宣力三朝。骤闻溘逝，深为轸惜。著加恩晋赠太子太保，其任内降罚处分悉予开复，所有应得卹典该衙门查例具奏，寻赐祭葬，予谥简勤。”②

和瑛虽为朝廷重臣，然而并非为附庸风雅才习文墨，早在参加科考之前十年，他就开始了文学创作。和瑛在乾隆十二年（1747）七岁时受业于绍兴俞敦甫先生，十三岁读毕五经，此后曾数易其师，并于十七岁时投到名士何嵩堂门下，制时文之余开始学习诗歌创作。和瑛一生创作颇丰，而且种类繁多。他著有《读易拟言内外篇》、《经史汇参上下编》、《读易

① 《和瑛传》，《清史稿》卷353，中华书局1987年版。

② 《清史列传》146，《国朝耆献类征初编》卷100，中华书局1987年版。

汇参》、《易贯近思录》，编有《风雅正音》等著作，对中国传统经史文化多所阐释发挥；还编有《回疆通志》十二卷、《三州辑略》九卷，是为研究新疆历史地理、社会政治、宗教信仰、风物山川的重要著作；他创作了《西藏赋》一部，《太庵诗稿》九卷、《易简斋诗钞》四卷，并编有诗歌总集《山庄秘课》。不过这并非全部，清末名士盛昱乃和瑛之孙恒福的女婿，曾目睹和瑛藏书楼，并谓"简勤（和瑛）手纂稿本盈箱累架，盖其撰著之未刊者多矣"①。和瑛一生在文学创作和经史研究方面用力甚勤，除了他的丰富的著作足以印证此点外，同僚朋辈的诗文亦有论及。法式善曾在乾隆五十五年（1794）写有《寄泰庵和宁方伯》）给时任四川布政使的和瑛，诗曰："宛转碧幢影，曾来秋水庐。猿啼巴雨外，马踏塞云初。酒半休看剑，花间且读书。少年旧狂态，老去可能除。"②嘉庆七年（1802），法式善又寄诗与任山东巡抚的和瑛回忆二人以诗文相切磋的往事，并谆谆告诫诗人文章政事须两者兼顾，不宜偏废等语。看来法式善对朋友的担心是正确的。不久，金乡发生冒考被控案，和瑛误听知府所言诬断此事，嘉庆皇帝"以和瑛日事文墨，废弛政务，即解职"③，而和瑛对舞文弄墨的偏好也由此可见一斑。

和瑛自己创作的诗集有两部，即《太庵诗稿》和《易简斋诗钞》，《三州辑略》中有一些零星诗作。

《太庵诗稿》亦作《太庵诗钞》，九卷，为自订稿本。卷首有诗人撰于嘉庆十六年（1811）的自序，时年和瑛已七十一岁。《太庵诗稿》未经刊刻，是为钞本。集中所收诗歌创作始自乾隆二十六年（1761），止于嘉庆十五年（1810），创作时间为五十年，收诗一千零六十首。卷九最末一首诗作于嘉庆十五年除夕，题为《除夕偶成》，曰："守岁儿孙拜膝前，百无一善老而传。幸开八帙陶情事，检点吟编五十年。"由此可判定此诗集确由诗人手订。经与《易简斋诗钞》比勘，《太庵诗稿》初集、二集即作于乾隆二十六年（1761）至五十一年（1786）间的诗歌一百余首为前者所阙，而《易简斋诗钞》卷四的全部诗歌作于嘉庆十五年之后，因而不见于《太庵诗稿》。惜《太庵诗稿》今已不存。

《易简斋诗钞》四卷，清道光初刻本，收诗五百七十六首。卷首有当

① （清）杨钟羲：《雪桥诗话》初集卷9。

② （清）法式善：《存素堂诗初集录存》卷2，嘉庆十二年（1807）王墉刻本。

③ 《和瑛传》，《清史稿》列传140，中华书局1987年版。

时被尊为“浙西六家”之一的吴慈鹤撰于道光三年（1823）的一篇序文。与《太庵诗稿》一样，《易简斋诗钞》中的诗也是按年代次序编排的。检读《易简斋诗钞》，其开篇之作是《太平府廨八咏》，作于乾隆丙午，即乾隆五十一年，当时诗人在安徽太平府知府任上。压卷之作则是写于道光辛巳亦即道光元年的《春分前一日雪》，而诗人逝世也在该年。和瑛一生笔耕不辍，他从乾隆二十六年二十一岁时开始创作直至道光一年逝世，终身不离笔墨。诗人历时六十年的勤奋著述，诚如吴慈鹤在《易简斋诗钞》序中所说：“公挺河岳之英，应玑衡之曜，有楷模之范，为杗栋之资，孜孜穷年，娓娓好学。其始也，虽名胄华阀而惟事缥缃；其继也，虽南北东西而必携铅椠；其允升也，虽高牙大纛不废雅歌；其耆艾也，虽黄发儿齿犹事绨素。可谓聿修厥德，终始于学者矣。”①

二

《易简斋诗钞》中的诗作，历时凡三十五载，除少量的应和之作外，其他大多为纪游诗。读其诗，可以清晰地感知诗中对唐代诗人诗风的熟悉，对语言运用的讲究，在诗中大量展示少数民族风情及边疆风光和以诗行呈现宦行的特点。

（一）转益多师中蕴蓄的性情之作。

和瑛诗中所表现的对汉族古代诗人的深入了解和在自己诗中对此特点的展示与应用与同时期的蒙古诗人相比要更为明显。如在梦麟的《大谷山堂集》和法式善的《存素堂诗集》中也都有对唐代汉族诗人的学习，但远不如和瑛这样频繁和宽泛。

在《易简斋诗钞》卷二《诗囊》曰：“梁园杜荀鹤，一杴泥可叹。更拟香山老，乐地黄居难。数数詅痴符，诗名怕野干。国称诗坛将，何独师黄韩。”和瑛此诗写于嘉庆戊午（1798），此时在诗坛上，正是袁枚（1716—1798）“性灵说”影响深远之时，袁枚明确强调诗歌抒写性灵，而不要以时代化疆界，对前代的诗歌，只要合乎己意，便都在取鉴之列，否则概不盲目崇拜，无论唐宋。和瑛一生宦海沉浮，走遍南北，又须臾不离翰墨，所以对性灵说当是熟知的，而他在这首诗中所言，也恰如性灵派所主张的理论。在这首表述自己的诗学理念诗歌中，和瑛明确指出对中唐

① （清）吴慈鹤：《易简斋诗钞序》，和瑛：《易简斋诗钞》，道光三年（1823）刻本。

白居易和晚唐杜荀鹤平淡质朴诗歌风格的喜爱。白居易和杜荀鹤都是现实主义诗人，诗作平易明畅，可见唐代诗人或唐诗给和瑛带来的潜移默化的影响。同卷《中秋玩月简后藏湘浦司空二首》借李白《月下独酌》表达了诗人在佳节思念朋友松筠，借千里共禪娟之月在异地共贺佳节的心情，诗中“勿醉谪仙酒，聊观摩诘龛”表达了他们的精神需求。

和瑛对唐代诗人的诗句或诗歌意象的引用揣摩在他的《易简斋诗钞》中随处可感。卷三《百尺垂虹》云：“君不见，蓝关雪磴嘲迁韩；又不见，玉门沙幕娱老班。”卷四《赋得家在江南黄叶村》曰：“坡老题名迹，秋风忆故园。短笺山有色，淡墨水无痕。摩诘图中客，渊明记里村。江天万里梦，家室五更魂。落叶应怀友，扁舟欲到门。空林归未晚，荒径喜犹存。笔笔抒闲趣，声声见寓言。那徒歌李氏，诗画悟真源。”在以上所列诗中，和瑛不仅对唐代诗人的诗风行迹非常熟悉，而且对一些典故的运用也谙熟于胸。如其化用韩愈“雪拥蓝关马不前”而来的“蓝关雪磴嘲迁韩”。化用杜甫“牛马毛寒缩如猬”（《前苦寒行二首》）而来的“行人到此所如猬”。他的诗集卷二《草亭》中“南阳报琴庐，西蜀浣花圃”一句又很显然是化用刘禹锡《陋室铭》“南阳诸葛庐，西蜀子云亭”而来。卷二《中秋玩月简后藏湘浦司空二首》其一：“问月月无语，停杯对影三。朗开无我抱，清共太虚涵。勿醉谪仙酒，聊观摩诘龛。广陵空有曲，漫聒老瞿昙。”更是把李白“对影成三人”、孟浩然的“涵虚混太清”之诗语、诗境打并入自己的诗思中。而以上所引诗中，他屡屡提到王维诗画，对王维的推崇之情显而易见。

这种情形在《西州辑略》中也可见到。其“西陲靖戎马，那用带吴钩”① 就是反用李贺“男儿何不带吴钩”之句。

除了在诗中多次提到唐代诗人之外，和瑛对这些诗人的熟稔更多体现于拟作中。《易简斋诗钞》卷二有《拟白香山乐府三十二章》。白居易是中唐“新乐府运动”的发起人，他和元稹等人以新题乐府的形式，来反映社会问题，针砭政治弊端，以期达到实际的社会效果。同时在艺术表现上，这群诗人也大多努力以平易浅切的语言、自然流畅的意脉来增加诗歌的可读性。其中白居易的《新乐府》五十首，成为这一新诗潮的代表作。和瑛模拟之作三十二首，无题，俱以每首诗第一句为题，以古戒今，托物

① （清）和瑛：《安西州赠胡息斋同年》，和瑛：《三州辑略》卷9，《中国方志丛书》西部地方第11号，成文出版社1968年版，第323页。

言志，充分反映了诗人的儒家思想，而且都是感事而发之作。如《周雅咏棠华》写兄弟手足之情，《世称知己交》信朋友也，《南阳张中丞》、《人面中六矢》、《中丞入睢阳》三首诗则写出了“安史之乱”时的英雄许远、张巡、雷万春、南霁云的忠烈英勇。和瑛本人仕途虽然比较显达，但一生中也屡遭贬谪，可是读其诗，感其人，并不见文人常有的忧事叹己的牢骚，这大概既与诗人的蒙古民族生性旷达的血缘有关，同时也和他在常年边地生活的所见及其所好也有很大关系。卷二《山庄落成题曰挹翠用杜少陵游何将军山林韵赋诗十五首》是和瑛用杜甫诗韵写下的十五首五律；卷三《泰安试院七柏一松歌用少陵古柏行韵》是诗人在山东巡抚任上所作。诗中借咏古柏古松“树人树木百十年，霜根合近量才尺”说到“文章不朽德不孤，门前立雪座上春”，诗的旨归依旧在文章千古事上。不过，在和瑛所有的和古人诗作中，最为后人所激赏的当数他的两首和李商隐的长篇纪游诗。卷二《纪游行》一诗序曰：“山庐寂静，梵阁清寒，偶忆丙午已未游十四载山川风景如在目前爰效玉溪生转韵体作纪游一百七十六句”；卷四《续纪游行》序云：“前诗纪游起乾隆丙午止嘉庆已未，盖行十万余里。自庚申至癸酉阅十四载，又历四万余里，其间景物聊可更。仆兹留守陪都，公余仿李义山转韵二百句为续纪游行，恐阳里子华未免操戈逐儒生也。”这两首诗的价值正如符葆森《国朝正雅集之寄心庵诗话》所云：“太庵先生官半边陲，有纪游行、续纪游行两诗，自云前行十万余里，续行四万余里，可谓劳于王事矣。诗述诸边风土，可补舆图之缺。”诗人的两首长诗不但展示了自己的创作能力，更显示出其对唐诗的接受。

（二）清新意境中的自然山水。

人们在欣赏自然美时，由于各自秉性气质、生活经历和艺术素养的差别，对绰约多姿的自然美的欣赏，便有不同的爱好与兴趣。和瑛生活阅历深广，视野开阔，感情豪迈奔放，因此，他最爱欣赏和表现的，是那些在美的现象形态上属于“阳刚之美”的、壮丽雄奇的盛唐式的山水自然景物。《自凉州返辔出关驰驿再宿苦水驿》云：“玉门重出感残年，都护恩纶降自天。遥指北庭心胆壮，再尝苦水是甘泉。”这是典型的摹写唐代边塞诗风情的诗歌。表现自然美是和瑛诗中呈现的主要艺术风格，艺术风格是作者的创作个性在具体作品中的鲜明表现，诗人善于同时把握和表现外物和主观心境的变化，故能在诗中展现出变态无穷、毫不雷同的意境。和瑛的诗集中既有表现气象峥嵘，彩色绚烂的诗句，也有“外枯而中膏，似淡而实美”的诗行。无论哪种都呈现出其多姿多彩的艺术风格，而底蕴却都是清新的。

《易简斋诗钞》卷一《四月十日城北刘秀才勺园牡丹盛开阜阳张松泉大令携榼邀赏坐未定暴风大作遂罢燕还赋绝句四首》中一首云：“扑面黄云走白沙，百忙争渡颍之涯。天公羡我清贫守，恐恋人间富贵花。”这是诗人运用“拟人化”手法描写的暴风，它同人一样有感情，能行动，栩栩如生的文字表现出了诗人以“物色带情”的状物手法，同时也反映出诗人的乐观旷达的胸襟。读之如唐代岑参边塞诗风情在目前。《宿上涨渡民家咏白菊花》云：“最喜陶家径未荒，数丛冷蕊过重阳。凝晖不怕遭梅妒，未到荒时已傲霜。”虽然只是寥寥几语，却抓住了菊花的时令特点及陶渊明独爱菊的史事，很好地展现出写咏物诗“体物为妙”的特性。而《出巡后藏夜宿僵里》中的“河山环野暗，霜月带沙明”不但展示了西藏的独特风光，而且“环”、“带”这两个词的使用有如传神之笔，诗人在这里创造出的清雄奇富、变态无穷的意境，使诗句寓有了图画美，给读者留下丰富的想象空间。这种恰当运用个别词语以增加诗味的特点在和瑛的作品中屡见不鲜。卷三的《巩宁城望博克达山》：“博达神皋拥翠鬟，行人四望白云间。遥临地泽千区润，高捧天山一掬悭。弥勒南开晴雪圃，穆苏西接古冰颜。钟灵脉到伊州伏，为送群峰度玉关。”诗中的“拥”、“捧”、“送”这些表现“动”的词，是寂处之音，静中之动，是以不易觉察的轻微细小的动态来反映自然的空旷和幽寂。而在“边沙夜净马蹄印，岭雪春消燕爪痕”（《喀什噶尔巡边》）和“山如卷目巢春燕，水似弯弓射宿禽”（《过大宁故城》），“不见人烟只见驼，一丛田鼠拜荆窠”（《喀浪圭》）这样工整的对句中，不仅可以看出作者如上述的驾驭诗歌语言的功力，而且让我们看出边疆独特的地理风貌带给诗人的独特的艺术感染和想象。不过在《易简斋诗钞》中，诗人的更多作品，明显地是从着意表现大自然蓬勃旺盛的生机和奔腾磅礴的气势出发去描写动态的。如其《甘州歌》所云：“朔风滭浡霜天高，弱水冻涩流沙焦。行人到此缩如猬，况复西指瀚海遥。”这样的动态就绝非轻微细小的动，而是强烈鲜明、持续不止、气胜势飞的动，这样的动比静更美。而这样的边塞风光描写只有在盛唐高岑笔下才可见到。和瑛诗很讲究语言的运用，无论是遣词炼句，还是明白晓畅都展示了他掌握诗歌语言的纯熟程度。

（三）独特的边疆少数民族风情画卷。

和瑛因为常年驻扎边疆，所以读其诗作，有如在看一幅幅的民族风情画，并且可以了解到少数民族的地域、物产、历史风俗以及清政府对边疆辖地的管理。读《易简斋诗钞》卷一的《渡象行》、卷三的《题路旁于阗大玉》、《获大白玉》、《突厥鸡诗》可以欣赏到少数民族的一些不为中土所有的“于阗玉”、“象”、“突厥鸡”等物产，而“初识关山险，人争脚马拖”（《大关山》）中的脚马，更是边地特有之物，大约诗人也意识到了这一点，故和瑛诗中自注云：“土人以铁齿束足底名脚马”，从这一解释就可感受边疆的苦寒。“迢迢大雪山，万顶覆银瓯”（《东俄洛至卧龙石》）、“百川尽东注，此处独西流”（《三月抵前藏渡噶尔招木伦江》）、“坡仄群羊叱，天空一鹗寒”（《过巴则岭》）、等诗句中反映的又是边地独特的地理风光。卷三的《观回俗贺节》是一幅典型的民俗图，诗云“怪道花门节，刲羊血溅腥。鸡充里，娄故震羌庭，酋拜摩尼寺，僧喧穆护经。火袄如啖蜜，石檄信通灵”，这是只有亲临其地观看后的人才能写出的。和瑛的边塞诗大部分表现出蒙古人特有的豪放、雄浑的民族写作特点，而且还选用大家所熟知的民族语言来准确地反映边疆民族生活。如《东俄洛至卧龙石》中的“鄂博”、“哈达”等。

和瑛诗中不只对自然，而且对历史和文物古迹也有翔实的描述。他的这些诗扩大了自从唐代以来得到成熟和发展的中国边塞诗的写作范围和创作深度。如他在藏时写的《喜闻廓尔喀投诚大将军班师纪事》，描写乾隆年间平复驱逐尼泊尔入侵者推诚服输以象交好的情形；《金本巴瓶签掣呼毕勒汗》描写金瓶掣签选达赖、班禅的情形；《大招寺》、《小招寺》、《布达拉》不仅描写了藏地著名寺庙的壮观，还介绍了其建筑的由来与唐代吐蕃松赞干布和汉女文成公文成亲的史实，“唐公主思念长安，故造小招东向”。特别是《木鹿寺经园》这首五律，通过写木鹿寺经园中多种文字的佛经，赞扬了各民族的文化交流。他在新疆时写的七言古风《题巴里坤南山唐碑》，介绍了古高昌国古址和高昌国的一百三十四年兴衰历史，描写唐代统治期间新疆地方割据势力的兴衰以及中央王朝平定反叛、刻碑记功的过程，强调维护祖国统一的信念更为突出鲜明，诗末说：“岂知日月霜雪今一家，俯仰骞岑共惆怅。”诗人赞扬唐王朝的平叛武功，无疑是在借古咏今。《宿库车城》描写了库车作为古龟兹国所在地的千佛洞、唐壁经、汉城垒等文物古址。这类诗还有《叶尔羌城》、《哀叶尔羌阿奇木阿克伯克二首》等。和瑛这些诗作具有“补舆图之阙”[①] 的价值。

和瑛身为边疆重臣，在其西藏任上，他曾多次会晤班禅并作诗纪事。如卷一中有和瑛写于乾隆五十九年的《晤班禅额尔德尼》，卷二中有写于嘉庆元年的《班禅额尔德尼共饭》、《班禅额尔德尼燕毕款留精舍茶话》、《留别班禅额尔德尼》。郭则澐《十朝诗乘》曾云：“和简勤尝为驻藏大臣……有《班禅额尔德尼燕毕款留精舍茗话》诗云云，燕飨款洽，历历如绘，洵杰作也。”

歌咏西域的山川景物、风土人情，这是每个少数民族诗人必不可少的题材。与梦麟、法式善等诗人相比，和瑛的作品在表现内容和情感基调上，都具有更为鲜明的地域特征和艺术个性。和瑛在边疆任职时间的确很长。乾隆五十八年（1793），以副都统衔充西藏办事大臣，在藏凡八年。嘉庆七年（1802），遣戍乌鲁木齐，寻充叶尔羌帮办大臣，调喀什噶尔参赞大臣。十一年（1806），复出为乌鲁木齐都统，在新疆七年。此外，还曾任陕甘总督、盛京将军，一为西北，一为东北。除了他的守边大臣的实践因素外，和瑛边塞诗的成就和他对边塞诗人的普遍推崇、对盛唐风骨的自觉踵武也是分不开的。他在对边塞诗歌的学习和模仿中，逐渐把北方士子固有的经世致用、崇尚功名的进取精神写进诗中。他的作品不仅写了边塞自然风景，而且更重要的是他还描写了历史上重要事件、文物古迹、少数民族宗教信仰、生活习俗等。他不仅对边塞文化建设做出了贡献，而且扩大了中国边塞诗的写作范围和创作深度，他的创作促进了蒙汉文学的交流。

（四）以诗行展示宦行。

和瑛《易简斋诗抄》是以编年来划分诗歌的，所以读此集，他的宦海变迁如在目前。诗人从乾隆五十一年到道光元年的为官生涯，在本文第一部分已有详细叙述，兹不重述。和瑛一生仕宦时间长达五十年（1771年入仕到1821年去世），《易简斋诗抄》记录的时间是三十五年（从1786年到1821年），而他的宦海沉浮、南北变迁也主要发生在这段时间中，和瑛在诗集中以诗歌做载体，详细记录了他生命中的这些重大变故，也给后人留下了充足的研究他个人以及不同地域风物的资料。所以读《易简斋诗抄》有如随着诗人频频调动一样。

---

① 云峰：《蒙汉文学关系史》，新疆人民出版社1994年版，第145页。

总之，作为三朝老臣的和瑛，不仅其政治身份在有清一代占有重要地位，仔细研读其诗作，他的“娴习掌故，优于文学”① 的特点也尽现无余。诗人以其少数民族边疆重臣的身份和宦行作为土壤，以深厚的诗歌素养为肥料，在一生勤于笔墨的蓄积中，结出了具有他自己清奇豪放特点的诗集。因此《易简斋诗抄》一书也展示了他独特的诗风。诗人在他的诗歌创作中真正做到了“随物赋行”，即按照大自然和社会生活事物的发展变化规律，把它们的形态、色彩、声音、气韵真实、准确、生动的再现出来，所以他的作品就产生出姿态各异、毫不雷同的风格。

和瑛《易简斋诗钞》四卷，是他一生的诗作总汇。存诗五百七十六首，其中西域诗七十余首，约占总数的八分之一强。这个数量不但在清代西域诗中，出其上者不多，就是在历代西域诗中也是名列前茅的。

第二节　和瑛《西藏赋》中的唐诗影响

《西藏赋》是和瑛的成名之作，影响较大，流传也颇广。该赋采用韵文和注释合而为一的形式，韵文是辞赋本身，注释附以行间，在篇幅上又数十倍于韵文。举凡西藏地理、部族、宗教、物产、民俗以及社会生活的诸多方面尽列其中。它不仅具有文学欣赏价值，而且还有裨于治边，足备世用，可目之为西藏志。张丙瑛于道光二十四年（1844）二月为《西藏赋》抄本写下的跋文，认为这篇赋“风物列眉，疆隅指掌，令人神游佛国，身到西天矣。喇嘛原委，顿得晓畅，而于竺书亦多印证。洵不可无一，不能有二之作也”②。《西藏赋》初刊于嘉庆二年（1797），在流传过程中又形成有注本和无注本两种。此外尚有许多抄本流传，如同治二年（1863）西斋居士经见的抄本、光绪间文硕所持抄本等。黄沛翘又据文硕抄本，略事增补，将其刊入《西藏图考》，遂形成重刊本。及至清末，盛昱编《八旗文经》，将有注本《西藏赋》全文抄录在第四卷，使其得到更为广泛的流传。徐世昌《晚晴簃诗汇诗话》云：“简勤公为吾师席卿冢宰曾祖。乾隆季年以内阁学士出为驻藏大臣。尝撰《西藏赋》，山川风土，源流沿革，采摭纂详。诗钞道光初刻行。吴蘭雪为序。余从厂市得稿本五册，有‘燕庭藏书’小印。盖刘氏嘉树簃故物也。”

---

① 《和瑛传》，《清史稿》卷353。
② （清）张丙瑛：《〈抄本西藏赋〉跋》，据北京图书馆藏澄清堂抄本。

除了《西藏赋》，嘉庆十年（1805）刻本《三州辑略》卷七艺文门上，收和瑛《祈雨博克达山文》；卷八艺文门中，又收其《蝼蚁赋》、《放狐赋》等。但和瑛韵文中影响最为深远的还是《西藏赋》。

李光廷曾在《西藏赋》的跋中对撰写此赋的边疆史地作用做了中肯评价，“此篇总赋西藏，凡佛教寺庙，官制风俗，物产地界，无一不详。而山水尤晰。魏默深《圣武记》作于道光，犹以雅鲁藏布江为金沙江源，此书于山川探源析委，并图经之舛，亦为正明，则以身居此土访查较易也”。并且指出此赋“不仿京都，而文采烂如足供讽诵”①。说明这篇赋作没有模仿前朝京都赋，而是偏重可以讽诵的诗歌写作方式。

文体之间的互相渗透是中国文学史上的普遍现象。在各种文体的萌生、成长、演变过程中，交叉影响的情况经常发生。赋本是《诗经》表现手法之一，到了汉代演化为“一代之文学”的代表性文体，刘勰《文心雕龙·诠赋》引班固之说赋乃“古诗之流也”，明确指出这种文体的渊源所自。赋的成体还受到过荀况《赋篇》、屈宋楚辞的沾溉。辞赋在汉代的兴盛，又促进了散文的骈偶化和骈体文的渐趋成熟。骈文流行于魏晋六朝，其间接受了“永明体”诗的影响，更加讲究偶对、声韵、平仄等形式和格律。流风所及，这一时期的散文亦多骈偶，赋体也受其感染出现了“骈赋”。至唐宋韩柳欧苏古文取代骈文，奇句单行的散文成为文坛正宗，于是赋又一变，而有“文赋”之目。唐代诗歌是唐代的代表性文体，因此，大量唐诗也影响了各体文学的演变和发展。② 和瑛诗歌创作受到唐诗影响，本文已多所阐释，其学养所及，在赋作中接受唐诗亦是显在的事实。形式不只是外在物，学术著作的体例有时即是作者思想的体现。诗人对唐诗的接受，可能融合了先在的文化学术系统里不同的要素，它不是单一的传承，而是在传承中取自多方。虽然有的为主，有的为次。

《西藏赋》典重雅赡，是清代疆域地理赋中重要的鸿篇巨制。此赋大气磅礴、气韵沉雄，表现出清帝国君临天下的宏大气象及俯视四夷的居高心态。和瑛辞赋创作颂声满耳除了沿袭赋体功用之外，与时政有很大关系。清朝统一全国，疆域广大，对边远地区采取怀柔政策，和瑛选择善于“称颂”的赋体来表达对满族王朝的认可和赞美，同时也透露出渴望建功立业的迫切心情。

---

① （清）李光廷：《〈抄本西藏赋〉跋》。

② 余恕诚、吴怀东：《唐诗与其他文体之关系》，中华书局2012年版，第20—22页。

《西藏赋》的意境与写作方式与盛唐纪游诗颇有相似之处，因此该赋以诗为文的特色是非常突出的。“以诗为文”使赋具有鲜明的诗体特征：一是语言句式和声韵格律。《西藏赋》多用诗歌的句式节奏，歌行体的三言、四言、五言、六言、七言、八言，在文中大量出现，特别是整齐的诗句使用频率更高。如“其物产则天藏女池，盐晶泻卤；仙山宝矿，金屑流华。藏香贵盛安贡恰，木椀重札木札鸦。铜铁铅锡，硫磺硇砂。松脂檀末，苦库唵巴。草则吉祥书带，紫茜红花。马蔺牛舌，羊草芦葭。木则松柏珍贵，杨柳杈枒。胡桃结核，火榴绽葩。花则牡丹傲雪，桃杏铺霞。剪秋罗幽芳露滴；虞美人妙舞风斜。罂粟盘，盛玉盂之云子；万寿菊，披金粟之袈裟。石竹映文章之草；蜀葵开旌节之花。果则长生竞掬，百合纷拏……”全文均押“a”韵，一韵到底，句式以三言、四言、六言、七言为主，对仗工稳。二是比兴取象。《诗经》“六义”中被称为“诗之用”的“赋比兴”，不仅是古今诗歌的三种表现手法，也是古今一切文学作品的三种基本表现手法，“赋比兴”手法适应于中国文学史上的各种文体。“比兴”使诗文语言生动，形象鲜明，含蕴丰富，韵味悠长。盛唐诗人杜甫在纪游诗中铺叙景物，多用赋法，但同时兼有比兴。以比兴构思，兼用赋法铺叙经营，山川景物无不带上乱离生活的时代色彩，无不成为诗人主观意象的象征。“行迈日悄悄，山谷势多端。云门转绝岸，积阻霾天寒。寒峡不可度，我实衣裳单。况当仲冬交，泝沿增波澜。野人寻烟语，行子傍水餐。此生免荷殳，未敢辞路难。”《寒峡》一诗以“势多端”领起全篇，诗中铺叙的景物都围绕这个意象展开。“云门转绝岸，积阻霾天寒。”悬崖峭壁，迷雾遮天，惊险万状，读来真是“凄惨宛然在目”[①]，结尾自伤身世，无限感慨，进一步突出了比兴特征。《西藏赋》本是纪游赋，取法杜诗特色很是明显。三是跳跃性与想象力。一般而言，诗歌更重跳跃性和想象力，更重虚活，显得空灵微妙；散文更重条理逻辑，更重叙写，显得浑朴质实。但过于“质实”则给读者“平板”之感。和瑛这篇赋“以诗为文”，把诗歌倚重的跳跃和想象引入散文，使散文获得了诗一般的灵动和自由。例如描写拉萨城的一节文字，作者多角度多层次地描写西藏的宗教文化、寺院建筑、风俗习惯，以充分展示异域的独特风光。“粤坤维之奥域，实井络之南阡。风来阊阖，日跃虞渊。斗杓东偃，月毳西联。三危

① （明）王嗣奭：《杜臆》，上海古籍出版社1983年版，第111页。

地广，五竺名沿。吐蕃种别，突厥流延。乌斯旧号，拉萨今传。其阳则牛魔僧格，搴云蔽天。扎拉罗布，俯麓环川。其阴则浪荡色拉，精金韫其渊；根柏洞噶，神螺现其巅。左脚孜而奔巴，仰青龙于角箕之宿；右登龙而聂党，伏白虎于奎觜之躔。夷庚达乎四维，羌蛮兑矣。铁围周乎百里，城郭天然。藏布衍功德之水，机楮涌智慧之泉。池映禄康插木于后，峰拥磨盘笔洞于前。普陀中突，布达名焉。”和瑛由对拉萨周围环境的描述中，跃动至对拉萨城以及布达拉宫的具体描写。在铺陈叙写中充分调动自己的诗情，天上地下无所不至，以丰沛的想象力结构赋篇。至于扎什伦布寺的描写亦是如此，“班禅之居于札什伦布也，招提结蟹螯之穴，祖山依龙背之阳。沙明远岸，雪冒连岗。智水环流，浪纡徐而练净。幻峰囿野，形山列山施以绵长。金刹青鸳占仍仲宁翁之脉，石门宝塔韫额尔德尼之光。月昼隐而故躔留，寸丝不挂。树秋凋而真实在，拳枣应尝……”在真实描写的基础上，以诗人之笔驾驭文字，情景飞动。在景物的尽相刻画中，自然而然地流露自己的思想感情，于其中臻于境与思偕、物我相融的艺术境界。这种“一诗中间或亦用比兴，但主要手段却是写实，描绘一定时空下的实景，即直言其事，直写其景的赋法。杜甫纪游诗却将两者有机地统一起来了”①。和瑛赋作承传盛唐诗人在诗歌中既能攸关时代风气，同时亦能铺陈描写、比兴寄托的诗歌风格，并将之发扬光大。

第三节　和瑛家族文学中的唐诗接受

和瑛是以科第而为边疆大吏的儒臣，关于和瑛的家世，现有科举齿录是可以援据的原始资料。同治七年（1868），和瑛曾孙锡珍赴戊辰科会试中式，载其家族传承为：始祖廷弼—二世祖旺鳌—三世祖满色—高祖德克精额—曾祖和瑛—祖壁昌—父同福—锡珍。始祖廷弼名下注有“原住喀喇沁地方”字样，可见和瑛先世为喀喇沁人。《八旗通志》初集卷十一，记载喀喇沁部蒙古于天聪六年（1632）归附，分隶于镶黄旗蒙古左右参领属下 28 个佐领中。自和瑛贵显之后，其父祖均追赠尚书衔，其实都是担当过侍卫的武职人员。和瑛以下代有显宦，金榜题名者亦不乏其人，著名的文学士子则有壁昌、谦福、锡珍三人。

① 成松柳：《试论杜甫的纪游诗》，《华中师院学报》1985 年第 4 期。

和瑛之子壁昌，字星泉，号东垣，蒙古镶黄旗人。因系和瑛之子，故由工部笔帖式铨选河南阳武知县，改直隶枣强知县，后擢直隶大名府知府。道光七年（1827）奉命随直隶总督钦差大臣那彦成赴南疆，佐理平定张格尔叛乱善后事务。道光九年（1829）一月，擢头等侍卫，署叶尔羌办事大臣。道光十一年（1831）二月任喀什噶尔参赞大臣，同年十月，参赞大臣驻地自喀什噶尔移叶尔羌，壁昌遂为第一任叶尔羌参赞大臣。道光十四年（1834）二月，任乌什办事大臣，九月调任凉州副都统。道光十七年（1837）十一月，任阿克苏办事大臣，后又任察哈尔都统。道光二十年（1840）十二月，代伊犁参赞大臣。道光二十二年（1842）三月，迁陕西巡抚，同年九月二十九日，擢福州将军。道光二十四年（1844）二月一日，由福州将军署两江总督，同年十二月十四日实授。道光二十七（1847）三月八日，召陛，四月三十日授内大臣，复出为福州将军，二十八年（1848）十二月，以疾回旗。咸丰三年（1853），太平天国北伐军逼京津，命为巡防大臣，咸丰四年（1854）卒。壁昌以三出峪关，经营西域，复镇八闽，开府江左入于清史守疆名臣之列。又因文武俱备而扬历中外。壁昌是一位注重兵备的官吏，他根据其亲身体验，著有《叶尔羌守城记略》、《守边辑要》、《牧令要诀》、《兵武闻见录》等书。其中，在福州将军任上追忆守疆事略写就的《叶尔羌守城记略》的史料价值尤高。因为其所写不仅是战事，且记载了南疆善后的措施，如叶尔羌屯田等，可与《清宣宗实录》、《清史稿》、《叶尔羌乡土志》等有关史料相印证。所载的有关史事较《圣武记· 回疆善后记》要详备得多。《守边辑要》是道光十一年所写，当时就誊写分发南八城，供各城大臣参阅，后曾在西安等地传播。壁昌对《守边辑要》十分得意，说它“所关国计，岂小焉哉!”内容为玉素甫叛乱时维吾尔族人们的反应、守御叶尔羌的方法及一些善后主张。故其与《叶尔羌守城记略》合刊传世。除了继承父辈存经存史之家学渊源，壁昌亦有和瑛的文学遗传。《清诗纪事》载其雅善诗画，著有《壁参帅诗稿》一部，但诗稿迄今未见。许玉年为此集题诗，有“肩事心逾勇，淫书气自平”之句。曾画《担秋图》、《虎》等，当世之人颇有题咏。又著有《兵武闻见录》、《叶尔羌守边纪要》、《牧令要诀》，合刻为《壁勤襄公遗书》，瑛棨为之撰序。《清诗纪事》载其诗《题担秋图》：“昨夜西风太寂寥，旧篱新圃灿琼瑶。秋光烂漫闲收拾，和露和霜一担挑。”杨钟羲《雪桥诗话续集》：“壁勤襄公星泉……尝画《担秋图》贻许玉年，题云云，盖韩魏公以晚香自励之意。”① 因为现存资料有限，所以壁昌的文学才能不能充分展露，但其承续和瑛延展家族文学是不争的事实。

壁昌有二子，一为恒月川，一为谦福，后因和瑛次子奎昌无嗣，将谦福过继，并以奎昌之字榆村命之为小榆。谦福（1809—1861），字光庭、吉云、小榆，号六吉。道光十四年（1834）举人，十五年（1835）进士，历官詹事府詹事。道光二十四年（1844）因患痰疾注门籍。左图右史，一卷萧然。日与名流文康、董恂酬唱。自谓：“天教多病翻藏拙，性本耽闲谬托高。悟道敢云宗柱史，无忧酷爱读离骚。”② 有《桐华竹实之轩诗抄》，收诗二百六十八首。著名作家文康在为该集所撰序文中说：“小榆虽履厚席丰雅，不愿翩翩裘马。侍养之外，唯一意浸经史、括帖功，因得以道光甲午（1834）举孝廉，乙未（1835）成进士。得继简勤公，以书香世其家者，小榆一人而已。……暇辄洗桐芟竹吟啸其间以为乐。即颜其读书处曰桐花竹实轩，以示崇实黜华之意。其为诗也，试帖谨严，以中矩胜；近体空灵，以写性胜。有梅花诗若干首板行于世，一时和者如云。”③ 谦福曾自叙辞官后生活常常是：“观书卓午常摊饭，得句中宵每度眼”（《斋中偶作》），可见在诗歌创作上颇下工夫。另有《桐华竹实之轩梅花酬唱集》，收本人及他人诗凡百余首。

法国著名伦理作家拉罗什福科曾说：“当人被别人引导时，他常常以为是自己在引导自己，而当他靠自己的精神趋向一个目标时，他的心灵则不知不觉带走别的心灵。”④ 这是悖论，但用在谦福这里却不是。盛年辞官后，谦福一意浸淫诗作，全心追求诗歌所带来的静穆的世界。当时的他在自己的创作道路上并没有意识到自己在不知不觉中已经承担了延续家族文学发展的重任。然而，当我们隔了一个多世纪的现在审视他的作品时，却可以清晰感知此间对于唐诗接受的一种深远传承。而我们也在阅读谦福的诗歌时，被他用心灵体会写就的诗歌所吸引。同和瑛一样，谦福常常在诗作中化用唐人成句，这一点在清代蒙古族诗人的汉文创作中和瑛家族是

① 钱仲联：《清诗纪事》，凤凰出版社2004年版，第2729页。

② （清）谦福：《斋中偶作》，《桐花竹实之轩诗草》，同治二年（1863）刻本。下文引诗同出此。

③ （清）文康：《〈桐花竹实之轩诗草〉序》，谦福：《桐花竹实之轩诗草》。

④ ［法］拉罗什福科：《道德箴言录》，何怀宏译，新星出版社2008年版。

最为突出的。如其《游郊外二首》其二云："山枕清郊水泊堤，半阴天气雨鸠啼。一村高柳青无际，百亩新秧绿欲齐。细读残碑寻古迹，缓随流水步春畦。归途更绕城东路，野渡无人落照低。"末句显然用到了韦应物"野渡无人舟自横"之语，而全诗意境则更似孟浩然的清新淡远。《题斋壁》末句云："华屋山丘皆莫恤，明朝散发弄扁舟"，自然源出李白"人生在世不称意，明朝散发弄扁舟"。《广宁门外三藐庵送月川兄之山右藩任》云："车尘马迹总鸿泥，转眼风沙咫尺迷。惟有梦魂遮不住，随军飞过太行西"。末二句用李白"我寄愁心与明月，随君直到夜郎西"。而且整首送别诗意境也极似李白的《闻王昌龄左迁龙标遥有此寄》。《秋眺》云：

霜林落尽见栖鸦，迤逦青山郭外斜。万井人烟排雁户，一泓秋水近鸥家。夕阳远寺明孤塔，古戍高楼起暮笳。极目帝城双阙迥，碧云深处闪红霞。

"青山郭外斜"虽然是自然中之常景，然而自从李白在诗中使用后，已成成句。诗人在诗作中屡屡用到李白诗句，可见唐诗是其后来习诗的根本。这首《秋眺》虽然用到太白诗句，但从诗风来说并无盛唐气象，而是入于晚唐风景。"霜林"、"栖鸦"、"夕阳"、"远寺"、"孤塔"、"古戍"、"暮笳"俱是清寥意象，不过诗人内心并不很寂寞，所以在遥望帝城之时，尚能看到夕阳西下时闪动在碧云深处的红霞，而不似义山诗中的"夕阳无限好，只是近黄昏"那样无奈和凄苦。谦福对于唐诗化用总是能结合自己诗歌的情境，自然而又和谐。和瑛家族的文学创作整体上都呈现一种舒朗的艺术特色，很少看到凄苦之调。

以萧然散淡为生活旨趣的谦福，并未因自己退出吏事而不关注民生，在寄给兄长的诗中，他曾说："欲谈诗务嫌多事，无补生民即废材。寄语长公须努力，方今圣世正需才。"（《重阳日得月川兄书即赋长句寄呈》）给儿子的诗里，他又谆谆嘱托，"累叶吾门诗水清，青毡故物旧儒生。家贫尚有书千卷，儿好何须金满赢。莫以疏慵志温饱，要期远大励功名。眼前画地原堪守，可惜鹏博九万程"（《示锡庄》）。李白《上李邕》曾云："大鹏一日同风起，扶摇直上九万里。"谦福就以此示儿，期望他戒疏慵、励功名。

谦福的诗歌承续了和瑛的创作，诗学主张都是袁枚的“性灵说”，强调写出诗人的真性情。《病骨》末句曾云：“脱尽寻常拘束态，清狂饶有性灵诗。”而谦福的性情之作，或者说是他的诗歌中最为世人称颂的就是和张问陶的梅花诗。张问陶（1764—1814）是清代中期著名诗人，字仲冶，号船山，又号蜀山老猿、药庵退守。四川遂宁人。乾隆五十五年（1790）进士，曾任翰林院检讨、都察院御史、吏部郎中。后出任山东莱州知府，因违背上官意志，辞官居吴县虎邱。晚年遨游大江南北，病卒于客舍。诗作多描写日常生活，诗风清新自然，以七绝最胜，但有一部分诗篇情调沉郁。著有《船山诗草》二十卷，《船山诗草补遗》一卷。张问陶主张诗歌应写性情，有个性，反对模拟。他的诗论与性灵说相吻合，为袁枚所称赏。对于诗歌的审美特征，袁枚性灵说要求灵活、有生趣、风趣，张问陶则主张空灵、有真趣，内涵要广，它不仅要求意象灵动，而且追求意境深、韵味长。张问陶的《梅花》向称名作。诗云：

一林随意卧烟霞，为汝名高酒易赊。自誓冬心甘冷落，漫怜疏影太横斜。得天气足春无用，出世情多鬓未华。老死空山人不见，也应强似洛阳花。

野鹤闲云寄此生，暗香真到十分清。转怜桃李无颜色，独抱冰霜有性情。赠我诗难应束手，笑他人俗也知名。开迟才觉春风暖，先听流莺第一声。

花中资格本迟迟，铁石心肠淡可知。此世何人能领略，为君终夜费相思。看来风雪无多日，香到园林第几枝。自是不开开便好，清高从未合时宜。

梦绕寒山月下村，一枝相对夜开樽。繁华味短宜中酒，攀折人多好闭门。风信严时清有骨，尘缘空后淡无痕。从来不识司香尉，只仗东皇雨露恩。

铜瓶纸帐老因缘，乱我乡愁又几年。莫笑神情如静女，须知风骨是飞仙。生来逸气应无敌，悟到真空信可怜。世外清名原第一，不修花史亦流传。

回首山林感旧踪，雪花吹影一重重。记从驿使春前折，又向瑶台月下逢。对客岂无能舞鹤，赏心还是后凋松。天人装束天然好，便买胭脂画不浓。

香雪濛濛月影团，抱琴深夜向谁弹。闲中立品无人觉，淡处逢时自古难。到死还能留气韵，有情何忍笑酸寒。天生不合寻常格，莫与春花一例看。

腊尾春头放几枝，风霜雨露总无私。美人遗世应如此，明月前身未可知。照影别开清净相，传神难得性灵诗。万花何苦争先后，独自能香亦有时。

梅花是中国古代咏物诗中的恒久母题。张问陶的这八首诗，很少正面咏梅花，所描写的大多是梅花气格，从用韵来看，八诗有点像晚唐李商隐，因此和者的风格大都为西昆体，少见佳作。但谦福诗能从众多和诗中脱颖而出，自是不凡。谦福《梅花诗用张船山先生原韵》云：

绿蚁香浓泛紫霞，一瓢相对兴偏赊。剧怜北地春光晚，才见南窗月影斜。高士吟成新眷属，美人洗尽旧铅华。天然骨格何嫌瘦，不是人间富贵花。

修到仙缘定几生，今宵风景喜澄清。家山不作思乡梦，驿使凭传寄远情。境入罗浮皆幻想，赋夸宰相总虚名。隔墙忽听霓裳曲，知是邻家玉笛声。

疏影横斜月上迟，一般清趣少人知。临池绰有凌波态，倚槛频兴望雪思。劳我耽吟开小阁，任他向暖发南枝。无心更问和羹事，寂寞空山亦正宜。

竹篱茅舍仿山村，古屋闲消酒一樽。不比春花移曲槛，怕招俗客掩重门。空中著色参新悟，梦里题诗认旧痕。冷落莫教桃李笑，天容孤峭亦殊恩。

独标高格绝尘缘，风雪侵寻不计年。世外地宽寒料峭，梦中天阔洒神仙。香来淡远浑无著，质抱冰霜只自怜。如此风骚谁得似，放翁诗句至今传。

一从邓尉问芳踪，踏遍青山几万重。妙有情时聊独赏，悄无人处恰相逢。不惟晚节香同菊，直拟寒盟健比松。时尚慢争眉样好，便娟还让古妆浓。

回头几日百花残，春去春来指一弹。冷淡缘中知己少，繁华队里隐身难。修成净业心俱澈，梦到香魂骨亦寒。莫叹风尘终落漠，烟霞深处有人看。

猩红飞上玉虬枝，酝酿天心总不私。冷艳最宜泉石癖，好春未许蝶蜂知。忍寒且酌杯中酒，写影难摹画里诗。我爱此花清澈骨，檐前索笑立多时。

两诗用韵完全相同，不但整首诗韵脚一样，押韵字亦同。张问陶诗是原作，既有创作的难度，但转圜也便捷，而谦福虽然省却原创的冥想，但因是和作，所以更多了和原诗的苦思。从艺术风格上来看，张诗选择意象绵丽，意境空灵、深邃，处处点染梅花的孤清气格。而谦福诗意象舒隽，意境清宛、悠长，更强调梅花的品貌特征。张诗写梅花的孤标自赏，处处可见诗人影子，若“也应强似洛阳花”、“清高从未合时宜”、“独自能香亦有时”、“不修花史亦流传”。而谦福诗则见出其心性的平和雍容，若“天容孤峭亦殊恩”、“寂寞空山亦正宜”、“烟霞深处有人看”、“檐前索笑立多时”。如果把张问陶诗和谦福诗相比较，可以看出，他们的诗作都是从梅花的叙写上，让读者体悟出一种咏物诗的兴发感动的深意。然而细味他们的感发却大不同。张诗是以其盘旋郁结的极似义山的深情取胜，而谦福诗则别有一种理性清明之致，更似王孟风格。在圆融莹澈中有一种温柔的情意。诗风往往是由诗人的身世遭际、心灵情怀所决定的，官宦世家的谦福盛年引退与张问陶被迫辞官自是不同。谦福诗成后，时人好评者颇多，所以诗集中屡见叠韵之作，如《月川兄寄示沈云巢沈舜卿孙云溪三前辈曹铁香工部见和梅花诗之作仍叠前韵奉答寄月川兄》和《沈云巢诸前辈与余唱酬梅花诗一时京外诸友和作不下百余首韵藻纷披各极新颖兹复再叠前韵咏梅花八首贪搜韵语未免捃摭伤纤附录诸作之未始备一格云尔》，等等。彭蕴章《桐花竹实之轩诗草序》云：“（谦福）近体佳句嗣响晚唐，古诗疏咝风骨高骞，各极奇妙。虽早岁辞荣隐居家巷，而有和平之气，无抑塞之情，非天怀高旷而能如是耶。”可为知人之语。

和瑛之曾孙锡珍，字仲儒，号席卿。同治六年（1867）举人，次年连捷登进士第，改翰林院庶吉士，同治十年（1871）散馆授编修。光绪八年（1882）奏陈整顿八旗学校。九年充总理各国事务衙门大臣。十一年至天津与法国使臣换约。十五年九月卒。著有《朝鲜日记》、《台湾日记》、《喀尔喀日记》等。遗著《锡席卿先生遗稿》为著者自订稿本。凡十四种，附四种，十七册。其中有文学创作数种，如《奉使朝鲜纪程》（附诗草）、《使东诗草》、《渡台纪程》（附诗草）、《使东琐记》等，收各种体裁的诗歌近二百首。徐世昌《晚晴簃诗汇诗话》云："席卿冢宰师承简勤、勤襄二公之绪，早年登第，扬历清华，洊陟正卿，年未强仕，令甲一品。大臣六十以上，遇旬寿有赐寿之典，上方文绮，世人为荣。师以四十得之，中朝知国故者，佥谓前所未有。乃未及数年，师遽捐馆。长衢中税，贵寿难兼，不胜拊门墓过之感。师于同治甲戌赐奠喀尔喀。光绪辛巳，颁诏朝鲜；乙酉，谳狱台湾，皆有日记。海陆遄征，咨諏所及，地形夷险，民气惨舒，尤三致意焉。诗无专集，今所录者，皆采自日记中。登高能赋，倚马成章，亦足见其大概矣。"① 《晚晴簃诗汇》收锡珍诗九首。锡珍另有《奉使喀尔喀纪程》，游记与诗歌珠联璧合，展示了特定历史时期漠北蒙古族的风土人情。《朝鲜贫弱时事棘矣慨然有作》云：

营州逾海地东偏，犹是箕封礼俗传。赫赫中天依日月，茫茫下土奠山川。海潮终古无消长，人事于今有变迁。漫说通商为受命，他时涕出更谁怜。

光绪辛巳年（1881）锡珍奉命出使朝鲜。作为清朝的藩属国，此时的朝鲜积贫积弱，时局艰危。锡珍此诗首联以《史记·宋微子世家》中武王封箕子于朝鲜的典故入诗点明两国关系。颈联把深沉的历史喟叹与现实紧密结合无间，味之，深得中唐刘禹锡"潮打空城寂寞回"（《石头城》）和"人世几回伤往事，山形依旧枕寒流"（《西塞山怀古》）内蕴。

锡珍是王朝没落时的诗人，对于盛世难以为继的情形，作为沟通中外的使臣，他比很多同时代的人有着更深切的隐忧，这一点，从他诗歌中常用的某些意象亦能看出端倪，比如"幽草"——"剧怜官道生幽草，软踏芒鞵总不知"（《安州道上》）、"长路怜幽草，崇岩下晓星"（《纳清亭》）、"旷观亭已埋幽草，转见千秋万古情"（《游医巫闾》）。虽然这些诗作并非专为咏幽草而作，但幽草在这些诗句中都有不可取代之功，同时，在诗人笔下频繁出现的幽草，虽然构成诗歌意境不同，但无论是官道上的幽草，还是长路边的幽草，抑或亭子里的幽草，它们都是被人肆意踩

① 徐世昌：《晚晴簃诗汇》卷164，中国书店影印本1989年版。

踏、冷落的毫无尊严的自然界的生物。而对于幽草这一意象的运用，义山诗句“天意怜幽草”（《晚晴》）是最为恰切的，后人只能模仿而难以超越。锡珍《晓至山阳》：“一夜扁舟霜满篷，棹歌声在月明中。渡头寒鸟噤无语，踏折枯枝逐晓风。”虽然也有末世悲音之感，但还是能感觉到“人间重晚晴”（《晚晴》）的被重压下稍稍可以舒出一口气时的松懈。这其实竟是传承了谦福的文学品性，在悲感中可发现淡淡的希望。

郭则沄《十朝诗乘》云：“锡席卿冢宰承简勤、勤襄门绪，早跻清秩，洊陟正卿，年未强仕。光绪辛巳，奉使颁诏朝鲜，目睹藩封贫弱，慨然有作云云。所言竟成先兆，盖为最后天使矣！”[①] 家族精神遗产和心理情结作为一种文化基因，是会对一个人影响终身的。和瑛四代科第世家，也是官宦世家，“终是绊浮名”的锡珍，终其一生而为宦，而成诗，并且传承家族中对于唐诗的偏好。作为“思精体大，亦复趣远旨超，自成一家”[②] 的和瑛家族文学，不仅对边疆文化建设，而且对蒙汉文化交流也作了杰出的贡献。和瑛成为清代除法式善外，影响面最广的蒙古族汉文诗人。和瑛及其后人的影响遍及朝野，为世人所推崇。

① 钱仲联：《清诗纪事》，第 2990 页。
② （清）吴慈鹤：《易简斋诗钞序》，和瑛：《易简斋诗钞》。

第六章

明安后裔的家族性唐诗接受

博尔济吉特氏科尔沁部明安于天命七年（1622）率部归附后金，累世勋业，是清朝显贵，受到满族贵族习练汉文的影响，这一蒙古贵族家族后代能以汉文创作者颇多，这在一定程度上也显示了蒙古族文学世家在汉族文学家族影响下，家族文学逐渐兴盛的特点。正如先哲所言，“所谓士族者，其初并不专用其先代高官厚禄为其唯一之表征，而实以家学及礼法等标异于其他诸姓……士族之特点既在其门风之优美，不同于凡庶，而优美之门风实基于学业之因袭”①。明安家族后裔尤以博卿额、国栋、国柱的诗歌创作为代表。虽然他们现存诗集难觅，但就现有清人诗歌总集别集中搜集到的诗作已尽可感知其在创作中以唐诗为范式的特点。明安后裔为代表的家族性文化接受，意味着在蒙古族贵族阶层中进行汉诗创作，和创作中自觉对唐诗研读摹写，已经成为清代中期蒙古族汉文创作的风气。

第一节　博卿额诗歌中的唐音

博卿额，字虚宥，满洲人，乾隆戊辰（1748）进士，累官奉天府尹。博尔济吉特氏忠顺公明安后裔。《清史稿》卷229，明安传云：“明安，博尔济吉特氏。其先世元裔，为蒙古科尔沁兀鲁特部贝勒。”天命七年归附，隶满洲正黄旗。顺治九年（1652）恩诏晋二等伯。其子多尔济，封三等昂邦章京。“乾隆初，定三等子，多尔济三世从孙博清额袭。三十四年，改袭一等恭诚侯，为其四世祖明安后。”② 此博清额即撰有《博虚宥诗草》的诗人博卿额。榜名纶音惠，而《清史稿》诸臣封爵表又作白清

① 陈寅恪：《唐代政治史述论稿》，上海古籍出版社1997年版，第71—72页。
② 赵尔巽：《清史稿》卷229，列传16，本传。

额，实一人也①。

博卿额生卒年失载。《奉天通志》卷一百三十三，职官表列有其名，为乾隆三十四年（1769）二月任，四十年（1775）七月病免，未言及年龄。然读其族谱序文，有“若清也，今四十奇一春矣”之语，序撰于四十六年（1781），据此推测博卿额当生于乾隆六年（1741）。博卿额于乾隆九年（1744）中举，同年九月袭其父佛佑三等子世爵。乾隆十三年（1748）成进士，改庶吉士。历任国子监祭酒、翰林院侍讲学士。三十四年（1769）授奉天府府尹。是年七月，又由三等子改袭一等恭诚侯。《钦定八旗通志》云：“《博虚宥诗草》三卷，博卿额撰，首卷为乾隆庚辰典试四川时作，次卷为壬午视学四川时作，皆名《使蜀草》。三卷为戊子典试浙江时作，寥寥篇什，近体多而古体少，亦未见其全集也。”② 《八旗艺文编目》、《八旗人著述存目》均根据《八旗通志》著录，未说明此集有否刻本。《熙朝雅颂集》录博卿额诗二十九首，都是奉使南下的创作。《夜宿山村》以清淡的笔墨写出夜宿山村的情景，渗透着诗人客居异乡的惆怅：

深山殊气候，裘葛换朝昏。萤焰当春耀，虫声入夏繁。乱峰盘驿路，流水绕孤村。薄暮投人宿，疏篱月映门。

薄暮深山，萤火繁耀，流水孤村，月映人宿。虽是荒僻之处，在作者的笔下却又少许温暖感觉，所以诗作中的客子之愁清浅而宁静，冲淡中有平和之气，诗味颇似盛唐孟浩然。钱钟书谓：“盖死别生离，伤逝怀远，皆于黄昏时分，触绪纷来，所谓最难消遣。”③ 黄昏时分本是苍茫的，意味着结束，但可贵的是，它又表现出一种适时的祥和，呈现出一副极具生活气息的画面。苍茫是一种景象，也是一种心绪，而祥和是一种氛围，也是一种渴望，两种相反但不矛盾的情绪正是黄昏意象在博卿额此首诗中的核心灵魂。两种情感的碰撞擦出的不仅仅是火花，它让承传唐怀乡诗而来的这首作品绽放出夺目的光彩。《舟中闻笛》是博卿额在行旅途中听吹笛声而作：

极浦寒吹笛，清商隔水听。梅花飘暮岭，杨柳折秋汀。龙气江潭

① 白·特木尔巴根：《古代蒙古作家汉文创作考》，内蒙古教育出版社2002年版，第157页。

② （清）福隆安等：《八旗通志》卷120，艺文志。

③ 钱锺书：《管锥编》第2册，中华书局1986年版。

黑，猿声枫树青。烟波深浩淼，何处问湘灵？

诗里暗中化用钱起《湘灵鼓瑟诗》“曲终人不见，江上数峰青”的句意，又切合眼前实景。烟波浩淼，水岸笛声，梅花十里，杨柳汀洲，深秋的江岸枫青猿啼，曲终亦不知何人所奏。这首诗借江上吹笛之人之音写出行旅途中深藏的愁情，真挚动人。《广元登舟》云：

十里江湖梦，登舟一怅然。桑麻深岸雨，橘柚近村烟。打桨闻巴语，扬帆见楚船。感怀清泪落，旅宿不成眠。

又是诗人的行旅漂泊之作。其中，诗作首句化用杜牧“十年一觉扬州梦”之语，颔联中的“橘柚近村烟”则化用张九龄的“人烟含橘柚”诗境。作者的创作意图是文学作品意义生成的原始起点。作者的意图表述可细分为两种情况：一是作为文学观念的宏观创作原则，二是指向具体作品的微观创作意图。清代诗歌史上的蒙古族作家，因为并没有严整自觉的文学创作计划，加之留存意识不强，所以现存诗歌理论寥落。然而细味其诗歌的意境和创作意念，这其中所包含的对于唐诗的接受，却是时时显现。就这首诗而言，这是博卿额接受唐诗而成的典型诗作。

博卿额擅长五七言律，他的五言作品结构严谨，对仗工整。《井陉》一首怀古咏史诗：“朝渡滹沱河，暮抵陉山驿。山势划燕云，乔木生蒙密。沙砾古战场，高城衔落日。太息成安君，论兵误儒术。战鼓水上来，赤帜谷中出。巨鹿二十万，一旦嗟失律。遂使淮阴功，当时罕俦匹。听谋贵谦冲，秉钺慎骄逸。左车严诚用，胜负宁可必。”“咏史诗者，即以诗歌的形式或体裁，表达史事、史意与史识，史笔自在其中。”[①] 博卿额从巨鹿之战以少胜多感慨谋略高低对战争胜负的影响，并提出掌兵者要戒骄戒躁。“咏史”之作，起自班固，西晋左思对咏史诗有很大的创新。多引史实以借古讽今，名为咏史，实为咏怀。咏史诗是唐代，尤其是晚唐诗坛的一大诗体，晚唐诗人写作咏史诗，或先述己意，而以史事证之。或先述史事，而以己意断之。或只述己意，而史事暗合。或述史事，而己意默寓。或述古或怀古，史论与史评都颇有见地，佳作迭出。无论抒怀，还是

① 汪荣祖：《史学九章》，生活·读书·新知三联书店2006年版，第196页。

借古讽今，抑或伤今怀古，情见乎词。博卿额虽不能完全承传他们的谋篇写史，但也颇有可观之作。其七律《宿保定》云：

平堤入望草连空，上谷云山咫尺中。城郭苍茫烟雨暮，人家稠密夜灯红。驿亭使节文章贵，开府牙旗气象雄。明日一鞭应破晓，五花台畔马嘶风。

这是一首典型的摹写杜牧《题宣州开元寺水阁》而成的述古咏史诗。作者在苍茫暮雨中看着稠密夜灯，想到此地的开府牙旗和自己这个奔波劳碌的驿亭使节，感慨万千。诗歌情景熔铸，笔致清俊，但没有杜牧那样深沉的历史感和今古同斯的哲理风调。他的另一首咏史七律《长安》，则显然已在叙述史事之际默寓己意。诗云：

柳岸蝉声渭水流，青门览古暂淹留。秦中王气沉三辅，关内山形控九州岛岛。月露久移铜柱影，烟波深锁石鲸秋。于今作镇犹开府，鼓角西风万里愁。

此诗暗合刘禹锡《西山怀古》意境。虽然史事的使用比较大而化之，不似刘禹锡那样能抓取主要事件，提炼其在历史分合中的作用，读去似显单薄，但选用秋蝉、渭水、青门、三辅、铜柱、石鲸这样具有历史沧桑感的意象入诗，使得诗歌画面在浑融的意境中舒缓有致地展开，呈现出深沉而厚重的历史感，也是很好的咏史诗。诗中颔联还化用了初唐王勃的成句“城阙辅三秦”。诗境、诗语的随处化用可见诗人对于唐代诗歌的师范和追摹之深。

行旅途中的诗人，所见眼前之景，联系心中之景，常常有今昔盛衰之比，也更有日暮客愁之悲感。《襄阳舟次》就是诗人离开汉水，转行楚地时写下的咏史诗。诗云：

嶓冢曾探汉水源，片帆今更涉襄樊。荒祠万古悲羊传，晴雪千峰照鹿门。绕树寒鸦来楚泽，拂云征雁入中原。谁怜岁暮天涯客，搔首青枫江上村。

鹿门山位于襄樊东南，是唐代孟浩然、皮日休隐居之地，后世诗人吟咏此处者迭出。这里博卿额拈出这个典型的意象，是借以安顿自己漂泊的心灵，并且此反衬旅途劳顿颠簸之苦况。可见唐诗对于诗人的影响，其实并不仅仅反映在诗句、诗意的化用，更多的是对于心灵的慰藉。

“天涯杯酒笑相酬，握手河亭识旧游。”（《蒲州》）博卿额的诗大都是羁旅行役之作。《蒲州》、《涿州》、《潼关》、《白帝城晚眺》、《昭化舟中》、《汉中》、《五丁峡》、《科试毕驻江油学署》、《重庆舟次》、《巫峡》、《开封道中》、《途次擢翰林学士抵叙州作》凭吊古贤，流连风光，才笔英挺，卓然不群。这29首诗不可能是《博虚宥诗草》的全部，而诗草又非全集，更不是刻本。读《八旗通志》的着著录文字，乾隆时八旗通志馆臣也未见到其全集。其论诗，有为顾邦英《云川诗稿》所撰序文。其论史又有《蒙古博尔济吉忒氏族谱》之重编。他据罗密所撰述的未竟之稿纂成是谱，欲“使后嗣子孙，得知祖宗创业维难，子孙当思守成不易”①。“三分长抱中原恨，两表无惭地下知”（《夔州》）既是诗人化用杜甫诗句而成的诗行，其实也是他对于自己的身世遭际与显赫前贤对比后产生的心境的描述，过往的繁华毕竟带给他的只是回忆和自豪，俯仰今昔，当博卿额仓惶奔走在行旅之役，颠簸于俗吏小宦之仕途坎境，他所能做的也只有以诗笔记述过往和当下。

第二节　国柱、国栋兄弟对唐诗的传承

晚清杨忠羲曾撰文称颂博卿额为明安后裔，并且提到了其他在政治上有贵显之迹兼得谥之荣者，文曰：“时斋方伯国栋，虚宥府尹博卿额皆忠顺公五世孙。虚宥戊辰通籍，……诗才亮特，出自勋门。其一门得易名者，如内大臣鄂齐勒，谥勤恪。杭州将军扎穆扬，谥敏恪。大学士文孚，谥文敬。礼部尚书惠丰，谥恭悫，可谓鼎盛。”② 这里提到的国栋，与博卿额，还有没有提到的国柱皆是明安同辈后裔。因国栋在政治、文学上较其兄国柱更盛，故从他谈起。

国栋，号时斋，乾隆七年（1742）进士，官至安徽布政使。有《时

① （清）博卿额：《〈蒙古博尔济吉特氏族谱〉序》，据朱风译《汉译蒙古黄金史纲》，内蒙古人民出版社1985年版。

② （清）杨忠羲：《雪桥诗话》卷4，沈云龙主编：《近代中国史料丛刊》，文海出版社1967年版。

斋偶存诗钞》一卷，收诗八十四首，《钦定八旗通志》艺文志和《八旗艺文编目》都曾著录，《八旗人著述存目》又作《时斋偶存诗稿》。据其子文孚所撰跋文，诗钞在乾隆年间已锓著，后散佚。乾隆四十七年（1782）以事去官之后回塞上，创作弘多，但不自珍重，遂付之白草黄沙。嘉庆初，文孚再度搜集，编成是集，清末恩华藏有其书。

国栋性好吟咏，时人对此曾有记载，法式善《梧门诗话》云："国云浦以进士出宰西蜀，洎秉节，不废吟咏。如'柳未成荫先婀娜，梅因傍水倍精神'，颇为人所诵。"① 《钦定八旗通志》亦载：时斋偶存诗钞一卷，国栋撰。是编前为蜀游草，盖其出宰西蜀时所作。后为淮南小草，则其司榷淮安时所作也。然前仅诗四十九首，后仅诗三十五首，亦甚寥寥矣。可见国栋虽喜作诗，但并没有保留意识，以致现在可供研究者甚少。此点也是蒙古族诗人不及汉族诗人的地方。但就从这不多的残编，依旧可以看出诗人的情性及其对唐诗接受的路径。《秋日山行有感》是诗人在深秋行走在荒山中的写照：

秋风吹地白，枯烟散寒草。涧谷悄无人，匹马荒山道。行迈日劳劳，长途漫浩浩。已惊落叶纷，更听哀鸿早。霜露变苍崖，鹰隼盘晴昊。对此淡忘言，寂寞伤怀抱。

这首诗颔联的"涧谷悄无人"化用王维"涧户寂无人"（《辛夷坞》）成句，而首联则用岑参名句"北风卷地白草折"（《白雪送武判官归京》）之意境，着意刻画深秋之荒寒景象。"已惊落叶纷"之"惊"字，更有如杜甫之"恨别鸟惊心"（《春望》）之惊心况味。但全诗至此并不显得一味衰飒，因为"落叶"和"哀鸿"的氛围中升起的是"苍崖"和"鹰隼"，虽然寂寞是难免的，但最难得诗人对此是"淡忘言"的态度，显然因其蒙古族特有之阔大胸怀，融通了自然和人的相处。吴龙见序国栋诗集云："公出宰巴蜀，秉节淮南，所至有声，簿领稍暇，不废吟咏，恢肆骀宕，全无斧凿雕饰痕，是盖胸次别有一段酝酿勃发于楮墨中者。"

国栋出自高门，其胸中也确乎别有高蹈开怀之处。所以他笔下的诗作中呈现的除了行旅之中的寂寥外，更多的还是平和之气。如《晚过雉河

---

① （清）法式善：《梧门诗话》卷5，张寅彭、强迪艺编著：《梧门诗话合校》，凤凰出版社2005年版，第156页。

集》也是旅途感受，但在早春时节的诗人看来，中原大地却是春情萌动：

> 落日悬高树，停骖古雉河。腊消残雪尽，村受晚烟多。一路春犹浅，今朝气更和。邮亭风景好，小憩听渔歌。

夕阳引动的不是游子的思乡情怀，而是江山如此多娇的感受。这种情怀是盛唐诗人笔下几乎人人都可看到的。《秋日感怀》相较上首诗而言，就多了些晚唐人的对于心灵深处情怀的刻画：

> 我本迂疏客，饥驱作远游。寂寥簪组意，惭愧稻粱谋。燕市孤怀杳，巴山一雨秋。凭谁筹去住，危坐正搔头。

“巴山一雨秋”显然是化用李商隐诗语“巴山夜雨涨秋池”（《夜雨寄北》）而来。孤独的旅人，因仕宦之故别离家园，在深秋的夜雨中，独坐搔头。虽然孤寂，但并非是形影相吊的感伤。对于晚唐义山诗，国栋很明显是偏爱的，他的《再署达州四首》，其一：三年远别系离思，千里重来惬素期。把臂欣逢梅放后，怀人忆在月明时。新亭取次看舒眼，往事依稀漫解颐。又向官斋成小住，挑灯为赋纪游诗。其二：伤春伤别自年年，此际中怀倍黯然。愧我双鱼沈敝簏，怜君一棹下寒烟。夭桃作意红遮径，高柳无情碧到天。风景不殊人已去，几回惆怅好林泉。后首诗中“高柳无情碧到天”明显化用义山柳诗“一树碧无情”句意。不过我们这里想要指出的是他这两首诗颇似义山诗中诗意较为显豁高蹈者。诗人常年因仕宦而奔波，旅途之孤寂，景物之变换，难免在他的诗中带来伤春伤别的情怀，更何况变换的风景中殊多故国烟尘、前朝旧事，抚今追昔的沧桑变幻往往可以使诗作中形成强烈的历史感。这种诗歌风格在唐人笔下可谓达到登峰造极，作为一个蒙古族诗人，国栋在常年手不释卷的吟中受到强烈的感染也属寻常。其《过函谷关》：疏柳高榆夕照前，重关迢递锁寒烟。驱车直入千盘路，举首真看一线天。九曲河流浑漠漠，二陵山色自年年。东来紫气知何处，驻马荒原意渺然。就是典型的此类诗作。

国栋亦曾论诗，谓：“诗必命意超远，立志和平，敛才华于浑厚，寓精神于含蓄。”① 他的诗作基本上就是他的诗歌理论的实践。其中尤以七律显著。

---

①（清）文孚：《〈时斋偶存诗钞〉跋》，见《八旗文经》卷24，清光绪二十七年（1901）刻本。

国栋现存诗歌中，以整首诗的浑融意境之美而流传者有之，因成句或几句流传者也不少。李调元《雨村诗话》记载：云浦官蓬溪令，八乡试闱，成都张罴中、江孟邵皆出其门，连捷翰林，幕客孙大濩贺句云：南楼风月思前度，西蜀文章迈等伦，谓此也。其《壮岁》句云：关心花有恨，革面镜无情。《京口晚泊》云：飞云排铁瓮，怪石控银涛。上联见笔力之健，下联见音节之高。①《次蒙城因与任次琬谈途中所见漫成一律》："云溪还抱郭，烟树欲浮村。莞尔怀庄叟，蘧然到漆园。"颇有孟浩然"绿树村边合，青山郭外斜。开轩面场圃，把酒话桑麻"（《过故人庄》）诗意，散淡中透出对于生活的认知态度。

国栋对于唐人的诗歌是广泛接受的，只要和诸己意者皆可。所以，在他的诗歌当中，对于唐诗成句的化用，诗境的摹写者比比皆是，当然还有对于唐代诗人的感慨。如其《贾阆仙祠》：

> 杜老作诗人太瘦，阆仙诗更瘦于人。维公意往事千古，而我何来岁暮春。不信精神自饷馈，但看崖石空嶙峋。黄金铸佛亦奇想，衣钵于今谁后身。

这是千年之后一个蒙古族诗人在拜谒唐诗人祠时发出的喟叹，这其中实际上也饱含了跨越民族纷争后的纯粹的来自诗歌王国的礼赞，而诗作本身也是"兀傲有致"②。

国柱，国栋之胞兄，字天峰，累官云南临元镇、直隶马兰镇总兵。诗无专集，《熙朝雅颂集》卷八十八，收其诗十三首。符葆森《国朝正雅集》收其《伊犁》、《定边县道中》二首，但小传作："字石民，一字石堂，满洲人，乾隆乙丑进士，官至太仆寺卿。"③ 查清代文献，并无博尔济吉特氏国柱中科第的记载，乙丑进士国柱乃满洲人，杨钟羲亦称："石民太仆国柱为笠民观察介弟，乙丑馆选，屡掌文衡。"二人名同而族属各异，符氏以及此前的诗文集著录均误。铁保《白山诗介》作者小传称国柱字天峰，而非石民、石堂，诚为力证。除《熙朝雅颂集》所收十三首诗作外，方志中有佚诗九首。其诗大都写于西域，军旅生活，边陲风物尽

---

① （清）李调元：《雨村诗话》，转引自《熙朝雅颂集》卷71，清嘉庆九年（1804）刻本。
② （清）法式善：《梧门诗话》卷5，张寅彭、强迪艺编著：《梧门诗话合校》，第156页。
③ （清）符保森：《国朝正雅集》卷7，清咸丰七年（1857）刻本。

现其中。当其西征时，蒙古族诗人白衣保以诗赠行，曰："世家英略旧知闻，年少乘时好建勋。偏壤未归周版籍，渡泸重见汉将军。荒原入夜嘶羌马，大旗临风掩瘴云。樽酒都门好相待，春来谈笑解征衣。"特木尔巴根先生对国柱之姓氏辩白甚明，然而也误以为《熙朝雅颂集》卷七十五所收十九首诗为字天峰的蒙古族诗人国柱所作，事实上，《熙朝雅颂集》卷七十五所收国柱十九首诗是字石民的满族诗人国柱所作，卷八十八所收十三首诗才是字天峰的蒙古族诗人国柱所作。

国柱现存零散诗作中，多为戍边之作，如其《偶成》："桐叶下银床，秋露滴金井。兀坐觉衣单，百念如灰冷。仰面看浮云，惕然发深省。"意象鲜明，富有个性。再如《伊犁》诗云：

万里穷荒地，孤城瀚海间。举头惟见日，过此更无关。朔气横伊水，因风带雪山。犁庭边事定，壮士唱刀镮。

在慷慨悲凉中写出边塞风物，读之已有凛然之感。唐初从贞观到开元的一百多年间，国力强盛，疆域扩大，各民族之间经济、文化的交流，引起了人们对边塞生活的关心，当时一般有雄心壮志的文人，由于感到前面的道路宽广，大都意气风发。他们不仅想通过科举入仕，也向往边塞军旅生活，施展自己的政治抱负。开元天宝年间，边塞已成为人们共同关注的题材，大量优秀的边塞诗涌现出来，这一时期，是诗史上创作边塞诗的鼎盛期，内容也极为深广。在艺术上也形成了悲壮高亢的基调和雄浑开朗的意境。国柱的这首《伊犁》就颇受此种艺术风格的影响。《吗呐寺道中》也是这种传承唐边塞诗艺术风格的佳作。诗云："绝域长征岁几周，归鞭遥指海西头。双旌却入阳关道，快数平生万里游。"这种边疆儿女昂扬向上的积极进取精神是边塞诗歌的精魂之所在。

高亢是国柱边塞诗的基本特色，雄浑开朗也是他的诗作主要的艺术风格。长年的塞外生活，对于苦寒寂寞的军旅生活、刀枪剑戟的战斗场景，他有着太多的切实感受，这些也丰富了他的创作题材。《迈玛拉克道中》云：

滩石崎岖蹷马蹄，酸风楚雨晚凄凄。充途荆棘钩衣破，蔽野林柯拂帽低。雪岭千重森剑戟，河声一片吼鲸鲵。鹰扬虎奋争先后，笑煞莺鸳自在啼。

崎岖滩石、酸风苦雨，充途荆棘、蔽野林柯，这些意象都是生活在内陆的诗人笔下难以描摹的。更有那重重雪岭和吼声震天的河声，这些共同营造出了诗人笔下的西域绝塞风光，诗中也歌颂了生活在这里的戍边将士，以爽朗而矫健的生活姿态迎接着自己的未来。边塞的生活给诗人提供了无尽的诗作材料。在国柱笔下，不只有军营生活，边疆风光，也有边防稳固、将士开边的情景描写，如《定边县道中》：

> 大漠荒沙四接天，茫茫古迹迥堪怜。狞飙自贯单于垒，冻雁犹惊上将弦。千里金城看作障，百年黎庶壮开边。太平日久无中外，遮莫人营塞下田。

作为一名边塞将官，国柱对军中的厌战应该是有所了解，但他的现存诗没有涉及这方面的内容，其他诗如《驻小阳河匝尔作》、《哈拉玉噜衮偶成》、《伊尔哈里克遣兴》、《春日口占》、《启行之日阖属弁兵追饯于清河客舍即席赋此示意》、《奉调应援偶成》、《库车偶成》、《回眺阿尔台》所写内容也多是上述题材，这因此削弱了他的诗歌的思想性，但他在模拟、研究唐代边塞诗艺的实际写作中写下的边塞诗歌，不仅丰富了清代蒙古族汉语诗歌创作的体例，也丰富了整个清诗史。

文孚，字秋潭，国栋之子。以国子监生考取内阁笔帖式，官至文渊阁大学士。道光二十一年（1841）大梁官舍刊刻文孚的《秋潭相国诗存》。《八旗艺文编目》著录其《秋潭相国诗存》，注明已收原书。然此集传本甚少，特木尔巴根先生谓其于1984年访得华亭张祥河辑刊本，惜未见。他说概述卷末附张氏撰于道光二十一年（1841）的识语，内容是："相国秋潭夫子清修盛德，雅不以诗名，有所作辄置勿存。祥河在枢曹八年随侍最久，常劝公留什之一二为海内论诗者搜采，公不之许。"[①] 这说明，文孚以道德修养为主要事功，文学创作则成为其次。据言是集收诗一百余首，亦非文孚之全部创作。可见明安之后多有能诗者。

① （清）张祥和：《〈秋潭相国诗存〉识语》，据道光二十一年（1841）大梁官署刻本。

第七章

清前期唐诗接受史上的吉光片羽

清代前期的蒙古族汉诗创作诗歌史上，留下了很多诗名卓著的诗人，他们或通过清史记载身世，或通过诗集传世。但在现今研究他们的作品的时候，我们不能忽略也有许多或身后寂寥、或只有片言只句留存下来的诗人，他们也曾经以自己的诗才、自己的努力，丰富和扩大了清代蒙古族汉诗创作的唐诗接受史。本章所选择的就是其中的部分杰出者。

第一节　色冷、嵩贵诗作中的唐风

一　色冷

色冷，字碧山，顺治十二年（1655）进士，累官刑部侍郎。余不详。在清代蒙古族诗歌史上，色冷是第一个以汉诗创作传世的诗人，其七律《秋兴》写道：

瞳昽晓日带云流，万树风高动素秋。何处霜笳催落叶，几家刀尺对寒楼。

烟霞性癖双蓬鬓，诗酒情多一敝裘。独把离骚聊寄兴，碧空雁唳远悠悠。

“秋兴”意谓因感秋而寄兴，悲秋本是中国古典诗歌的一个母题，历朝历代都有悲秋名作。以秋兴名篇者，晋代的潘岳有《秋兴赋》。不过，最为人所知者还是唐代杜甫创作的八首七律组诗《秋兴》。《秋兴八首》（其一）云：“玉露凋伤枫树林，巫山巫峡气萧森。江间波浪兼天涌，塞上风云接地阴。丛菊两开他日泪，孤舟一系故园心。寒衣处处催刀尺，白帝城高急暮砧。”诗歌选取秋露、秋林、巫山、巫峡、秋江、秋风、秋菊、孤舟、故园、寒衣、刀尺、白帝城、暮砧为意象，写出了深秋时节，漂泊夔州，孤舟流浪，无家可依然而却时时心系故园的诗情，是杜甫晚年流落西南时的精品之一。色冷《秋兴》亦是借秋景抒慨，诗歌选取了秋天的晓日、秋云、秋树、秋霜、秋笳、秋叶、刀尺、秋楼、秋雁以及寒瑟冷落、寂寞孤苦的诗人为诗歌中的意象。和杜诗相比，二者皆选取了秋天的典型景象以及裁寒衣的刀尺，不同的是杜诗景象更为阔大，山水风云树花俱全，色冷则是眼前所见之晓日流云高树悲风。杜诗尾联“寒衣处处催刀尺，白帝城高急暮砧”与色冷颈联“何处霜笳催落叶，几家刀尺对寒楼”，都用相似的意境表达相同的“无家与寄衣”（李商隐《悼伤后赴东蜀辟至散关遇雪》）的情绪。色冷这首诗可能也是诗人的晚年之作，彼时的诗人双鬓蓬松散乱，一袭破裘御寒，看来仕途不畅，穷困潦倒。杜甫在经过了“安史之乱”的颠沛后，在藩镇割据的纷乱时局中，困顿于西南山水间，只有孤舟寄身，但依旧心系故园、怀念京华。千年后的色冷酷爱山水，诗酒自娱，在诗中以屈原况比，读《离骚》遣怀寄兴，表现自己不愿取媚于世的孤傲品格和高逸操节。杜甫和色冷是在萧条异代中以诗歌相逢的高洁之士，有着同样的诗兴和诗怀，虽然杜诗立意、取象明显高过色冷之诗，但色冷这首诗也是蒙古族诗人中的佳作。

色冷曾经聘名士周青士入都，与商风雅。其对诗歌创作的喜爱可见一斑。时人邓汉仪称其“雅丽深秀”，法式善也称其为“骚坛宗匠”①，从其仅存的这首《秋兴》来看，当无愧此说。

二　嵩贵

嵩贵，字抚棠，号补堂，姓石氏，蒙古正黄旗人，乾隆二十六年（1761）进士。官至内阁学士，兼礼部侍郎衔。

清人福格《听雨丛谈》曾屡屡言及嵩贵出任乡、会试考官之事。乾隆三十九年（1774）甲子科乡试，嵩贵以内阁学士任顺天副考官，“此为蒙臣典试京兆之始”。乾隆四十三年（1778）戊戌科会试，他又以内阁学士任考官，“此为蒙臣典总裁之始”。嵩贵一人曾两创蒙古儒臣在抡才大典中任考官的纪录，实为不易。法式善因此说，“学士屡掌文衡，八旗俊彦多出门下”。嵩贵创作有《邮囊存略》，首见于法式善诗话记载，谓：

① （清）法式善：《八旗诗话》，张寅彭、强迪艺编著：《梧门诗话合校》，凤凰出版社2005年版，第472页。

"抚棠阁学嵩贵，乾隆辛巳翰林。书法苍秀，尤工诗。所作极富，购索竟不可得，深为惋惜。见其《邮囊存略》一卷，督学中州所作也。如：'远水通熊耳，雄关接雁翎'，'践雪无风还恋书，好花如腊亦名梅'。……皆跌宕可喜。"① 嘉庆间，铁保辑《熙朝雅颂集》，卷八十三收其诗二十七首。法式善称《邮囊存略》乃督学中州时所作，然而将法式善所引之佳句与此二十七首诗详加比照，"践雪无风还恋书，好花如腊亦名梅"一句没有出处，可见《熙朝雅颂集》所选是有限的。《承德府志》中载嵩贵诗三首，即《恭和圣制烟雨楼对雨元韵》、《恭和圣制晴碧亭亿旧元韵》、《恭和圣制古松书屋作歌元韵》等。《钦定热河志》中亦载有八首诗，俱为应制篇什。

关于诗集《邮囊存略》，恩华的《八旗艺文编目》著录了此集，但未注明收与未收，说明恩华未见此书。上引法式善记载中说在嵩贵生前没有见到他的《邮囊存略》，但查《存素堂书目》卷四载其收集清代别集五百九十九种，其中就有嵩贵的《邮囊存略》，说明该书是法式善后来搜罗到的，但未注明所收是原稿本还是钞本。《邮囊存略》诗集现已不存，但就目前各处散见的嵩贵存诗，其雅好唐音的风尚还是可见一斑。

嵩贵现存诗以五律居多。《冯秋船芜城送别图》：

> 朝向邗江游，暮向邗江去。垂柳千万丝，一叶留不住。平生爱良友，倾盖见积愫。不减太白豪，恰与汪伦遇。花飞瓜步春，肠断芜城路。依依把酒日，渺渺张帆处。鸿爪漫留图，骊歌遍题句。莫遣旅人看，梁云照山树。

诗人在暮春时节的邗江边送别友人，彼时的扬州正当柳丝低拂、飞花飘飘。遥望友人归舟渺渺，依依不舍的诗人把酒临风，以太白之豪情别过故人，只盼望友人记得今日之送行也犹如千年之前的李白与汪伦之相别。这首诗多处用到李白送别诗之诗情、诗境。如李白《赠汪伦》"李白乘舟将欲行，忽闻岸上踏歌声。桃花潭水深千尺，不及汪伦送我情"之诗情和"浮云游子意，落日故人情"之诗境。李白诗今存九百多篇，而写送别的诗歌合计有一百三十二篇，约占七分之一。他的送别诗脍炙人口，为

① （清）法式善：《梧门诗话》卷8，张寅彭、强迪艺编校：《梧门诗话合校》，第243—244页。

历代诗人所称颂，有极高的思想艺术价值。纵观李白的送别诗，是积极的浪漫主义与现实主义相结合的良好范例，在李白许多杰出的送别诗中，作者根据自己对现实生活的深切感受，以送别之情，发抒生活之感喟，借景言情，情由景生，生发出一种感动人心的深远力量。其笔下的桃花潭水、黄鹤楼因"桃花潭水深千尺"、"故人西辞黄鹤楼"的诗句也成为友情的见证。李白又是唐代最伟大的诗人之一，对于嵩贵这个蒙古族诗人来说，学作汉诗之初就读李白诗是毫无疑问的，所以他对于唐诗的接受在这里呈现出的最明显的表征就是在和友人相别时，马上想到"太白豪"与"汪伦遇"。

符葆森《国朝正雅集》引《炙砚琐谈》说："宋太宰《漫堂西陂》六章，名人率多和章。余令商邱时，与嵩补堂学使游览竟日，即席赋诗，最爱其绿波村云：'秋梦落何处，迢迢绿云里。'词致清远，直逼左司。"嵩贵诗"词致清远"不惟这两句，其《读书台怀古》："缆辔宛邱道，晚山送远响。四月夏未深，众绿崒森爽。此地古神儿，沙平已如掌。柳湖久扬尘，老树余三两。消闲读书台，几人此俯仰。悠哉颍滨老，遗迹动嗟赏。欲作倾夜游，冠盖苦抢攘。一尊谢清风，新诗在归鞅。"名为怀古，实写现景，思古之幽情中也包含了对时世的感喟。清丽的言辞掩盖不住苍润之色。所以法式善曾谓嵩贵诗"秀润中具苍古之致"①。再如其《由陕州取道硖石有作》："马上看秋色，宏农路旧经。云归樵径白，松绕寺门青。远水通熊耳，雄关接雁翎。崤陵问风雨，怅望此山亭。"《送史叶素北上》颔联云："客心千里梦，梁月几时情。"寂寥清绝之景与怅惘忧郁之情有机地融为一体。

唐代诗人中写作清丽韵秀、空灵隽永者颇多，嵩贵揣摩习练唐诗并不仅从此种风格中见出，他的诗歌中对于多名唐代诗人或从其神韵，或从其处事，或从其诗行中入手。《赠别印菽园》其一："行即买舟去，与君且纵谈。句无长庆后，名在大江南。落拓非关酒，萧闲欲结庵。忆寻仙子迹，曾入洛阳三。"颔联用白居易作比，表达了对自己诗歌的自信之情，颔联和颈联诗句中又分别把杜牧"落拓江南载酒行"之句打散运用，这从一方面看出他对唐诗的熟悉，另外也展示了嵩贵接受中有创新的诗歌特色。其《香山寺》："洛城南望耸烟鬟，徙倚珠林暂破闲。秋水涨痕犹带

① （清）法式善：《梧门诗话》卷8，张寅彭、强迪艺编校：《梧门诗话合校》，第243—244页。

绿，夕阳落叶未成斑。云开伊阙连天阙，人说香山是佛山。记得风流白少傅，尚期他劫老禅关。”白居易再次成为诗人笔下的重要意象，象征着“大隐隐于朝”的终极代表，也成为嵩贵等为官者的精神守望者。

《硖石道中》云：

夕阳山径驿尘稀，硖石秋风动客衣。北望乡关鸿影外，千崖红树暮云归。

这是嵩贵现存诗中不多的七言佳篇。深秋的诗人行走在寒山硖石径，秋风掀动衣衫，驻足遥望鸿雁飞处的依稀故园，秋天的霜叶在暮色中格外红艳。这首诗所选取的意象与杜牧《山行》基本一致，都是“秋山”（“寒山”）、“石径”、“红树”（“枫林”），所不同在于杜诗中的白云在嵩贵诗中换为时间明确的“暮云”，杜诗中的白云深处的人家，在嵩贵笔下则成为“乡关鸿影”。这样更替之后，诗歌意象相似者虽多，但意境却已不同，杜诗中明朗之气一变而为嵩贵诗中的苍凉之美。杜诗中的秋天散心赏景之作也为嵩贵诗歌呈现的思乡秋气所代替。可见相似的意象在不同的心灵情境中会呈现出不同的意境，而后人对前人的接受中也更多地呈现出变异后的个性美。

嵩贵诗歌中的唐诗接受或隐或现，除了上述所引诗外，尚有《风穴寺》、《过沮溺耦耕处》、《次韵答秋船》、《宾阳洞留题》、《苏门山即景》、《项城早发二首》、《魏处士草堂》、《彰德道中新霁》、《重游香山寺分韵得门字》、《陈州道中雨霁》、《倚云楼西窗晚眺》、《夏日宋城试院作次张文潜韵》、《光州道中次冯秋船韵》等。

第二节　松筠对唐诗时政特色的传承

在清代蒙古作家中，出任边疆大吏，并且能以文学饰吏治者有松筠、和瑛、三多、有泰诸人，其中以松筠为最。

松筠（1754—1835），字湘浦。最初以翻译生员入仕，后考授理藩院笔帖式，由此起家，位极人臣。乾隆五十年（1785），往库伦治俄罗斯贸易事，事历八年。乾隆五十九年（1794）和道光二年（1822），两次出任吉林将军。其间又在驻藏办事大臣任上供职五年。从嘉庆五年（1800）

至十八年（1813），先后三次任伊犁将军，在此西陲总统之区整整度过九个春秋。此外，还历任察哈尔都统、两广总督之职。其宦海生涯五十二年，一半以上时间都在边疆。故《清史稿》称他："尤施惠贫民，名满海内，要以治边功最多。"① 清人武进管孝逸有《咏史》诗，专为松筠而作。诗云："屡抗匡衡疏，难容汲黯狂。频迁右丞相，来逐左贤王。垂老星关外，回心玉殿旁。旌旄犹坐镇，终竟胜投荒……"此五言长律于松筠政绩、边功及至品行颇事褒奖，以韵文补正史，信其声望素著，众所推尊。

《清史稿》本传叙松筠仕履、政绩颇详，而于其世系略而未及。传称"松筠，字湘浦，玛拉特氏，蒙古正蓝旗人"。然《八旗满洲氏族通谱》失载玛拉特氏一姓。《光绪八年壬午科顺天乡试同年齿录》载有举人玛拉特氏麟祐，据小传乃知为松筠曾孙，隶正蓝旗，为蒙古崇年佐领下附生。其世系自入关始祖至其父，俱在焉。世次为：达尔密砥—巴彦—五十九—舒勒和—班达尔氏—松筠—熙伦—文琇—麟祐，共九世。齿录所记唯入清后的旗谱，原属蒙古何部亦未详。清人笔记若《啸亭杂录》、《水窗春呓》、《归田琐记》等，都曾载有松筠生平逸事，但涉及其先祖之记载却极为罕见。嘉道间，浙江文士沈垚致力于西北地理研究，与松筠幕僚中徐松雅善，曾撰《落帆楼文集》二十四卷，其卷五收《都统衔工部右侍郎前太子太保武英殿大学士谥文清松筠公事略》，较《清史稿》松筠本传更臻详尽。事略叙其先祖，谓："先世为喀尔沁部人，喀尔沁为元时大臣济勒玛之后。始祖达儿密岱，从文皇帝平察哈尔布拉尼汗，遂为正蓝旗蒙古人。"据此，则玛拉特氏为喀喇沁部之一姓，系蒙古帝国的名臣者勒篾之后裔。检读《八旗通志》，正蓝旗蒙古都统右参领属下第七佐领、第十二佐领、第十五佐领和左参领属下第三佐领、第五佐领均是喀喇沁部人。《八旗满洲氏族通谱》有乌亮海氏，世居喀喇沁及兀鲁特地方，此当为者勒篾之直系后裔，元明史籍往往以"乌亮海者勒篾氏"称之，玛拉特氏或为其一分支。

现藏北京图书馆的《松筠丛书》，五种六卷，凡四册，系嘉庆道光间刻本。包括《西招纪行诗》一卷，《丁巳秋阅吟》一卷，《西招图略》一卷，《绥服纪略》一卷，《西藏图说》一卷，附《路程》一卷。除《绥服纪略》一种，其余均作于驻藏大臣任上。其中《西招纪行诗》和《丁巳

① 《清史稿》卷342，本传，列传129。

秋阅吟》二种属文学创作，分别作于乾隆六十年（1795）和嘉庆二年（1797）。民国间北平文殿阁印行的国学文库本，又题作《镇抚事宜》，亦名《随缘载笔》，并注明为家刻本，刊于嘉庆二年（1797）至道光三年（1823）间。据文库本著录，可知《丁巳秋阅吟》原为《秋阅吟》，《西藏图说》原为《卫藏图说》，而《路程》本无卷数，属于原书所附载自成都至后藏路程。其在库伦办事大臣任上无单行的诗集，但是，事隔十年之后，诗人作《绥服纪略图诗》，将“在彼八年所事及公余游山略地所历各处形势”咏诸诗篇。任伊犁将军时，“暇则考山水方界之延袤，与夫民情物俗政事之得失，各根其实，都为一卷，凡十二卷。是书也意繁而旨博，于伊犁安抚之策尤三致意焉”①。此即《西陲总统事略》，亦名《伊犁总统事略》。《卫藏通志》十六卷，传本署名和琳纂，吴丰培为此作《卫藏通志著者考》，认为松筠撰似更可信。考其著述，除结集刊刻的几部诗作和方志以及《百二老人语》、《古品节录》六卷外，还有收入诗文总集的零散篇章，如游记《西招秋阅记》、《西藏巡边记》。松筠曾有诗论，曰：“诗之为道，原本性情，亦根柢学问，非涉猎剽窃，仅事浮华而已。”② 又在《西招纪行诗》自序中说：“夫诗有六义，一曰赋，盖敷陈其事而直言之也。”其见解本于诗的经学阐释学说，表现在创作上，较明显地突出了诗的政治伦理教化意义，关心时政的美刺态度卓然可见。杨钟羲曾评价松筠的《西招纪行诗》，说：“卫藏自康熙季年设王官，以大臣镇之，打箭炉外悉设邮站。和泰庵《西藏赋》外，松湘浦、颜惺甫尚书有纪行图诗，王我师、马若虚诸人则从事幕府，作为偏什。”③

松筠的诗作，体现了他在政治上的一贯主张，即关注民生。如他在《曲水塘》诗中说：“欲久乐升乎，治以同胞与。”这就如同宋人张载《西铭》所说：“民吾同胞，物吾与也。”这也是杜甫一以贯之的诗歌精神。松筠认为要想使边疆长治久安，就要像对待同胞手足一样对待边疆的少数民族。诗人以自己的所见所闻，如实地记述了藏族人民在繁重的徭役赋税压榨下不堪忍受，宁可背井离乡甘为乞丐的凄惨景象。“昔有千余户，今

① （清）程振甲：《校刻〈西陲总统事略〉序》。松筠：《西陲总统事略》，中国书店 1983 年木版刷印本。

② （清）松筠：《〈静宜室诗集〉序》，见《八旗文经》。

③ （清）杨钟羲：《雪桥诗话》卷 7，沈云龙主编：《近代中国史料丛刊》，文海出版社 1967 年版。

惟二百强。壹是苦征输，荡析任逃亡。……伊昔半逃亡，往往弃田间。甘心为乞丐，庶得稍安舒。乃因差徭繁，频年增役夫。出夫复不役，更欲折膏腴。凡居通衡户，乌拉鞭催呼。耕牛尽为役，番庶果何辜！”诗人在自注中解释说，萨喀、桑萨、偏溪三处原有百姓一千余户，牛羊亦本繁孳，因赋纳过重，人口日有逃亡，以至三处共只剩有百姓二百九十六户，所畜牛羊较前只有十分之二。无名税负种种苦累，民不堪命，宁弃田庐，甘为乞丐。结尾诗人满含悲愤地喊出“番庶果何辜”的愤激语言，表现了深切同情人民的思想。松筠的诗秉承了杜诗的“诗史”功能，以白描手法为清代诗歌史上补叙了少数民族地区人民的生活风貌，《还宿邦馨》诗云：“荒番遮道诉，粮赋累为深。昔户今推派，有田无力耘。可怜兵火后，复值暴廷频。”兵燹罹祸，民不堪役，大多数背井离乡，少数留下者更是苦难深重。统治者毫不因人口减少而减少赋役，反而把原来的徭役赋税悉数加在留存者身上，人民挣扎在死亡线上。诗人把现实所见如实道来，无疑是对西藏僧俗统治者以及封建王朝的有力鞭挞、控诉。

松筠诗歌多为纪实之作。诗作所载之事为诗人所亲历，因事赋诗，就诗作注，两者互证，“诗”自有其文学价值，而“事”又有了可存之于史的史料价值。他的诗集中这种诗歌写作方法非常突出，是清代蒙古族汉语诗作者中颇可注意的。

时人记载：自和相秉权后，政以贿成，人无远志，以疲软为仁慈，以玩愒为风雅，徒博宽大之名，以行狗庇之实，故时风为之一变。其中行不阿者，惟松相公筠一人而已。公性忠爱，幼读宋儒之书，视国事为己务，肝胆淋漓，政事皆深忧厚虑，不慕近功。镇伊犁时，抚驭外夷，视如赤子。凡哈萨克、布鲁特、俄罗斯诸国贡使至日，公皆呼至坐前，询问其国之治乱，亲赐以食，教以忠孝之道，并曰：“我大清国所以立万年基者，惟赖此二字也。”辞行时，厚加赏赉，其丰貂锦币之物，满载而返，故属国爱若父母，涕泣而别。又以国家经费有常，不可以边鄙故，至有绌国用。乃议开屯田数百万顷，皆命满洲士卒耕之，并与以牛粮籽种，厚其赏卹。故人乐为之用，岁省边费巨万。又重于交谊，倾盖之士与之告匮者，即解囊与之，毫无吝色，故任封疆数十年，而家无担石。上深知其忠正，擢为参政御前大臣。公于召见时，凡民间隐情，街谈巷谚，无不率口而出，毫无隐忌，故人多尼之。癸酉秋，复出为伊犁将军，新疆闻其复来，庆若更生，老稚荷担以迎。公笑抚之曰：“鲰生此行，颇不寂寞也。”其冬擢为首辅，仍兼伊犁将军，朝中之士君子皆翘首以望其归也。① 松筠是把自己的生命价值同国家的兴盛、百姓的富足紧密连接在一起的士人，因而他的文学作品中所传达出来的信息也正如其人其行。

松筠的诗作直叙较多，政治倾向鲜明，给他的诗歌平添了一种清峻之美。所谓清峻之美，指的是诗歌作品具有超尘拔俗、凛然正气的艺术风格和境界。不过这并非他的诗歌的全部，他也有比较轻松谐趣之作，如《莽噶布蔑分》："沿山出泛隘，初阅未经由。小憩嘉浦地，前程路转悠。微霜秋草润，晴日晚风柔。悬足群羊叫，应知无猎谋。""莽噶布蔑"在西藏定日县西北，这里靠近珠穆朗玛峰，已与尼泊尔临近。作品写旅途风光，却富田园风味，尤其是后两联，仿佛信笔揽景，却又自立新意，令人莞尔。但就其整体而言，这样的作品不多。

松筠诗歌中的边塞题材诗作并无首创之功，也未必比同时代人高明，但作为一名蒙古族大吏，能在扈从应制之外以边塞题材入诗，以百姓的困苦生活作为自己诗歌的主题，这是他远离宫廷市井，也体现出欲突破宫廷范围的创作意愿，是对拓展诗歌题材的有益探索。而且，身为少数民族诗人，他的诗歌中的民族性较之前的蒙古族汉诗创作者要更为深厚。

第三节　清前期蒙古族诗人断章的唐韵流风

八旗蒙古作家为数较多，创作也堪称丰富。前人于此已有一定的研究。除了上述诸人，在满清定鼎北京至嘉道前的繁盛期，没有留下整部诗集，而散见于《熙朝雅颂集》、《国朝正雅集》、《八旗文经》、《清诗纪事》中的诗人们，依旧以留存的吉光片羽展示出其间的唐韵流风。

牧可登，字华庭，一字芝园。雍正癸卯（1723）进士，改庶吉士。散馆授检讨。累官刑部侍郎。《熙朝雅颂集》录其诗一首。《圣主躬耕耤田诗》云："农事由来重，亲耕礼特隆。东风川冻解，南陌土膏融。玉趾临芳甸，朱纮映彩虹。晨霞明迥野，清旭丽层穹。草傍鸾旗绿，花迎凤辇红。四郊风景足，千亩井烟通。卜吉初暄候，乘春二月中。洪縻趋穑事，端冕即田功。既举三推典，还观众耦同。陪耕卿士力，终亩庶民攻。欲使如墉栉，先教蓺秠穜。升馨昭圣孝，率下仰皇躬。喜溢田间叟，欢腾陇畔童。只今

① （清）昭槤：《啸亭杂录》卷4"松相公好理学"条，中华书局1980年版。

知帝力，从此庆年丰。”诗歌雍容典重，与初唐上官体如出一辙。

奈曼，字又倩，一字东山。雍正丁未（1727）进士。累官副都统。久戍边庭，诗多豪迈。其《壬子二月赴军营作》：“不作边庭看，何愁道路难！缨从丹陛请，剑向玉门弹。饮饯酣春酒，登城破晓寒。为嫌儿女态，一笑据征鞍。”颇有唐人边塞诗清刚劲健之美。唐代边塞内容丰富，或再现边塞生活，或表达建功立业志向，或突出军中矛盾，或表达和平愿望，或反映人民生活，或宣泄英雄失路，或揭露穷兵黩武，不一而足。风格也多样。或雄浑，或质朴，或慷慨悲壮，或奇丽峻峭，亦是不一而足。奈曼的《壬子二月赴军营作》颇有王昌龄边塞诗的慷慨豪气，而下一首《驻扎乌里雅苏台城外作，次升中韵》：“荒戍孤城外，闲行野水边。断桥衔落照，枯树倚寒烟。病逐新愁发，诗因别思牵。玉关东望远，目断白云天。”就似李益的清幽。唐代诗人多有通过入幕边陲而求取功名者，这也催生出了中国诗歌史上最好的边塞诗歌。对于国家现实的关注，是诗人们笔下取之不竭的题材，奈曼在品读前人诗行的同时，也以自身的实践写出自己对于边陲和国家的关怀。“龙沙征戍客，时复梦趋朝。”（《九月晦夕作，次凯三韵》）就是他内心的真实写照。除了边塞诗，因为久在异乡，行旅时也很多，所以奈曼的行旅诗也颇有佳篇佳句，如其《途中次韵》颔联：“乱山迷去径，野渡阻流沙。”队仗工稳，置诸唐人诗集中几可乱真。

保安，字履中，雍正己酉（1729）举人。《熙朝雅颂集》录其诗一首。《送友》云：

> 负剑去长征，雄心老未平。廿年牛马走，此日鹭鸥盟。古树荒园秀，疏花细雨明。可怜裘已敝，风雪一舟横。

保安是清前期诗人，现存资料很少。从诗中首联和颔联看，诗人所送之友人曾有从军的经历，岁月沧桑，二十多年为国辛劳，此日朋友分别，旅途迢递，却也有了同鸥鹭为伴的闲淡时光。元代黄庚《渔隐为周仲明赋》云：“不羡渔虾利，惟寻鸥鹭盟。”鸥、鹭意象在诗歌中常常负载冲淡的意味。杜甫“飘飘何所似，天地一沙鸥”（《旅夜书怀》），给后来的旅人以无穷的对于自由的想象空间。颈联是典型的带有唐诗韵味的诗行：荒原古树，细雨疏花，一秀字，一明字，使诗歌意境由荒寒变为明丽。末句由咏景又转回送友的主题。全诗结构严整，诗境苍凉中不失明秀，是承传唐人风味之诗。

诺敏，字学时，号逊斋，乾隆丁巳（1737）进士，改庶吉士，散馆改主事。官至翰林院侍读学士。现存《有感》二首，其一云："风木萧萧种白杨，百年孺慕讵能忘。一椽不为看山构，月照寒门泪满床。"其二云："满林黄叶与云浮，一种伤心那为秋。几度征车催就道，料应魂梦守山邱。"康乾时期虽是盛世，但社会并不像想象的那样安详平和，寒门流泪、征人就途的情形自是寻常景象，如同在大唐盛世之时也自有此种景况一样。

福明安，字钦文，一字在亭，乾隆戊辰（1748）进士，改庶吉士。散馆改主事。累官翰林院侍讲学士。现存诗二首。《登故山顶》："佳名爱故山，谁此卧层岩。石磴穿云入，烟岚附葛攀。涧幽花馥馥，谷静鸟关关。征客暂停盖，山中人正闲。"《秋晚西郊游眺》："连朝风雨送重阳，秋意萧萧作晚凉。山遍翠岚时间紫，林多丹叶未全黄。烟生返照明鸦背，霜净清空度雁行。也为闲居来选胜，敢将高咏继柴桑？"前一首有韦应物《滁州西涧》诗味，后一首亦是韦柳诗之淡远风味。

永慧，字睿林。乾隆壬申（1752）举人。累官江西按察使。诗云："有客有客踏梅林，踏遍梅林深复深。为问来此访何人？昨夜美人入梦寻。美人无伴愁孤寂，似抱寒香和梦入。醒时摩挲冷眼看，香光寒与风相怯。君不见当年高士孟浩然，灞桥清兴令人传。君今复至灞桥路，兴尽依旧骑驴。"《题雪梅图》全诗用张岱《夜航船》中所载孟浩然典故[①]，孟浩然情怀旷达，常骑驴踏雪寻梅，云其诗思皆在驴背上。诗人在千载之后，愿学孟浩然高士之风。另一首《月下吟》："闲倚高楼系远情，隔林影动月初生。牧童牛背归途晚，杨柳风回笛一声。"高楼、林月，月下晚归的牧童和杨柳风里的笛声，意境清疏旷远，亦得王孟诗歌之精髓。

雅尔善，字天植。乾隆丙子（1756）举人。诗作《月下春兴》云："山居百事幽，月出山尤静。阶下竹数竿，门外云百顷。春风入孤亭，怡然坐夜永。"春天月夜山中静居，可以悠闲感受风轻云淡的美好时日。另一首《春江观钓》："春江春水远连天，烟雨空濛罨钓船。不管波心风浪恶，一竿轻点浪花圆。"在春江烟水迷蒙之时观钓，这种闲情必是生活如意之人才有的。在盛世无忧之人也才有这样的感情。所以雅尔善的作品中有很多王孟韦柳式的闲情逸致。

---

① （明）张岱缀辑：《夜航船》，四川文艺出版社2005年版，第18页。

永龄，字松亭。《熙朝雅颂集》录其诗一首。《松下吟》云："龙蟠绿盖圆，幽然结遐想。龙鳞屈曲见，日色映澄朗。一卷读松根，悠扬和涛响。枝东影向西，阴俯而阳仰。似欲凌九天，作势飞千丈。风声满树中，萧萧足幽赏。"这是典型的咏物诗。

永清，字澄江。《熙朝雅颂集》录其诗一首。《夏日山居喜诗》云：长夏静安禅，一蝉嘶高柳。杲杲日三竿，闲闲桑十亩。稠绿阴若帷，空凉纳白昼。悠然何所思？闲中养年寿。邻僧忽到门，虚怀向我叩。也是悠闲的孟浩然诗歌范式。

保泰，字砺堂。累官兵部侍郎。诗作《将之施南简斋太史以诗送行依韵留别》二首，其一云："袁淑才名海内闻，南朝吾爱谢将军。仓山一夜花如雪，吹作长江日暮云。"后两句颇有唐诗打破时空局限，仅凭想象架构诗歌的特色。其二云："青山楼阁水云乡，解组中年鬓未霜。如此林亭如此客，江南江北那能忘？"这首则有中唐人的疲累，但格律和意象的组合却也如唐人般清倩流美。

乾隆时期的蒙古族诗人，大抵祖辈都已随同满族统治者入关进京，清朝定鼎北京后虽然强令满蒙贵族以自己本民族的语言文字学习为主，但在规复明朝纲纪的前提下，学习汉文汉诗者比比皆是，无论在朝在野，蒙古族汉语创作者都较之本民族语言创作者为多，而当他们习汉诗时，对唐诗的阅读、习作就成为最寻常的，所以在当下欣赏他们的诗歌时，自然会感知他们对唐诗追摹的用力程度。

第八章

变动的道咸间托浑布、花沙纳、恩孚的唐诗接受

道光咸丰年间，正是清朝乾嘉盛世难以为继，而外国则以坚船利炮分割世界之时。动荡的国际局势，使得想要沉浸在老大帝国迷梦中的中国人缓慢而又被动地走向现代化。反映在此时蒙古族士人诗歌中的世相，自然不乏沉痛而又混沌，却恰巧和开元盛世后的唐代士人心态相契合，加之唐诗在后世人心中高山仰止般的地位，使得他们在进行诗歌创作时就很自然地会袭风唐人。

中唐韦应物、柳宗元诗歌既有如中唐诗人那样充满了渴望恢复盛唐气象而不得的焦灼和忧虑，又有寄情自然，在静谧的田园山水中寻求精神依托的闲逸和恬淡。唐末司空图将韦应物与王维并称，称其诗歌“趣味澄敻，若清沇之贯达”①。苏轼评之曰：“独韦应物、柳宗元发纤秾于简古，寄至味于淡泊，非余子所及也。”② 而当代学者则认为：“大历时代，社会剧变给人以强烈的不安感，而羁旅暌违又使得这种感受难以直接交流，对社会的失望促使诗人将目光投向自我，作内省的凝视，于是在盛唐人内心沉淀已久的孤独感到大历时代便浮泛起来，洋溢在诗人的作品中。”③

本章叙写的蒙古族诗人，他们大都曾为宦一方，却又时时无奈，故而在诗人们接受唐诗的过程中，不约而同地选择社会历史文化背景、身世遭际和他们相似的韦应物、柳宗元作为取法的对象。

第一节　托浑布对唐诗的袭风

托浑布（1799—1843），字子元，号安敦，别号爱山，博尔济吉特

---

①（唐）司空图：《与王驾评诗书》，张少康：《司空图及其诗论研究》，学苑出版社 2005 年版，第 43 页。

②（宋）苏轼：《书黄子思诗集后》，《苏轼文集》，中华书局 2004 年版。

③ 蒋寅：《大历诗人研究》，中华书局 1995 年版，第 66 页。

氏，蒙古正蓝旗人。嘉庆己卯（1810）进士。历官湖南知县、福建台湾知府、直隶按察使布政使、山东巡抚。有《瑞榴堂集》。托浑布一生致力于诗歌创作，现存诗虽然仅有一百七十六首，但均是其精心之作，颇有可读之处，正如林则徐所言："义本敦厚，语必清新。"①

托浑布曾作《谒柳柳州祠》，诗云：

门对青山水满溪，丹黄蕉荔叶萋萋。已无报赛铜弦曲，剩有残碑玉局题。迁谪同时悲梦得，文章一代接昌黎。知公不朽英灵在，自有余光炳斗奎。

唐顺宗永贞元年（805），柳宗元参加了王叔文领导的政治革新运动。革新失败后，王叔文被杀，柳宗元也从中央被贬为绍州刺史，未及任又被贬为永州（现属湖南）司马，十年后，又贬为柳州刺史。元和十四年（819）病死于柳州任上。柳宗元在柳州任上四年，政声卓著，去世三年后，这里建起柳柳州祠，并有其衣冠冢。柳宗元文章与韩愈并称，政治改革中又与刘禹锡志同道合，所以托浑布拜谒柳柳州祠后写下"迁谪同时悲梦得，文章一代接昌黎"的诗句，也通过诗歌传达了自己对柳宗元的敬仰之情。时人记载："府君由布衣刻苦自励，以孝为心，以德为重，俭约二字尝谓生平可以自信，虽官至中丞未尝侈言饮食衣服之奉，每见寅僚，亦谆谆以此为劝戒。宏奖后学，凡有一言一行足采者，激励倍至，故所至士人感德。"②政治上相似的德行，使得托浑布对柳宗元有异代同调之感。

托浑布自传性的《瑞榴堂诗集》，既是他个人的生命史，又是一部清代闽粤史。他"己丑以知府简发八闽，由京遄往，阅水陆程途四五千里，船澝鞍背时有所作随笔记之"③。诗集中现留存有关闽粤风俗、山川诗歌及诗人施政措施有几十首，这些诗歌既是托浑布一种生命体验的记录，从中亦可窥见对他生命的热爱，若林则徐所赞"得其性情之正"又偏于"正"字，脱开官场中的游世人生态度，执取一种热情、刚健的生命气质。

---

① （清）林则徐：《瑞榴堂诗集序》，（清）托浑布：《瑞榴堂诗集》，道光十八年（1838）刻本。本文所选诗歌均出此。

② （清）符葆森：《国朝正雅集》卷65。

③ （清）托浑布：《瑞榴堂诗集自序》。

道光十六年丙申（1836），托浑布为使饥民灾年免于饥困，建义仓储谷。"……我执其政莫敢遑，以食为天仰金穰。又恐变生力提防，此乡何可无义仓。义仓之设非寻常，独木之支徒踉跄。旁观纷纷议更张，谓地卑湿难为藏。我辟众论审精详，从善如登选端良。城之东北日周章，建成廒舍置曲房。仓人庾人具橐囊，顷刻万斛升斗量。若虑粟红与粱黄，日以暄之风以飏。天灾流行诚莫当，有备庶期免逋亡……"（《义仓成诗以记之》）托浑布在闽中政绩颇丰，《台阳纪事八首》记录了他《抵台阳》、《练勇》、《守城》、《筹饷》、《用间》、《通道》、《擒渠》、《凯旋》的事迹。因此，托浑布与清代前期的蒙古族能臣梦麟一样，是将北方文化理想落实在"国家"，又将国落实到身，既以一己之生命贯通文化大义，又以一己之生命担负国家的存亡大任，这一点在中国诗歌史上杜甫表现得最为突出。在这种"国身通一"精神下，形成他们的价值观念、政治关怀、民族意识、个体道德、生命操守，这些是他们合一而不可分的文化意识。

托浑布笔下记录的闽中风俗，迥异于中原，然而又有一种联系，如其《雪鱼》，诗序曰："闽中入冬未易见雪，而是鱼独以六出得名，洁白鲜美风味极似鲥鳊。年头腊尾渔者举网偶一得之，非寻常肴馔中所易致也。"诗云："肯与寻常白小侔，形兼缩项与槎头。五侯鲭好难常得，六出花飞偶许求。洁爱银铛烹异味，细挑玉箸诩珍馐。释鱼尔雅翻遗此，当鳠还应共一流。"末句后诗人自注："鲥鱼即《尔雅》之当鳠，见《说文》注。"这首诗描述了闽中特产雪鱼，因其罕见，故以鲥鱼和鳊鱼来形容其风味。首联后自注"白小缩项槎头皆蜀中鱼名，见杜少陵诗注"。白小是银鱼的别称，槎头鳊或缩项鳊是鳊鱼的别称。杜甫《白小》有句"白小群分命，天然二寸鱼"，《解闷》之六又有"谩钓槎头缩项鳊"之句。不唯杜甫，唐诗人孟浩然居襄阳所作《檀溪别业》亦有"鸟泊随阳雁，鱼藏缩项鳊"之句。托浑布此诗中特用唐诗句来解释闽中此鱼形状、颜色、味道，增加读者对雪鱼的认知，在展示闽中风味的同时，从另一侧面可以看出他对唐诗的熟稔。

托浑布的诗作，大量化用唐人诗句，有些诗歌中自己就注出此点，显然是有意为之。如《游浯溪读大唐中兴颂碑》中"一碧流澄占晋水"自注：少陵《诸将》诗龙起犹闻晋水清、"百金一字应难易"自注韩昌黎诗八分一字直百金；《岁旱祷雨昭山甫下山大雨随之而至四野沾足张上舍礼以喜雨诗见投率和原韵》中"沾襟洒讶杭州湿"自注白香山诗襟上杭州旧酒痕，这句诗出自白居易诗《故衫》。更多时候，托浑布在无意识中化用唐诗句，如《将之东安留别湘潭绅士四首》中“多少新莺自在啼”化用杜甫《江畔独步寻花》“自在娇莺恰恰啼”；《淡崖放歌同程春海学使作即用其韵》中“我口惭海客，仙境谈瀛洲”化用李白《梦游天姥吟留别》“海客谈瀛洲”；《维扬登眺》中“珠帘暮卷绣窗幽”化用王勃《滕王阁诗》“珠帘暮卷西山雨”；《游金山寺二首》中“曲径禅房窄，危崖古洞空”化用常建《题破山寺后禅院》“曲径通幽处，禅房花木深”；《江山道中杂诗八首》中“舞向东风态更妍”化用李商隐《柳》“曾逐东风拂舞筵”。

除了化用唐诗句，显示自己在句法重构方面的熟练技巧之外，托浑布还在诗作中直接引用唐人诗句，并在诗后自注。如《夏日偕友游永明县观音崖古洞四首》之“禅室从来云外赏”，自注：唐张燕公句。这是张说七言律诗《灉湖山寺》中的句子。《游鸟石山》之“更上一层楼”，自注：用成句。自然这是来自王之涣的《登鹳雀楼》。《寺壁》之“春山无伴独相求”，自注：用少陵句。直接引用唐人成句易于化用唐人诗句，但如何能够在自己的创作中嵌入异代之诗句，而又能和己诗化合无迹，也并非易事，不过托浑布的这类作品基本做到了天衣无缝，这也从一个侧面看出他的熟练的诗歌创作技巧。

托浑布有时也会用唐人诗韵作诗，《过枫岭用唐钱起杪秋南山西峰题准上人兰若原韵》就是用钱起的《杪秋南山西峰题准上人兰若》诗韵写下的一首诗歌。实际上，不唯诗韵，诗歌的意境也极为相似。钱起诗云：“向山看霁色，步步豁幽性。返照乱流明，寒空千嶂净。石门有余好，霞残月欲映。上诣远公庐，孤峰悬一径。云里隔窗火，松下闻山磬。客到两忘言，猿心与禅定。”托浑布诗云：“枫岭停肩舆，登临颇适性。绝顶数峰奇，灵泉三尺净。雨洗翠欲流，云深白满径。棕桥依石横，水碓下春应。密竹荡绿天，隔花响清磬。邈尔胸襟开，相对尘心定。”较之钱起原韵诗，托浑布的作品一样深秀，但幽情减少许多。

化用或直接引用唐人的诗句，加之有意学法唐人，极大地丰富了托浑布的诗歌创作，使得他的诗作在意境的营造、句法的构成、语言的运用等方面可圈可点之处颇多。如其《江山道中杂诗》其一：“一舟四面浸澄空，月色波光上下同。怪底邻船筝笛静，怕他龙女出珠宫。”其二：“蘸波嫩柳绿堪怜，舞向东风态更妍。眼底桃花逐流水，不知春思在鸥边。”

都是取眼中景信手写来，已如韦应物般达浑成之境。再如其入闽所写《再度梨岭和壁间韵》，诗云：

> 闽越分程咫尺间，峰如屏展水如环。龙收潭雨僧安钵，鸟破林烟客款关。风色苍茫瓯海树，秋容峭削浦城山。年来遍踏红尘道，一晌云栖始觉闲。

梨岭位于福建，此间山势高耸，风景秀丽。诗人行至这里，看到雨后初霁，流岚中有林鸟破烟而出，风色苍茫中遥望瓯海树、浦城山，这些闽中地貌在眼底瞬间渐次掠过，诗人恍惚了，年来踪迹从湖湘到闽粤，几多风尘劳苦，红尘扰攘，不过豪情的诗人只要在旅途劳顿中能够坐看云起，就能将这一切暂时脱卸。托浑布的这首诗犹如传统的中国水墨画，在流动的意境中有禅意淡淡透过。

托浑布在诗歌形式、章法结构、题材、语言风格、创作方式以及艺术旨趣等多方面广泛借鉴唐代诗人的基础上，形成了自己的特色，缔造出别具一格的沉厚淡远的诗歌风格，其《五显岭小憩和壁间韵》诗云："不为篮舆倦，客知洞壑幽。禅栖空意识，树老阅春秋。深竹硐阿抱，野云山缺流。衣尘何日浣，一笑此句留。"虽是写景，但也如同夫子自道。诗海无边，创作的高峰永无之境，经过岁月磨炼的诗人，即或仕路繁忙，心中亦时有娴雅之情，因此诗歌创作中也自有一份禅意在。从众多唐代诗人的诗作中汲取艺术养分后的托浑布的多样的艺术风格在时人眼中是"有时艳而新，有时清而癯"①，而他对句法的磨炼也愈加成熟。"蛮云锁驿楼，危桥横古渡"（《过延郡登葫芦山》）、"穿云瀑布晴飞雨，倚石山泉水自春"（《过仙霞岭二首》）、"橹声暗逐潮声远，塔影还输日影圆"（《游温州双塔寺三首》）都是句法与意境并举的佳句。

"永州子厚山水记，辋川摩诘诗篇留"（《浯溪行》）、"玟应昌黎卜，歌传子美诗"（《望衡岳》），托浑布的诗法脱胎于唐人，因之，他在诗歌中对众多的唐代诗人念念不忘。在唐诗滋养了他的诗歌创作的同时，他也丰富了清代的诗歌史。

---

① （清）柯培元：《瑞榴堂诗集序》。

第二节　花沙纳的唐诗接受

花沙纳（1806—1859）字毓仲，号松岑，蒙古正黄旗人。德壮果公楞泰次孙。道光十二年壬辰（1832）进士，官吏部尚书，谥文定。著有《韵雪斋小草》、《出塞杂咏》、《东使吟草》、《浒园集》、《滇辅日记》及《东使纪程》。《滇辅日记》系道光十五年（1835）作者奉旨典试云南科场考试期间之日记，为未刊稿本。《东使纪程》系道光二十四年（1844）作者出使朝鲜册封朝鲜王妃记述经过之作。《国朝正雅集》卷七十七选花沙纳诗十三首。

花沙纳存诗虽不多，但俱是精心之作，长于写景，用语简洁而意境清远，颇得唐代诗人三昧。杨钟羲《雪桥诗话续集》谓："松岑奉使至沪，英人购得其诗集刻本，属宝山蒋敦复以夷语译之，写寄其国，亦一奇也。"①

花沙纳之作大多书写性情，无论是旅馆残梦还是旷野远眺，俱有自己的真情凝铸其中。《宿通州栅栏店》二首其一云："又上陪京路，驰驱赋远游。犬鸣茅店夕，马踏乱山秋。残月人千里，孤灯梦一楼。旧题无觅处，空望潞河流。"② 诗人别家远行入深秋山间，闻犬吠茅店，伴孤馆灯青，旅梦萦回，旧题无觅，本是孤独心境的表白，但用幽美深秀的文字展示出来，竟有了中唐诗人韦、柳的幽独之感。再如其《野望》，诗云：

> 云影落晴峰，峰峰色不同。鸟啼春水尽，花落午烟空。树密知村近，山迥有路通。不因行役远，好景总难逢。

这首诗的颔联和颈联对仗工稳，句法运用纯熟，显示了花沙纳对景物观察的细致和艺术构思之精巧。其《秋晚》云："辞柯黄叶惹新霜，寂寞楼台夕照凉。三径有松留晚节，一年栽菊为重阳。寻诗合著林泉友，寄兴应须翰墨香。风静天高孤雁远，恍疑旧梦落潇湘。"在深秀的景色描写中，透露出温暖的情意，是将深厚的情意浓缩而淡淡写出的笔法，颇有韦柳风格。

---

① （清）杨钟羲：《雪桥诗话续集》。

② （清）花沙纳：《东使吟草》，国家图书馆存缩微胶片。本节所选诗出此。

花沙纳的诗作大都是书写宦海奔波中所见景色，因此怀古诗在他的诗集中占有的比重也较大，其中亦不乏特出之作。其《山海关怀古》诗云：

锁钥崖疆古戍台，边城一度一徘徊。杏山风雨思雄阵，榆塞关河困大才。假道声灵缘北暨，真王佳气自东来。悬知地利由天险，怀古茫茫百感催。

山海关北靠燕山，南临渤海，扼守华北与东北之间狭长的陆路交通要道，地势险要，自古以来就是兵家必争之地。商朝时，属孤竹；周朝时，属燕地；秦、汉时，属辽西郡。北齐和隋唐时都在这一带修建过城关，隋文帝时，设置榆关，元朝时称迁民镇。明洪武十四年（1381），大将徐达修筑长城，在此设立关城，因位于山海之间，故名“山海关”，归隶永平府管辖。嘉靖年间，蓟镇总兵戚继光重修了山海关及附近的长城段——角山长城。在关城以北修筑了北翼城，以东的欢喜岭（又名凄惶岭）上修筑了威远城。崇祯年间，兵部尚书孙承宗在关城以南及海边修筑了南翼城和宁海城。此外还有城堡、水关、墩台等多处，星罗棋布，相互呼应。以上共同组成了布局合理、层次分明、严密坚固的山海关防御体系，历来是中国最紧要的军事重镇之一。明末镇守山海关的将领吴三桂与清摄政王多尔衮合作，在山海关前击溃了前来征讨的李自成军，并带领清军大举入关，由此导致了李自成大顺政权和南明政权的覆亡。清朝时，山海关为临榆县城，因位于北京与盛京（沈阳）之间，而有“两京锁钥”之称。道光季末，外忧内困，花沙纳个人也是宦海奔波，当站在满载民族忧患的古老关隘前时，花沙纳的个人情思与军事重镇所经历的风云变幻凝聚，并沉蓄爆发。这首咏古七律首联即点出山海关的历史地位，颔联和颈联把山海关的起伏沉降与风雨播迁中的世事变化交融在一起，对仗工稳，且以沉雄笔墨出之，得杜甫七律之苍老笔法。尾联再次回应首联。构成全诗浑成之境。是同时期蒙古族诗人咏史怀古诗中的佳作。

花沙纳近体诗袭风唐人颇多，语汇、句法、意境的取舍上都可见出。熟练的诗歌创作技巧和生活中的丰富阅历、个人的沉厚思致融合，必然会写出上佳的近体诗。除此而外，他的绝句亦颇有佳作。《汭园即事》二首其一：“万重岚翠落檐牙，满径清风透碧纱。正是朝天人散值，半携鸾鹤到山家。”寥寥数言，气象高朗，用笔疏旷，然诗境却浑融完整，得韦柳绝句之技巧。再如其《雨中》："花残莺老绿阴浓，几日风多雨又逢。好望西山最高处，春云湿尽两三峰。"浓淡适宜的点染中，将深春时节的景致如图画般呈现，趣味澄淡辽夐，一派浑成之境。花沙纳诗歌写眼中景，述心中情，不刻意而工。时人谓："陶凫香少宗伯携松岑尚书诗示读，真切端凝，以至性发为至情，流露于楮墨中者。《瀛洲亭》云：'定知仙沼烟波阔，到此池鱼已化龙。'见胸襟之广大。《红叶》云：'春色在花秋在叶，一般红紫各芬芳。'见万象之同春。尤爱其《授侍讲》：'圣主有恩怜小草，侍臣无赋献长杨。'固属工丽，尤非大臣气象不能为此言。"①

花沙纳只是在政事之余作诗，但因为他对诗歌创作的悟性和对唐代诗风的用力追摹，在清代后期的蒙古族汉诗创作者中终于脱颖而出，同时也丰富了清代诗歌史的创作。

第三节　恩孚的唐诗接受

恩孚（？—1864），字春农，吉林长白人。现存《敝帚集》，恩孚初稿，毓孚编订，莫勒赓额校刊，收诗二百七十一首。诗集分上下卷，卷上古体诗一百首，卷下近体诗一百七十一首。恩孚"袭职例不得与童试，博览群书力于古学"②。他师从陈颂南，致力于诗文创作。

恩孚在自己的诗歌创作中有意识地接受唐诗，好友毓孚在其诗集序中曾这样写道："……都尉为人清奇雅正，淡于进取，终日吟咏，五古直入陶韦之室，近体亦精悍绝伦。"③ 直入陶韦之室的恩孚，诗歌任真、自适，静默清新中有自然天趣之美，"暗蛩语寒芜，疏桐响清露"（《晚凉》）。"寂寂荒园曳履行，月钩西下已残更。一庭黄叶霜花白，正是寒鸡第五声。"（《荒园冬夜》）荒园冬夜，阒阒无人，忽有寒鸡报晓，荒寒之中带来生趣。在恩孚的笔下四季物候、周遭景物皆可入诗，其古体生新简淡，近体则风格多变。写景之作，风格似王孟韦柳者为多。如其《露坐》，诗云：

① （清）符葆森：《国朝正雅集·寄心庵诗话》。

② （清）莫勒赓额：《敝帚集跋》，（清）恩孚：《敝帚集》，同治五年（1866）刻本。本节所选诗歌皆出此。

③ （清）毓孚：《敝帚集序》。

坐久露华荧，宵清来远听。鸟声如惜月，邻语似谈星。欲睡闲茶灶，才吟问酒瓶。飒然风叶外，心寂即严扃。

清霄独坐深院，露华浓处诗心寂寞，然而人间的温情尚在，因为有鸟声邻语相闻。诗人常常在这样的月色风声里“把卷怀千古，含毫兴一时。迹憎风乱絮，心契月临池”（《偶成》）。

当韦柳式的闲适诗兴与恩孚的民族性格相遇，诗人也会写下《帐次不寐月下漫成》这样有雄豪之气的诗歌：“寒月淡星河，偷吟塞下歌。村遥鸡唱少，营近马嘶多。慷慨思磨盾，升平免荷戈。佩声风忽送，忘却戛鸣珂。”作为八旗后裔，恩孚袭武职，国难当头的军人年，自然有过雄心壮志，“我爱张子房，破屋不为家”（《读留侯世家》）。诗人自注：太白句。李白式的豪情逸气总是让积极进取的诗人不由自主地读其诗也用其诗来表达自己的情志。唐诗的魔力，使得即或是身为武将的清代蒙古族诗人，想要用诗词写出自己的心灵世界时，会不由自主地创传其间的光辉。

征途行旅对武将而言是人生常态，喜爱吟诗作赋的恩孚，在宦海闲暇，时刻勤于创作。“曙色三星淡，秋光十雨浓。”（《西郊秋晓》）“疏林荒刹出，寒水小桥成。”（《冬霁书所忆》）旅人客途，早行时仰望残月，曙光时聆听鸡声，乃是古人常有之境，常见之主题，然常见而光景常新。温庭筠的早行悲歌，在茫茫诗海中闪耀着光芒，至千年而不稍衰，故而后人在习唐诗时也常常用类似的语词，构筑相同意境的早行诗。恩孚的早行类诗歌，在其诗集中占有很大比重。“几处村鸡发，村人半不眠。岭头下残月，山脚起寒烟。石乱车轮仄，灯明酒旆悬。暂消霜气重，御者已陶然。”（《山中晓发》）在寒烟飘荡的秋日清晨，诗人坐马车前行在山道中，路途颠簸，霜气浓郁，酒家却如及时雨一样已然灯火明亮，诗人借酒消寒，旅途竟然也乐陶陶了。“轮蹄终岁事，却喜曙光清。山果香趋市，园蔬净入城。碧沉寒水静，红上远峰晴。太息兰台客，中宵听鼓声。”（《晓出德胜门》）出德胜门同样是早行，但曙光中看到瓜果园蔬侵晓入城，布满街市，落叶沉入碧潭，朝阳在远山顶上宣告晴朗日子的到来，想到自己在御史台日复一日在中宵的鼓声中寂寞老去，诗人的心境是有些悲凉的。“晓色明高树，秋光草际生。晚花开露小，败叶下烟轻。静会空庭趣，寒蛩远市声。吹笳犹教阵，早晚说休兵。”（《晓起》）曙色在高树笼罩，烟光弥漫草际，晚秋的残花上露珠莹润，不时有败叶轻轻滑落。这是秋日空庭中的野趣，在此时诗人却由寒蝉鸣声想到了笳音，想到了千里之外的期盼着休兵的军士。恩孚用富有诗意的笔调细致而生动地描述早行中的所见，在诗末发表政见，这是他的漂泊旅行类诗歌中常用的手法，也是不同于温庭筠早行诗之处。不过在对景物的细致描摹上是更为相近的。如“人过寒水苍山外，秋在荒烟冷露中。”（《西郊早行》）景色奇异生新是恩孚旅诗最突出的特色，也因此而更加接近温庭筠的诗歌所带来的意境。

对晚唐温庭筠早行诗歌取景是恩孚诗集中常见的唐诗传承方式，而阅读李商隐诗歌后以诗的形式表达自己的感想是另外的一种取法唐诗。《读李义山九日诗感成》云：“金石交情付劫尘，玉溪回首合酸辛。令狐厅闭难为客，行马门施漫有人。阶菊无情开似旧，江蓠多感咏长新。恩牛怨李寻常事，父子殊途足怆神。”义山一生陷于牛李党争的泥淖中，其《九日》曰：“曾共山翁把酒时，霜天白菊绕阶墀。十年泉下无消息，九日尊前有所思。不学汉臣栽苜蓿，空教楚客咏江篱。郎君官贵施行马，东阁无因再得窥。”写出自己和牛李间的因缘，自己的不能怨不敢怨又无可奈何的遭际，义山一生心事难期，恩孚作为异代异族的诗人对义山表达的同情，也是一种相隔了岁月的关怀吧。恩孚还有《读李义山隋宫》，诗云：“诗人大业事偏伤，商隐隋宫更擅场。智井终难较通济，离宫何异废连昌。多情杨柳春摇月，作意芙蓉晓拒霜。隆庆池龙纥干雀，几曾一样吊雷塘。”是对李商隐咏史名诗《隋宫》的接受型诗歌，在恩孚笔下，对隋朝旧迹已不似李商隐在大中十一年（857）到达时所看到的那般真切，杨柳、离宫在隔了更久远的岁月后已经只是传说中的影迹，诗人淡淡写出，和李商隐的抚今追昔的《隋宫》相比，几乎没有历史的分量。义山《隋宫》云：“紫泉宫殿锁烟霞，欲取芜城作帝家。玉玺不缘归日角，锦帆应是到天涯。于今腐草无萤火，终古垂杨有暮鸦。地下若逢陈后主，岂宜重问后庭花。”李商隐这首诗妙在从虚处落笔，颔、尾两联，在史实传说的基础上进行想象，颈联把聚萤逸乐和开河植柳两件事与隋朝的兴亡联系起来。在拓展诗歌时间的同时，也加深了空间容纳。深警含蓄、情韵悠长。两诗对读，明显看出恩孚不长于咏史诗作。“淡红香白谢繁华，寂寞山原与水涯。不道名园亦萧索，白头相傲只芦花。”（《霜》）虽然是咏物之作，但也在咏物时隐隐透出诗人自己的消息，这点颇似李商隐咏物诗风格。

恩孚生活的时代，大清帝国已是风雨苍茫，作为武将，恩孚虽然更喜欢闲适的诗歌生活，然而愁绪是免不了的，即使有时是闲愁袭来，也有诸多感慨。在这类的诗歌中，恩孚更多的是受到了晚唐诗人的影响。萧瑟枯寂是诗歌典型的艺术风格。《秋夕漫成》云：

易感秋心露井桐，肯教宋玉独相同。帘垂清晓寒鸡雨，门掩黄昏落叶风。孤枕虚堂千古思，一樽短檠半生功。闲愁自不知多少，抵尽春光卅六宫。

作为统治阶层中的一员，恩孚关心国事，但对民生却不大属意，百姓生活在他的诗集中只是偶尔闪过。读其诗集，只有《初冬郊兴》中提到："风急霜高十月交，田家补屋绾新茅。寒流涩浅浮芦絮，黄叶零星著柳梢。何日筋骸安下泽，频年诗句觅西郊。萧辰最易闲生感，岂为晴檐见系匏。"也是泛泛而言，可以看出，由杜甫开启、元白盛其事的新乐府类诗歌是恩孚在唐诗接受中所欠缺的。

第九章

不幸文人柏葰及孙崇彝的唐诗接受

道咸时代，是一个从噩梦中醒来，却又陷落在空虚的现实里，因而令人不能不忧伤的时代，是乾嘉盛世与同光中兴之间的一个在没落中挣扎的时代。鸦片战争不仅使清王朝由盛而衰而蒙羞，更给老大迷梦中的清帝国的文人沉重的一击。往日繁华富庶的生活已不再，高亢热情的盛世欢歌也已黯然逝去。巨大的落差，使满清的蒙古诗人们大都不再为盛世高歌，而转为寻找内心的诉求。这时期的清帝国遭受了巨变，诗人们的创作风格也从乾嘉盛世气象转而变为悯乱哀时，这与大唐帝国的开天和元和间的大历时代是相似的。大历时代的诗歌，着眼于日常生活、时序迁流、节物变化和人事的升沉离合等方面的描绘，悯乱哀时的情绪贯穿其间。道咸年间的诗人们也是如此，彼时的他们心理异常敏感，周遭的点滴变化，都能在心灵中激起涟漪，这涟漪被他们的诗笔所记载、所流播，在播迁中他们时时凝望诗史，渴慕在历史的相似节点上，发现和他们心灵契合者，使他们的靠拢更加有所依傍。当然这种靠拢式的吸取精华的接受过程，有时也会有加进去自身个性或当下元素的时候，而这也成就了这些诗人诗作的独特性。

柏葰是道咸时期重要的政治家，也是文名卓著的诗人，有清一代，他是因科场案被杀的官职最高者，同时也因为数次担任科举考试主考官而门生遍天下。柏葰诗作留存颇多，而且习唐而成的文风影响后代，他的孙子崇彝，是晚清著名才士，诗歌亦法唐人。对他们现存诗集作品中所受唐诗影响的研究，有助于揭示道咸以降诗坛的诗歌创作风貌。

第一节　柏葰诗歌中的唐风

一

柏葰（1795—1859）原名松葰，字静涛，号听涛、泉庄。巴鲁特氏，蒙古正蓝旗人。道光六年（1826）进士，选庶吉士。九年（1829），散馆授编修，历任山东乡试副考官、翰林院侍讲学士、内阁学士、礼部、刑部、吏部、户部侍郎，总管内务府大臣、左都御史、兵部尚书、户部尚书。咸丰八年（1858）拜文渊阁大学士，主顺天乡试，受舞弊情事牵连，九年（1859）被诛。自道光十二年（1832）至咸丰八年（1858），柏葰曾五次出任乡、会试考官，掌文衡，拔俊才，功不可没。《清史稿》卷389有传。

柏葰集《薜箖吟馆钞存》十卷，刊于咸丰三年（1853），载诗八卷，七百三十首，赋二卷，二十八篇。符葆森辑《国朝正雅集》，录其诗四首，韵文《避暑山庄赋》，载于《八旗文经》卷五。柏葰曾撰有自订年谱。《奉使朝鲜驿程日记》一卷，有道光间刊本，流传较广。除《奉使朝鲜驿程日记》外，他还有日记数十册，其中记东陵事甚详。考其生平，咸丰四年（1854），他由尚书降副都御史，出为马兰镇总兵。关于东陵的日记，是他履行守陵职责的记录。其中所载东陵故实颇为翔切。举凡东陵的始建、规制、道里、祭器、文物，近人著述中未曾言及的，往往见之柏葰日记。文笔古朴雅淳、迥绝俗辈。

关于柏葰先世的资料甚少。巴鲁特氏之人物见于清代文献者，要数拜材为较早，曾从清兵征吴三桂，因功授一等男。柏葰家族世代簪缨，曾祖成德，原曾任理藩院员外郎；祖明庆（亦作明兴），曾任钦天监五官正；父和瑧额，曾任广东惠州府知府。柏葰兄弟六人，其中三人登进士第，一人中举，这在清代科举史上实为罕见，在八旗蒙古人中更是绝无仅有。

对于柏葰牵连舞弊案的情由，清人于此颇有载记，如薛福成《庸庵笔记》、朱克敬《雨窗消意录》、毛祥麟《墨余录》等。著名历史学家邓之诚极称此事实属诬陷，谓："柏葰，咸丰朝官大学士，以积忤载垣、端华、肃顺，罗戊午科场之祸，横尸西市。世颇冤之。予遍求当时官私记载，证以旧闻，撰为《戊午科场大狱记》，以破近人纪事之诬。"①

柏葰的诗作都存在《薜箖吟馆钞存》中。唐诗的本质能量对柏葰这样的才慧之士特具移情改志的魔力，潜移默化，几乎难以遏止。因此，柏葰在诗作中无论是否有意识，其袭风唐诗而形成的诗歌风格是显而易见的。

---

① 邓之诚：《骨董琐记全编》三记卷2，生活·读书·新知三联书店1955年版。

二

柏葰学习唐诗的方式比较多，常通过用唐人诗韵、拟和唐人诗、集唐人句为诗、摘句化用等来实现，这样能取唐人之长而自铸风格。在几百年后的今天，在反复阅读《薜菻吟馆钞存》的过程中，我不止一次的发现，他在诗作中仿佛是难以抑制地随时在使用唐诗。通过对柏葰接受唐诗现象的分析，可知他除了在语言艺术表现技巧方面传承唐诗外，还力求能够把握唐诗的精神本质，追求意新、格高、气厚和韵胜。符葆森《国朝正雅集·寄心庵诗话》云："静涛先生两主江南省试，爱才下士，如饥如渴。诗以兴象为主。"① 而唐诗的兴象就包括意新、格高、气厚和韵胜。

集句诗是集唐人诗句而成的诗，也可称为"集唐诗"，是学习唐诗句法的一种方式。集句须建立在对唐人作品十分熟悉的基础上。柏葰在宗室妇人殁后，曾有《感逝词集唐二十首》，这二十首绝句分别选用白居易、李商隐、李白、温庭筠、许浑、韩偓、元稹、章碣、顾况、岑参、张籍、翁承赞、卢照邻、李郢、释贯休等人诗句。这些诗句大都出自他们的七言律诗。律诗往往意脉连贯、平仄协调、声韵和谐，能为学诗者提供写景言情的范例。其中白居易诗使用最多，用到十二句。如绝句一中"旧事思量在眼前"源自《得湖州崔十八使君书喜与杭越邻郡因成长句代贺兼寄微之》、"红屏风掩绿窗眠"源自《寄答周协律（来诗多叙苏州旧游）》。这二十首悼亡绝句或以时光流转表现今昔不同的感物体验，或通过画面的对比形成意在言外的情韵。

如果说集唐人句为诗属于初学唐诗的门径，那么以唐人诗句入词则属于化用了。蒙古族汉语创作诗人做诗化用前人事典语句是非常普遍的接受唐诗的方式，柏葰在这方面尤见圆熟。"洞门高阁板桥横，细草茸茸石路平。水不在深清可挹，树犹如此碧无情。偶寻竹屿科头坐，又见花栏照眼明。才使通幽多曲径，杖藜便拟到蓬瀛。"（《重游贾氏别业》）②"树犹如此碧无情"显然化用李商隐"一树碧无情"（《蝉》），而"才使通幽多曲径"则是来自常建"曲径通幽处"（《题破山寺后禅院》）。

柏葰《行途杂咏》四首，分咏牧笛（平芜不见人，但闻村笛响。瞥见牧牛儿，倒骑牛背上）、炊烟（一带树槎枒，炊烟几缕斜。遥知山脚

① （清）符葆森：《国朝正雅集》卷73。

② （清）柏葰：《薜菻吟馆钞存》，咸丰三年（1853）刻本。本节所选诗出此。

下，早饭有人家）、野花（野花红可怜，灼灼依林薄。平野阒无人，风来自开落）、夜月（片影落红皋，山空天复高。不因伴行旅，暮暮自朝朝）。这四首诗分别用王维五绝《鹿柴》、《竹里馆》、《辛夷坞》、《送别》的意境写就。王维的取景幽微、笔法工巧、意境清淡悠远的句式，意新、韵胜的思致受到柏葰的特别关注，而且这种以意为诗的方式，在柏葰的诗歌中有着明显的表现。如其《康家滩》、《青龙山》、《道出鸣谦驿》都是如此。除了山水田园诗，王维边塞诗的写作功力也不容小觑，《塞下曲》就充分展示了其边塞诗的魅力，柏葰亦有同题诗作。其一诗云："金簇铁胎弓，开围大漠中。射雕看血雨，探虎识腥风。"其二云："飞将龙城镇，天骄不敢侵。开边上策府，岂止献豜心。"读来虽然也是浑成之作，但不如王维的写意性质的诗歌那样动人。

柏葰曾有《赋得二月黄鹂飞上林》，"二月黄鹂飞上林"是钱起《赠阙下裴舍人》中的诗句，赋得体是科举考试习见的赋诗体式，因诗题常用"赋得"二字得名。起源于唐代的"试帖诗"或"帖经"，诗作多为五言六韵或八韵，清初科考废除不用，但乾隆二十二年（1757）于乡会试加试五言八韵诗。格式限制比前代更严，出题用经、史、子、集语，或用前人诗句或成语；韵脚在平声各韵中出一字，故应试者须能背诵平声各韵之字；诗内不许重字；语气必须庄重；题目之字，须在首次两联点出，又多用歌颂皇帝功德之语。柏葰这首诗虽是四平八稳的应试之作，但读后依旧能感觉到他在诗作技巧运用方面的纯熟，并且对唐诗的运用也隐现其间。柏葰是爱诗之人，自谓"生平好吟咏"①，柏葰诗集中酬答类诗作很多，虽然其中应酬的成分居多，但依旧充分表达了自我的真实情感，并能感受到其间的从容与自信，如其《太安驿有韩文公诗亭树斋次韵戏简同人亦和一绝》。"非无谪仙才，龙标能夺锦"（《尹杏农用东坡监试诗步韵来质和之》），酬答类诗歌中柏葰不忘用盛唐著名诗人李白、王昌龄自喻，可见对自己诗才的自信与对唐人的尊崇。

"诗者本于性情，其人有廉介之节，忠信之行，则其发于诗者，必有醇雅之音。"柏葰"以廉直受知宣宗，由词林跻位冢宰"②，忠耿之个性和雅好诗赋是相伴柏葰一生的特性。而在诗歌创作中，柏葰征引获化用唐诗多是建立在自己的人生经历和体验基础之上，多以抒发自己的主观情感为

① （清）钟濂：《薜箖吟馆诗钞序》，（清）柏葰：《薜箖吟馆诗钞》。

② （清）朱学勤：《薜箖吟馆诗钞序》，（清）柏葰：《薜箖吟馆诗钞》。

目的，情感的审美特征比较突出，是自己主观情感的主动参与。柏葰诗歌风格除了清新淡远一面外，还有沉雄悲壮的一面。以习杜诗句、韵律，熟练用典隶事而造老杜浑成之境，是柏葰学习杜甫句法、诗法，最终而在此基础上自出新意，使诗歌创作进入到摹杜的化境的外因。而最终能在命意方面取得突破，是时世赋予的柏葰命运成为内因。《环庆秋兴用杜少陵韵》是柏葰用杜甫诗韵写就的诗歌，实际上这首诗不只是用了杜甫《秋兴》诗韵，诗句也多有引用。如其四的“独上高楼对落晖，暮云无际夕烟微。渚清沙白千山静，风急天高一雁飞。但使有花兼有酒，总叫相赏莫相违。江乡佳味君知否，红稻花香紫蟹肥”。其中不但用到了杜甫《登高》中的诗句，还化用了《曲江二首》中的诗句。《朔平府别张椒云同年》云：

> 兰交喜晤五原间，春暮归来月又弯。使溯张骞穷九塞，政推魏尚泽三关。主人漫拟歌骊待，游子应如倦鸟还。别后与君同怅望，朔云燕树万重山。

暮春时节，柏葰与好友张椒云在五原相聚又别离，张椒云时辖朔平府，雍正三年（1725）置朔平府，治所在右玉县，属山西省。辖境约当今山西省朔州、左云、右玉和内蒙古自治区凉城等市县。因此，柏葰在诗中把朋友比作汉代数次出使西域、穷九塞的张骞，同时也期望在政绩上朋友还能超越西汉时期的云中（今内蒙古托克托东北）太守魏尚。魏尚镇守边陲时，防御匈奴作战有功。后因上报朝廷的杀敌数字与实际不符，只差六颗头颅，被削职查办。郎中署长冯唐认为对魏尚的处理不当，当面向皇上直谏，文帝派冯唐持符节去云中赦免魏尚的罪过，恢复了他云中太守的官职。他治军严明，关心部下，军帛租税全用来犒劳部下官兵，并用自己的俸禄，杀牛宰羊，每五日一次宴请自己的部下，部下都很拥戴他。全军气势很高，投石超距，人人争先，军威大震。匈奴畏惧。这首诗作颔联的典故运用展示了柏葰的史才和诗笔结合而形成的浑融且贴合实际的景况。尾联在友朋相隔的时空遥想中，以沉雄之描述作结。柏葰诗歌“抒写性真，鼓以浩气，缠绵悱恻，古直苍凉”[①]，得盛中唐诗歌真谛。再如

① （清）赵鸿仪：《薛菻吟馆诗钞序》，（清）柏葰：《薛菻吟馆诗钞》。

其《晨夕》云："晨夕谁从论素心，闭门摇膝且长吟。六经零落余班马，五岳游行负向禽。旧雨不来虚客席，冬官无事点朝簪。海鸥汀鹭皆俦侣，且自浇园学汉阴。"柏葰七律摹仿杜甫，早期生活顺遂，风格舒卷明快之中时有沉雄之气，后期宦海生活波诡云谲，姿态横生下更多呈现的是沉雄悲壮的诗歌风格。

道光后期，随着外侵迫近，朝中争斗也更为激烈。柏葰曾写有《摄山最高峰》，诗云："石磴层层路几盘，天峰高接碧云寒。长江狭甚钟山小，人在最高峰上看。"其襟抱如杜牧《长安秋意》中之"南山与秋色，气势两相高"，因之，后人赞曰"何等襟抱"![1] 咸丰间，肃顺等在朝中专权，柏葰《读史》云："光武功臣三十六，中兴王业众星开。可怜江水茫茫外，不见云台见钓台。"后人读其诗，深感"其讽意自在言外，真精於史学者"[2]。柏葰博览群书，尤喜读史籍，因此诗集中读史、咏史诗颇多，大都是感怀时世之作。其《读史有感》曰："君子本无朋，小人扇危辞。幸灾而乐祸，一倡百和之。一篋谗谤书，四言鸱鸮诗。若非王圣明，其祸不可知。世憎兹多口，孟亦慰藉词。我生有定命，语久问辛毗。"杨钟羲《雪桥诗话余集》谓："柏静涛相国《读史有感》云云。作于咸丰初年，竟成诗谶。"[3] 徐世昌《晚晴簃诗汇诗话》对此际科场朝政作了说明，表达了对柏葰遭际的慨叹。"道光之季，法令宽缓，科场颇丛诟病，沈子惇广文与同时人简札多微言及之。静涛不幸而丁斯厄。戊午闱中，彗星见，时尹杏农侍御为监试，用东坡监试诗韵相酬，答静涛诗有云：'时也祅星明，帚形倍硐碜。相告而静观，往来人踔踸。晚现斗杓旁，晓扫扶桑葚。天道远难知，使我心谨凛。'不知祸在眉睫间，是亦可哀也已。"[4] 今人分析彼时政局，认为"是时载垣、端华、肃顺用事，以柏葰资较深，性颇鲠直，畏而恶之，欲借此事兴大狱以树威"[5]。祸起萧墙之前，感时局艰危、朝纲难振，柏葰还曾作有《值班纪事》，诗云："几度暄和几度凉，乱山高下又斜阳。我如开宝闲鹦鹉，日向风头哭上皇。"时人观此诗，曰："静涛在政府与肃顺同列久，鑿枘不相容，其《值班纪事》云

① （清）符葆森：《国朝正雅集》卷73。

② 同上。

③ （清）杨钟羲：《雪桥诗话余集》。

④ （清）徐世昌：《晚晴簃诗汇诗话》。

⑤ 萧一山：《清代通史》，第323页。

云。托感深矣。道、咸间法令积弛，科场规律亦成虚设，关节枪替，恬不为怪。静涛适奉命典京兆试，是科满洲平龄浼人枪替，入闱获隽。平龄好演剧，场期中实在外爨演，为人指讦，因及关节请托数事。静涛罪止失察，本可以议贵宽减，而肃顺力持之，遂与同考官浦安等俱罹大辟。案涉副主试程公少子，以长子承之，亦弃市，人尤冤之，然自是场规始肃。①亦算持平之论。

柏葰将自身特殊的生活遭际、气质禀赋糅合在效法杜甫的诗歌创作里，其浓烈真朴的情感充盈于作品之中，形成鲜明的沉雄悲壮的诗歌风格。他不仅在对唐诗的接受学习上做出了榜样，也推动了清代蒙古族汉诗创作水平。

第二节　柏葰赋的唐诗接受

柏葰现存赋作二十八篇，附于《薜菻吟馆钞存》后。上文论述柏葰对唐诗因熟悉而有诸多下意识的引用、袭风之处，他的赋作也有这样的现象。仅从标题后小注来看，第一篇赋作《春雪赋》是改唐代秦韬玉《春雪》中诗句“玉尘如糁满春朝”为“雪花如糁满春朝”为韵。其《柳花赋》，又以唐代诗人韩翃的“春城无处不飞花”为韵。用前人诗韵做赋在柏葰赋中是很普遍的现象，而把前人诗境、诗情、诗意加以恰当的化用、点染入自己的赋行，并与己所写相融，化合无迹，这是柏葰更深层面上的唐诗接受。

即以《春雪赋》为例。《春雪赋》中，“似嫌春晚，妆千树之梨花。高高下下，贲如皤如，乍穿窗隙，旋布阶除”一句，将唐人之“忽如一夜春风来，千树万树梨花开”（岑参《白雪歌送武判官归京》）诗境与《周易·贲》之“贲如皤如，白马翰如”之艺境穿插运用，把飞雪迎春的莹白世界瞬间展示在读者面前。“花香三径，忽飞蛱蝶”之意境也是化用“穿花蛱蝶深深见”（杜甫《曲江二首》）。而“游鱼负去，池中之冰片同消；乳燕衔来，梁上之芹泥未暖”则是化用“春水初生乳燕飞”（李贺《南园》诗之八）之诗境。同时，杜甫《绝句二首》之“泥融飞燕子”与《徐步》之“芹泥随燕嘴”都是描述春天中燕子的佳句，“芹泥”即

① （清）郭则沄：《十朝诗乘》，张寅彭主编：《民国诗话丛编》第4册，第2396页。

燕子筑巢用的草泥，有学者指出，“此语是杜甫所创”[①]，故柏葰赋作中这句有关乳燕的描述语，本就由杜诗化用而来。

“诗者，吟咏性情也。”从文体分工来说，“诗本性情”而“文以载道”，诗歌偏重个性化抒情，而散文偏重记事说理。但柏葰的赋作在阅读时带给我们的抒情特征非常明显。而且，一般而言，诗歌更重跳跃性和想象力，更重虚活，显得空灵微妙；散文更重条理逻辑，更重叙写，显得浑朴质实。柏葰赋作常常“以诗为文”，把诗歌倚重的跳跃和想象引入散文，使散文获得了诗一般的灵动和自由。不唯《春雪赋》，他的二十八篇赋作读来都有灵动之感。除此而外，柏葰赋作也特重语言锤炼与意境营构。散文虽然可以因篇幅之故，不如诗歌语言凝练集中，但柏葰作为诗人，在进行散文写作，尤其是赋作中，绝不肯率尔下笔，而是像写作诗歌一样呕心沥血，刻苦锻炼语言。故此，大量的唐世成句被引用也就成为他的赋作的一大特色。

第三节　崇彝诗歌创作中的唐诗接受

柏葰之孙崇彝（1890—?），字泉孙，号巽庵，别署选学斋主人。清末官户部文选司郎中。少承家学，博览多识，雅好文学，旁及书画艺术，优长于载记文字。有《选学斋诗存》、《选学斋集外诗》（封面题《汉碑杂咏》)、《枯杨词》等。《选学斋书画寓目笔记》三卷，《选学斋书画寓目续编》三卷，是赏鉴书画艺术的小品文，卷首有袁励准序文。其成名之作《道咸以来朝野杂记》八卷，书中记叙道光、咸丰以来，直到20世纪30年代北京的掌故旧闻，包括园林宅第、寺庙古迹、节令游览、人物轶事等，道光咸丰间的蒙古大臣、文人的轶闻逸事，蒙古族祭祀典礼等亦在此杂记中得以记载。前人记述京师史事，大都详于乾隆以前，同时期震钧的《天咫偶闻》只限于清末，陈宗蕃的《燕都丛考》则以街道为径，史料尽管丰富，然与北京的民俗风情语焉而不详，崇彝的这部笔记恰好填补了这个空白。故此，邓之诚先生曾于1947年撰文评价此书，谓：“巽庵先生撰《道咸以来朝野杂记》，字字珍秘，皆亲见亲闻，当与《啸亭杂

① 刘京臣：《论杜诗清新闲雅意境对宋词的影响》，《国学学刊》2013年第2期。

录》并传，非《天咫偶闻》等书所能望其肩背也。"[①] 对崇彝的史才给予高度评价。其实，崇彝的诗笔亦是时人倍加赏誉的。

崇彝晚岁自号梅坞散人，其《选学斋集外诗》之三《花信》是效仿唐人李峤咏物诗而写的二十四侯五言咏物诗。书中还有朱笔圈点。仿唐人而作，已是对唐诗最好的接受，崇彝在诗作中多处引用、翻用唐诗，更是对唐诗的二重接受。如其《雨水二侯杏花》诗云：

> 别筑争春馆，风流艳曲徵。莺雏慵语乍，燕子误归曾。树暗红芳湿，枝高缝蜡凝。江南清梦里，消息雨声凭。

其中"莺雏慵语乍"一句翻用司空图诗"解笑亦应兼解语，只因慵语倩莺声"诗意，而"燕子误归曾"又翻用戴叔伦诗"燕子不归春事误，一汀烟雨杏花寒"。唐诗的转用中扩大了自己诗歌的涵量，更以曲笔写出莺声燕语、春雨江南催生的杏花。《立春二侯樱桃》中有句："玉窗吟太白，五度写相思。"诗后自注：李白诗"别来几岁未还家，玉窗五见樱桃花。"可见诗人对李白诗的熟悉。《大寒二侯兰》诗云："香草为君子，寥寥空谷音。报春知有待，一曲托鸣琴。写韵明窗底，移根野石阴。离骚如可诵，哀怨动湘吟。"这首诗将《离骚》中香草即兰咏为君子，借此颂其高洁，后世诗人中李商隐是将香草美人喻君子最成功者。《雨水三侯李花》诗句："西园一株树，摇落感同攀。"诗后自注用昌黎诗意。《惊蛰一侯桃花》诗句"楚宫春寂寞，肠断息夫人。"显然运用晚唐李商隐以典故入诗写出婉美华章之手法，桃花般的息夫人在亡国被掠的寂寞楚宫中无言观春来春去，愈加衬托桃花之美丽。《惊蛰三侯蔷薇》有句"洒衣闻妙露，结幄翦神霞"。后句自注：皮日休咏蔷薇诗"应是董双成偶戏，剪得神霞寸寸新"。又梁元帝于竹林堂中结蔷薇作幄。《春分二侯梨花》诗云："看到东阑雪，花过已二分。溶溶花底月，默默梦中云。妆靓因风展，香繁带露闻。江村寒食路，相与赏殷勤。"颔联出自晏殊"梨花院落溶溶月"，但整首诗境却更似杜甫的《江村》[②]。

上述诸诗虽然是崇彝仿唐人之作，还是可以清晰看出崇彝对唐诗艺境

---

① 邓之诚：《代序》，（清）崇彝：《道咸以来朝野杂记》卷首，北京古籍出版社 1982 年版，第 2 页。

② （清）崇彝：《选学斋集外诗》，民国间刻本。上引诸诗出此。

接受之沉厚。不过崇彝在诗作中对唐诗的娴熟接受，得力于他的学养。“蒙古先达，文章学问以梦文子博希哲法时帆三先生为最著。道咸间则静涛相国称巨擘焉。巽庵吏部为相国文孙，胚胎前光，济以通敏，游心六艺，浏览群籍，固不得仅以诗人目之。……丙子冬衮辑所著为选学斋诗存四卷。雄浑似大谷山堂、典雅似西斋洗马、元澹有韵似诗龛居士。”① 作为晚清著名的蒙古族诗人学者，杨钟羲对蒙古族汉诗创作者源流、高下，见解深刻而客观。在崇彝诗集序言中他不仅叙述了清代蒙古族文学史上前期梦麟、博明、法式善是文章学问最著之人，后期则以崇彝祖父柏葰为优，而且高度评价崇彝学诗源流有自，故其诗能得梦麟之雄浑、博明之典雅和法式善之元淡，终成一代名家。

崇彝《选学斋诗存》四卷，选诗一百九十四首，分别作于甲辰（1904）至丁丑（1937）间，他对唐诗的接受，在这部诗集中宛然可观。其中题画诗和题诗诗占有相当比例。

崇彝题画诗既有因图画而兴寄者，也有拓展画境、再现画面者。其《题王石谷仿龙暝山庄图》题注为：青绿小幅，步文衡山题高彦敬山村隐居图元韵。诗云：“寒碧绕山庄，幽人葺林屋。卓荦观群书，笃学不干禄。涧水听潺湲，闲庭满松菊。缅怀高士风，此意时往复。剑门有樵客（石谷自署），六法世称独。笔擅造化工，幽居傍吾谷。环室蔚修篁，当轩森灌木。图成迈前贤，久要鉴赏目。张之素壁间，怡然心自足。无限好山青，此境何时卜。”② 再现画面的同时，表达了因图画而想要学高士寄情山水、隐于林下幽居的愿望。同样，《题汪子贤前辈半山课耕图》云：“廊庙江湖总系思，看云忆弟叹栖迟（半山在西湖，令弟子谷居杭州经营丝业，置田舍为久居计）。梧桐东府连床夕，春草池塘入梦时。燕市雨声归伏枕，临安山色对支颐。他年闲话桑麻趣，好续田园杂兴诗。”“渊明高洁在柴桑，种豆南山约肯忘。春雨一犁秧水活，晓风十里稻花香。且抛朝服还初服，欲乞江乡恋帝乡。负郭人家应最乐，鉴湖终属贺知章。”这两首诗歌借图画表达了想要学陶渊明逃离官场，隐居世外的想法。而“逃禅画里玉鳞飞，历历师承写折枝。所惜禹功遗迹少（徐禹功为扬补之弟子，工写梅只墨，缘竁观记其雪梅一卷，后有逃禅题词），元章墨妙观当时（王元章自号煮石山农，此卷即仿其笔）”。和“漫道花飞似絮轻，

① （清）杨钟羲：《选学斋诗存序》，（清）崇彝：《选学斋诗存》，民国间刻本。

② （清）崇彝：《选学斋诗存》，本节下引诗出此。

几生因果证分明。不堪重对江南客”（放翁咏梅句云“与卿俱是江南客”），留得新春共此情（东坡诗“冷烟湿雪梅花在，留得新春作上元”）（《题崇文勤公画》）借图画表达的则是禅意了。还有的题画诗仅是借诗歌来拓展画境，如《题画》：“万壑锁秋荫，雨余山翠静。红树晚风来，远度前峰磬。树色苍茫里，岚光杳霭中。欲将泉石趣，逸响寄孤桐。”而《为萧云章题杜衡斋处士山水遗墨》只是再现画面。当然也有的题画诗展示了画法与诗法相融的情景，如《题江杏村侍御精楷纨扇幅》、《庚申上春得两峰山人墨梅小卷因步苏长公和杨公济梅花诗韵漫题十绝句于卷尾时上元夜也》，后一首诗云：“之子栖栖作客回，陇头谁寄一枝开。断云流水孤山路，若有幽香入梦来。”细致的描摹传达了图画的消息，读诗则可见画图。

除了借画图兴寄、拓展画境等题画诗之外，崇彝诗集中还有一类特殊的题画诗，是观书画收藏、前人书画集或拓本集之后的题诗，这类诗歌如《庚申小除日记一年所得书画偶成俳体一律》、《题金寿门梅花古衲研拓本》、《题明人所刻山水大研拓本次李时英韵》、《壬戌所得书画未至岁除衮然盈笥仿前岁例再成俳体一章以志欣幸》、《题散氏盘拓本》、《新莽残量拓本为志叔壬题》、《题索绰罗文端公麟魁大楷书临中兴颂册》，等等，从一个侧面展示了崇彝丰富的书画知识。

崇彝诗集中大量的题画诗作显然源自唐人。题咏图画而作诗，可谓源远流长。自楚辞《天问》，两汉画赞以来，六朝有咏画扇、咏画屏风等，略具规模。至唐代，题画诗成为诗歌中之一大宗。初唐上官仪、宋之问、陈子昂、袁恕己等人题咏画障屏风，盛唐唐玄宗、张九龄、李颀、王昌龄、储光羲、王维、李白、高适、岑参、杜甫等多人继踵前人，题咏颇多①。其中，杜甫作品最多，品质最好。“……杜子美始创为画松、画马、画鹰、画山水诸大篇，搜奇抉奥，笔补造化。嗣是苏、黄二公，极妍尽态，物无遁形。……子美创始之功伟矣。”② 杜甫题咏图画之作凡二十三首，题画山水者八首，即《奉先刘少府新画山水障歌》、《戏题王宰山水图歌》、《严公厅宴同咏蜀道画图》、《题玄武禅师屋壁》、《奉观严郑公厅事岷山沱江画图十韵》、《观李固请司马弟山水图三首》。崇彝题画诗大

---

① 孔寿山：《唐朝题画诗注》，四川美术出版社 1988 年版，第 35—157 页。

② （清）王士祯：《蚕尾文》，《带经堂诗话》卷 22《书画类上》，人民文学出版社 1982 年版，第 650 页。

都是题画山水者，他在艺术表现手法上承传了杜甫拓展画境、再现画面，艺术技巧上同样承传杜诗，或因图画而兴寄，或画法与诗法相融。

在承传唐人的同时，崇彝也有自己的开拓，他不但有题画诗，还创作了部分题诗诗，他的题诗诗常常是观他人诗集有感而作。如其《题所思吟卷后》云："蓬山一去路迢迢，青鹊音书隔绛宵。追忆华年吟豆蔻，暗将小字记兰苕。漫劳燕使遗仙带，每陟秦台感洞箫。底事漓江风浪恶，争教倩女不魂消。"用晚唐温李艺术风格写下的这首诗歌，以婉美、流丽辞藻追其年华。《读龚定庵集》绝句四首，其一曰："公卿争道贾生才，丞相车茵五度来。惜誓文成偏去国，淮南乞食不胜哀。"以汉贾谊之才来比拟龚自珍，并在诗后自注：道光壬辰畿辅旱灾，诏求直言陈事，公屡草奏，乞长官代陈，时宰富文诚公俊屡造门咨询，其条陈不果行，见己亥杂诗中。言明龚自珍的代表作己亥杂诗的写作缘由。其二曰："委巷长停问字车，承平梦想道光初。春官三友人争说，慷慨曾为十上书。"叙述自己家族与龚自珍的交谊，诗后自注：定庵与梅伯言先生同为先伯祖雪庄公同年友，又同官礼部。流连文宴，时人目为仪曹三名士。其三曰："摩挲汉玉并秦金，翠墨琳琅集羽琌（定庵斋名），入手婕妤双凤印，拼飞妄念白头吟。"将一段众说纷纭的传说指实，诗后注谓："定庵曾为某邸西席，觊觎主人才姬，一时颇不理于清议，汉玉印诗见集中，多寓意之词，可约略指之。"龚自珍与顾太清的情事，经过晚清民国史家的分析，基本上被认为仅是传言①，但崇彝这里又加以指认，颇为费解。其四曰："女不蚕桑子不耕，一家才调太纵横。胸中枉自饶奇气，名教沦胥负此生。"论说龚自珍身后儿女的情形，诗后自注云：定庵子女多不肖，江左老辈类能道之。这组题诗从不同的侧面对龚自珍发表议论，名为读诗集后的感慨，但事实上已将对诗歌创作者的人生思考融入其中。除此而外，崇彝还有《题顾侠君元诗选》、《题名臧晋叔元曲选》等。

崇彝的诗歌多流连光景、和赠酬答之吟唱，很少触及重大社会主题，但诗篇的艺术技巧成熟，诗作大多有浑融完美的意境，如《春柳和张坚白韵》、《中秋夜坐》等，这是他袭风唐诗所形成的艺术风格。其实，崇彝诗的最大特色，还在于化用唐诗成句之纯熟，很多接受唐诗而进行创作的诗人也都会在诗歌中引用或化用唐诗成句，但似崇彝这样信手拈来，却

① 详见孟森《心史丛刊·丁香花》，辽宁教育出版社 1998 年版，第 192—204 页。

使得自己的诗歌浑融流丽毫无滞重之感者并不多。诸如“十年旧梦春明雨，几辈浮名蜡炬灰”（《邻叟延师言将移居赋诗送之》）（化用杜牧《遣怀》“十年一觉扬州梦，留得青楼薄幸名”）、“枫叶明山路，芦花秀水田”（《秋兴用少陵重过何氏五首韵应徐又濮农部教》之五）（化用温庭筠《商山早行》“槲叶落山路，枳花明驿墙”）、“剧怜露下天高夜，绣被无端忆鄂君”（化用李商隐《无题》“鄂君怅望舟中夜，绣被焚香独自眠”）、“老干临风欺玉树，疏英妒雪缀银钗”（《白梅八首》之六）（自注：杜牧诗“妒雪聊相比”）等。

崇彝喜爱唐诗，自谓“邕管政声宽以惠，贞元诗格正而葩”（《夏日杂咏和蛰云韵》）。虽然崇彝推崇贞元时期大历十才子诗歌格正而有奇气，但实际上在他作诗时，取法的并非仅是中唐诗人，盛唐和晚唐诗歌他也常常取为己用。《秋兴用少陵重过何氏五首韵应徐又濮农部教》云：“天末凉风起，良朋渺素书。黄花余老圃，落叶满蘧庐。露警缑山鹤，烟寒笠泽鱼。浮沉前定事，经术重端居。”虽然诗语多大历十才子之风，却是用杜甫诗韵写下的忆友之作。《春柳和张坚白韵》四首都是典型的摹范唐诗之作，其一云：“解舞长腰出汉宫，灵和前殿暗房栊。柔条袅娜舒新翠，垂缕芊绵绾落红。无复青旗霑晓露，只今羌笛怨春风。那堪太液池头树，憔悴零烟细雨中。”虽然诗句是以汉宫出之，但“羌笛怨春风”、“太液池头树”这些典故都是出自唐王维、白居易诗歌，一述春柳之别愁，一述春柳之思情，不着一柳字，而柳之意蕴尽现。其二：“津桥一树晚风斜，照影清流漱浅沙。莺地光阴归昔日，龙池烟雨属谁家。高楼锁恨留青眼，野店吹香送白花。回首五陵游侠尽，廿年肠断曲江衙。”颔联“莺地光阴归昔日”后诗人自注用唐吴融“自与莺为地，不教花作媒”（《新柳》）中诗境，而“龙池烟雨属谁家”后亦谓：钱起诗“龙池柳色雨中深”。尾联后又注：唐时曲江遍植杨柳，时人呼为柳衙，此借用之。崇彝对唐诗的化用和唐俗的借用，都表明他的诗歌在创作中须臾没有脱离对唐诗的传承，即或有所变化，也离不开唐诗创作的主旨。其三：“送暖风来岁序更，攀条人去短长亭。江潭美荫逢三月，上苑灵根托两星。到眼忽成今日碧，关心宛似去年青。莫教飘尽杨花雪，又堕汀州化作萍。”颔联“上苑灵根托两星”后诗人自注：白乐天《诏取永丰柳移植禁中诗》“柳宿光中添两星”。崇彝对中唐诗人白居易诗歌非常熟悉，在诗作中常有化用诗句或诗境者。《前诗意有未尽再赋一章》云：“素影阑干月一奁，朝搴夕揽不伤廉。乱翻玉珮随风舞，尽放晶盘怯露霑。（白牡丹有名水晶盘者）梦作琼瑰花不染，唾成绀碧袖初黏。纷纷姚魏何须数，一捻轻红露指尖。”这是崇彝的赋牡丹诗，诗中颔联“乱翻玉珮随风舞”诗下注：李义山《牡丹诗》“垂手乱翻雕玉佩”，其实不只是这句诗翻用了李商隐诗歌，就是整首诗境也是常见的李商隐妍丽婉约之特色。《丙子除夕守岁用去岁答张孟劬见寄韵》诗云：“星回寅纪岁阑珊，来复光阴去莫攀。朔雪暗将春雪换，岩风好待惠风还。客来茶熟香温侯，树在回黄转绿间。拟践生平招隐约，何缘得买沃洲山。”这是写于立春后七日的一首诗歌（首联“来复光阴去莫攀”后自注：先七日已立春），尾联“何缘得买沃洲山”后诗人自注：刘长卿“莫买沃洲山，时人已知处”（《送上人》），此处显然是翻用其意。

崇彝也有少数感时怀事或托古讽今的篇章，多是七律作品。如《辛亥除夕》、《中秋夜坐》等，其中七律《辛亥除夕》，气格沉郁，音节雄亮，是难得的佳篇。诗云：

> 一自昆明见劫灰，铜驼陌上忍重来。滔滔江汉东流去，寂寂河山夕照催。出处漫教讥小草，唱酬谁与寄芳梅。昨宵灯影分明记，听到晨钟春又回。

辛亥年是中国历史上最为重要的一年，从此，延续了两千多年的帝制倾覆，共和制在中华建立。亡清对于崇彝这样的士人来说，是天地大劫已尽，犹存的生活不过是劫后余灰而已。天下大乱后，宫廷变成荒野，宫廷前的铜驼会没入荆棘之中。诗歌首联连用“劫灰”、“铜驼陌上”两个典故，表述了翻天覆地变化在诗人心中所留刻痕。这年的除夕对崇彝来说，必定是忽睹衣冠换昨年的惊心之夜，是昨霄灯影犹未灭尽，而新春晨钟已然敲响的时刻。前尘往事、前朝山河，都成旧影了，而自己分明感受到往事和今日如影随形，这叫诗人如何能不喟叹呢。这首七律沉郁之中有疏淡之气，萧瑟中含有苦涩繁华。是杜甫诗风和中唐诗风结合后而形成的诗人自己的诗歌风格。其《中秋夜坐》云：“忽闻水调谱歌头，万籁偏从寂处留。玉宇云收中夜净，桂华风送一庭秋。那堪皓魄仍金阕，稍喜清辉到画楼。惆怅旧游横笛在，西岩影堕迥生愁。”诗下自注云：许浑《中秋鹤林寺玩月》诗：“莫辞达曙殷勤望，一堕西岩又隔年。”这首诗和上一首创作时间接近，表达的思想感情亦相通，只是没有《辛亥除夕》那样的郁结之气。

崇彝在诗法唐人的同时，因为自己见识多、才力厚，所以处处可以感知其运用唐诗，然而细味其中，却又有自己的生新之处。是晚清蒙古族诗人中接受唐诗的佼佼者。

第四节　崇彝词对唐诗的接受

崇彝现存词仅裕庵乐府枯杨词四十首。词人自谓“删其芜杂，祛其辞之不雅驯者，仅得数十首”[①]。现在读这些词作，都可以清晰感知其在接受唐诗后，所书写的词作中的唐风余韵。

《菩萨蛮 拟金荃集》词云：

> 千家砧杵西风晚，玉门寄去关山远。回首望龙沙，征人正忆家。瓜期何日返，但祝加餐饭。缄札问殷勤，春闺梦里人。

这首词作摹仿晚唐温庭筠《金荃集》词风。词作开篇“千家砧杵西风晚”即用唐人韩翃“砧杵夜千家”（《酬程延秋夜即事见赠》）、钱起“千家砧杵共秋声”（《乐游原晴望上中书李侍郎》）之“千家砧杵”意，表达思妇对年年岁岁因戍守玉门等边关而不得还家只能寄去寒衣的征夫的思念。与此同时，征夫也在遥望家乡。年年岁岁戍守边关，征夫回望沙尘满眼的来路，内心充满相思的苦涩。唐柳中庸《征人怨》“岁岁金河复玉关，朝朝马策与刀环。三春白雪归青冢，万里黄河绕黑山”就是征夫心情的最好写照。思妇因不知征夫何时返乡，只能遥寄家信，用最平常但也最深情的“加餐饭”来祝福远方的人。词作结末用“春闺梦里人”来代替征夫，语出唐陈陶“可怜无定河边骨，犹是春闺梦里人”（《陇西行》）。崇彝这首词虽然是用最为惯常的征夫思妇相思入词，但语浅情深，便娟婉约，置于温集中亦不逊。崇彝虽不专力为词，但因其对晚唐诗风揣摩用力，唐诗熟稔，常常是信手拈来，入词，则含蓄蕴藉之词境已成。如其小词《浪淘沙 秋思》：“秋色正平分，伫望停云，悠扬邻笛隔墙闻。旧

① （清）崇彝：《枯杨词自序》，《枯杨词》，民国29年（1940）铅印本。本节所引词皆出此。

雨不来门独掩，空泛金樽。何处不销魂，无限秋心，布衾无那梦难温。燕子初归梧叶冷，立尽黄昏。”这首词上阕隐用杜牧“深秋帘幕千家雨，落日楼台一笛风”（《题宣州开元寺水阁》）诗境，写出深秋风雨中词人等老友不至，独自举杯。下阕化杜甫“布衾多年冷似铁”为“布衾无那梦难温”，继续描写这种愁情。寥寥数语，写出寂寞清秋中孤寂之人。其《临江仙 秋柳》词云：

> 依旧青青临客舍，行人折尽长枝，旗亭争唱渭城诗。伊谁怜病叶，底事减修眉。一抹晚霞鸦阵外，倩他绾住斜晖。孤村流水板桥西，江潭摇落，候此树、尚依依。

王维《送元二使安西》中有“渭城朝雨浥轻尘，客舍青青柳色新”句，唐人旗亭送别时争相传唱，除此，白居易《青门柳》“为近都门多送别，长条折尽减春风”、鱼玄机《折杨柳》“朝朝送别泣花钿，折尽春风杨柳烟”、张九龄“纤纤折杨柳，持此寄情人”、李白《横吹曲词　折杨柳》“攀条折春色，远寄龙庭前”、李白《宣城送刘副使入秦》“无令长相思，折断杨柳枝”、李白《春夜洛城闻笛》“谁家玉笛暗飞声，散入春风满洛城。此夜曲中闻折柳，何人不起故园情?”都以折柳主题表达了相似的离情别绪。崇彝这阕词即以折柳送别入诗，整首词围绕这一中心写来，语言简明，然而词情婉转流畅，不减晚唐风致。

《望江南》又名忆江南，《忆江南》本为隋唐时期词牌名，原名《望江南》、《梦江南》、《江南好》、《春去也》，《金奁集》入“南吕宫”。唐代白居易作《忆江南》三首，流传后世，此曲牌遂脍炙人口，调名遂改名为《忆江南》。崇彝词集中也收录四首望江南。在崇彝词集中，除了《望江南》、《菩萨蛮》、《临江仙》，《金缕曲》也是他使用率比较高的词牌。其中，《金缕曲 送陈公睦就养还吴门》就是词境浑融蕴藉的一首送别词作。词云：“一舸江东去，正清秋、绿波依旧，送君南浦，好趁五湖，沙棠桨、移得全家小住。漫回首，蓟门烟树，咫尺沧涟，亭下水、濯尘缨、且咏沧浪句。蓑笠着，狎鸥鹭。亭皋碧草思前度，几何时，长天秋水、落霞孤鹜。闻道斜川承衣钵，喜奉东坡杖履，且消受庭闱佳趣，蜡屐登山，来岁约，好安排邓尉探梅路，休得要香盟误。”（苏过诗文名斜川集）清秋时节，词人的朋友陈睦回苏州修养，别离时，几多伤感，王维

《送别》云：“送君南浦泪如丝，君向东州使我悲。为报故人憔悴尽，如今不似洛阳时。”此处崇彝用唐诗典故入词，以古人之心情代己，言简而意丰，蕴藉深情。温庭筠《题韦筹博士草堂》（一作薛逢诗，题作韦寿博书斋）：“玄晏先生已白头，不随鹓鹭狎群鸥。元卿谢免开三径，平仲朝归卧一裘。醉后独知殷甲子，病来犹作晋春秋。沧浪未濯尘缨在，野水无情处处流。”词作上阕后半部分拆分这首诗的诗境，而反用其诗意，表达了词人对朋友老当益壮的祝福。下半阕化用王勃《滕王阁序》之“落霞与孤鹜齐飞，秋水共长天一色”句，继而用苏州人新年的旧习邓尉探梅与友订新年之谊。崇彝整首词作中把数首唐诗或拆分诗句，或打并诗境，或使用成句增色，熟练运用典故，在拓展词境空间的同时，也扩大了词的内蕴与历史维度。再如其《木兰花慢 仲冬望夜对月有忆》云：“一年将尽夜又冷，月隐寒云。正寂寞帘栊，闲庭似水，堕叶纷纷。孤灯伴愁，无睡拥青绫，懒把麝尘熏。远寺钟声，百八恼人，偏触闻根。殷勤无语独含颦，如茧自缠身，念书生不栉，孤芳自赏，秋水伊人，良媒接欢，何许托微波。无处寄湘君，倚遍锦衾角枕，谁知伫苦停辛。”词作“一年将尽夜”后自注：阳历将除夕借用唐人句。此句源出唐戴叔伦《除夜宿石头驿》“一年将尽夜，万里未归人”。一年将尽的十五寒冬之夜，词人拥衾而卧，难以成眠，生为孤芳自赏的书生，在这样的时节除了寂寞深院之中独自吟哦，自是无人接欢。“落叶下阶除，霜重云容杳。误认雨声繁，萝径知谁扫。寒意恋重衾，院宇成孤悄。恼煞早乌啼，好梦惊回了。”（《生查子 秋晓》）岁月轮回，崇彝由清入民国，其间经历了帝制被推翻的惊心动魄的鼎革之变，又目睹了变动中国的艰难挣扎，然而这不是苦难的尽头，东邻日本在多年的窥伺之后，又开始了全面侵略中国。崇彝生于簪缨之族，本是对政治敏感之人，但大约因为见过太多的悲欢，他在诗词中对现实基本保持缄默，他的诗词中更多时候叙的是亲情，述的是物候变化，似“天末残局待谁收”（《水调歌头 冬月望作》）这样的感喟很少。因此，虽然崇彝写作技巧娴熟，但社会生活在其笔下和个体生活往往合而为一。如其《莺啼序 己卯重阳感旧（1939）》词云：

寻秋几番胜赏，溯前游丙子，碧天远，浓抹山眉，夕曛岚气深紫，趁篮舆登临绝巘，人生快意知能几，甚年时，落帽风流，旧欢如坠（丙子重阳登翠微绝顶）。回首佳辰，对影引镜，讶风尘满地。忆连岁戎马，郊埛叹予，生也如寄。助秋声，悲笳怨角，问何处桃源堪避，更休吟遍插茱萸，故园兄弟（借用王右丞诗句作九日典非事实也）。凄凉节物，乱后繁华认，依稀帝里。试纵目、草迷琳殿，树隐琼岛，好片澄波液池。秋水晴空，四眺凌敲能赋，年年此曾寻常见。便题糕访菊都堪拟。感时溅泪，伊谁餐到秋英，忍听筑歌燕市。（戊寅九日琼岛登临）云阴酿暝，冷雨侵晨，好闭门料理（是岁重阳终朝阴雨）。空惆怅吟诗戏马、啸侣呼鹰，容易西风梦华如此，逃虚甚处，埋忧无那，青灯相对形共影。黑甜乡，只恁瞢腾睡，还期满意，黄花把酒，明年故人健否？

己卯（1939）重阳一天阴雨，词人独坐房中，回想丙子（1936）重阳曾呼朋唤友乘轿登翠微绝顶赏秋，戊寅（1938）重阳又感时溅泪，和友人在落花时节感慨世事艰难、英雄别恨。而今，王维的“每逢佳节倍思亲”在心中依旧翻腾，但西风生处，举目惆怅。只能在梦中询问明年故人是否康健？《莺啼序》是为长调，以重阳感旧为题，又在“故园兄弟”一句后自注“借用王右丞诗句作九日典非事实也”。写作中，似“感时溅泪”（出自杜甫“感时花溅泪”）这样翻用唐诗之处不止一处，说明对崇彝而言，接受唐诗并进行个人的诗词书写是非常自然的事情。

第十章

晚清恭钊、瑞洵和锡缜、锡纶家族诗词创作的唐诗接受

随着清朝统治的日趋巩固和完善，清代蒙古族和满族贵族习汉文者也日趋普遍。许多大家子弟，日以吟诵为要事，这当中也因而产生了不少诗人和词作家，其中尤以家族性的熏染和传承为特色。在当下读恭钊和侄子瑞洵以及族侄锡缜兄弟的文学作品，依旧能够清晰地感知他们在追摹唐人成熟的诗词文学创作时所付出的努力。

第一节　恭钊诗歌中的唐诗传承

恭钊（1825—1893），字仲勉，号养泉，满洲正黄旗人，博尔济吉特氏，钦差大臣琦善之子，咸丰间任甘肃西宁道。著有《酒五经吟馆诗草》二卷，《酒五经吟馆诗余草》一卷，诸体兼善，其词影响更大，惜已非全璧。据《八旗满洲氏族通谱》卷六十六，其世祖恩格德尔额驸于清初率部归附，尚公主。其族系，与明安本为同族，俱为元裔巴图孟克达衍汗之后裔。光绪乙酉（1825）恩科《顺天乡试同年齿录》叙瑞洵先祖世系较之氏族通谱又多一世，恩格德尔父布尔海，是为一世祖，元裔蒙古贝子，世居西拉木楞地方。其世次如下：布尔海—恩格德尔—巴特玛—英泰—安临—成德—琦善—恭镗—瑞洵。琦善有八个儿子，恭镗乃其一，与恭钊为同胞兄弟。恭钊兄恭铭，为一品荫生，早逝，著有《石眉课艺》，《八旗艺文编目》失载。

恭钊二十一岁开始习诗，但早岁为诗，随作随弃，二十七岁后始存稿。他曾在自己的诗集序中谈到成集缘由，“钊自束发从师习帖括业，占毕之余，学为古今体诗，性之所近，不惮推敲，苦于腹笥空疏，吟笺短促，亦缘高自期许，犹冀一鸣惊人……爰衮集平日患难坎坷之托于吟咏者”①。

① （清）恭钊：《酒五经吟馆诗草序》，《酒五经吟馆诗草》，清光绪间版。文中所引恭钊诗皆出此集。

道出自己多年习诗的经历和高自期许的赋诗理念，并说明集中诗歌多是患难坎坷中存心见性之作。恭钊的族侄诗人锡缜与他长期过从，曾为恭钊诗集作跋，对其创作路径是这样认识的，“前辈谓学盛唐者，看中晚唐，中晚人得盛唐之精髓，无宋人之流弊。天地间文章只在当前，搜得出便成至文。梅宛陵曰发难显之情于当前，流不尽之意于言外，实尽古今诗法。前后读酒五经吟馆诗积四十年，寻绎其进境如此”[①]。恭钊喜读中晚唐诗，习诗路径亦是由中晚唐而至盛唐，不过仔细推敲其诗作，尤觉其长于晚唐温李类诗歌。他的朋友沈锡庆也说他能“以芬芳悱恻之怀发诸咏吟，不自知其词之工而情之挚也……又喜其谈诗之旨有合于士衡之训”[②]。陆机士衡推崇“诗缘情而绮靡”[③]，晚唐温庭筠李商隐诗歌是这一理论的最好践行者，诗歌艺术上的芬芳悱恻是温李、尤其是义山诗歌的一大特色。恭钊不但认同这一诗论，在诗歌创作中也充分体现出了这一特点。

恭钊诗集《酒五经吟馆诗草》中共存诗五百二十九首，其中五言古风十二首、七言古风十三首、五言绝句十九首、七言绝句二百三十四首、五言律诗十八首、五言排律四首、七言律诗二百二十四首，七言是其最擅长写作的诗体，而这种体式也是李商隐诗集中留存最多、作品艺术性最强的部分。恭钊曾说“知己才人是李温”（《感旧事》），感叹自己“诗心苦未工”（《秦栈即事》）。在诗歌创作的过程中，追摹温李一直是他勉力的方向。

一　《悼亡》、《无题》中的晚唐诗影

恭钊之诗，如果按照类型来分，其悼亡诗与无题诗最为感人至深。悼亡之作，是中国古典诗歌的一个大宗，就其性质而言，实可作为爱情题材的重要补充。可以说，悼亡诗是鲜明地带着古中国社会特有色彩的爱情诗的组成部分。中国古代的悼亡诗从内容的确认来说，最早可以推溯到《诗经》中的《绿衣》篇。但明确以“悼亡”为题并著称于史的要数西晋的潘岳三首为早了。梁沈约也有此题的作品。隋唐以后这类作品逐渐增多。晚唐李商隐《房中曲》、《王十二兄与畏之员外相访见招小饮时予以悼亡日近不去因寄》、《悼伤后赴东蜀辟至散关遇雪》、《西亭》、《七月二

① （清）锡缜：《酒五经吟馆诗草跋》，（清）恭钊：《酒五经吟馆诗草》。

② （清）沈锡庆：《酒五经吟馆诗草跋》，（清）恭钊：《酒五经吟馆诗草》。

③ （晋）陆机：《文赋》，郭绍虞主编：《中国历代文论选》，上海古籍出版社 1979 年版，第 67 页。

十九日崇让宅宴作》、《过招国李家南园二首》、《正月崇让宅》等诗作叙写悼亡的哀恸，凄婉动人，足可名之诗史。恭钊推重中晚唐诗，朋友述其习诗“别裁伪体，祖述风骚。词不可径也。惟曲而达情，不可激也。因譬而喻，芬芳悱恻之中，自有一段真性情流出。所谓以才人之笔而兼诗人之致者也”①。芬芳悱恻，且有真性情流出，能以才人之笔而兼诗人之致正是李商隐诗歌的特点，尤其在悼亡诗和无题诗中体现得更为明显。义山在《樊南乙集序》中说：“三年以来，丧失家道。平居忽忽不乐，始刻意事佛。方愿打钟扫地，为清凉山行者。”义山与妻子感情甚笃，丧妻之痛，对于他这样一个穷愁潦倒、感情脆弱的人来说，不能不算是致命的打击。恭钊的情性与李商隐有相通之处，在恭钊近七十年的人生岁月中，虽然他曾多次成婚，娶妻生子，妻亡后又数次纳妾，但这并不意味着诗人是薄情之人，从他的自撰年谱和作品集看，诗人是真挚深情之人，也因此，每一次的伴侣过世对其都是沉重打击，所以他写作的悼亡诗不但数量大，在其集中占十分之一还多，而且他的悼亡之作质量也好，内中体现出了颇接近义山的深情绵丽的特色。

《酒五经吟馆诗草》是系年作品集。恭钊辛亥年（1851）写有悼念妻子柏雅尔氏的《悼亡》三十首、《独夜》一首、《七夕作》四首、《偶成》二首、《客中悲绪》二首；壬申年（1872）妾杨氏去世后作《悼妾杨氏》六首、《亡姬逝三月矣思之不置悔念日深率成一律》、癸酉年（1873）又作《中秋值蕙姬亡日》二首；丙戌年（1886）作《悼长妾褚氏》八首，共五十四首。恭钊十五岁娶妻，妻柏雅尔氏年长恭钊三岁，时年十八，成婚近十三年后三十岁时去世。是年恭钊二十七岁，当年家中变故颇多，先是妻子去世，不久其父琦善因公获咎入狱，十二月恭钊纳褚氏妾，并开始留存自己的诗稿。五年后又纳杨氏妾，恭钊四十八岁时杨氏逝世。五十岁纳刘氏妾，六十二岁褚氏妾逝世。在其一生之中，不断面临着妻妾迎娶与过世的悲喜，其中喜不俱录，而悲则颇为伤怀，“说与青天明月知，十年心事断肠诗。柔情总似三春茧，宛转冰蚕自吐丝。”（《偶成》二首之二）缠绵多情的恭钊，在追忆和妻子共同度过的逝水华年中，只能用芬芳悱恻之诗笔，写下一首首的断肠诗。这种怀念，在追忆日常生活中感受愈加真切。《悼亡》之一云：

① （清）吴善宝：《酒五经吟馆诗草跋》，（清）恭钊：《酒五经吟馆诗草》。

一声苦调入丝琴，凄绝冰弦膝上音。寻索华年从断柱，抛残春梦到重衾。昙云影散齐眉案，薤露悲生结发簪。一事自今无意绪，听人闲诵白头吟。

重衾尚在，春梦了无痕迹；案头依旧，齐眉却成旧影。无论是把玩亡人曾经的结发簪，还是倾听丝竹的苦调声，了无意绪的诗人感觉此刻的自己和白头的天宝老宫女一样拥有着相同寂寞的心灵。而此种凄清境况，正如几百年前的李商隐在明亮月光下所赋，“此夜西亭月正圆，珠帘相伴宿风烟。梧桐莫更翻清露，孤鹤从来不得眠。”（《西亭》）无论是流苏帐影，还是闪动珠帘，都是景在人亡，失去伴侣的诗人就像在夜深之时觅不到栖宿之所的独鹤，在人生旅途中飞来飞去，漂泊徘徊。相似的情景在千年后追摹义山诗风的恭钊的作品中是这样描述的：“一枕仙游去不回，花残月缺寸心灰。双飞蝴蝶旋成梦，独宿鸳鸯亦自猜。”（《悼亡》之七）独宿的鸳鸯感受的永远是“一寸相思一寸灰”（李商隐《无题》）。

义山五言“剑外从军远，无家与寄衣。散关三尺雪，回梦旧鸳机”（《悼伤后赴东蜀辟至散关遇雪》），以白描手法写出自己在丧妻之后，回梦旧事，欢洽不再的愁怨和深情难继的空虚折射在日常吃饭加衣诸事时的内心感触。世事的变幻就如同细沙暗流一样，是人力所无法阻止的。恭钊与李商隐是两位异代的多情诗人，无论死别与生离，对他们都是愁怨与伤痛，故此虽然吟咏的事物有所不同，但诗作的内蕴、意境实际上是一脉相承的。“玉碎蓝田心半冷，珠寒沧海泪双垂”（《悼亡》之八）、“哭到梦魂惊醒处，夜窗秋雨滴庭梧”（《悼亡》之十二）、“云母雀屏惊转梦，月光鸾镜暗生尘”（《悼亡》之二十三）、“肌肤几度经春瘦，心血无端作泪抛”（《悼亡》之二十四）。蓝田碎玉，沧海珠泪，秋窗夜雨，云母屏风，月暗妆镜，梦回泪尽，当恭钊用诗语表述妻子过世后自己的深情怀念时，他用到的多是义山诗语。足见唐诗经典之作在很大程度上会影响到后代作者的艺术思维，即使恭钊无意摹仿，诗思也会不经意地与之相关。

恭钊的深情之作除表现于悼亡之作外，以华艳辞藻所作的描写男女之情的被称作艳情的《无题》类诗也颇见端倪。己未年（1859）他曾作《无题》四首，诗前有小序：边城谪宦转徙无缘，我思美人爱而不见，爰习骚语，聊破羁愁。识我者当谓花月怡情，亦是现身说法。不必定索解于红楼朱箔中也。恭钊在小序中明言自己所写《无题》只是沿用楚骚香草美人之比附手法，未必定如义山《无题》“红楼隔雨相望冷，珠箔飘灯独自归”之类诗隐喻身世遭际。其《无题》之二云：

仙家眷属是耶非，复榭重栏护几围。箫史云山悬画帧，针神花鸟绣衮衣，春融玉架鹦哥语，香溢珠衫凤子飞。恨煞锦屏天样远，罗浮残梦总依稀。

诗人用华美辞藻构筑了一个香艳的女性世界，代言写出独守空闺的寂寞女儿心态。恰如他的诗句“红鸾有约旋成梦，青鸟无因为寄书”（《无题》之四）所阐释的。但对美人相思之苦的描述却未尝没有诗人自况的苦痛。写作这四首诗歌时恭钊三十五岁，其自撰年谱云：“在湟，因回众劫掠太甚，请剿，拂甘帅乐意，奏称张皇，自此运即迍邅。”[①] 清朝从立国起，民族矛盾始终存在，各民族反抗不断，以回族为例，就有顺治五年（1648）甘州回族起义[②]、乾隆四十六年（1781）甘肃回民起义[③]、乾隆四十九年（1784）甘肃回民起义[④]、咸丰六年（1856）云南回民起义[⑤]、同治元年（1862）陕甘回民起义[⑥]。每一次的起义，多则坚持十八年，少则三年，其间也反抗不断，所以驻守在少数民族地区的清朝官员受到民族反抗困扰者很多。恭钊在河湟时，站在他的立场上提出因回民劫掠而要求清剿被上司斥责，仕途也受到影响，此种情势下，既不敢公开抱怨，只能以曲笔表述心境，所以楚雨含情之中有所寄托是非常自然的事情。

庚午年（1870）恭钊再作四首《无题》，其二云：

云母屏前侍婢身，宁馨生小意中人。误通雁柱琴心语，迷却桃花洞口春。锦瑟怨多惟顾影，玉箫缘浅莫相亲。生憎天上蛾眉月，惯照空廊响屧尘。

从诗面上看，恭钊写了和一个侍女的情事，其中锦瑟怨多、玉箫缘浅

① （清）恭钊：《恭钊年谱》，《酒五经吟馆诗草》卷首。
② 《清世祖实录》卷17，第7页。
③ 《清高宗实录》卷1127，第16页。
④ 《清高宗实录》卷1205，第11页，
⑤ 《清文宗实录》卷209，第10页。
⑥ 《清穆宗实录》卷37，第3页。

出于李商隐《锦瑟》诗意和萧史、弄玉故事，细绎诗情，则“掩抑纡回、寄其恨而晦其迹者”①。恭钊这年四十六岁，年谱云：神营保（褒）奖免补原缺，礼部不准。入原班，议归应补不得选期。② 恭钊在上一年病愈后奉调入神机营襄理文案，因勤勉有功，被保（褒）奖，但礼部没有按常规奏调，恭钊因此不乐。其锦瑟怨多、玉箫缘浅之语未必就是无谓之语，而且他也曾自况“金井碧梧分画意，美人香草写诗心”（《秋海棠》）。

恭钊诗集中所存《无题》类诗并不很多，但俱是其仕途坎坷时写就，据此观之，他的《无题》创作其实是秉承了李商隐这类诗“楚雨含情皆有托”（李商隐《梓州罢吟寄同舍》）旨归的。

二 恭钊其他诗歌中的唐人诗风

恭钊诗中喜用唐人唐诗典故，唐代诗人在其诗歌中频繁出现。如《无题》之四：“杜牧重来原后悔，芳姿相见是前生。”以晚唐诗人杜牧入诗，而“燕许文章内翰林”（《杨简侯之任江南以所书便面为赠赋此申谢即以送别》）用唐代诗人张说、苏珽“燕许大手笔”之谓。

化用唐诗是恭钊诗中最为常见的摹写唐诗手法。“十年一瞬春宵梦”（《重感》之二）化用杜牧“十年一觉扬州梦”（《遣怀》），“偶因病酒曾成戒，每到看花不自持”（《感旧事》之二）用杜甫“且看欲尽花经眼，莫厌伤多酒入唇（《曲江》）之诗境，“空抱莪蒿寸草心，春晖难报泣春阴”（《夜宿先大人茔庐哀慕偶成》）用孟郊“谁言寸草心，报得三春晖”（《游子吟》），而“青衫请看无干处，一曲琵琶忍再听”（《途次抒怀》之二）用白居易《琵琶行》“江州司马青衫湿”一语入诗。

对唐人或唐诗句的化用体现了诗人在表层上对唐诗的接受，而运用唐诗或唐代诗人之事迹入诗则是受到唐诗影响的深层体现了。“画壁旗亭事尚在，双柑斗酒梦如何”（《重感》）和“名士旗亭曾赌唱，美人扇影最传神”（《听曲》之二）都是用唐人薛用弱《集异记》所载王之涣、王昌龄、高适“旗亭赛诗”事。《重感》之一颔联“折残思妇楼头柳，换作愁人枕畔砧”，化用了盛唐诗人王昌龄的《闺怨》的诗意。“闺中少妇不知愁，春日凝妆上翠楼。忽见陌头杨柳色，悔教夫婿觅封侯”，王昌龄这首

---

① （唐）李商隐著，（清）冯浩笺注，蒋凡、顾易生标点：《玉溪生诗集笺注》，上海古籍出版社 1979 年版，下册，第 821 页。

② （清）恭钊：《恭钊年谱》，《酒五经吟馆诗草》。

诗因其细腻描写出了少妇婉约的思念，在当时就已脍炙人口，后来在不同时代诗人笔下“思妇楼头柳”都被看作是闺怨的代称。恭钊此处巧用此典，并巧妙将思妇露头柳化作闺中女子之枕畔礁，更深切写出思妇对征夫的牵系。“易牵客舍征人梦，最荡高楼少妇心。”（《新柳》之四）亦是用此典。“金屋恩深恨亦深，捐秋纨扇自伤心。从前偶擅专房宠，直被婵娟误到今。”（《闺怨》之二）读来则是“嫦娥应悔偷灵药，碧海青天夜夜心”（李商隐《嫦娥》）之感。其《无题》四首之三有句“漏壶空数银虬箭，汲绠还牵玉虎丝”，化用多位唐诗人成句。李商隐《无题》诗之二有“金蟾啮锁烧香入，玉虎牵丝汲井回”诗句，李贺《湖中曲》有“蜀纸封巾报云鬓，晚漏壶中水淋尽”诗句，王勃《乾元殿颂》序云：“虬箭司更，银漏与三辰合运。”恭钊在他的诗歌中把诸位唐代诗人的诗句诗意打并入于自铸之诗境中，可谓接受唐诗的典范诗行。

除了引用、化用、摹写之外，恭钊创作中对于唐诗的接受，更为典型的呈现形式是拟作。他有《拟卢纶塞下曲》四首，诗云：

> 铁甲朔风寒，雪花压满鞍。铸成银壁垒，旗鼓入楼兰。
> 万马静无声，将军夜斫营。侦知敌有备，勒队出奇兵。
> 豹幄早霜轻，龙堆秋月明。倦和金甲卧，梦听捣衣声。
> 珊瑚金镂鞭，蹀躞锦连钱。驻马天山北，降旗拜幕前。

诗作其三“龙堆秋月明”一句化用岑参《献封大夫破播仙凯歌之四》“洗兵鱼海云迎阵，秣马龙堆月照营”诗句。整体看来，四首诗歌将边塞风情连贯摄入眼底，设色取景上颇为相似，但细绎诗境，较之盛唐诗，尚不够浑融，意脉亦不够流畅。

恭钊七言古风《银河曲》前有小序，曰：“庚申春月在湟，闻总戎有娶所部故兵妻为妾，而为其子补兵额以酬之者。韵事也。纪以长歌，名之曰银河曲。”由此可见，《银河曲》所写为清代河湟地区驻兵中的一个爱情故事，诗中以风华流丽之语极尽铺写了一个面容姣好的女子的传奇故事：女子所嫁故夫战死沙场，已有一双儿女的她新寡后，因其姣好容色被将军纳为宠妾，儿女亦并被看顾。这首诗集中展示了恭钊对唐诗的承传、摹写与引用情况。诗中描述女子初嫁如“初嫁王孙正年少，春花秋月恣欢笑。同心夫婿镇相怜，玉貌菱花羞独照”。丈夫出征后“年年思妇守空房，春光最恨楼头柳”。丈夫战死则“无定河边传信耗，春闺啼煞杜鹃花”。女子再嫁“忌讳何能到美人，小怜玉体夜横陈。衣香罗绮纷无数，玉腕跳脱约指银。多情儿女心萦郁，大抵英雄还仿佛。笵相诗中觅爱卿，虬髯传里寻红拂”。“红拂夜奔”是唐传奇中的名篇。唐代元白歌行长篇皆似传奇。白居易《长恨歌》虽为时事长诗，实似传奇，诗中着重叙写的是爱情，时事只是这个爱情故事的背景。全诗刻画形容淋漓尽致，层层渲染，一气舒卷，风华掩映，文情相生，哀感顽艳，悱恻动人。《银河曲》较之《长恨歌》虽一喜一悲，但全诗用唐人诗句贯串浮动，亦是文情相生，更兼之温李之恻艳，浮华言词后展示的是恭钊对唐诗的细参与深味，而这一特点，在他的诸多诗句中都可感知：

云母屏风画翠岚，玳梁双燕小窗南。春心宛转如抽茧，玉版银盘学养蚕。（《闺词》之四）

深夜舞低无赖月，早春吹透不寒风。（《新柳》之一）

玉露侵凌翠缕凋，新霜如水染黄条。林梢瘦尽蛾眉月，树底凉生雁齿桥。灞岸离情痕迹在，长干幽怨梦魂销。谁怜一领官袍绿，犹自龙池事早朝。（《和李敏斋秋柳步原韵》）

作为一位异代的蒙古族诗人，恭钊诗歌中所受唐诗影响在在。虽然因其个人学识素养的限制，他的诗歌中有相当一部分遗神取貌之作，但恭钊追摹唐风唐韵的用力之勤在清代蒙古族汉诗创作群体中表现的还是非常突出的。

第二节　唐诗对恭钊词作的影响

不只是诗歌创作，恭钊还长于词作，但其词流传下来的仅有诗集末附寸一首及晚近杨钟羲《白山诗词》中三首和今人叶恭绰收于《全清词钞》中的两首，一叶知秋，其中也能约略窥见恭钊在词创作中对于唐诗的接受。《钗头凤》和《菩萨蛮》词录如下：

莺声软，秋波转。画图疑向东墙展。低罗袖。藏红豆。眉头难解，添愁偏又。皱皱皱。闲庭藓。香尘浅。见时心是三春兰。帘钩溜，鸳鸯绣，藕丝宽却，青衫非旧。瘦瘦瘦。①

枕函攲遍屏山曲。杏花消息春寒促。夜雨小楼听。宿酲刚半醒。玉卮前日渥。翻倒宫袍绿。襟上一重新。诗痕和酒痕。②

这两首词中，《钗头凤》是写女子相思。莺声软语，流转秋波，低垂罗袖，暗藏红豆，因为相思，颦眉悄立。分明是曼妙女子，却说是画图中人，这阕词像极温庭筠词风格。也颇有韩偓香奁诗境，俱是对男女相思之人和相思情事的描述，读来却极具图画感，每一句的描写都似在做素描，连接起来便是活动着的唐诗唐词在清词中的回归。因为韵脚分明，所以阅读时亦上口，故此流传也久。《菩萨蛮》是典型的宿醉之后的小词，《菩萨蛮》题下亦有小序："多饮甚惫，既醒遣怀"，说明写词缘由是酒醒梦回时之作。夜雨小楼，杏花消息，夜阑酒醒，是诗人的白描，亦是彼时风景的记述，历代诗词中俱是常景常情。再如其《满庭芳》词云：

玉漏声沉，银缸影淡，楼头疏雨潇潇。碧纱双掩，窗外滴芭蕉。一晌寻思往事，伤心处，依旧魂消。空阶下，冷冷碎玉，送爽到堂坳。飘飘风一过，梧桐叶小，点点轻敲。更兼有花阴竹上松梢，偏向愁人耳畔，分明是，做弄秋宵。情何限，恐筹数尽，枕梦迢迢。③

在诗歌中描述晚秋夜雨中的幽思，是晚唐诗人最为擅长的，夜雨芭蕉声中，惟有幽人独自伤怀，待夜深人寂秋风吹过梧桐树叶，轻轻敲击的声音就更令愁人难以入梦了。恭钊这首词的词境其实还是承传自晚唐婉美凄清诗境的，也与他的诗歌善于摹写晚唐温李深情绵邈类诗有关。其词《醉花阴》也是如此，词云：

驿馆更筹催玉漏，凉意疏窗透。独坐对兰缸，夜雨簾纤，梅子黄时候。灯花小焰摇红豆，帘额银钩溜。衣怯水沉熏，重叠春愁，一领

① 叶恭绰：《全清词钞》，中华书局1982年版，第1274页。

② 同上书，第1275页。

③ （清）恭钊：《酒五经吟馆诗草》篇末。

青衫瘦。①

帘额，乃帘之上端，唐秦韬玉《豪家》诗："地衣镇角香狮子，帘额侵钩绣辟邪。"青衫，自从白居易《琵琶行》中有"江州司马青衫湿"之句，青衫几乎成为游子的代称。这首词尽些春日将近而游子依旧饱尝相思之苦不能归乡的景况，词境亦如张若虚《春江花月夜》之游子诗情。

> 花事尽，又秋风，太匆匆。芳草绿，夕阳红。雪泥痕，风絮影，是飞鸿。从别后，少相逢，酒樽空。烟树远，暮云重。听银筝，吹玉笛，总愁侬。（《三字令》）
>
> 暮云稠叠，问乡关何处，苍茫燕蓟。生被青山成闲阻，三载边城羁滞。扑面风沙，染衣尘土，来路分明记。天涯回首，不禁游子垂涕。叹我潦倒中年，知交契阔，乍喜辎轩至。握手先谈题咏事，留句六盘山寺。鸟道环云，马蹄冲雪，谁会登临意。今宵邮馆，青灯他日相忆。（《百字令》·和童砚芸、锡厚庵过六盘山原韵）

《三字令》词中，恭钊打并唐诗入词，再用晚唐类诗境写怀，把诗词的意境浑融为一体。后边这首《百字令》，是典型的登临叹古伤怀诗。登临，孟浩然《登岘山》诗云："江山留胜迹，我辈复登临。"青灯，李商隐《杨本胜说于长安见小男阿衮》诗云："语罢休边角，青灯两鬓丝。"恭钊在纪游中表达了自己对朋友的思念之情。词境悲慨苍凉，沉郁雄健，颇有唐代边塞诗味，是晚清蒙古族登临类词中的翘楚之作。

恭钊善词，仅凭上述六首词作亦可看出此点，可惜留存太少。老友童砚芸在其诗集末题词《多丽》，词云："问眉棱能消几许柔情，想拈毫风前，瘦影经年，愁病伶俜，认啼痕翠衾，香冷寻韵事。蝉鬓钗横，罗绮丛中，麝兰风里，情天一梦几时醒。更消受篆烟茶韵，俏丽对空庭。寻诗处，梨风半院，梅月三更。叹知交频年阔别，相逢鬓各如星，觅新题、闻笳边郡省往事，挟瑟春明，惜翠情长，吊红词婉，拼将好句问飞卿。最怊怅骊歌唱彻，良会杳难凭。重相忆，陇山晴雪，邮馆孤灯。"② 对恭钊的

① （清）杨钟羲纂集，李雅超校注：《白山词介》，吉林文史出版社1991年版，第151—152页。此首词及以下两词均出此书。

② （清）恭钊：《酒五经吟馆诗草》篇末。

以情语情韵追步晚唐温庭筠的诗词胜境作了描述，也可算知人之作了。

第三节 瑞洵对唐诗的接受

恭钊之兄恭铭也擅长文学创作，著有《石眉课艺》，《八旗艺文编目》失载。瑞洵（1859—1936）是杭州将军恭镗之子，恭钊之侄。字信卿、信夫，号景苏，晚自号天乞居士。光绪十二年（1886）中进士，改翰林院庶吉士。十五年（1889）散馆授编修，迁国子监司业，“累官禁近，直声震朝。右颇遭忌。出为科布多参赞大臣”①。后往新疆，招收哈萨克、索还阿勒台山借地。后被人中伤下狱。宣统二年（1910）赐还，辛亥（1911）后皈依佛乘。晚贫甚。袁世凯称帝时，请为筹安会员，峻拒。②著有《犬羊集》及其续编，收诗六十九首，由日本友人铃木吉武刊行于昭和十年。卷首有铃木吉武序文，卷末有陈三立跋文，撰于民国二十三年（1934）。另有《散木居奏稿》二十五卷，稿中之文始撰于光绪二十年（1894），止于三十一年（1905）。杨钟羲谓“此吉光片羽皆关国故，不可不亟与收拾”③，由铃木吉武在瑞洵去世的第三年，即1939予以印行。

作为一位政治家，瑞洵在早岁的诗歌创作中并没有投入太多精力，故存诗有限，但他丰富的人生经历、清正的人格和深厚的学养，使其在岁月的变迁中凝练了己身的同时，也铸就了他的沉郁中不乏暄朗之气的艺术特色，而其诗境之浑厚和诗格之高蹈，亦似唐人。铁保冶亭是满族诗人中的佼佼者，铃木吉武将瑞洵与铁保并称，谓其“诗之格律意境，与冶亭胥叟相颉颃”④，并非谬奖。瑞洵《五十初度中秋日潘少泉先生治酒为贺即席赋谢》诗云：

摇落如今共一天，清秋高宴喜招延。在山麋鹿虽无害，盈室蒼蓏剧可怜。岂有琼瑶酬美意，那堪锦瑟思华年。祁连旧约迷茫甚，悬榻猷惭孺子贤。

① 陈三立：《犬羊集跋》，瑞洵撰，［日］铃木吉武编：《犬羊集》，铃木氏餐菊轩，日本昭和10年（1935）铅印本。文中所引诗皆出此集。

② ［日］铃木吉武：《犬羊集序》，瑞洵撰，［日］铃木吉武编：《犬羊集》。

③ 杨钟羲：《犬羊集写记》，瑞洵撰，［日］铃木吉武编：《犬羊集》。

④ ［日］铃木吉武：《犬羊集序》，瑞洵撰，［日］铃木吉武编：《犬羊集》。

诗后注释："甲辰奉派古城，督办收哈。公正抚新疆。委员持函。招赴省垣。竟以病体不支。又公事逆心。不果往。至令耿耿。"瑞洵在光绪三十年（1904）被派往新疆督办收哈萨克借地事宜，后被人中伤下狱，直至六年后才出狱，此事成为诗人心中之块垒，所以在知天命之年中秋日好友治酒席为贺时写下此诗，诗中颔联后注"杜诗《题张氏隐居》远害朝看麋鹿游"字样，言明此句化用杜甫成句而来，实际上整首诗境皆化杜诗而来，钱锺书先生曾道："世所谓'杜样'者，乃指雄浑高阔，实大声弘，如'万里悲秋常作客，百年多病独登台'；'海内风尘诸弟隔，天涯涕泪一身遥'……"① 而瑞洵这首诗同时兼有李商隐"永忆江湖归白发，欲回天地入扁舟"之诗情。杜甫、李商隐皆沉郁下僚，关心国事，诗歌中既有高蹈之情，更多的是无奈之意，尤其义山，一生被人诟病，处于不能言不可言言而无用之境地，诗境自然迂曲徘徊，瑞洵虽不以诗为事，然政治理想落空后，亦不得不常借诗歌这种艺术样式来表达内心愤懑之情，所以他的诗集中谈及新疆事颇多。同题另一首诗："一弹指顷又中秋，再至边城媿捍陬。年几无端增马齿，功名早已薄芋头。忧时贾谊空纡策，弃远湘累莫解愁。却怪天廖思用世，不将宦兴付沙鸥。"同样是把李商隐的《贾生》诗境和杜甫的"飘飘何所似，天地一沙鸥"（《旅夜书怀》）诗情打并入自己的诗中，表达了英雄末路的惆怅和悲慨，苍茫激楚之致在诗中隐现，以其无意为诗而诗成。

作为一位晚年穷愁不达、劳碌困顿、沉郁下僚的诗人，瑞洵诗歌还具有相当明显的平民化倾向。这种倾向不仅突出表现在其诗歌的内容方面，而且在诗歌艺术上表现的也是相当明显。他的许多诗歌经常表现得清新晓畅、粗豪慷慨、剀挚动人。《赠熙鸿甫》云："断问亲宾久，知交复有谁。与君相见日，是我就衰时。学养已深造，言谈无费词。谁怜生计乏，犹藉笔耕支。"颇有初盛唐人的高朗。《初度日郭尺崖以诗相贶依韵答谢》："孤踪竟向酒家寻，异地相思不自今。高卧沧江忽惊起，老龙为我一长吟。"末句实得李白诗之风神。《中秋问月》："水旱犹未已，哀鸿实可伤。不知天上月，何苦照流亡。聊复持杯酒，无心谱乐章。高寒吾亦恐，漫作御风行。"在关注民生中流露出自己无奈怆然之情。

诗歌是诗人对人类生活和生存发展环境的独特感悟。恭钊与其侄子瑞

① 钱锺书：《谈艺录》（补订本），中华书局1994年版，第172页。

洵虽然都是以儒为业，为了符合传统经世治国道德理想的事业而学文读书，但恭钊之学文读书表现在审美意义习气上较之瑞洵更重，所以他一生勤于为诗作词，对于文学体式中的韵律美更为关注。而瑞洵的学文读书则更多地是为了获得体制内身份的追求，也是其生命价值的体现的追求。而他们无论为诗的目的有何不同，都共同营造了科举入仕，彰显一门风雅的主题，这是家族文化中非常重要的表现形式。同时，在仕途偃蹇之时都使用诗歌这种形式来表述情志，虽然恭钊出之以绮丽绵邈，瑞洵出之以沉郁雄浑，但殊途同归的是，诗歌追摹的范式都是唐诗，并都曾得义山诗之一端。

第四节　锡缜诗歌中的唐诗余韵

锡缜（1823—1884），原名锡淳，字厚安，号渌矼，博尔济吉特氏，蒙古正蓝旗人。34 岁以前随父迁徙任所，游历过陕、甘、青以及江淮、河北等地，拜访名师，学习汉文典籍，于咸丰六年（1856）得中进士。曾任户部郎中、江西督粮道，光绪元年（1875）被任命为驻藏大臣，以疾辞谢，颐养天年。锡缜善诗文，工书法，著有《退复轩诗文集》，其中古近体诗达 400 余首。

《中国少数民族理论集成》一书这样描述锡缜，“锡缜，榜名锡淳，字厚安，号渌矼，博尔济吉特氏，满洲正蓝旗人。清咸丰丙辰（1856）进士，曾官江西督粮道。光绪元年（1875），诏修《穆宗实录》。光绪四年（1878）冬，拜驻藏大臣，以疾辞，不久病卒。锡缜颇富文才，诗、词、文俱佳，并以书法知名，尤工四体书。著有《抱冲斋诗集》，凡七十一卷，存诗五千六百余首，《眠琴仙馆词》一卷，另有文二卷、随笔一卷、《感旧拾遗集》一卷。他是清代晚期一位重要的满族文学家”①。生平叙述大体正确，但论及著述，却是张冠李戴。《抱冲斋诗集》、《眠琴仙馆词》、《感旧拾遗集》等俱是道光年间的满军正红旗诗人斌良所著，他也曾做过驻藏大臣。

在清代蒙古作家中，得入《清史稿》文苑传者二人。一为法式善，一为锡缜。锡缜传甚简短，曰：“原名锡淳，字厚安，博尔济吉特氏，满

① 彭书麟、于乃昌、冯育柱：《中国少数民族文艺理论集成》，北京大学出版社 2005 年版，第 610 页。

洲正蓝旗人。咸丰六年进士，由户部郎中授江西督粮道，为驻藏大臣，乞病归。工书，善诗文。著有《退复轩诗文集》。”① 除此传外，金梁《近世人物志》也收有锡缜传，文字简约，系辑录同人回忆文字而成。另有清末文士所撰笔记、诗话等，征文考献，兼及生平，可补《清史稿》本传之阙。锡缜以道光二十六年（1846）捷京兆试，越十年始成进士，官户部。因忤尚书肃顺而弗用。同治十一年（1872）授江西督粮道，未行。次年乞病罢。光绪元年（1875），诏修穆宗实录，充提调官。光绪四年（1878），拜驻藏大臣，以病辞。

关于锡缜的家世，有科举文献等可稽考求。锡缜曾为恭钊撰《〈酒五经吟馆诗草〉跋》一文，恭钊也为他题诗二首，题为《宗侄厚安以诗稿见示阅竟志以二绝》。诗题表明这两位蒙古作家是同宗而异支的族亲。《咸丰六年丙辰科会试同年齿录》为我们提供了有关锡缜生年、世系的重要信息。齿录称：“博尔济吉特氏锡淳，字渌矼，号厚安，行一，道光癸未年（1823）三月初一日吉时生。正蓝旗满洲穆克登布佐领下监生，旗籍。”② 小传后列父祖三代名爵，其曾祖多隆武，祖尚安泰，父保恒。还列有其胞弟锡纶，子龄昌。科举齿录是士子应试时填写的报名登记档册，有规定的格式和审核程序，属于原始文献。该齿录明确记载锡缜的先世隶籍满洲旗，实为蒙古人，而清初满洲八旗中蒙古人、汉人并不罕见。锡缜诗作中亦有“吾宗蒙古事骑射”（《送刘子迎同年下第南归兼寄弢甫》）之语。其本人生于道光三年（1823）三月，确可采信。唯一的缺憾是世系始自曾祖多隆武，氏族源流不详。光绪二十五年（1899），锡缜子龄昌应顺天乡试中举，己亥（1899）恩科《顺天乡试齿录》对其世系有详载，“始祖垂尔扎尔，元裔，蒙古兀鲁特贝子。天聪八年率部来归，隶满洲正蓝旗，授二等轻车都尉”③。其世次为：垂尔扎尔—巴朗—拉普斋—旒相—永绶—多隆武—尚安泰—保恒—锡缜—龄昌。其中除二世祖巴朗、四世祖旒相分别出任过都察院副都御史、刑部侍郎外，自锡缜以上均为武职。《八旗满洲氏族通谱》称垂尔扎尔与明安为同族，世居兀鲁特地方。据《八旗通志》，在正蓝旗满洲都统第一参领下所属16个佐领中，国初从兀鲁特地方归附的蒙古人丁分别编立于第一、第十二、第十三佐领中，

① （清）赵尔巽：《清史稿》卷486，列传273，文苑三，中华书局1977年版。

② （清）《咸丰六年丙辰科会试同年齿录》，据北京图书馆藏咸丰刻本。

③ （清）《顺天乡试同年齿录》光绪乙亥恩科，据北京图书馆藏刻本。

隶籍于满洲。锡缜的先祖为元朝帝系后裔，入清后，又屡膺显秩，世代簪缨，至清朝末年始出现风雅儒士。锡缜确为世家子弟，张文襄在翰林时为其父桓靖公所撰御赐碑文有“衍四卫拉特之贵族，气奋风云；读七大黄册之秘书，胸罗象纬。出为牙将，领银枪效节之都；继帅偏师，居黄河远上之地。属重臣经营西事，为国家荐举边才。一岁超迁，三边提控。甘泉烽火，惟资当道之王罴，滹水坚冰，不渡临流之铜马”① 等语。

锡缜创作才华之富赡，实为蒙古族作家中之翘楚。研读锡缜诗词，从中不难看出其袭风唐诗而创新的特性。锡缜于道光二十年（1840）在西安随侍其父桓靖公保恒，从湖北诸生杨澹如游，学习为诗及古文。其文学创作结集为《退复轩全集》，又作《退复轩诗文集》。《退复轩文》凡二卷，共五十篇，其中诗论、文论若干篇。《退复轩随笔》凡二卷。《退复轩诗》凡四卷，收诗三百八十三首。《退复轩时文》、《退复轩试贴诗》各一卷，共十卷。集中所收诗文的创作时间上限为咸丰元年（1851），下限至光绪元年（1875）。事实上，锡缜作品并不止此十集。锡缜在致翠岩的一封书柬上说：“缜十五六岁习骑射不学，十八九习制艺，弱冠后始为古文辞，更不长进。”② 弱冠者，廿岁之雅称。锡缜生于道光三年（1823），创作当始于道光二十三年（1843）之后，然其族叔恭钊于咸丰元年（1851）作七绝《宗侄厚安以诗稿见示阅竟志以二绝》为赠，第一首曰：“宋艳班香手自抄，挥豪想见费推敲。果然谢朓惊人句，不比雕虫只解嘲。”若诗中所赞为实情，则锡缜在咸丰元年（1851）三十岁时就有抄就待梓的诗稿，那么他的创作力是相当惊人的。锡缜“淹雅能文”③，推究他的诗歌创作源头，唐诗，尤其是新乐府诗歌精神的影响是最大的，以下结合他的文学理论与思想，从内容、题材、风格三个方面对此问题展开论述。

一　内容：爱国情怀、忧患意识

锡缜自幼受到良好的儒家思想教育。其父其弟皆精忠报国。史载：

---

① （清）张之洞：《博尔济吉特桓靖公御赐碑文》，杨钟羲撰，雷恩海、姜朝晖校点：《雪桥诗话》卷12，人民文学出版社2011年版，第687页。

② （清）锡缜：《与翠岩论文书》，《退复轩文》卷上。据辽宁图书馆藏光绪刻本。

③ （清）郭则沄：《十朝诗乘》卷二〇，张寅彭主编：《民国诗话丛编》第4册，上海书店出版社2002年版，第679页。

"博尔济特桓靖公以道光辛丑（1841）官西安参将，咸丰壬子（1852）摄古北口提督，同治癸亥（1863）署古城领队大臣。古城北通蒙部，为乌、科两城咽喉，无古城，则北路危。时回匪势张，连陷南路各城，并陷乌鲁木齐、迪化州，围攻宁夏、鞏昌。古城旧无仓储兵食，皆取给奇台，乃运粮预为之备。六月，寇至，出战大捷。无何鞏、宁失守，贼复来犯，出奇兵击之。以积劳成疾，量移哈密，未赴，与后任领队大臣壮节公惠庆誓死捍御，十一月卒于军。明年二月城陷。壮节与妻妾一女举火自焚。公之妾女子妇亦赴火死，子锡纶子猷负骨还乡，寻复提兵绝塞。子猷以同治戊辰（1868）为布伦托海帮办大臣，赋《北征诗》云云。历古城领队大臣、塔尔巴哈台参赞大臣，署伊犁将军，久任边疆，守孤城，抗强敌，为数千里内蒙古扎萨克所归附，威行西域。"① 郭则沄也曾载："保桓靖权古城领队，时回匪方炽，连陷南路诸城，进攻宁夏、巩昌。桓靖预储粮，待寇至，与战，大捷。未几巩昌陷，复来犯，出奇兵击之，劳甚致疾。有诏调哈密，未赴。与后任惠壮节协力捍御，卒于军。"②

父亲的忠勇对锡缜一生影响颇大，而父亲的朋友爱国名臣林则徐对他的垂怜也让他受益匪浅。道光二十二年（1842），保恒官西安参将时，锡缜随侍在侧，得以结识林则徐。林则徐十分欣赏他的书法，遂命其缮写奏章，并手临皇甫诞碑一册惠赠锡缜。时人曾载其事，曰："尝见林文忠《享师日记》一册……道光壬寅，公以督部戍边路出西安，留两月。博尔济吉特桓靖公时官西安参将，始以子锡缜厚安见公。公手临《皇甫诞碑》一册与之，厚安为刻石于陕。乙已，公入关，摄总督剿番，命厚安缮奏章。庚戌九月，力疾奉诏讨粤西贼，未至，卒于潮州。厚安挽诗四首云云。"③ 道光三十年（1850）十月，林则徐去世，时锡缜在徐州，惊闻噩耗不胜悲痛，作《挽林文忠公》四首，以表悼念之情。诗云：

> 遂初未赋玺书颁，尽瘁三朝力已孱。大事艰难谁可属，此生治乱本相关。钧天遽下巫阳诏，劫火横飞象郡蛮。知与不知齐堕泪，旌旗惨澹凤皇山。④

---

① （清）杨钟羲撰，雷恩海、姜朝晖校点：《雪桥诗话》卷12，第687—688页。

② （清）郭则沄：《十朝诗乘》卷20，第678页。

③ （清）杨钟羲撰，雷恩海、姜朝晖校点：《雪桥诗话》卷11，第603页。

④ （清）锡缜：《退复轩诗集》，光绪末刻本。文中引诗皆出此处。

龙沙万里戍伊凉，曾迓高轩赋短章。绝域功名悲定远，眉山父子托欧阳。军容细柳看持节，幕府莲花有瓣香。若使汉廷充国在，先令敢复掠河湟。

八法曾传长史师，敢书狂草醉临池。正心自有诚悬笔，堕泪难忘叔子碑。此后犹将崇世享，向来原不以为文。一篇大雅崧高什，无限生民没齿思。

感愧交萦寄苦吟，哀词未敢托知音。八年自负陶镕意，一世公无醉饱心。海国图曾传粉本，铁围山半有棠阴。最伤社稷臣难得，不在平生恩遇深。

第四首“海国图曾传粉本”后自注：魏默深据公《四洲志》为《海国图志》。这四首七律通篇用林则徐生活经历结构，穿插以佛典，以纪实之笔法，于叙事中表述对林则徐的崇敬之意，同时抒发国是日非、干臣难求的悲慨之情。沉郁苍凉之气贯穿全诗。

锡缜宦迹大江南北，各地山水风光给他留下了美好印象，所以他的写景诗作在集中约占半数，很多小诗写得富有诗情画意。如《秋望三首》其三：“田野有余绿，微凉风在衣。流水声未歇，夕阳红已晞。贺兰山影来，堤边人缓归。暮色入遐心，悠悠知者希。”描写宁夏农村秋天的景色，绿野、微风、流水、夕阳、山影、归人，颇类中唐韦柳诗笔。《田家词四首》、《涿州夜发》等小诗也写得清新秀丽，这说明锡缜对自由恬适的休闲生活充满好感，但其儒生的底色又使之很难安静下来。在他貌似娴雅的背后，常常涌动着强烈的治世激情。动乱的社会现实在锡缜头脑里打下了深深的烙印，使他充满忧国忧民之思，因而他的大部分写景诗作不仅仅表现消散情怀，而是蕴含了更为丰富、复杂的内涵，突出的是充满一种忧患意识，属于另一种方式的心迹展露。如《古北杂诗三首》其三：“朔风夜半起碉楼，吹彻山城五月秋。一曲琵琶催上马，白狼河水送征愁。”诗人自注：时点兵南征。河水本自无情，但诗人心中忧愁，所以景物在他的观照和入诗后已经发生了改变。郑燮曾说：“江馆清秋，晨起看竹，烟光、日影、露气，皆浮动于疏枝密叶之间。胸中勃勃，遂有画意。其时胸中之竹，并不是眼中之竹也。因而磨墨展纸，落笔倏作变相，手中之竹又不是胸中之竹也。”①

① 于民：《中国美学史资料选编》，复旦大学出版社 2008 年版，第 508 页。

中国画与写景诗其间的相通之处最多。这点亦如德国哲学家、生理学家冯特和他的学生铁钦纳建立的构造主义心理学派中所提出的“物理境”和“心理场”的概念。他们认为，现实世界可以分为两个世界，即物理世界和心理世界：“物理世界是事物的原初存在，是人们的双眼能够观照到的自身所生存的现实世界，它不依赖于任何的特殊的个人经验；而心理场则是人依据于自身的体验发生的对于物理世界的距离、错位和倾斜，是人的具体的个性的表现和心灵的独立抒发。”① “物理境”是表象世界，主“真”；“心理场”才是人性本然反映，重“情”。因此，无论诗作场景怎样变化，贯穿锡缜诗歌始终的都是其挥之不去的如杜甫般的忧患意识，这点在他的诗歌题材的选择上看得更加明晰。

二　题材：哀时感事，叙写史实

刘熙载《诗概》曾云：“杜陵五七古叙事，节次波澜，离合断续，从《史记》得来。而苍莽雄直之气，亦逼近之。毕仲游但谓杜甫似司马迁而不系一辞，正欲使人自得耳。”又云：“代匹夫匹妇语最难，盖饥寒劳困之人，虽告人人且不知，知之必物我无间者也。杜少陵、元次山、白香山不但如身入闾阎，目击其事，直与疾病之在身者无异。”观杜甫《北征》、《饮中八仙歌》，能于真实叙述的字里行间流露出复杂深沉的悲怆情感，和作者对这种感情的自觉压抑和刻意消解。而杜甫与白居易的《兵车行》、三吏三别和新乐府篇章《卖炭翁》、《新丰折臂翁》、《缭绫》、《红线毯》，叙事真实，且能在叙事中流露对叙事对象的深切同情。故此，他们历来被认为是长于纪事之诗人。锡缜袭风唐诗，加之其所生活的时代，正值中国处在鸦片战争以后面临内忧外患的严重关头。诗人因此自觉关注国事，以杜甫、白居易“新乐府”、“歌诗合为事而作”精神为范式，用纪实的笔触反映鸦片战争前后许多重大历史事件和当时社会风貌。如其《闻道》一诗，诗云：“闻道南风至，军声死不骄。泪倾吴沼碧，恨满浙江潮。都尉频搜粟，公徒识采樵。从来歌舞地，几见霍嫖姚?”揭露了统治者面临强敌压境却只顾搜刮民财、沉迷歌舞的昏庸腐败。笔端饱含感情，对百姓流泪充满了同情，对贪财误国的权奸进行了鞭挞，将爱憎之情融入具体的描述中。《古北口三十韵》则描写了南海边关外敌入侵的状

① 童庆炳：《中国古代心理诗学与美学》，中华书局1992年版，第4页。

况，歌颂了蒙古骑兵勇赴国难、抵御外侮的英雄壮举。

除直接描述鸦片战争时事的诗歌外，锡缜更多的作品是反映近代社会现实："岁寒无衣褐，炊冷无鸡黍"（《过新乐二首》其一）、"穷民夹路啼，草间弃饥妇"（《岷州道中二首》其一）；反映了灾荒之年饿殍遍野、民不聊生的悲惨状况，诗人"揽辔旷四顾，悲凉摧心肝"（《岷州道中二首》其二），悲天悯人之心，昭昭可见。"嘉庆以降，国势日非。政治腐败，军备废弛。封建统治者对农民的剥削愈益加重，阶级矛盾日益深化；加以外国资本主义对中国进行疯狂的政治、经济侵略，奴役、榨取中国人民，形成了空前严重的民族危机，在1840年终于爆发了鸦片战争，从此中国历史进入了新的时期。"① 内忧外患使得民不聊生，处于最下层的人民，始终是战争中是大的伤害者。对于贫富悬殊的社会现实，诗人在作品中也多有揭露："几人饱欲死，亿兆同声哭"（《仿白香新乐府体三首》其三）；"贵者肉如陵，贱者无完肤"（《关陇行七首》其一）。锡缜诗歌多为纪实之作，朝廷得失，天灾人祸，鸦片战争，这些重大社会内容都在其诗歌中有生动的反映，或直陈其事，或曲笔言情，都是杜甫哀时感事，叙写史实精神的承袭。完全可以说，锡缜是站在时代制高点来透视社会人生的。他的作品充满了对杜甫、元白现实主义的时代精神的接受和传承。从某种程度上来说，锡缜是晚清蒙古八旗诗人的代表，他的诗歌是诗人对当时百姓生存发展环境的独特感悟和评价。诗与史本不相同，但历史急遽变迁的风云常常激发诗人的救世的人文关怀，促使他们将"诗"向"史"靠拢，杜甫之后，这种现象尤为突出。在近代诗潮中，因灾难频仍，民族被难，时事多艰的历史，使得纪录现实的诗史类诗歌在诗人笔下频现。关于此点，时人已经注意到了。郭则沄《十朝诗乘》载："锡厚安都户，道光甲辰赴京兆试，途径灵州东北天池子，遇西征兵迫奸民女。厚安以大义呵止之，兵竟引去。作《天池子纪事诗》云云。"② 锡缜《天池子纪事诗》写作手法颇似杜甫《石壕吏》，诗云："夜投天池子，僻在长城窟。荒村四五家，沙漠无块圠……欹枕未成瞑，叩门声何疾。女子拭面啼，男子脚不袜。云是戍边来，隶籍榆林卒。感帨使吠龙，不者徇以抶。闻之投袂起，瞋目愤所切。出与健儿言，于尔实有缺。天家幅员长，启宇到回

① 刘大杰：《中国文学发展史》（下），上海古籍出版社1982年版，第228页。

② （清）郭则沄：《十朝诗乘》卷16，张寅彭主编：《民国诗话丛编》第4册，上海书店出版社2002年版，第510页。

纥。边防日以重，负戈趋休歇。惓言结褵初，戚戚新婚别。既不以家为，而忍自佻达。国家重戎行，几辈阶勋阀。岂无将相种，所赖精神刷……却携所娇女，发乱肌如雪……鸿雁哀嗸嗸，中谷泣以惙。平生胞与意，相对惘然失。记取甲辰春，三月十五日。"读此诗，自然使人想起杜甫的《石壕吏》和李商隐的《行次西郊作一百韵》，一脉相传的现实关怀的激情奔泻在异代的诗人笔下。诗人谴责欺侮民妇的戍卒忘记别离家乡时对新妇的眷恋，而现在竟然自甘佻达。同时面对百姓贫瘠却为兵所扰困境，感到自己民胞物与精神的缺失。这首诗境与杜甫《石壕吏》情景、时代不同，但反映民生苦难，不平则鸣的纪实手法是相通的。

这样，内容和题材都明显有杜甫范式的锡缜，在艺术风格上自然也会学习杜甫，也兼及其他唐代诗人，最终形成自己的特色。

三　风格：气象沉雄，深挚剀切

李慈铭《越缦堂日记》同治十一年四月二十日记："户部郎锡缜字厚安，丙辰进士。署中所称姚、杨、锡三大将之一也。五古长篇，句法清老，而用事多踳驳，然亦近时之矫矫者矣。"[①] 锡缜出身贵家，但他不以荫叙，而以科第起家，浸酣儒术，尤擅风雅，成为近代文坛上的佼佼者。他的诗歌创作，时人亦谓之"直逼盛唐"[②]。

锡缜官户部时，与尚书肃顺抗，遂不被见用。《写怨诗》云："不识人间世，残春何处归？疾风回雪落，病叶带花飞。历劫名心灭，浇愁酒力微。平生受恩重，未敢学忘机。""鼠窥灯暗淡，鸦集月昏沉。古殿神明肃，幽房鬼火侵。所存惟夜气，可见是天心。未及穷途哭，犹为梁父吟。"郭则沄《十朝诗乘》载："锡厚安都护初官户部，隶陕西司，以公事与肃顺抗。时肃掌部，深忌之，几得罪。庚申，京师陷，借居萧寺，有《写怨诗》云云。言外之感深矣。"[③] 后在户部被肃顺陷害事厘清，重被朝廷任用。《晚晴簃诗汇诗话》还曾记载当时军事未平，度支告匮，作为户部郎中的锡缜"迎机立断，措置裕如，长官倚如左右手"。说明锡缜不仅是在诗歌中关注民生，而且他也确实有干才，当与上官相忤，才不堪用时他用诗笔记载现实人生，但当被委以重任时，他能名实相副，为百姓谋福

---

① （清）李慈铭著，张寅彭、周容编校：《越缦堂日记说诗全编》，凤凰出版社2010年版。

② （清）潘文勤：《退复轩诗序》，转引自《雪桥诗话》卷12，第691页。

③ （清）郭则沄：《十朝诗乘》卷16，张寅彭主编：《民国诗话丛编》第4册，第511页。

利。在他的心中，做官就应当为民请命，因而，当锡缜在诗歌中思索造成社会贫困的原因。并想要把这些思索诉诸笔端时，由杜甫肇其端、张籍王建承续之、元镇白居易达到顶峰的新乐府写实精神诗作，就会自觉不自觉地成为锡缜创作的范式。

锡缜于咸丰辛酉（1861）出使河北滦阳，路经新乐县时写了《过新乐二首》，对当地人民在官府的欺压和苛捐杂税的盘剥下的悲惨境况亦作了真实描写。“供支竭膏血，官军犹鞭笞。鞭笞纵及死，徭役无了期。”官府的徭役不管天灾人祸有增无减，人民竭尽膏血稍有所误，就要遭到鞭笞拷打，然而税利有不少却入了官吏手中，造成百姓“岁寒无衣褐，炊冷无鸡黍”的状况。锡缜出使陕西、甘肃、青海一带所作的诗歌也同样反映了百姓生活困苦与饱受赋税盘剥的现实。“贵者肉如陵，贱者无完肤”、“摇役更无已”、“况乃赋悉索”（《关陇行七首》）是对百姓困苦生活的最好白描。《归来千七首》、《役东七首》亦对“索赋朝三与暮四，年来民命几能堪”的情形进行了多方面描写。直接在诗题上就标明是模拟白居易新乐府诗歌的作品，更是在唐人现实主义精神烛照下的精心结构之作：“地丁盐务关税课，应得者失别需索。沦丧精神转采补，如何养生不服药？方寸之木高岑楼，不庇瑕兮恣取求。恣取求，不偿失，朘利源，伤民力。内焉宝钞与大钱，外焉津贴与厘捐。谓供于上上不足，谓济于饷饷减数……”（《仿白香新乐府体三首·其三》）“且有门下神护呵，有神民将奈官何！”（《仿白香山新乐府体十首·封神》）对那些只知勒索百姓的官吏进行了揭露，并将批判的矛头直指封建皇帝。这是锡缜仿白居易所作新乐府体式诗歌的代表性作品。锡缜这类诗歌通过对百姓痛苦生活的描写，不但揭露了官污吏的贪婪残暴，指出社会动乱的缘由，并且对当时文坛有人一味歌功颂德行为提出批驳，具有强烈的针对性和现实性。诗中所叙事实虽然与唐诗相去甚远，但气象联络，观之可知为剀切之作，脉理为一。

前人曾说，唐诗以“情”胜，锡缜在其诗歌中对唐诗的摹范，也主要表现于此。因此，在关注民生，反映社会现实的诗歌中充溢的是诗人对百姓的关切之情，在和友朋、亲人的诗歌中更可见锡缜的深挚之情。宝廷是晚清有名的直臣，被罢政后，锡缜与其诗歌酬唱，安慰朋友。《次宝竹坡即事韵》诗云：“林梢仰见初圆月，花信横吹不测风。告免岂同羊舌肸，知几谁似鹿皮翁？菩提叶上题好诗，早识心经五蕴空。”弟弟锡纶常年戍边，锡缜《壬午九日忆子猷弟塞北》云："十年十度看归雁，又到今年草木黄。大漠穷荒思弱弟，凄风冷雨过重阳。同怀出处相参错，异域音书半渺茫。近日诗情聊寄与，傲人天气菊花霜。"《癸未九日和子猷弟寄和去年之诗依其韵》又云："去岁重阳寄诗去，和诗寄到又重阳。一年一首诗来往，十首诗成两鬓霜。松菊故园秋瑟瑟，牛羊衰草野茫茫。雁行更寄空中字，榻入西山落照黄。"两首诗俱是以情入景，情景交融，在空间的隔绝中以南飞北归的鸿雁传递问候的消息，以云起云生来看待兄弟间的匆匆聚散，读来感动人心。当时锡缜之弟锡纶为布伦托海帮办大臣，历古城领队大臣、塔尔巴哈台从参赞大臣、署伊犁将军，久任边疆；守孤城，抗强敌，为数千里内蒙古扎萨克所归附，威行西域。也正因如此，就不能还乡归家，兄弟睽隔，佳节难逢，只有将思念负之诗行，"忆弟看云，词意最为真挚"①。杜甫《月夜忆舍弟》是思亲怀友类诗歌中的代表性作品，"戍鼓断人行，边秋一雁声。露从今夜白，月是故乡明。有弟皆分散，无家问死生。寄书长不达，况乃未休兵"。这首诗作于乾元二年（759）秋，杜甫时在秦州。这年九月，史思明从范阳引兵南下，攻陷汴州，西进洛阳，山东、河南都处于战乱之中。彼时，杜甫的几个弟弟正分散在这一带，由于战事阻隔，音信不通，引起他强烈的忧虑和思念。《月夜忆舍弟》即是他当时思想感情的真实记录。锡缜集中，学杜最为用力，因而，锡缜忆弟诸诗虽然多用七律，与杜体不同，但情感力度、诗中所蕴含的真挚深沉是如一的。

具有忧世意识和关注现实的精神，创作上法乳杜甫而又出入元白等诗人的结合，锡缜或以白描手法入诗，或以历史典故入诗，不遵一轨，交互相容，但其创作特征是特定的历史文化、人文精神和诗学传统在特定的时代风会中的表现，而且在诗歌特色上均体现出了他的文学观和诗歌创作的主要特色。锡缜以自己对盛唐杜甫的现实主义笔法的传承，表达了在剧变的道咸年间的"仰邀明月同心少，凝恨斜阳独语难"（《漫兴》）的心情。他的诗歌既熔铸了杜诗的沉郁之气，但又有草原民族与生俱来的豪壮之情，虽然在仕宦途中也曾身历坎坷困顿，但毕竟曾有一展怀抱的机会，所以锡缜最终形成了自己的沉雄气象和深挚剀切的诗歌风格。

① （清）杨钟羲《雪桥诗话》卷12，第689页。

第五节　锡缜词的唐诗接受

除了诗歌创作，锡缜还有少量的词作传世。蒙古族汉语创作者习词者并不多见，习之，也多以词为“诗余”，故此，在锡缜现存的不多的词作中可以清晰感知他以写诗之余力为词，并以诗境延展而为词境的特色。因为他的诗歌创作袭风唐诗，而诗词同属韵文，自然，其词作间唐人诗影在在。或词句改用、或词境追摹，不一而足。

《虞美人·题余琴庵梅花仕女图》是一阕题图词，“仙人绿萼君须记，多恐前身是。倚窗独自问天工，谁把幽香围在月明中。花筛月影轻红碎，似此声难绘。爱看弄影不成眠，便是眠来也在画图间”。在词中上片，锡缜先用白居易七古长篇《霓裳羽衣舞歌》中“上元点鬟招萼绿，王母挥袂别飞琼”诗境入词，继而叙写花香。下片以花筛月影的落花声这一奇巧构思入词，以花影入梦为终，整首词都围绕梅花图而作，虽是应酬之作，亦可在清丽词笔中窥知并非轻率之作。《南乡子·题恭养泉瘦鹤吟馆诗词》是锡缜写给族叔恭钊的词作，恭钊性爱诗词，尤喜晚唐温李风格，锡缜这首词亦以恭钊词风写就，可谓知人之作。“绮语昔曾耽，笔底花香泥镜奁。别有痴情深似病，恹恹，愁比诗多总爱拈。别绪几年添，杯酒兰山好月衔。仙骨何缘新觉瘦，珊珊，俏立边风影更尖。”读来亦有类温庭筠词风格绮丽温婉之感。

锡缜一生宦海沉浮，始终系心国事，他的《满江红》和两首《金缕曲》都是沉郁苍凉、情感深挚诗风的延续，而词境亦复如是。庚申（1860）年五月英军侵占定海，六月侵占金州，七月沙俄侵占海参崴，八月英法联军先后在张家湾、八里桥大败僧格林沁、瑞麟、胜保所率各部，九月进犯北京，咸丰帝逃往热河，十月圆明园被焚烧掠夺，京城陷落，“在时人的记述里，四面仓皇是与枪炮声、哭喊声、詈骂声，以及抢掠、逃难、物价腾涌连为一体的”①。《满江红·庚申滦阳晚眺》词云：

向晚登高，禁不住，天风吹荡。留一片，斜阳倒影，愁云来往。正是四方离乱后，平看万里乾坤莽。更何堪，北向雁嗷嗷，杂悲响。

① 杨国强：《晚清的士人与世相》，三联书店 2008 年版，第 80 页。

村落渺，孤烟上。关塞黑，疏星朗。把无穷怀抱，来供俯仰，身世尽多人饭信，功名绝少封侯广。古今来，吾辈几升沉，抗心想。

“正是四方离乱后，平看万里乾坤莽”，英法联军攻入北京，京城陷落，是国家的大不幸。同年诗人因在户部陕西司任上因公事忤肃顺，被朝廷闲置。国家残破的忧患、个人不被任用的失落，使得彼时的锡缜满心忧虑，在一个深秋黄昏路经滦阳时，晚眺神州大地，不禁心潮起伏，写下这阕《满江红》来抒发自己内心的愤懑之情。登高临远之作率多咏怀诗词，锡缜这阕词也不例外，词境苍凉沉郁，与锡缜诗风颇似。除了这首剖白心迹的词作，锡缜还有两首写于客途的《金缕曲》词作，词风沉雄，词一曰：

金缕曲

六盘山僧舍

又出萧关去。马蹄痕，几番踏破，冻云凝处。省识六盘山上雪，少小寻诗旧路。偏对我，山容如故。二十五年经万里，漫相嘲吾发今非素。思往事，更追步。森严庙貌层峦护。镇盘旋，泾头陇尾，上方雄踞。回首高平城第一，当得凌空一顾。何处是，汉唐兵驻。建武大中遗迹渺，莽山川几点穷荒戍配。寒日下，岁云暮。

词二曰：

征雁更番去。最关情，几行斜字，晚霞飞处。偏是瓦亭关里月，惯照吾家客路。凭月色，年年如故。陟岵心情偕夙夜，望龙沙共此蟾圆素。思弱弟，阔前步。两番侍宦西都护。访穹碑，临边一笑，天山高踞。正我陇头寻远梦。瘦影风前自顾。更回首，慈云东驻。梦又被风吹万里，转燕台折到阳关戍。还立马，四山暮。

因写词是余事，所以锡缜不以专力为之，现存词作很少，更多时候，他以词作为朋侪之间的交游之用。这类作品虽是应酬时写就，但因其学识才力，也不乏轻巧倩丽之作，读之如晚唐小诗。如“近体江淹三十首，识君心。春去也，鸳梦可能寻。子细与伊论，真真。别来诗思怎？比情深。”（《诉衷情·题恭铁臣本事诗》）和“闲情何苦长相忆，追忆难忘，便不寻常。不独吟花句有香。知君不恨当时错，错也无妨，恨也情长。梦也于今尚断肠。”（《丑奴儿令·题恭铁臣本事诗》）

第六节 锡纶诗歌中的唐影

锡缜之弟锡纶，字子猷。同治七年（1868）出任布伦托海帮办大臣，提兵绝塞，劳于守边。光绪十一年（1885）由塔尔巴哈台参赞大臣署伊犁将军。张之洞咏《五北将》诗，锡纶名列其间，诗云：“匈奴象人射郅都，楚祭北门为黔夫。敌国所恶我所宝，羊陆市诈将人愚。迩来阃外盛材舞，敢战内寇怯战虏。何况罗刹逞睢盱，六国同声畏豺虎。一自昆弥叛不朝，王庭十载沦天骄。狡黠老渔伺便利，盗据‘瓯脱’容逋逃。豪杰陷贼能自拔，习惯沙场从结发。贤父战死沙州城，‘桓靖’美谥荣忠骨。贤兄博学高名起，武达文通一门里。国难家仇在西域，孤儿甘赴边城死。绝远无如塔城孤，斗入斯科环杂胡。藩篱外收哈萨克，犄角内结呼土图。匈奴未灭家何有，闭壁不许通妻孥。垦荒起疲变重镇，鄂博一步谁能踰。西邻责言众积毁，热血未冷霜盈颀。玉门望断敌人喜，刀笔纠擿纷纷起。私交不责许田郑，市租独苛代郡李。恩宽仅杀饰终仪，柳翣凄凉归万里。二卵弃将古有之，长城顿坏今已矣。鼓鼙声壮磬声悲，我皇听之思者谁。屯田未熟征夫老，界上来争帕尔碑。”对锡纶一生征战边地、保境安民的艰苦历程，及父子为国尽忠的传统尽皆写出。

锡纶父亲保恒赴国难而死边，锡纶负骨以归，后承父业守边。“京旗人士，视守边为畏途，自昔已然，将军乃独当其厄。”[①] 锡纶虽以武功著称于世，但并非不能诗，曾作《自题马上小影》自励，诗云：“马上谁？更生子。上马行行千万里，问子何为号更生？兵火冻馁不曾死，匍匐雪海冰天里，负骨还乡又来此。三十四年四度来，两衔帝命攻贼垒。封豕啞人劫不止，十年积恨何时已？始来束发今落齿，未报君恩臣老矣。吁嗟乎！更生子。”以唐人在表达情思时颇为擅长的歌行体形式表述了自己的艰难苦恨，时人以为“国难家艰，字字血泪”[②]。

清人诗文集中附载锡纶诗作若干首，最有影响的是仿杜甫同名作品而

① （清）郭则沄：《十朝诗乘》卷20，张寅彭主编：《民国诗话丛编》第4册，第678页。
② 同上。

成的《北征诗》。《北征》是杜甫代表性的叙事诗作，诗歌的叙事时间连续且完整。全诗按照从朝廷所在的凤翔到杜甫家小所在的鄜州的历程，依次叙述了蒙恩放归探亲、辞别朝廷启程时的忧虑情怀；归途所见景象和引起的感慨；到家后与妻子儿女团聚的悲喜交集的情景；在家中关切国家形势和对借用回鹘兵的隐忧；最后回顾了朝廷在安禄山叛乱之后的变化和表达了自己对国家前途的信心、对肃宗中兴的期望。锡纶《北征诗》全称为《北征诗赴布伦托海帮办大臣时所作》，诗歌叙事亦是以时间为经线贯串而成，诗云：

> 北方有征人，故是斡难派。少小事戎行，弱冠走边塞。往事不忍说，父母已见背。身轻君恩重，敢惮长征再。还家血战后，骨肉欣团圆。团圆日未几，离别生无端。回思恍如梦，触绪来悲酸。边月照铁衣，犹是前年寒。行行出居庸，载经古战场。风疾雁声小，日低驼影长。战骨不能朽，往往堆如霜。抚怀将帅才，独立天苍茫。风惊马乱嘶，雁叫河流冷。塞上秋声多，飒飒来悲哽。回风吹明月，皎皎上云岭。似慰望乡心，故照征人影。杀气薄元冥，凝结成雪花。天地失元黄，皓皓无垠涯。夜酌葡萄酒，醉起闻悲笳。金山不可度，西望长咨嗟。金山不可度，回首雁南归。岂不愿归去，简书无敢违。吾生恩怨重，感恩尤入脾。行止难自由，薄言知己思。

诗歌开篇“北方有征人，故是斡难派”即点明自己族属，斡难河也称鄂伦河、鄂诺河或鄂嫩河，古称黑水，为黑龙江上游之一，发源于蒙古小肯特山东麓，是蒙古部族的发祥地，1206年成吉思汗即位于此。“少小事戎行，弱冠走边塞”即指锡纶承续八旗传统，从武守边。“往事不忍说，父母已见背。身轻君恩重，敢惮长征再”指父亲保恒尽节死边，后被朝廷褒封为“桓靖公”并御赐碑文一事。据郭则沄《十朝诗乘》记载：“保桓靖恒权古城领队时，回匪方炽，连陷南路诸城。进攻宁夏、巩昌，桓靖预储粮，待寇至，与战大捷。未几，巩昌陷，复来犯，出奇兵击之。劳甚致疾。有诏调哈密，未赴。与后任惠壮节庆协力捍御，卒于军。明年春，城陷，壮节率妻女举火自焚。桓靖之妾女子妇亦赴火死。其子子猷将军锡纶负骨以归，御赐碑文，为张文襄在翰林时所撰，有云：‘半冰已尽，啮革餐筋。三版将倾，嚼龈裂眥。忘良夫之跛，每扪足以劳军；闻宗泽之呼，已伏弢而饮血，可谓壮矣。"[①]"还家血战后，骨肉欣团圆。团圆日未几，离别生无端。回思恍如梦，触绪来悲酸。"锡纶百战沙场，九死一生，偶有还家之期，不日则须分别，正如义山之谓"相见时难别亦难"。以下诗行用边月、铁衣、寒光、古战场、疾风、日影低、黄沙、驼队、大雁、战骨等一系列边塞诗中常见意象，写出了自己再度守边时望月思亲的自己和其他戍边将士的心声，诗境凄清中又隐含苍凉之气。"夜酌葡萄酒，醉起闻悲笳"一句反用王翰《凉州词》"葡萄美酒夜光杯，欲饮琵琶马上催"之语，表述自己戍边多年的思亲难见，唯有以酒解忧，醉起闻笳，悲从中来的苦辛。结句"吾生恩怨重，感恩尤入脾。行止难自由，薄言知己思"。对朝廷恩义难忘中有欲言又止之苦闷。《十朝诗乘》载其事曰："子猷之权镇伊犁也，俄患已迫。有阿尔泰山喇嘛棍噶札拉参曾，赐号'呼图克图'者，骁勇善战，科布多、塔尔巴哈台一带蒙民皆附之，拥众十万，屡与俄边人战。子猷深与结纳，相为犄角，俄人侵轶者，辄擒取之。以是为俄所忌，屡言于朝，求斥去之。遂叠罣吏议褫职，暂缓离任。妻子自都赴之，居以他所，不与相见，盖死边之志久已决矣。"可见锡纶写《北征诗》时，已是朝廷被俄人蛊惑对其猜忌而流言四起之时了。因此，"子猷身后，户部劾其借俄商饷银五万，前后奏报不符，撤销恤典"[②]。而同时大臣有借洋债六十万，户部却奏请筹偿之事。锡纶一生，以边塞为家，无论是在古城领队大臣、塔尔巴哈台参赞大臣任上，还是开署伊犁将军，守孤城，抗强敌，始终威行西域。其死边虽是求仁得仁，然凄凉晚景终不免令人有忠臣骨鲠之士难以行世之叹。"卒之日，箧中只敝衣数袭，所部将士及回民，无不泣下。迄今谈及，犹曰'好将军'。"[③] 他的《北征诗》"苍劲入古"[④]，读来荡气回肠。全诗按照从自己族源、父辈经历、承父业守边到探家、归来赴布伦托海帮办大臣任上所见的历程，依次叙述了自己作为蒙古族后裔、忠臣之后的自豪及悲慨情怀；百战还家后与妻子儿女团聚又转瞬离别的悲喜交集的情景；在赴布伦托海帮办大臣任上所见到的边塞景象引起的苍凉与乡思之叹；最后回表达了自己对朝廷的衷心及隐忧。锡缜之诗有杜诗的顿挫之气，但不似杜诗

---

① （清）郭则沄：《十朝诗乘》卷 20，第 678 页。

② 同上书，第 679 页。

③ （清）继昌：《行素斋杂记》，上海书店出版社 1984 年版。

④ （清）郭则沄：《十朝诗乘》卷 20，第 679 页。

那么沉郁，这多半是因为其蒙古武将的豪情所致。不过这首长篇诗作句句写实，叙自己行迹融情入景而又历历在目，全诗紧紧扣住“行程”这一线性过程，构成一个连续完整的叙事序列，叙事时又原原本本，首尾连贯，情景交融，强调事件发展的逻辑性，体现出严密的逻辑性和顺序性。而且叙事各部分循序渐进，首尾呼应，各部分之间相互贯串，脉络相连，完美地表现出叙事时间连续、完整的美学风范，将诗人保家卫国的情思融入连续、完整的线性叙事过程之中。诗人这样安排叙事时间，同杜甫的诗思脉络一致。这样的构思，显然出于锡纶与杜甫共有的“奉儒守官”的思想修养，从中可以看出，中国传统叙事的深厚的文化底蕴和民族融合后在共同的文学渊源哺育下形成的有机、统一、和谐的叙事审美要求。杜甫的叙事正是这种审美要求的典范，其艺术乳汁滋养了锡纶的叙事美学，在清代的蒙古族汉诗创作中得到了完满的传承。这首诗学杜而得其精髓，可谓晚清蒙古族边塞诗歌史上的精品。

锡缜是有意为诗而诗成，锡纶是无意为诗而诗亦成，他们兄弟聚少离多，现存资料并无共同探讨诗艺记录，但俱在无意中选择了唐代杜甫等写实性诗人为自己诗歌创作中的追摹对象，究其由，与锡缜家族对现实社会民生的关注和杜甫诗歌影响大这两个因素不可分离。

第十一章

清后期八旗驻防起家诗人瑞常、贵成、清瑞、白衣保、倭仁、恩泽、成多禄等创作的唐诗接受

清代八旗驻防制度开始于顺治朝，发展于康、雍两朝，迄乾隆朝大体完备。顺治年间，驻防各地的八旗兵丁仅一万五千余人，康、雍年间渐增至七万九千余人，乾、嘉年间达到十万余人。康熙至乾隆年间，八旗驻防在全国各地渐增。在东北驻防四十四处，在关内各省驻防二十处，在新疆驻防八处。八旗兵丁屯驻在全国七十余处重要城镇和水陆要冲，根据兵力多少各设将军、都统、副都统，或只设城守尉、防守尉为其统领，由此构成清朝控制全国的骨干力量。清代社会实行旗民分治，驻防旗人分散在全国各地后，均驻在为他们专门建立的满城（旗城）里，因此，除东北外，大部分驻防地处在汉人社会的包围中，一个个旗营，犹如大海中的座座孤岛①。八旗驻防分三级：一级驻防官兵多达三千人，由将军统领；二级驻防官兵一千到三千不等，由副都统统领；三级驻防官兵不过一千，由城守尉统领②。

清代蒙古族地域文学方面的特色，主要反映在八旗驻防文化上。蒙古族作家的文学创作得之于他们的生活经历和思想感悟。八旗入关后这种思想感情越来越丰富和深刻，因此他们不但创作出了内容更加深刻和广泛的诗歌来，而且在体裁方面也逐渐完备。八旗驻防聚八旗子弟而居，即以旗属为纽带聚集在同一区域共同生活。群居使八旗子弟有了可以依托的文化背景，八旗驻防文化也得以在此基础上产生，故而从居住区域考察八旗驻防的文化源流便成为现实的选择。衡量清代的八旗驻防文化至少有三个维度：第一，文化的民族性。虽然随着居住时间的流逝，八旗驻防固有的民

---

① 刘小萌：《清代八旗子弟》，辽宁民族出版社 2008 年版，第 20—21 页。

② ［韩］任桂淳：《清朝八旗驻防兴衰史》，三联书店 1993 年版，第 51 页。

族文化与所住地文化开始融和并同化，但八旗驻防文人保持本文化的民族性，保持自身民族文化认同，是八旗文化独立存在的前提。第二，文化的时代性。文化必须具有时代眼光，站在时代前沿，符合人类历史前进的潮流，因此，八旗驻防文化在保有自身民族性的同时，也应该随着所住地文化的流播亦有所传承和改变，这样才能以开放的心态接受更为先进的文化，也因之八旗驻防文化才能在自身民族属性不变的前提下，以一种鲜活和灵动的风姿，成为八旗文化中的引领者。八旗驻防文化汉化是清代八旗文化的核心内涵。第三，文化的实践性。八旗驻防特殊的历史地理环境和社会性质，决定了其文化探索与汉民的社会政治生活紧密地联结在一起，也就决定了八旗驻防文化必须经受时间的实践的检验。

驻守在不同地区的八旗子弟，虽然被严令不得与“民”交流，但华夏文化的影响却依然在潜移默化间改变了生活在其间的士人心态或精神气质，并且使他们深爱所处地域的汉族文化。这一点，随着时间的推移，在江南的八旗驻防将领身上体现得更为明显。究其由，可以感知地域对于所处者影响之重大。诚如梁启超先生对于地理环境与学术文化之间的紧密联系的认知，“气候山川之特征，影响于住民之性质；性质累代之蓄积发挥，衍为遗传。此特征又影响于习惯及思想。故同在一国，同在一时，而文化之度相去悬绝；或其度不甚相远，其质及其类不相蒙，则环境之分限使然也”①。清代蒙古八旗驻防文化习俗与文化思想，莫不与其所生长之地有绝大关系，对于驻防南方的将领来说，他们的文化气质上所呈现出的改变，甚至达到与草原民族的习性相悖的程度。推源地域自然环境对社会风俗的改变，大约是因为“五方地气有寒暑燥湿之不齐，故民群之习尚，悉随其风土为转移”②。因此，他们中的多数人，对于风神情韵兼备的唐诗颇有心仪，而在取法时，杭州驻防、京口、荆州八旗驻防将领偏爱清新雅丽之风格，河南、吉林驻防将领则偏爱典重朗润之风格。

清朝后期，随着全球资本经济的崛起，闭关锁国在让清帝国与世隔绝的同时，也渐渐地被新兴的欧亚小邦超越并欺侮。同光中兴是清代后期最后的回光返照，这时期的国家虽然内忧外患，但能臣干吏尚可支撑忧危局

---

① 梁启超：《近代学风之地理的分布》，《梁启超全集》，北京出版社 1999 年版，第 4259 页。

② 刘师培：《南北学派不同论・南北文学不同论》，《刘师培史学论著选集》，上海古籍出版社 2006 年版，第 177 页。

势。反映在八旗将领或其后人的文学作品中，可以清晰地看出如大唐末期的林林总总的士人心态的记录。

第一节　杭州驻防起家的瑞常和贵成

杭州位于钱塘江下游和大运河南端，商业贸易素称发达，是东南地区的商业中心和南北方经济文化交流的都会。杭州驻防满城建立于顺治年间。城内房屋二万余间，包括将军衙署和八旗官员的其他居所。驻防兵丁二千零五十名。城址靠近大运河和西湖西北部，“筑砌界墙环九里有余，穿城径三里，高一丈九尺，厚一庹，长一千九百六十二庹”[①]。杭州处于江南中心，这里地灵人杰，孕育了杰出的蒙古族八旗驻防诗人。

一　江南唐诗梦影中的瑞常

瑞常（？—1872），字芝生，号西樵，石尔德特氏，蒙古镶红旗人。杭州驻防。道光壬辰（1832）进士，历任编修、光禄寺卿、内阁学士、兵部侍郎、武英殿总裁、册封朝鲜正使，曾典江南乡试，又任左都御史、刑部、工部、户部、吏部尚书。同治十年（1871）拜文渊阁大学士，卒于同治十一年（1872）。著有《如舟吟馆诗钞》。《清史稿》卷389有传。

《如舟吟馆诗钞》是系年之作，共收诗三百二十七首。“其诗清新俊逸妙集众长，足以继苏白二公之后而为湖山生色也。”[②] 博采兼收、转益多师是瑞常诗歌的典型艺术特色，对唐代众多诗人诗风的承传也因此历历在目。《寄心庵诗话》云：“芝生先生为葆森座师，屡典秋试，藻鉴独精。昔典闽中，试过扬州，有诗云：脚插红尘十载遥，挂帆喜见水光摇。邗江风景浑如旧，明月难忘廿四桥。”不唯符葆森难忘瑞常诗歌之清新之气，我们至今读这首扬州诗仍可感知诗中的俊逸之气，令人遥想杜牧扬州情形。瑞常诗学溯源唐诗，其作品中也多有忆及。“自从学得王维法，磊石堆沙分外妍。”（《盆兰》）是夫子自道之语，其《田家》诗云：“茅屋两三间，负郭田数亩。……夕阳忽在山，稚子望门久。长儿躯犊行，次儿荷蓑走。归来近黄昏，厨中煮春韭。炊烟出柴门，蛾月挂疏柳。”吟读这首

① 张大昌辑：《杭州八旗驻防营志略》卷15，台湾文海出版社影印本。

② （清）夏同善：《如舟吟馆诗钞序》，（清）瑞常：《如舟吟馆诗钞》，清光绪间刻本。本文所引诗均出此。

诗歌，马上可以想到王维的“斜阳照墟落，穷巷牛羊归。野老念牧童，倚杖候荆扉。雉雊麦苗秀，蚕眠桑叶稀。田夫荷锄至，相见语依依。即此羡闲逸，怅然吟式微。”（《渭川田家》）乡村生活的安适与温情如出一辙。不过相较王维式的诗意田园，瑞常更着意的是对农家田园勤勉生活的刻画。“手胼与足胝，勤苦恒自守”，是诗人和王维的不同。再如《湖上》：“春色二分描，西湖荡画桡。东风吹杨柳，绿过段家桥。”简淡清新，少了王维诗中的幽秀之境。其《郊居》，诗云：

新萍漾碧满池塘，众绿围村树影凉。闲向柴门扶杖立，晚风吹送稻花香。

这是典型的接受盛唐王孟娴雅古淡田园诗风的作品。而《微雨过辛丰》：“细雨斜风暗客程，池塘水满听蛙鸣。牧儿牛背骑偏稳，披得蓑衣自在行。”细味之下，竟有韦应物诗之深秀。瑞常自认其诗的清新风格是习得王维，而实际上在他的诗集中，王孟韦柳的不同侧面的“清新”都可感知，这说明诗人在师法唐诗时，也已经能够做到与自己的诗歌情境交融，撷人之长为己所用。自然界是变幻无穷的，春夏的绿意盎然和秋冬的寒素往往是相伴而来的，瑞常诗集因是编年之作，仔细阅读，多是写景诗。在其获中进士之前，写春夏之景者为多，当宦海奔波开始后，写秋冬之景者为多。大约是诗人生性乐观之故，秋冬在诗人的眼中萧瑟苦况也并不多。“苔荒撑瘦石，木落见孤峰”（《初寒》）、“蟋蟀声多凉露白，玻璃窗静夜灯红”（《秋夜》），虽然纯是写景，依旧有无我之境的闲淡。瑞常偶有写景高远之作，如其《游二闸》：“秋色远连天，风光八月妍。白飞芦岸雪，凉罨柳堤烟。蓄水留双闸，清游记隔年。斜阳帆影堕，诗思渺无边。”一派秋高气爽，颇有杜牧“南山与秋色，气势两相高”（《长安秋望》）之高爽俊逸之气。而《怀伊笑山》则是沉挚之作了：“白露苍葭外，思君忆惘然。秋云山万叠，明月路三千。雁影空相忆，鱼书何处传。几时欣把晤，重与访林泉。”“满园秋色映斜晖，退食书斋未掩扉。忽向银河高处望，乡心又逐雁南飞。”（《秋夕口占》）秋色满园引动的是诗人的乡关之思，诗人的梦里故乡是杭州，马背上的蒙古八旗后裔经过数代人的传承，到瑞常时已经彻底衍变为江南士人了。

瑞常习诗用力，因此，现存诗作中佳篇颇多。其《山海关》：“一出雄关道路长，乱山枯草半河梁。数家矮屋成村落，万顷平沙接莽苍。夕照到墩圆似笠，朔风刺面利如钢。车中不觉征尘满，忽讶重裘白有霜。”“夕照到墩圆似笠”的比喻似是信手拈来，颇见功力。再如《小有余芳》：“放眼郊原外，天光共水光。田间新雨足，篱畔野花香。一鸟下深树，乱蛙鸣夕阳。不知归路晚，城郭已苍茫。”“一鸟下深树，乱蛙鸣夕阳。”一“下”字，一“鸣”字，诗歌中立刻动感十足。能把听觉、视觉都充分利用，还是习得王孟韦柳写景之作。这样的作品还有很多，如“槐街雨过午风清，宛转游丝漾晚晴。远树烟痕何处认，曝衣楼畔夕阳明。”（《晚眺》）诗境浑融而清新。

固然，清新的写景之作在瑞常诗集中占有主导地位，但这并不意味着他的诗歌只有清新的特色，一个优秀的诗人往往是转益多师的。瑞常虽身为达官贵人，诗作中却表现出颇能体察民情。如其《育蚕词》：“天暖天寒好护持，缫盆盼到吐新丝。茧成尽是心头血，罗绮人家那得知?”作品描写养蚕人的辛劳，对其生活显露出同情之心。宋人张俞《蚕妇》诗：“昨日入城市，归来泪满巾。遍身罗绮者，不是养蚕人!”瑞常的创作或受到启发，但他的诗作取材角度偏重育蚕的劳苦，其诗歌更多的是溯源始于杜甫、盛于元白的新乐府诗歌。

瑞常习汉诗多年，勤勉有加，其《自嘲》云：“逸兴有时飞，披衣中夜起。得句便挥毫，真如撞钟喜。”生动地刻画了诗人发自内心对诗歌创作的喜爱之情。瑞常曾有《学诗》诗，认为：“诗以道性情，所贵在清刻。”“性情”是诗人承传自唐诗主情而成的突出的创作特色。在性情中亦有诗人要坚守的人生品格。他的七律《落叶》云：“昨夜阶前叶有声，林园簌簌嫩寒生。风吹老树昏鸦集，霜满荒郊塞雁鸣。曲径归来凉雨歇，疏枝秃处夕阳明。始知松柏坚无比，苍翠何曾有变更?”明写秋寒之际，林园簌簌，霜满荒郊，而主题却在尾联：“始知松柏坚无比，苍翠何曾有变更?”无疑，作者实赞松柏岁寒之不凋，引以寄寓个人情怀。“清刻”不唯是诗歌的风格，也可见出清新刻削诗风中诗人对诗句的炼字炼意的重视。“凉月随人坐，微云带雁横。”（《秋暮》）“长笛一声吹，庭前秋月白。”（《暑退》）“淡月出深树，微风生晚凉。”（《秋暮》）这些诗句都是脍炙人口的。而在瑞常炼字或炼意时，唐诗亦常常成为他的诗作中典故或熟语。如其《陶然亭》：“久困尘埃里，登高眼忽明。山遥青霭合，树密晚烟生。春水绿围郭，夕阳红到城。地偏心自远，坐对一壶倾。”诗中颔联化用王维《终南山》“白云回望合，青霭入看无”之句，颈联又用到孟浩然《过故人庄》“绿树村边合，青山郭外斜”之诗意。《饯春》诗中“试问春从何处归”显然是白居易《大林寺桃花》“长恨春归无觅处”的转用。《答金可亭侍讲见赠即步原韵》颔联“共抱冰心餐苜蓿，重携铁网觅珊瑚”化用李商隐“愁将铁网罥珊瑚”（《燕台诗》）语。《即事》中“信是长安居不易，米珠薪桂费沉思”则含有唐典。唐代张固《幽闲鼓吹》记载：“白尚书应举，初至京，以诗谒著作顾况，顾睹姓名，熟视白公曰：‘米价方贵，居亦弗易。’”① 对诗句和典故的运用是诗歌接受中非常普遍的现象，而能在诗境中化用，则必须要有相似的人生经历、相通的心灵世界及知识储备。瑞常《岁暮写怀》诗云：

> 万瓦飞霜动晓钟，一年驹影又残冬。焚香暂把清怀寄，处世真难笑口逢。众醉独醒谁傲俗，务闲岁晚不如农。磨穿轮铁缘何事，宦海茫茫未息踪。

这首诗与杜牧的《九日齐山登高》诗境颇为相似。“江涵秋影雁初飞，与客携壶上翠微。尘世难逢开口笑，菊花须插满头归。但将酩酊酬佳节，不用登临恨落晖。古往今来只如此，牛山何必独沾衣”，是脍炙人口的诗歌，诗境中呈现的闲情中的萧索、个性中的乐观，都是生逢晚唐壮志难酬的杜牧所独有的。而瑞常在岁暮能写出的怀抱更加悲慨与无奈，但诗境大抵相似的这首作品，大约是缘于他与杜牧曾有过的相似的人生经历和气质。而《山行》则是采用杜牧诗题所写的七绝：“满山红叶晚秋天，茅屋斜临曲涧边。短彴偶然双屐踏，惊人水鸟破苍烟。”比起杜牧的清爽俊逸之诗风，更多了些悠然，少了些俊爽之气。

瑞常诗作的年代，是在道光早期，彼时的清帝国，虽然已不见康乾盛世的繁华，但因为外侵未至，农民起义尚未大规模的兴起，道光帝也颇能刻苦自励，因此，表象的繁荣是存在的，所以，在今日读瑞常诗，尽管也有对百姓生活关切之作，然而更多的还是记叙对杭州的忆念。瑞常先世即驻防杭州，故其为杭人。虽然瑞常宦海奔波，但是终其一生对杭州都有深刻的怀恋之情。同乡后学忆读其诗集，感喟：“是集分年编次，一生出处

① （唐）张固：《幽闲鼓吹》，文学书籍刊行社1956年，据明刻本影印本。

游踪宦迹历历可指，亦不藉西湖以传，然其中思亲忆弟及朋僚赠答之作，低回往复，未尝不时动乡关之思。此以知真山水真性情固有凝结于不可解者。千秋万岁，公之魂魄必犹依恋此湖也。”① 瑞常过世后，其子葵卿整理遗集，署曰生长西湖芝生氏著。其《西湖晚眺》诗云：“行过苏堤又白堤，湖边春色斗芳菲。萍浮嫩绿鱼儿唼，花落轻红燕子飞。忽听画船歌艳曲，遥看粉堞映斜晖。南屏一杵钟声动，催得游人款款归。”再如《春晴》，诗云：

入春才几日，天色蔚蓝描。鸟语风前碎，花光亭午娇。草青苏小墓，柳绿段家桥。潋滟波光里，扁舟一叶摇。

春风沉醉，春水拂柳，草色烟光、花香鸟语中，扁舟一叶飘摇，这是何等美丽的二月西湖，这些景色在诗人的心中打上了永远的烙印，使得他无论宦迹何处，依旧忆念杭州。十多年后，宦海飘荡的诗人又写下《思乡》：“思乡不解意缠绵，南北真疑气候偏。花过三春才见蝶，树稀五月未闻蝉。怕逢赤日窗先闭，为盼甘霖眼欲穿。曾记江南梅子熟，夜来风雨搅清眠。”在今日读这些诗作，其间感觉不到蒙古民族抑或八旗子弟之风范，更多的是沉浸在江南的唐诗梦影中的游子的感喟。“每逢佳节临，思亲泪常有”（《述怀》）、“迢迢京国梦，恋恋故乡情”（《除夕》）、“宦途滋味今尝遍，毕竟西湖莫肯忘”（《中秋书怀》）。不唯临节思乡，日常变动也常常引动诗人的乡情。咸丰辛亥（1851），时为江南考官的瑞常在诗中再忆江南，“遥忆江南风景好，莫愁湖畔待吟哦。”（《七月初旬出都》）江南的影迹在瑞常的心中永不磨灭，在他的诗中也时时记述。即便去往他乡之时，也可依稀感知。如《宿茌平》：“女儿女儿娇可怜，欲来不来茅舍边。琵琶若遇知音赏，不是浔阳亦黯然。”诗中用白居易《琵琶行》诗人激赏琵琶女之典故，写出宿茌平时所遇女子的娇羞之态，这样的女儿情态是江南女子中常见的。“苔藓侵阶绿，芙蕖绕槛香”（《水阁》）是刘禹锡曾经描述过的“草色入帘青”的翻写，侵阶苔藓、绕槛荷花亦是江南水乡景色。

在考中进士之前，瑞常的诗集中和师友唱和之作不多，但也有佳作，

① （清）夏同善：《如舟吟馆诗钞序》。

写于道光戊子（1828）的《文吟香茂才读书于菩提禅院即赠》中“春草不除生意满，小窗低映夜灯红”一联，情景交融，颇为生新。离家读书，偶有意兴阑珊之时，诗人会有“此身只合林泉隐，好上扁舟理钓竿”（《寄内》）的归隐情怀，但科考中式，心境自会大不同。“马蹄踏处笑春风”（《春闱报捷》），自然是转语孟郊《登科后》“春风得意马蹄疾”成句。从小生活在江南汉文化传承悠久之地，瑞常对士子功名和儒学都非常重视，因此他在诗作中数次提到“儒业须珍重”（《书寄雪堂弟》）。在诗人中，重视儒业者颇多，但代表性的诗人则是杜甫，我们不能因之说瑞常对儒业的珍重是传承自杜甫，但他的诗学可以溯源唐代是毫无疑问的。悼亡诗在瑞常的集中占有的比例不大，只在乙未年（1835）作有三首，戊申年（1848）作有一首，但情感真挚，诗境浑融，亦是习义山诗有所得却并不如义山哀恳。其《悼亡》诗云：“妆台寂寞难邀月，针线飘零欲化烟。最是娇儿含涕处，思亲无计到黄泉。”情辞深婉。

道光庚戌（1850），瑞常出使朝鲜归来，“路经海角游踪远，话到风怀客梦牵。”（《正月下浣归自朝鲜》）他并没有在诗歌中流露自己对政治局势的观察，只是说到思乡之苦。乡关之思似乎是瑞常诗歌中恒久的江南书写主题，可见，少年时代的杭州驻防生涯带给他一生的魂牵梦萦。而华夏文化抑或说是儒家文化“达则兼济天下，贫则独善其身”，也是瑞常一生安身立命的旨归。三年后他写下《无题》诗：“宦亦飘零如转蓬，能为劲草自当风。虚心且学窗前竹，蕉尾何嫌爨下桐。处世尧夫胸磊落，安贫颜子乐冲融。读书所贵希前哲，时运休占塞与通。”又四年，外忧渐至，时局日危，“读书空说成材易，作宦无如济变难。满野鸿嗷风色冷，四方豕突阵云盘。镜清寰海我归去，西子湖边理钓竿。”（《世事》）面对国家残破的局势，瑞常此时表现出的心情犹如晚唐局势中的士人，用隐晦的笔墨书写内心的惶惑，一振乾坤的雄心却不再了。这一时期的怀古诗也常常是将唐人笔墨下的诗赋拿来，重新自出己意。如《读阿房宫赋有感》：“环佩出深宫，铿锵度晚风。月明双袖碧，灯敞六街红。”与杜牧的《阿房宫赋》的宏大华丽叙事迥然不同。《马嵬怀古》诗云：“鸟啼花落总凄凉，奈此崎岖蜀道长。埋玉至今云黯淡，升仙到底事微茫。女牛密誓留私语，锦袜传观枉断肠。回首咸阳歌舞地，尊前难觅荔枝香。”是将白居易《长恨歌》叙述的情事重构入诗的，诗尾的“尊前难觅荔枝香”暗用杜牧“一骑红尘妃子笑，无人知是荔枝来”（《过华清宫》）典故。瑞昌这首诗诗意平和，较之李商隐《马嵬》的婉而多讽，诗歌功力相差颇多。“纨扇摇清飔，团圞若明镜。朱夏倏变迁，红颜岂长映。妾心纨素同，贞洁不改性。漫道捐弃时，秋风伤薄命。”（《纨扇》）一诗也是此类作品。作为一名有责任感的士人，对于国家被迫改易中的艰难，瑞常是敏锐的，因之，在他的诗作中隐晦地有所表现，他和晚唐士人想要介入时政而运蹇的情形有相通之处。

二　贵成诗歌中的唐诗影响

贵成，字镜泉，马佳氏，蒙古正白旗人，杭州驻防。道光癸卯（1843）举人。任兵部郎中，累官至热河兵备道。著有《灵石山房诗草》。

贵成现存诗数量不多，对国计民生的关切之情是其诗歌主旨。诗歌接受唐宋兼收。其《种粟》诗云：“罂粟摇风灿似霞，栽来获利胜桑麻。好官信是从民便，也算河阳一县花。”[①] 袁祖光《绿天香雪簃诗话》：“咸、同以后，中省种粟者连阡接畛，农家习为故常，官吏亦倍利也，而听之。贵镜泉驾部诗云云。语婉而讽。”[②] 这样的诗歌在诗集中不少，显然是承传自唐代白居易“文章合为时而著，歌诗合为事而作”的新乐府精神而来。

贵成生活的时代，清帝国的盛世已不复存在，第一、第二次鸦片战争之后，挨打受辱的中华历史与世界资本主义的强烈震撼下，士人心中的困惑更多，读书，抑或说读圣贤书是否有用是他们渐渐开始思索的问题。贵成《感怀》诗曰：

> 柴门镇掩剑频磨，岁月惊心电影过。拟结名流今日少，欲吟好句古人多。疗贫无计空愁绝，作事常乖奈命何！不信读书偏误我，几回搔首发悲歌。

最早使用“电影”一词的是初唐诗人王无竞，他在一首描写三峡夏夜雷雨风光的诗中有“电影江前落，雷声峡外长”的句子。贵成此处使用，是以此典来表示岁月流转的瞬息之变。看着流光逝去却无可奈何、无补世道变迁这类诗歌在贵成的诗集中占有相当数量。

除了关注民生、感喟自己怀抱难伸之外，和其他蒙古族汉诗创作者一

---

① （清）贵成：《灵石山房诗草》，同治间刻本。本节所引诗出此。

② 转引自《清诗纪事》，第 2873 页。

样，贵成诗集中有不少的写景诗，其五言近体诗《湖楼望雨》云："忽失来时景，留人雨沛然。山高云截树，风卷水摇天。双塔烟中锁，孤帆镜里悬。湖楼吟好句，千古属坡仙。"对仗工整，情景交融。也是典型的由唐诗流变传承的诗作。

第二节　京口驻防清瑞的唐诗接受

京口地处长江下游，北临大江，南据峻岭，形势险要，为兵家所重。其地为江南运河的北口，过长江与江淮运河相连。顺治十一年（1654）在京口设置驻防。

清瑞（1788—1858）字霁山，瓮鄂尔图特氏，蒙古正白旗人，京口驻防，诸生，著有《江上草堂诗集》。

清瑞诗集中最为引人注目的是七古诗歌。写景则气势磅礴，写实则关注民生，深得唐代七古真谛。其写风景名作《天下第一江山歌》，表达了自己对于故乡京口（今镇江）的热爱，诗云：

> 君不见长江之水岷源来，奔流到此不复回。又不见钟山发脉三百里，直到金河截然止。其中突起地肺山，第八洞天云雾里。我曾举手攀云松，松间云拥三茅峰。有时云化一江水，片帆如在明镜中。如此江山真第一，品题论定吴琚笔。西津无水不来潮，东向海门观日出。六朝山影樽前收，一派江声笔底流。左金右焦阙双阙，仿佛玉帛朝诸侯。既障狂澜还对峙，卓然竟作中流砥。须臾霞彩映江飞，青天倒转作江底。豪情高唱大江东，掀髯一笑来清风。风流绝代苏玉局，天下古今无此翁。天阙名区住名士，称此江山乐无比。更有中泠第一泉，闲来试向松风煎。对此江山选名胜，几人搔首问青天。少陵无人谪仙死，天纵狂歌谁继起？起看江月照江清，淘尽英雄是此声。古今不少真才子，有如一去长江水。①

诗歌的开篇，清瑞就模仿李白《将进酒》"君不见黄河之水天上来，奔流到海不复回"写下了"君不见长江之水岷源来，奔流到此不复回"。

---

① （清）清瑞：《江上草堂诗集》，民国6年（1917）铅印本。

接着一气呵成，以钟山之尾、有“天下第一福地”之称的地肺山、第八洞天、三茅峰、左金山右焦山和山间所夹之明镜般江水写出镇江地势之奇伟，名士、名泉（江苏镇江金山寺外的中泠泉是“天下第一泉”）、名山水，后两者都有了，如此江山下，高唱大江东去的苏轼苏玉局自然令诗人难以忘记。不过清瑞在诗中更惦记的古人还是唐代大诗人。“少陵无人谪仙死，天纵狂歌谁继起？”诗人在这两句诗歌中感慨，现在已不见杜甫李白，如此秀丽江山无人高歌赞美真是太遗憾了。“唐以前七古，篇幅都不大，很少有超过三十句的。梁陈七古，受当时诗风影响，境界一般都比较狭窄，风格比较委靡。唐代七古，从四杰时起，就开了新局面……继由包括李白、杜甫、韩愈、白居易、元稹等大家从各方面进一步发展变化。”① 清瑞习诗，尤其是七古，自然是取法唐代李白杜甫，就上引诗作而言，更多的是对李白七古的摹写，再加之以自己对所描摹对象的观察、感受，在景色的低回俯瞰中发展变化，形成这首写景毫不逊于同时代诗人的诗作。而他对京口的热爱也展示了清代驻防八旗同当地百姓的交流融合，以及被汉文化习染的程度。

清瑞习得杜甫七古的代表性作品是《水灾行》，这首诗歌与清代初年的蒙古族诗人梦麟取法杜甫的代表性七古作品是同题诗作。诗云：

江头六月风怒号，海门吹起无边涛。天吴霞奋冯夷舞，奇灾天降民安逃。几日膏腴成泽国，潮来忽变江天色。初如万弩突发不可测，又如万马齐奔不可勒。沙洲见树一尺高，城市行船半篙直。更惊水自江北来，维扬五坝同时开。水与民命争一瞬，山崩地坼如奔雷。十丈潮头作山立，淮阴不见韩侯台。流离目睹无栖止，呼号声比征鸿哀。白昼鱼龙与人伍，况经无日无风雨。阴霾弥月黯青天，问天何日民安堵？眼下灾民已苦饥，再迟霜雪寒无衣。纵使江潮有时退，嗷嗷几至无遗类。墙颓屋倒何所归？对江空洒穷途泪。可怜赤子诚何辜？流亡满目谁其苏？我亦有心摹郑侠，挥毫细绘流民图。

清瑞这首诗所写是长江水患，与梦麟所写的淮河水患虽然并非同一水系，但造成的后果是一样的。诗歌没有系年，大约是描述道光二十八年

① 余恕诚、吴怀东：《唐诗与其他文体之关系》，中华书局2012年版，第39页。

（1848）江阴水灾，彼时饥民载道，流离失所，这场水患给百姓造成了深重的灾难。诗人在作品中提到想要效仿的郑侠，字介夫，号一拂居士、大庆居士，福清（今属福建）人。生于北宋庆历元年，熙宁六年（1073）大旱，赤地千里，熙宁七年（1074），郑侠绘《流民图》，把新法执行后农民逃荒，饥寒交迫的情景上奏朝廷，王安石被迫辞去相位，而郑侠也因此被处以杖刑和记过。清瑞只是一介书生，并非官员，所以不能把自己对现实生活的想法奏达朝廷，但他依旧希望自己可以有画笔绘出当时的人间惨剧。“嗷嗷几至无遗类”、“墙颓屋倒何所归”就是水患中的百姓的真实写照。

清瑞取法唐人的现实主义诗作的描写手法虽然和梦麟都是源出杜甫，但在梦麟的笔下更多展露了气势磅礴，其悲慨怒号之声几可透过诗笔传达给读者，在清瑞诗歌中却缺少这种“刻露”。从某种程度上体现出清代后期蒙古族八旗诗人，较之前期被汉文化习染的程度日益加重。当然清瑞的个性和生活气局与梦麟迥然不同也是重要因素。

第三节　荆州驻防起家的白衣保和恩泽的唐诗范式

荆州位于长江中上游，当楚地正中，自古为东南重镇，也是连接北京与云贵两省的重要交通枢纽。康熙年间正式设立驻防，兵额渐增至五千余。

一　颇近唐音的白衣保

白衣保，字命之，一字鹤亭，又号香山。任蒙古镶黄旗印务章京。授荆州蒙古佐领，升右翼协领。[①] 有道光间刻本《鹤亭诗稿》一册。《清诗纪事》载其为满洲旗人。《熙朝雅颂集》明确指出其为蒙古人，并在卷九十收白衣保诗作四十一首。从白衣保家族的递嬗，可以清晰看出满族入住中原后满蒙世家子弟对汉文化的吸收融合过程。白衣保曾祖达齐哈，官镶黄旗满洲佐领，从龙入关，是有功的武将。祖父阿什坦则是顺治九年（1652）首科八旗进士，因熟通满蒙汉文字、四书五经，被康熙皇帝誉为

① （清）恩华纂辑，关纪新整理、点校：《八旗艺文编目》，辽宁民族出版社2006年版，第127页。

“我朝大儒”。父亲和素，为著名翻译家，曾经殿试满文第一，充任武英殿翻书房总管。到白衣保，已经能用汉语熟练作诗，至此，这个家族已经蜕变为温文儒雅的书香门第了。儿子廷路宦迹大江南北，娶清代常州画派名家恽格的曾孙女恽珠为妻。孙子麟庆曾官河道总督，亦以诗文称名，并有较高的绘画艺术修养，所著《鸿雪因缘图记》以文图并茂的独特形式行世。

关于白衣保诗歌中的唐音，时人已有定评。如张维屏《国朝诗人征略·听松庐诗话》就曾明确指出“鹤亭参领佳句颇近唐音”。

白衣保诗歌以山水行旅题材为主。他注意对生活的感悟，不刻画，不雕琢，浑然而就，创作出许多脍炙人口的诗句。《夜月怀孙在原夫子》云：

> 闭门深院静，犬吠隔花荫。微雨过疏竹，晚凉生暮林。月明檐鸟息，风定寺钟沉。君子久不至，何由达此心。

写夜月下对友人的思念，宁静安谧的意境中仿佛沁透清爽空寒的凉意，其中“微雨过疏竹，晚凉生暮林”一联，化用孟浩然的名句“微云淡河汉，疏雨滴梧桐”的句意，又切合眼前实景。《晚晴游大悲寺》写黄昏时游大悲寺的情景：

> 急雨过山颠，乘凉古寺前。渴虹垂大泽，高鸟下青天。乱水人争渡，夕阳僧独还。黄昏犹未去，坐久爱林泉。

这首诗从骤雨初晴、虹垂暮空、飞鸟去来的眼前景写到江村争渡、寺僧踽踽独行于夕阳下之情境，笔调闲淡显豁，情趣幽寂脱俗，最能见出白衣保风格淡雅的特色。其中“乱水人争渡，夕阳僧独还”一联，既化用了孟浩然“山寺鸣钟昼已昏，渔梁渡头争渡喧（《夜归鹿门歌》）”的诗境，又增添了明丽的色彩。

白衣保虽然是官场中人，但他比较淡泊名利，心境颇似盛唐诗人王维，他的诗作艺境也有很多似王维诗歌。白衣保的山水田园诗侧重描写各种闲情逸致，诸如高士的孤怀、隐居的幽寂、登临的清兴等，表现始终比较平和。由于其一生没有经历过重大的变故，未卷入过尖锐的政治斗争，又生活在承平时世，不可能写出具有强烈激情的鸿篇巨制，现存诗作对民生也没有太多的关注。他善于捕捉清新的感受，善于把握微妙的情绪，并统一于空灵的境界中。《夜坐寒碧轩》云："暮色晕寒碧，寥寥烟外钟。客心淡流水，鹤梦冷枯松。下榻云生壁，开门雪满峰。卜邻曾有约，何日洗尘容。"诗人通过虚实关系的巧妙处理，将暮色、钟声、客心、鹤梦等意象巧妙地组织在一起，让每一处景物都表现出冬夜的寒寂和孤清。《宝藏寺》云："怪石临溪住，游人到此稀。鹤冲苍霭下，僧踏乱云归。瀑布分山脚，残阳上客衣。入春才数日，触处渐芳菲。"苍烟暮霭中的孤鹤和踏云归来的游僧，还有山溪野瀑中寂寥的游客，都凝练造就了孤寂的诗境。然而入春才数日就渐妍的芳菲，还是在孤寂中呈出一丝暖意。

白衣保的诗句语言清秀自然。法式善认为其"有辋川余音"①，如《芳树窝》。诗云："秋深失浓影，叶叶随风堕。山人倦扫除，抱膝树根坐。"《芳树窝》寄情兴于自然美，力求以精练短小的篇幅表现出清新娴雅、空灵淡泊、富有韵外之致的特色。不啻是一幅深秋剪影。其实，比较白衣保对于王孟的接受，其诗更少些王维的幽远空灵，多孟浩然的恬淡安闲。他诗若《游万松山》、《山僧吟赠青眉道人》、《雨霁寻龙泉庵》、《雪后野望》、《春愁》、《晚霁至新堡》等作品，俱都显示出了这一特点。《登听涛亭》其五云："虫声促归屐，木末日将斜。小憩寻僧舍，微吟过酒家。故人捐薄俸，秋圃买黄花。还约重阳日，龙山吊孟嘉。"整首诗不但用孟浩然《过故人庄意》之诗情、诗境，而且字面也颇多重复，是非常典型的规摹孟诗之作。白衣保身为官员，虽然表面上将全副身心放入对自然的欣赏中，但儒家伦理规范的训导，使得他的心中自有成就功业的大志。当时光蹉跎，功业难成时，他也有仕途迷津的失意之感。《秋兴》就是诗人听着秋蝉鸣叫，感慨人生易老的佳作。诗曰："秋事闻蛩语，年华看水流。未伸鸿鹄志，空作稻粱谋。慷慨新诗卷，凄凉旧酒楼。却怜风雨夜，归梦在渔舟。"以诗人的惆怅的心情写出深秋迷茫凄寒的景致，兴寄自然，是习孟诗的一大收获。有学者云："孟浩然首先将兴寄引入近体山水诗"②，孟浩然诗歌的寓意和写景常常相得益彰，尤其是在表达自己仕途微渺的山水诗中更是如此。白衣保虽然已登仕途，但前路怊怅，他也常常以山水之情寄托仕宦之路的顿挫之感。

---

① （清）法式善：《梧门诗话》卷13，张寅彭、强迪艺编校：《梧门诗话合校》，第372页。
② 葛晓音：《唐诗宋词十五讲》，北京大学出版社2003年版，第41页。

意境浑融的整诗在白衣保的现存诗中很多，除此而外，他的佳句也不少。如“夕阳沉大野，云树壮高秋”（《秋日登慈云阁晚眺》）、“木落高原静，云归大泽宽”（《晓望》）、“白云归壑满，飞瀑到窗明”（《登听涛亭》其一）、“水从天上落，人自日边来”（《渡黄河》），都是从大处落笔，展示山川的宏丽之美。当然，除了山水的浸染外，他也从田园中感受诗歌的魅力。《秋日同戴通乾方充宇国天峰出右安门访明复庵共游赭园》之“稻熟村村雨，荷香院院风”，就是朴素自然而极富诗意之句。

盛唐气象带给后人的诗美是无穷的，清代诗人无论蒙汉都无法回避唐诗这座高峰，这既使得他们仰望，也在诗歌中流出欣羡之意，白衣保自然也不例外。他曾发出“诗句唐天宝，风流晋永和”（《登听涛亭》其四）的喟叹，遗憾自己不曾目睹盛唐诗坛的繁茂，也无法追慕魏晋风度。

白衣保诗作五七言俱可观。法式善曾云：“白衣保诗近体为工，七言与丁卯相埒，五言骎骎乎有偏师捣长城之概，非时辈所及。”① 中唐诗人刘长卿自谓五言长城，晚唐诗人许浑有诗集《丁卯集》，法式善此言当是指白衣保七言近许浑诗境。《秋雨书怀》云：

> 楚天寥泬雁低飞，十里濛濛隔翠微。穷巷漫夸居有竹，薄寒谁念客无衣。烟波远浦孤帆落，蓑笠平原一犊归。却忆故园风景好，芦花如雪绕鱼矶。

白衣保曾官荆州参领，楚地风物曾给他留下深刻印象。深秋楚天，秋雨淋漓，潮寒之气是北人难以忍受的，在这样的日子，诗人更加思念故园乡关，而满地的芦花也是客子乡愁中最难忘怀的风景。诗歌中呈现的包含远近的恢弘气势和情满山水的意境，则是许浑诗中常见的。《雨后重游太晖观》云：

> 扁舟偶泊水之涯，古墓阴阴一径斜。钓浦雨晴生杜若，斋坛风静落松花。闲思往事还宜梦，暂息劳生莫问家。久坐不知归路晚，夕阳芳草数声蛙。

---

① （清）法式善：《八旗诗话》，张寅彭、强迪艺编著：《梧门诗话合校》，第517—518页。

符葆森《国朝正雅集》引《十二石山斋诗话》曰：“往日所历之境，今日思之梦也。今日所历之境，异日思之亦梦也。尘寰扰攘，家室萦心，梦中之苦况也。”① 行旅之中的诗人惯用花草树木作为情志感发的触发点。王昌龄曰：“久用精思，未契意象，力疲智竭，放安神思，心偶照镜，率然而生，曰生思。”② 白衣保诗中无论杜若还是松花，都属“生思”之物象，这并非诗人的有意安排，而是他“放安神思”的结果，是诗心对大自然的触发，是感情流动中能触动怀乡之情又能寄托怀想的审美意象。《己巳春余将赴任荆南留别都门诸友》中“春风北地书无据，夜雨西窗梦有因”之春风北地、夜雨西窗，《荆门道中》中“山色不随行客去，涧声常过白云来”之山色、行客、涧声、白云，《寄怀方充宇》中“独有春风动离思，杏花时节梦江南”之春风、离思、杏花、江南都属这样的审美意象。他们传达了诗人的性情和美感，在清新可诵之中传达出幽远的唐音的呼唤。

白衣保诗五言多冲淡自然之作，七言则深情幽远。但无论哪种体式，他都是习唐人而有所承传。

二　恩泽马上豪情中的唐风

恩泽（？—1899），字雨三，噶奇特氏，蒙古镶蓝旗人，荆州驻防。著有诗稿《守来山房櫜鞬馀吟》。

恩泽一生以武功行世。光绪初，以佐领从金顺出关，克黄田，复乌鲁木齐诸城，擢协领。其秋，回寇奔呼图壁，追击之，大溃，又扼之头屯河，白彦虎益窘。进攻玛纳斯，轰溃城垣数丈，恩泽先登，诸军继之，城拔，晋副都统。历权巴里坤、乌鲁木齐领队大臣。以刘锦棠荐，除吉林副都统，移珲春。二十年（1894），日本败盟，与将军长顺筹战守。乃治团练，筑台垒，设疑兵，敌知有备，引兵去。寻署将军。其时东山马贼猖獗，伯都讷、乌拉教匪乘机窃发，窜扰官街、白旗屯。恩泽闻警，率师分击之，夷其坚堡。又遣提督云春等，搜东山逸匪。明年，调黑龙江，督边防。先后疏请改练洋操，招垦荒地，赈恤穷乏。俄而胡匪据观音山南北围，谋劫金厂。恩泽诇知之，严备以待。已，寇果至，营官王槐林等迎击，大败之。别遣将大搜山林，自是首观音山讫乌苏里满卡，千余里无寇

① （清）符葆森：《国朝正雅集》，清咸丰七年（1857）刻本。

② （明）胡震亨：《唐音癸签》卷2，四库全书本。

踪。又以挠力沟素窟匪，留兵镇摄之。上以为能，降敕褒嘉。二十五年(1899)，卒于官，予黑龙江及立功省分建祠。①

恩泽是晚清著名的戍守边关的八旗勇士。宣统元年（1909）长至日（冬至日俗称长至日）王闿运为其诗稿作序，序曰："……公起文儒，补兵官已，后于僧多之时积资署珲春副都统，近接俄边，则皇皇饬守备议战事。当同治初，议和者谓之大奸，及公任时，论战者谓之大愚。庙谟随群臣为转移，群臣视时势为趣向。公虽有奇谋秘计，不能违众。及和议坚，时事亟，钦圣流涕谓程巡抚曰：'使恩泽在，何至如此？'盖以其任黑龙江将军时，尝有密议及调护之功，中外未之闻也。至今唯传其争界线去俄官二事，盖其所补微矣。左文襄尝比公为阿文成，阿当全盛时成拓土之功，公当艰难时仅有保境之名。然亦谁能为公悲也。故次叙所存奏议诗篇以示后人。而具论人才穷达之遭，以塞论史之谈，公既经生，所为诗或乖於对偶、声韵，一皆仍之，以存其真……"② 对恩泽的德行才能及其对后世的影响做了一个恰切的评价。

恩泽虽是行伍之人，诗稿亦是公余之暇所作，然而观其诗歌，诗境浑融醇厚，不亚于同时文士。

恩泽曾作有多首依唐人诗韵或诗题之作，《戏反白香山啄木曲韵调一依其旧》云："好卖宝剪刀，莫惜千金值。豹虎满中原，虏头斫又得。勤磨解结锥，须加些气力。不闻张与苏，志士用又得。多染红丝线，留待好颜色。如遇感恩人，平原绣又得。常近红炉火，寒冽教多逼。携出两袖春，雪里送又得。刀能斫，虏人头；锥能销，志士结；线能绣，感恩情；火能暖，寒炉雪。况乃加饮圣神杯，万念千忧触不歇。"白居易《啄木曲》是以奇巧之思咏叹外在力量不能消解忧愁的名篇，诗曰："莫买宝剪刀，虚费千金直。我有心中愁，知君剪不得。莫磨解结锥，徒劳人气力。我有肠中结，知君解不得。莫染红丝线，徒夸好颜色。我有双泪珠，知君穿不得。莫近红炉火，炎气徒相逼。我有两鬓霜，知君销不得。刀不能剪心愁，锥不能解肠结。线不能穿泪珠，火不能销鬓雪。不如饮此神圣杯，万念千忧一时歇。"原诗只是描写了相思中的女子之愁闷，恩泽拓展白诗诗境，反用其意，将白诗巧妙譬喻的宝剪刀、解结锥、红丝线、红炉火、

① 《清史稿》列传240。

② （清）王闿运：《守来山房爨鞬馀吟序》，（清）恩泽：《守来山房爨鞬馀吟》，国家图书馆存二册稿本。本节所选诗均出此书。

两鬓霜等，扩大到知遇之人和豪杰志士手中，得其所长。是习唐诗而能以己怀出之的显例。

除此而外，用唐人诗句、诗意入诗者更多。《再上岳阳楼》云："到斯孰敢放诗狂，杜老乾坤一口张。莫怪洞庭今忽敛，烟波不用小文章。"杜甫曾有《登岳阳楼》："昔闻洞庭水，今上岳阳楼。吴楚东南坼，乾坤日夜浮。亲朋无一字，老病有孤舟。戎马关山北，凭轩涕泗流。"恩泽对杜甫这首诗歌的崇敬之心昭然可见。恩泽一生以报国为己任，作诗也敬重杜甫，"诗唯老杜始称才"（《自遣爰记所游》）是他的心声。但在实际的创作中，不唯杜甫，诸多唐人诗句、诗境、诗情、诗意都可被其续用、转用、引用。《洞庭曲》有句"似闻鼓瑶瑟，依依隔前汀"，显然是续写钱起《湘灵鼓瑟》"曲终人不见，江上数峰青"之诗境而来。《唐宫祠》云："有诏君王递酒杯，沉香亭子快为开。玉容无主杨妃醉，又报夫人虢国来。"承传了张祜"虢国夫人承主恩"（《虢国夫人》）之诗意。《北河旅馆赠歌妓金环》云："行向北河偶驻骖，何来小燕话呢喃。虾蟆陵下人初出，学得琵琶恰十三。"自从白居易《琵琶歌》流传后世，士人便经常在写及歌女时引用其诗句。《偶成》有句云："旌旗影里黄沙漠，画角声中白骨堆。"虽然是恩泽常年征战惯见的情形，但晚唐诗人曹松的《己亥岁》（泽国江山入战图，生民何计乐樵苏。凭君莫话封侯事，一将功成万骨枯。传闻一战百神愁，两岸强兵过未休。谁道沧江总无事，近来长共血争流。）未尝没有给他留下深刻印象，使其在作诗时无意识地承传了其中的诗情。

恩泽在师范唐人的同时，多年的浸淫诗歌创作的经验，他守边御敌的戎马岁月的磨炼，在对俄外交军事训练中积累的涵养，等等，都使得他洞明世事而又反诸于诗歌创作中。他的咏史抒怀诗作含蓄隽永、沉挚蕴藉。《武昌怀古》诗云：

> 千载登临古鹤楼，大江日日尽东流。铁沉不锁英雄梦，笛散空惊水国秋。庾亮风怀成往迹，吴王霸业感荒丘。何人雅抱澄清志，一洗干戈满目愁。

在这首诗中，恩泽以唐代崔颢曾写下七律名篇的黄鹤楼为起点，但并没有沉浸其中，而是旷望大江，发千古之幽怀：曾经的刘禹锡笔下的千寻铁锁没有因沉到江底就锁住了英雄的梦，而杜牧的落日楼台下的一笛风里吹走的是水国的清秋。庾亮风怀、吴王霸业都被滚滚东逝的浪花淘尽，试看今日神州，烽烟遍地，干戈满目，谁能将大江澄清，洗去诗人满目的哀愁呢？这首诗歌打并唐诗、典故入诗，扩大了诗歌的涵量，但运用自如，毫无牵强之感。其中颔联、颈联对仗工稳，在时空的拓展中融历史的影迹，确为七律咏史佳作。其《予隶骁骑校之职好我者皆以为非宜爰书一律以自勉兼解众惑》："拚却寒窗十载盟，青灯五福作书生。甘将武备移文事，权把时鲜当大烹。易逝驹光唯岁月，难醒蝶梦是功名。家贫亲老兼身拙，谁解前贤择禄情。"也是师范杜甫近体而成的七律佳作。

恩泽常年征战在外，在思念家乡的同时，也遥想家人对自己的思念，其《秋闺怨》云："梧桐叶落又秋霜，无限相思拨兽香。今夜月明风露冷，多情孰抱旅人裳。""诗以情为主，景为宾。景物无自生，惟情所化。情哀则景哀，情乐则景乐。唐诗能融景入情，寄情于景。"[①] 恩泽此诗寄情于景，融景入情之佳作，故此恩泽此诗虽是简淡之语，却传达无限深挚之情。诗歌所传达的情绪，与杜甫的《月夜》是一脉相承的。

恩泽作为一名蒙古族将军，虽然偶有儿女情长之时，但英雄气概是贯穿其作品的主题，这正与盛唐气象相吻合，昂扬、向上、健康、明朗的诗思，在"九日霜寒幕府开，喧阗笳鼓度龙堆。健儿马上歌远笑，行取楼兰衣锦回"（《度戈壁》）和"剑光垂白虹，胡马响边风。身在天山外，春回地轴中。敲诗饶益友，把酒忆英雄。不斩楼兰首，谁跨介子功"（《新春书怀》其一）中体现得淋漓尽致。"黄沙落日弓刀健，红树秋风觱篥催。"（《出嘉峪关》）既是即景抒情，也是诗人苦学杜诗，炼字炼意所成的精美诗句。在紧张的战斗中，恩泽时常以诗笔来记录现实，记载历史。其《镇东楼放歌》写诗人在珲春为官时，与俄人争界事："极目见衙帐，强邻在咫尺。险既无我凭，利多看人获……将取必故与，以一待千百。不然海山险，草芥同不惜……国事切己忧，忍敢视路陌……"百年后读来依然有警醒作用。

恩泽曾在《赠葆亭仲畊暨幕府诸人》中写有"实有才名虎啸风，君如李白在山东"的诗句。生活在晚清危机四伏的时代，这个出生入死报国戍边的荆州驻防八旗出身的将军，又何尝不是以身去实践了李白"托

① （清）吴乔：《围炉诗话》卷1，郭绍虞编选，富寿荪校点：《清诗话续编》，上海古籍出版社1983年版，第478页。

身白刃里，杀人红尘中”的豪情和杜甫奉儒守官的儒家伦理情怀呢！

第四节　河南驻防出身的倭仁诗歌中的唐诗品格

顺治元年（1644）九月，清军击退农民军占领河南后，在开封、卫辉、怀庆等地“委官署事并酌留官属兵丁驻防”[①]，这是河南驻防的开端。

倭仁（1804—1871），字艮峰，乌齐格里氏，蒙古正红旗人，河南驻防。道光己丑（1829）进士，改庶吉士，授编修。历中允、侍讲、侍读、庶子、侍讲学士、詹事、大理寺卿、礼部侍郎。同治元年（1862）擢工部尚书、协办大学士、文渊阁大学士，后晋文华殿大学士。

道光末，倭仁和曾国藩标榜“理学”；同治中，反对洋务派设同文馆和学习西方科学知识。史载，同治丁卯（1867），同文馆决定招选科甲正途人员学习天文算学时，大学士倭仁带头反对说：“何必师事夷人!”一唱十和。[②] 在时人眼中，倭仁是理学名臣，同时也是顽固派的中坚力量。著有《倭文端公遗书》。《清史稿》卷391有传。

倭仁一生致力于理学研究，谢麐伯出倭文端门，有《哭文端》诗云：“冲主悲遗疏，群酋叹伟贤。道明汉学后，忠义讲筵前。正气倡同列，余恩在各边。似闻中外惜，流涕中兴年。”鸦片战争不仅使清王朝由盛而衰而蒙羞，更给老大迷梦中的清帝国的文人沉重一击。往日繁华富庶的生活已不再，高亢热情的盛世欢歌也已黯然逝去。巨大的落差，使满清的蒙古诗人们大都不再为盛世高歌，而转为寻找内心的诉求。有学者曾言：“民族血缘是孔子仁学的现实社会根源，孝悌是这种渊源的直接表现，孔子以礼乐治天下，它深深影响后世的是人性自觉的思想，并且由于这种自觉与安邦治国、拯救社会紧密联系了起来，这种人性的自觉，便具有了超越宗教的使命感和形而上的历史责任感。即是说，这种‘为仁由己’的‘爱仁’精神，这种人性自觉意识和情感心理本身具有了一种深刻性。因之，并非‘个性解放’之类的情感，而毋宁是人际关系的共同感情（人道），成了历代儒家士大夫知识分子生活存在的严肃动力。从而对人际的诚恳关

---

① 《清世祖实录》卷8，顺治元年九月癸巳条，中华书局1985版。

② 陈旭麓：《论“中体西用”》，《陈旭麓学术文集》，上海人民出版社2011年版，第123页。

怀，对大众的深厚同情，对苦难的严重感受，构成了中国文艺史上许多巨匠们的创作特色。”[①] 倭仁秉承了孔子以来的儒学传统，努力锻造自己的“德性”，有论者曾指出，“传统社会的德性，强调的是个体自身的道德努力，是在松散的儒家世界里借助于道德实践与道德言说来完成的，德性造就人格，但这人格追寻却容许存在自由度和个异性，所谓为仁由己，各有路径。”[②] 从此点看来，倭仁和唐代的韩愈应该是如出一辙的，他们一生中都坚持通过自身的道德努力，来完善自己的德性，并且塑造自己的人格。观望他们的政治路径，对道德的追求都堪称“执拗”。然而因为这种人格追求中的自由度，倭仁的诗歌创作却与韩愈不尽相同，韩愈以散文笔法开创了中唐诗歌的全新一路，而倭仁现存诗歌却无此种倾向，艺术取法也毫无“拗峭”之气，一派中正平和。这大约与倭仁一生仕途顺利，而且诗歌创作只是以余力为之，诗歌创作的成就也不是很高有关。

虽然没有习得韩法，倭仁诗歌创作因袭唐风还是不容置疑的。倭仁诗歌创作非专力为之，开始的时间也比较晚。道光九年（1829），倭仁会试中式，殿试入二甲第三十四名[③]，赐进士出身，朝考改翰林院庶吉士。从此，倭仁与他的己丑科同年，一道吟诗作赋，时相唱和。道光十二年（1832）散馆，同年大都外放，倭仁遂终身致力于心性修养，因此这段时间是他一生中有过的一个较短的坚持专治诗赋辞章之学的时期。自此，诗歌创作亦成为倭仁明心见性的载体。其《车中有感》就是夫子自道：“千载惟将晚节看，论人容易自修难。羡他松柏森森翠，独立空山耐岁寒。”对于德性的追求从这里也可看出。

倭仁现存诗不多，今人已进行校注。倭仁诗歌是典型的学人之诗，诗作大都有温柔敦厚之旨趣在。不过，他在进行诗歌创作时，尚能将学问化为识力，形成对人生、社会意义的理解，并在现实生活印证后，成为自己内心诗情化的思考，然后表现在鲜明的艺术形象中，所以细味他的部分诗作，理语与情韵相生，唐风遗韵依稀可感。如其《过样子岭》，诗云：

流水送行客，寒山历万重。半空盘鸟道，一径入云峰。皓皓摩天

---

① 李泽厚：《美学三书》，天津社会科学出版社2008年版，第47页。

② 唐小兵：《革命年代的重访与超越》，《读书》2013年第5期。

③ （清）徐珂：《倭文端公持己以敬》，《清稗类钞》第6册，中华书局1986年版，第2594页。

雪，苍苍拔地松。红尘真远隔，我欲访仙踪。①

诗作清新温润，审美感受灵动，是典型的唐诗范式。宿龙泉馆（二首选一）诗云：

暮色落郊垧，行人望驿亭。落霞随日尽，飞鸟入烟冥。村静人初息，途长马未停。龙泉栖止处，灯火已荧荧。

虽是旅人之诗，却无离乡的悲情，只是在看似静态的摹写中，隐含着真情。倭仁写景诗大都颇为蕴藉，如："一水划西东，边关百里中。荒原衰草白，野火晚山红。寒夜霜侵幕，遥天月挂弓。叆江明月渡，击楫倚长风。"（《宿野营》）有着淡定的神情，是王维式的心静之感。"一峰耸起插天际，曲径盘蛇达翠微。叠石层冰争碍路，初阳宿雪映生辉。置身上接九霄近，回首下看群鸟飞。最喜晴和天气好，征途日日沐恩晖。"（《过摩天岭》）这首诗馆阁之气就重了些。

倭仁常年宦海奔波，还曾出使朝鲜，因此写景诗和行旅诗是他的作品的主体。因为他不专力为诗，诗集中内容重复之作颇多。但也偶有清新之作。"第一边关气势雄，岩疆锁钥控瀛东。江涵鸭绿分晴霭，山拥螺青矗远空。百尺城楼高岭上，万家烟火夕阳中。雪泥我亦留鸿爪，题句龙湾愧未工。"（《义州留题》）"风光最好传平壤，一夕星轺此暂停。东去江流千顷碧，西来山拥四围青。故人天末留诗句，美景檐前列画屏。何必颍滨夸胜迹，苏家独有快哉亭？"（《题平壤快哉亭》）朝鲜风光在诗人不经意的描摹中尽收眼底。

第五节　吉林驻防起家的成多禄的唐诗沾溉

顺治年间，清廷在吉林地区设立将军、副都统为最高职掌的八旗驻防体制。康熙以后，随着关内民人大批迁入，清廷又设立州县民事管理机构。但直至清末，吉林地区始终未形成独立的民事管理体系，驻防将军、副都统担任着辖内最高军政统治权。历史上的吉林将军名称屡经变革，从

① （清）倭仁著，张凌宵校注：《倭仁集注》，内蒙古人民出版社1992年版。本节所选诗均出此。

宁古塔昂邦章京、宁古塔总管到宁古塔将军、移驻吉林后又出现船厂将军、乌拉将军等称谓，乾隆二十二年（1757）始定名为吉林将军。

成多禄（1846—1928），原名恩岭，字竹山（又字祝三），号澹堪（也写作“澹厂”）。吉林驻防。光绪乙酉（1885）拔贡，后官绥化府知府，辛亥后任国民参议院议员，中东铁路理事会董事。有《澹庵诗草》二卷。

成多禄自幼颖慧，在其父荣泰公（曾任打牲乌拉总管衙门六品骁骑校）的严格教育下，禀赋得到良好发展。五岁开始识字，八岁即能吟咏，年十六应童子试，以第一名的优异成绩考取秀才。但其后的科举之路则不顺畅，历经坎坷。中年还曾入盛京将军依克唐阿、黑龙江将军程德全文幕。

清代八旗驻防因生活于汉民之中，所受的文化环境影响很大，所以大多有深厚的汉文化底蕴，从事文学创作者颇多。成多禄也是其中之一。其《其塔木屯》二首选一，诗云：

> 东望古原平，孤村夕照明。山光枫叶暗，边影柳条横。齐晋多乡语，金辽有重兵。沧桑无限感，惆怅故园情。

吉林地处东北腹地，是满洲发祥地，有清一代对这里的监管都非常严格，始终派有重兵把守。成多禄是吉林驻防起家，虽然后来宦游各地，但始终对家乡难以忘怀。其塔木屯东邻松花江，物产丰饶，诗人离开这里多年后，心头始终萦绕故乡的影迹。思乡诗是中国诗歌史上的一大流派。唐人对此种题材的创作达到了高峰。“此夜曲中闻折柳，何人不起故园情”（李白《春夜洛城闻笛》）、“故园东望路漫漫，双袖龙钟泪不干”（岑参《逢入京使》）都是思乡诗中的佳篇。成多禄的这首诗中，辽阔的东北平原、夕照下的疏落乡村、山光草色中的老树枝条，都是诗人心头挥之不去的乡曲，当然更有宦海游踪中追逐的乡音。以简淡沉雄之语来表述深情之思，是成多禄受到唐诗沾溉形成的自己的诗歌特色。这类写景怀人诗作在他的诗集中占有重要地位。

成多禄的七律诗作受到盛中唐诗人影响颇多，诗语雄浑、诗境苍凉，偶有沉郁之气。《西风》诗云：“独有西风最不平，诗怀旅梦两无成。尘昏古堞吹笳影，夜黑空阶队瓦声。秋水江湖鸿乍到，朔云边徼马初鸣。觚棱古树新亭泣，岂独离人百感生。”这是诗人借西风来抒发自己内心感怀的作品。诗人的诗怀、旅梦都与西风寻常相伴，在诗人的感受中，尘昏古堞中的笳声因西风而苍凉，夜黑空阶的队瓦因西风而萧瑟，秋水江湖上空因了西风而有鸿雁飞过，朔云边徼的老马在西风中才萧萧而鸣，离人告别的新亭古树在西风中更感凄怆。沉郁的诗作传达的是诗人的顿挫怀抱，诗作习杜但没有达到杜诗的浑成。《乌拉怀古》其一云：“虎踞龙蟠拱上京，当年雄长此间争。狼烽已靖孤城在，乌拉犹存四部名。断垒十重摇树色，大江三面走秋声。老来别有兴亡感，不向西风诉不平。”大约是因为写自己熟悉的景物，这首诗歌造语雄奇，境界浑远，在对古迹的追怀中表达了内心的豪情。是成多禄现存不多的咏史诗中的佳作。

成多禄身为官员，对社会现实的关心始终是其诗歌创作的重要组成部分的。他曾作有三首禽言诗，借飞禽的鸣声表达了现实生活中百姓的《三禽言三首》其一：“鹁鸪鸪，鹁鸪鸪，江水涨，井水枯。大雨大雨连声呼，长安之米贵于珠。谁家大妇唤小姑，伏雌已卖烹其雏。朝朝官府追逋租。鹁鸪鸪，江干一幅流民图。”其二：“行不得哥哥，行不得哥哥。凋残青箬笠，糜烂乌油靴。东沟大泽西沟河，估客含泪鬻病骡。车不能载人能驮，可怜无米兼无禾。行不得哥哥，富翁粜粟方高歌。”其三：“得过且过，得过且过。南山不耕，西山不饿。半生世路虽坎坷，一唱居然千百和。深秋老屋纸窗破，寒灯四壁人一个。得过且过，满城风雨袁安卧。”禽言诗宋代人多有作，但内容并不似成多禄，因此，成多禄的这三首禽言诗依旧源出感时伤事的唐代新乐府诗歌精神。三首诗分别以鹁鸪、鹧鸪和鹖旦三种鸟的鸣声、生活习性来写出当时社会百姓的困窘生活。其一写鹁鸪鸟，即斑鸠，羽毛黑褐色，天要下雨或刚晴的时候，常在树上咕咕地叫，也叫水鸪鸪。因鹁鸪的生活习性，成多禄写出大雨成灾，都市米贵，百姓无法纳租，在官府的逼迫下，流离失所的悲惨境况。其二写鹧鸪，鹧鸪体形似鸡而比鸡小，羽毛大多黑白相杂，尤以背上和胸、腹等部的眼状白斑更为显著。成年的鹧鸪全长约三十厘米，体重约三百克，多生活在丘陵、山地的草丛或灌木丛中。雄性鹧鸪好斗，叫声特殊，有人拟其音为“行不得也哥哥”。这首诗中，诗人描写了行商因为生计艰难，虽然鞋破帽烂却被迫卖掉驮货物的老马自己来扛货的悲惨状况，与富商粜粮的景象两相对比，更加凸显了鹧鸪虽然好斗却在贫富悬殊下只能发出行不得也哥哥的喟叹。其三描述的“得过且过”来自于一种鸟的寓言故事，这种鸟叫寒号鸟。寒号鸟还有另外三个名字，一个叫鹖鴠，一个叫鹖旦，还有一个叫独春。李时珍在《本草纲目》中如此定义："鹖鴠，夜鸣求旦之鸟。夏月毛盛，冬月裸体，昼夜鸣叫，故曰寒号。"寒号鸟夏天羽毛丰盛，冬天毛都褪尽了，昼夜鸣叫，像一个苦孩子，因此称为"寒号"——寒冷的时候还在号叫。诗中所用典故"袁安卧"源出东汉汝阳（河南商水）人袁安，袁安为人持重谨严，汉明帝时，历任楚郡太守、河南尹、太仆、司空、司徒等职，是东汉名臣。袁安年轻时家境十分贫寒。一年冬天，汝阳连下三天大雪，地面积雪丈余。一位朝廷派来的洛阳令骑马到街头视察灾情，见家中断粮的穷人不得不外出乞食，心中十分忧虑。洛阳令来到一处简陋的平房前，只见门窗紧闭，门前积雪很深，却没人出来打扫，打听邻人，才知道这是书生袁安的家。洛阳令命人除雪入内，见袁安僵卧在床，脸上没有一点血色。县令问他为何不出门求食。袁安回答："天下大雪，人人饥饿，我不愿意再去打扰别人。"成多禄用鸟的"得过且过"的鸣叫与袁安卧雪的典故表明了自己尽管世路坎坷但也决心安卧自处、洁身自好的品性。

对唐人唐诗的关注是很多八旗驻防诗人下意识的一种诗学选择，成多禄亦是如此。他曾作有三首《敦煌石室唐人写经卷子三首，为彭彝仲作》，其一云："听惯天山夜雪声，此行真不减班生。忽从千佛岩中见，始识金刚卷子名。天与奇缘手不释，老看神物眼犹明。秦燔以后灰余本，那得人间有定评。"表达了对唐人遗存古籍重要性的肯定。因为唐诗是诗歌史上的第一个顶峰，各种诗体在此时都达到了成熟，八旗诗人受到汉文化的浸染而开始习诗，他们自然会学习水平最高、韵律最圆熟的诗歌作品，而唐诗必然会以其强大的影响力走入他们的文学创作中，在潜移默化中影响他们的诗歌词法、句法、韵律、诗境，乃至诗情，最终甚至会影响一些八旗诗人的心灵世界。

第十二章

咸同光时期杜甫诗歌影响下的叙事诗人柏春和延清

咸同光时期是蒙古族诗人汉诗创作的高峰期，这一阶段诗人创作中对于唐诗艺术特色的运用可圈可点之作颇多。同时，因为大时代的流离变幻，也催生出了更多的感时伤事之作。杜甫作为古典诗歌之典范，不仅是唐诗之代表，更是清诗之开山，很大程度上影响了清代诗歌特色的形成。近体诗是在唐代杜甫手中成熟的，无论是诗歌韵律还是叙事抒情技巧，都成为这一时期蒙古族诗人中的代表延清和柏春等人接受唐诗的原动力，而他们习得唐诗、着意在诗歌叙事中抒情，更是取得了前此蒙古族汉诗创作者所没有的成就。

第一节　杜甫诗歌叙事手法对柏春的影响

柏春，字东甹，晚年号老铁，蒙古正黄旗人。道光乙巳（1845）进士，授兵部主事，历官直隶后补道。生卒年不详，推知生活于道光、咸丰年间，即在第一、第二次鸦片战争前后。少年时代即生活于京都，跟从聂蓉峰太史学习汉文典籍诗文，后与承尊生等结社为诗。《承子九观察留滞黔中》诗中称承尊生“诗社当时最少年，清辞丽句独堪传”。诗友之间切磋酬唱，写诗甚丰。柏春的诗作主要收在《铁笛仙馆宦游草从戎草》里，《铁笛仙馆宦游草》六卷、《从戎草》二卷、《后从戎草》二卷，共收诗五百八十多首。

柏春诗歌内容丰富，对国家民族和民众生活的关心是其突出特点，某种程度上有杜甫“民胞物与”精神。“民胞物与”一词出自宋儒张载的《西铭》，后人用他来概括杜甫的思想。民胞指所有的人都是我的同胞，物与指的是一切有生命或无生命的物体都是我的朋友。柏春诗作中多处体现民胞精神。具体表现在如下几个方面。

一　对军士生活的关怀

作为一名将领，常年的征战令他疲惫不堪，同时也更了解和自己一样保家卫国的士兵的苦况。柏春的民胞精神首先体现在和对和自己有着相似生活状态的军事生活的关注中。他曾作有与杜甫诗歌同题，但是反映蒙古族士兵生活的诗篇《兵车行》，题下注为“为察哈尔兵作”，这首诗作体现出了他对同胞的深沉的情感。诗云：

落叶吹作觱篥鸣，保阳城北飞黄尘。控弦壮士联袗至，马嘶犹带三边声。借问壮士何处去，戎车直向中州行。前岁杀贼到连镇，尽歼丑类几甸清。归去散马飞狐岭，结队弯弧群射生。朝廷知我出死力，复简精锐从南征。豫土沃衍无荦确，铁骑蹴踏秋原平。么么岂如粤贼悍，伫看一战消欃枪。我闻此语长叹息，野人讵识神尧力。北庭自古说天骄，山矗燕支有颜色。周秦历汉边患剧，长城枯骨黄沙蚀。岂独杀戮为耕作，境接燕云易蚕食。我朝鞭挞服诸部，瓯脱无惊大漠北。尽归戎索做臣仆，年班咸隶典属国。风俗惟知黄教尊，皈依佛法遍殊域。慈悲换却杀人心，百八牟尼挂胸臆。日逐水草事游牧，牛马繁孳量以谷。百年军籍虽有名，征调不逢檄书速。昔时刀剑尽顽钝，光芒黯淡土花簇。即今踊跃赋从戎，料理弓衣与箭箙。考工匆遽补军储，戈铤幢纛压车轴。近学火器妙连珠，绳药铅丸载万簏。况值秋高爽气澄，大道如弦任驰逐。惟祝健儿疾成功，拔都之勇摄南服。转思此军雄朔方，慎守纪律勿跳梁。天魔鬼伯啖人肉，何如苦海浮慈航。日操凶器事屠割，佳兵无乃为不祥。寄语乡人荡死寇（作者自注：余亦蒙古人），便收杀气还故乡。毡庐日暖妇孺喜，卦羊祭鬼陈酪浆。胡僧吹角赛香愿，幸不阵殁称国殇。共话旧时征战苦，定应有泪都盈眶。羊裘冒雨食无肉，驱车急走荆与襄。①

诗歌对士兵备战、出征、战时军事补给，以及蒙古族地区的风俗信仰、起居习惯描写得非常形象真实。在这首诗歌中，柏春表现出了对自己的蒙古族同胞南征北张、马革裹尸的倥偬生活的真切地关爱和同情心。在

① （清）柏春：《铁笛仙馆宦游草从戎草》，4册本，毓文斋咸丰十一年至同治二年（1861—1863）刻本。本文所引诗作均出此。

诗歌中，诗人对晚清士兵开始使用火器的情况也做了描述。

柏春生活在帝国主义列强的大炮轰开闭关自守的封建大门、中国迅速沦为半封建半殖民地之际。列强凶恶，朝廷腐败，国势颓危，人民困苦不堪的现实，柏春从多年随军转战的实践中耳闻目睹。在动乱的岁月里，柏春最关心的是民众、尤其是自己身边民众的安危，很多的时候，他的诗中都可以看出他对士卒生活的关注，“去年战淮西，今年战河北”（《征夫语》），就是代言士兵疲于奔命于战场的现实。柏春对民众生活苦难的关切，与当时的社会状况密切相关，“川楚白莲教大规模农民起义，波及湖北、四川、陕西、甘肃、河南五省，延续了九年。从白莲教起义这一年到道光二十年（1840）的这四十四年，《东华录》所记起义共九十三次……从道光二十一年（1841）至二十九年（1849）的九年中，农民起义就有一百一十次”①。其间，第一次鸦片战争爆发，外国侵略者入侵中国，社会动荡，民不聊生，柏春作为一名军人，保持社会的安定是其职责，因此，“富者出资贫出力，咸愿同心杀此贼。”（《团练》）“乡间有寄书，团练卫村堡。身手善弓刀，愚鲁服牙爪。勿令豪气隳，坐视寇氛扰。”（《诫投营》）是对战争频仍中的亦兵亦民的团练的景况的真实描写。

二　对民众生活苦难的关切

柏春的民胞精神在很大程度上还表现为以民为本，关心民众苦难生活。作为一名军人，柏春反对不义战争，即使拥护正义战争，也反对其中的非人道行为，其出发点都是关心百姓的安危。“大男充军河阳去，昨闻又拨邺城戍。中男挈妇走山西，冀留弱孙延世续。幼儿未肯抛老鳏，撑持门户孤村间。负米百里养衰朽，倚闾伫望全身还”（《刘稻翁》），不但表现对百姓个体生命的关切与担忧，同时对个体情感的惨遭不幸也表示惋惜和哀叹。与此同时，他也对人民生存权利更加关心，如《兵车》：

官吏下乡亲拿车，村口隶役森排衙。叩头泣诉牛老惫，荒田茂草堪咨嗟。官不顾，吏嗔怒，兵差岂许顽民误。强牵犊子服短辕，驱之驱之县门去。车轹辘，牛觳觫，主伯亚旅竞追逐。官兵胥吏许放还，不惜倾囊纳贿赂。宵行间道昼潜伏，三日未能饱半菽。归来里长下县

① 陈旭麓：《农民起义与人口问题》，《陈旭麓学术文集》，上海人民出版社2011年版，第92页。

帖，计亩输钱免敲扑。无奈忍饥趁晓墟，二月新丝五月谷。有钱无车兵不行，县令何敢稽严程。商旅轮蹄取已竭，依然索车向乡氓。敝车不惜为再驾，惟祝升平兵早罢。

把连年征战中百姓不堪重负的情形通过征调兵车的事情写出，以小见大，具有典型性。对百姓的困苦生活表示出真诚地关切。柏春诗歌中呈现的平民意识，因其身份的不同，在某种程度上就与崇高精神融合。盛唐诗人中，杜甫的作品最集中、最充分、最生动地描写了底层人民群众的生活，成功地塑造了不同时代不同区域中大量百姓的群像。而且杜甫的这种书写，不是出自一个诗人外来的观察。对杜甫来说，写底层生活，就是写自己，他本身就是生活。在这种情境中，平民意识成了杜甫的一种深入骨髓的东西。底层百姓身上的那种随意自然、纯朴大方、实实在在而骨子里又有一种刚毅、自尊甚至是高傲和高贵，在杜甫身上都有着真切的体现。柏春在描写平民世界，表现平民意识的同时，也始终追求一种崇高的精神理念，他不仅深切同情底层百姓，在柏春笔下有一些百姓形象，“吏见民，猛于虎。吏见官，黠于鼠”（《办差吏》）。柏春同情他们的无助、无奈，对他们的那种生活境况给予了充分的理解。

三 抒发爱国情感

《铁笛仙馆后从戎草》卷一存诗九十七首，其中写海警诗就有二十四首。第一次鸦片战争英帝国是从海路挟坚船利炮而来，大清战争失败后又被迫五口通商，汪洋大海在诗人的心中不唯是遥远的边界线，也是耻辱的象征。柏春早年学诗，膜拜杜甫。曾在《铁笛仙馆宦游草从戎草》卷末写道：“昔杜拾遗身经开元、天宝治乱盛衰之际，其流离颠沛所如，辄穷而发为诗歌，足以备一代之史。仆髫年诵其诗，心向往之。……不禁心有偏嗜也，迄于今四十年矣。”① 柏春生活的时期正如杜甫当年经历过的动乱时代，大时代的流离变化，个人的诗学诉求，都决定了柏春最终在唐代杜甫引领下致力于“以备一代之史”的诗学源流，也最终形成了我们今日所看到的柏春的大都具有现实主义的思想光彩的诗作。其《有感》中云：“三岛来乌鬼，跳梁亦有年。未能枯裨海，何以测皇天？怪诞沦姬

① （清）柏春：《铁笛仙馆宦游草从戎草》卷尾。

孔，奇淫锢货泉！”在诗中，柏春气愤地蔑称英帝国主义为“乌鬼”，指责他们对中国实行文化侵略、经济侵略，企图霸占中国领土，把中国变成它的殖民地，认为基督教是“怪诞”之论。对于帝国主义的所作所为，诗人大义凛然，认定中国人民不会屈服，中国不会灭亡。作为一名蒙古族诗人，民族性格使柏春勇于揭露与批判，敢爱敢恨，爱憎分明，他多年带兵征战，戎马生涯，赢得时人的尊敬。“年来意气乏纵横，壁上青萍忽欲鸣。寒夜萧森童炙酒，新诗悲壮客知兵。须教曹刿车旗辨，却共清人驷介赓。我亦弓刀防潞水，从军行让仲宣名”（《秋夕对酒同小庵读柏东甹〈从戎草〉》）①，是时人对他将兵生涯的评述。

时代的悲壮色彩，使得“柏春诗歌的风格多种多样。但给人印象最深的基本基调是沉郁、悲怨”②。常年的并不算畅达的宦途奔波，他的生命中难免有失意和消沉，“栖迟郎署误华年，拙宦人嗤上濑船。不惯折腰初作吏，却思披发竟参禅。暂谋老屋安行李，欲买黄花忆俸钱。过尽宾鸿无一字，霜风着意促加棉。”（《偶成》）但在国力日渐消颓之时，纵然有凌云之志，也难以一展怀抱，所以疲惫的诗人也曾这样表述自己的心迹，“倦翼低飞望九霄，一枝聊复借霜条。燕台蔓草今犹古，尧岭浮云暮又朝。官寿纵夸过管辂，功名曾悔学班超。北平射虎谁相伴，几度弯弧恨未消。”（《遣意》）而这些，在萧条异代，也回应着杜甫的心声。

不过，柏春毕竟是蒙古族，带有马上民族的剽悍的生命活力，其诗歌创作更多的还是镌刻着蒙古族雄壮的特质，加之长期在外居官，带兵打仗的经历，创作了很多带有马上民族苍劲气质的诗歌。

四　诗歌中的物与精神

柏春诗学杜甫，对杜甫的物与思想的吸收，主要表现为对对自然美的歌咏。柏春虽然常年戎马倥偬，但作为诗人，他依旧有一颗敏感心，所以在军旅抑或闲暇也能品味到自然的美与真。柏春的景物诗颇见艺术功力，往往精致刻镂，揽景寓情，顿生妙意。如《晚鸦》：

莲池万木暗斜阳，坐数归鸦暝色苍。拣得一枝栖便稳，漫天底事屡回翔。

---

①（清）恩孚：《敝帚集》，同治五年（1866）刻本。

② 云峰：《清代蒙古族诗人柏春诗歌述评》，《民族文学研究》1989 年第 2 期。

夕阳西下，暮色苍茫，无数昏鸦在盘旋往返，寻找栖息之所。它们终于拣得一枝，大地便归于宁静。诗人由此联想，说世上的诸多事态多是屡屡“回翔”，意即并不顺达通畅。将鸦拣枝的实景转换为人间谋事的虚境，令人追思不已，回味无穷。《晓发正定》（二首选一）诗曰：

冰合滹沱后，舆梁创构时。乱沙穿水破，孤塔撼风危。野阔狐跳迅，林寒鸟语迟。荒村呼豆粥，犹许疗晨饥。

对自然美与真的珍惜，也使得他对人生顿挫时有着激荡的情怀和乐观的精神。如其“朝野钱荒日，长安不易居。典衣才得酒，乞米久无书。春老莺花丽，官轻蠹简疏。一肩行李壮，尺土是华胥。”（《移官保阳述怀呈京中亲友》）“计穷姑送别，空文笑昌黎。”（《戏送穷》）因为师范唐人，所以唐代大诗人白居易、韩愈等的名字及其生活中的故事也作为典故屡屡出现在柏春的作品中，并且，他也写有多篇仿唐人诗题的作品，如《铁笛仙馆后从戎草》卷四《拟行路难》和《蝶》，后者诗云：

旖旎含香浅，翩跹弄影微。那知春梦过，犹逐柳花飞。碧草萦荒圃，清霜悴舞衣。岭梅应不识，惆怅化生机。

咏物而不着所咏之物一字，但句句不离其实，深得晚唐小李杜之味。

生活在道、咸之时的诗人，心中必定有不尽的对盛世的追忆和现实无能为力的挫败感，柏春在溯源唐诗而成的诗集中或隐或显地表达了此种情绪。

第二节　杜甫对延清诗歌创作的影响

在清末文坛上，延清是着力于叙事诗歌创作的著名诗人，他的作品也极为丰富，惜《清史稿》、《清史列传》均未曾给他立传，其生平仕履仅见于清末诗文别集、总集。刊于宣统二年（1910）的孙雄的《道咸同光四朝诗史甲集》选有延清诗，小传曰：“延清，字子澄，蒙古镶白旗人，同治甲戌进士。由工部郎中转入词曹，现官翰林院侍讲学士。”①《遗逸清

① （清）孙雄：《道咸同光四朝诗史甲集》卷四，宣统二年（1910）刻本。

音集》小传谓："延清，巴哩克氏，字子澄，号铁君，晚号搁笔老人，蒙古镶白旗人，京口驻防。同治庚午并补丁卯科优贡，癸酉科举人，甲戌科进士。工部主事，由郎中转翰林院侍读，官至侍读学士。"① 延清出身并非名门望族，他曾在诗文中说明自己是蒙古"镶白旗蒙古巴哩克人，究不知属内外蒙古何部落，待考"。《八旗满洲氏族通谱》、《皇朝通志》氏族略未载巴哩克氏。在奉使车臣汗的途中，延清曾写有题为《昨诗意未尽率补一首用宝文靖公诗韵》的七律，诗中有"南蛮客久忘先系，北貊人皆昧远图"等语。诗注云其先祖自康熙年间由京师分出，驻防江宁，乾隆年间又由江宁移驻京口。延清于道光二十六年（1846）出生在镇江②，先世即为京口驻防。同治十三年（1874）中进士，通籍后入工部为吏，先后在宝源局、屯田司任职，光绪二十五年（1899）充虎神营文案翼长，二十六年（1900）升阶为春坊庶子。据延清诗作《甲辰四月初六日早诣颐和园仁寿殿引见蒙恩补授翰林院侍读恭纪五律二百韵》，其于光绪三十年（1904）充翰林院侍读学士，时年 59 岁，故诗中有"六十年将届，居然入玉堂"之句。光绪三十四年（1908），延清以侍读学士充钦差专使，赴喀尔喀车臣汗部致祭。宣统二年（1910）十一月，派充文职六班大臣，然卒年不详。

关于延清的家族世系，有藏于故宫博物院的科举文献和延清诗文自注等材料，可考知自其曾祖以下六世分别为：珠隆阿—德庆—连元—延清—彭年—金源。③ 其曾祖、祖父以及父亲均属小吏，自延清始以文才显。延清起家科第，历官工部，久在翰苑，"以沈博绝丽之才，擅文采风流之誉。其著作等身，若试帖、若律赋，争先快睹，莫不惊才绝艳，而尤擅长者则为七律，先后凡几数刻，固已脍炙人口矣"④。延清一生勤于创作，他著有《锦官堂诗草》、《锦官堂诗续集》、《来蝶轩诗》、《前后三十六天诗》、《庚子都门纪事诗》、《奉使车臣汗纪程诗》、《虎口余生录》、《锦官堂杂著》、《锦官堂试帖》等诗文集。他所编辑刊行的诗歌总集，有《蝶仙小史汇编》六卷、《蓬莱仙馆诗》两卷、《丙午春正倡和诗》、《引玉

① （清）延清：《遗逸清音集》卷 1，商务印书馆民国初年铅印本。

② 江庆柏：《清代人物生卒年表》，人民文学出版社 2005 年版，第 160 页。

③ 白·特木尔巴根：《古代蒙古作家汉文创作考》，内蒙古教育出版社 2002 年版，第 166 页。

④ （清）张应麟：《〈锦官堂诗续集〉序》，《锦官堂诗续集》卷首，民国初年铅印本。

编》、《四时分韵试帖》、《遗逸清音集》等也在艺林广为传播，其文学文献价值得到学人的普遍公认。

延清诗歌创作中受到唐代杜甫、白居易叙事风格影响深远，代表性的作品是《庚子都门纪事诗》和《奉使车臣汗纪程诗》，其中对杜甫的追摹而形成的创作特色更是非常鲜明。

一 《庚子都门纪事诗》受到的杜甫诗史类诗歌的影响

庚子事变之后，清代蒙古族诗人们的诗歌创作日渐质实，由流连光景转向干时济世。彼时诗坛上一批诗人将丧权辱国之恨与杜甫诗歌意境有机结合在一起，在京城一带地区获得了广泛的声名，并进而影响了晚清蒙古族诗人汉语创作的诗风。这批诗人大多受到杜甫诗歌创作风格的影响，其中最有成就的是延清。延清对杜诗的继承和丰富表现在内容、题材及艺术特色三个方面：

（一）内容、题材上对杜诗的承传：事核词哀，独抒忠爱

光绪二十六年（1900），延清升阶为春坊庶子。不久，庚子事变爆发，八国联军强占天津，侵入北京，烧杀掳掠，无恶不作，给中国人民带来一场空前的灾难。当时延清正在大内勤职，身居围城，他目睹了这一幕惨剧，“虎口余生，啸歌不废”，写下了“怀生念乱之言、纪事表忠之作”数百首诗，分为“虎口集”、“鸿毛集”、“蛇足集”、“鲂尾集”、“豹皮集”、“狐腋集”六集，冠名以《巴里客余生草》。光绪二十七年（1901）春，延清将此集石印五百部，随手则罄。因踵索者多，次年马子昭又予以翻刻，易名为《庚子都门纪事诗》。嗣后，江苏藩司陆钟琦据镇江所藏原版加印100部，以赠觅取此诗者。后延清又应友人要求将庚子春至六月间的数十首诗汇为一集，自题《鸡肋集》，又名《庚子都门纪事诗补》，宣统三年（1911）予以印行。

延清的系列诗作生动形象地反映了庚子事变中八国联军杀人放火猖狂掳掠的罪行和庚子前后围城中百姓家破人亡艰难困苦的时日，受到时人推崇，被誉之为“诗史”。究其因，延清的诗史式创作，既与当时的社会背景紧密相关，也同当时的诗坛风气相尚。

杜甫的诗歌是包含了个人悲剧生命人格实践的作品。这样的作品随时光的流逝会焕发出更为久远的生命含义与抒情魅力。当朝代变动、历史因革的时期，人们就会发现，置身民众、历史与现实社会生活中的杜甫，无论从人格力量，还是社会价值上，都比其他唐代诗人更有生命力。这表

明，以生命实践参与并见证诗歌写作的意义，要比在单一的个人主义意义上建立写作的意义更有价值。从这个角度上来说，诗人延清在庚子事变中的纪实性写作，就成为了他实践参与历史事件并将个体生命价值与时代风会有机结合的典范。

“道、咸以来，泰西各国浸强，天主教遂盛行于中国，吾民从之者日益伙，大抵良少而莠多，教士一概护之。于是教民之莠者，怙势横恣，凌侮平民。有司率多庸懦，民讼之官，百不一直，往往不胜其忿而激成事端。故近年闹教堂之案日益多，而终不致燎原者，畏泰西炮火之烈耳。奸人乘此创为能避炮火之术，以诱愚民。于是山东界连直隶各州县，纠聚日众，以义和团为名，日事焚杀，不问良莠，惟教民是仇。朝廷谓小民虽自作不靖，亦彼教有以激之，故不忍遽剿洗，意甚厚也。希旨者遂以团民为可恃。其论始自近习小臣，继而贵戚耆旧并为一谈。而一二柄臣遂欲招徕团民，以御外侮。驯至感怒全球，数月之间，京师不守，乘舆西狩。自来搆祸之亟，罕有甚于此矣。覆巢之下，安有完卵？士夫遭此，不走则死，不死则辱，古今大例也。乃联军入城，初不妄杀，纵掠止三日，即由禁约，安慰士民，若自处于宾客而代主人守望者，以须和议之成。民犹是本朝之民也，臣犹是本朝之臣也，自来遭变之奇，又莫创于此矣。余同年友柏紫丞水部得《都门纪事诗》三百余首，无所讳，无所饰，所谓直书其事，而义自见者。杜陵遭天宝之乱，即所见闻，形诸歌咏，论者推为诗史。紫丞此作，其亦同此志也夫。”① 对于列强的侵略行径，作为爱国诗人，延清忠实地记录了他所观察到的史实。在纪事杂诗三十首中他到了京城的义和团运动：“庚子夏五月，民教仇相攻。十七日逾午，喧传街市中。团民纠党羽，闯入都城东。义和揭旗帜，拂拂飘薰风。赤帕裹其首，纷如兵交讧。军刃各在手，外观真英雄。跳舞假神道，咄咄频书空。天方万千厦，一炬腾烟虹。化城灭俄顷，搜捕男女童。杀人竟如草，血染刀光红。”② “设坛就庄邸，府第何高庞。黄绫饰旛盖，碧纱糊轩窗。殿中鼎炉峙，门外戈戟摐。乡愚杂沓至，如水之赴江。乾坎分二派，大书书于幢。水乳欠融洽，杂种言胹哤。炊饭米难济，济之以弓双。满拟得其力，远人柔万邦。岂议众难恃，金钲徒击撞。一闻赴前敌，小胆先已降。”诗歌的

① （清）汪凤池：《庚子都门纪事诗原叙》，《庚子都门纪事诗》卷首，光绪二十八年（1902）刻本。

② （清）延清：《庚子都门纪事诗》，光绪二十八年（1902）刻本。本文所选诗均出此书。

描写中虽然不乏当时士人对义和团农民起义的偏见，但对义和团用怪力乱神蛊惑时人，最终导致本就虎视眈眈的八国联军大举入侵京津历史的记载却足可征信。

《庚子义和团运动始末》载北京义和团之告示云："祸患之来，实自洋鬼，伊等到处传教，设置电线，修筑铁道，不信神圣之教，而污渎神明。"① 溯究当时民众仇恨西人，跟从义和团运动，自有其缘故，"及鸦片之战，英、法联军之役，越南之役，迄于甲午战争，中国累次失败，皆由于武器不如人，始大倡制造炮船之自强论。政府对处理教案，所以常曲循外人，亦由外国之兵力强盛而惧召外侮也。民众徒恃大刀拳勇，何足以敌外人之坚甲利兵乎？仇教事起，最初仅赖义愤对付少数教士，以十八魁之顽强抵抗，啸聚数千人，刀戟齐举，犹不能当官兵炮火百余发之一击，即作鸟兽散，后起者如不自诩得有神助，能避炮火，则谁肯信从之？故杂取小说戏剧之言，以蛊惑愚民"②。史家分析当时情势，认为"庚子事变在本质上亦系救国运动，惟思想愚昧，方法笨拙，显然为反动之横流而已"，而"义和团之变，则系故自尊大以鼓舞国民之志者"③。当时朝廷的态度确乎是造成后来恶果的直接动因。诚如延清所述："璇宫赫然怒，告庙非虚词。煌煌降谕旨，咸使中外知。海疆险要地，久矣居九夷。通商四十载，事事甘受欺。我朝尚宽大，不复计较之。顷以民教故，辄兴无礼师。戈铤竞北指，飚轮纷交驰。丁沽失所据，要挟胡能支！事出不得已，衅端开自兹。兵旅急征调，谁为干城资？"开战在即的北京城人心惶惶，而东交民巷使馆区更是一派肃杀气氛。"交民东巷望，楼阁军巍巍。使馆相栉比，五色分悬旗。大小一车载，双轮驾骖騑。平时不相扰，微逐游帝畿。乃自失和后，森严皆戎衣。桥据玉河北，增兵防四围。往来断车马，广陌行人稀。肇端有祸首，当与争是非。奈何殛公使，厥罪唯吾归。从兹互攻击，弹雨晨又飞。"德国公使克林德被杀后，战争迫在眉睫，京城百姓日夜忧惧，"夜半炮声起，听之心骇然。初疑我军发，几欲轰塌天。晨兴即起视，弹落如珠联。无屋不掀破，有垣皆洞穿。争路勇已溃，守陴兵非坚。加以火药罄，势难张空拳。生不丽谯居，死多沟壑填。陡闻辘轳转，不断声连连。虏炮隔城击，环攻东北偏。相持未终日，城阙难保

① 吴宣易编译：《庚子义和团运动始末》，上海正中书局民国三十六年（1947）版。

② 萧一山：《清代通史》，华东师范大学出版社 2006 年版，第 657 页。

③ 同上书，第 639 页。

全”。最高统治者仓皇出逃，士兵本不坚执，加之武器落后，战争中的北京城，在西方发达的火器攻击下很快就完败了。“回戈去睥睨，炸炮轰云霄。悠悠旆旌偃，岌岌楼橹摇。凶锋及一试，额烂头还焦。乞降固非计，万众魂已销。督战不闻命，白旗空际飘。东隅四门启，敌进如春潮。草木失依附，难藏狐鼠妖。穷搜偏城社，遇者何曾饶？衣并积尸委，杵随流血漂。池鱼竟殃及，岂止城门烧?”延清对战争场面的描述充满悲壮气氛，显得沉郁苍凉。他用自己详赡的诗笔记录了国破家亡、百姓流离失所、无处依傍的苦况，把庚子事变期间国将不国的历史存留下来，百年后读来都令人心灵激荡。

《庚子都门纪事诗》在写作上能够寓史于诗：内容题材与时事政治有关，创作手法采用杜甫史诗笔调，则翕然具一代之文献，成为后世论庚子之役的重要依据。海内之士将其目为诗史。檀玑在《遗逸清音集跋》中说他“胸怀高旷，天趣盎然，喜吟咏，所作诗不下数千首，掉鞅词坛垂五十年”。延清的后半生处于国家剧烈的动荡之中，身历数次外侵，如1895年中日甲午战争、1898年洋务运动及戊戌变法、1900年庚子事变、1911年辛亥革命等，尤其是庚子事变，延清身陷危城，目睹了事变过程，作品也势必印上鲜明的时代烙印。宋人曾说杜诗，“平时读之，未见其工；迨亲更兵火丧乱之后，诵其诗如出乎其时，犁然有荡于人心。然后知其语之妙”①。延清诗多为纪实之作，朝廷得失，天灾人祸，庚子事变，这些重大社会内容都在其诗歌中有生动的反映，或直陈其事，或曲笔言情。哀时感事，叙写史实。

当诗人书写的不再是片段的个人灵感，而是全民族的集体记忆与情感，文学创作就获得了“诗史”价值。此种诗歌的另一层意义是对历史价值的追求。一个民族的成长，一种文化的确立，同他的诗歌形象的确立是一样的，伟大人格与精神形象的诞生既是结果又是标志，还是先决前提。唐代诗歌文本的成长与诗人人格的成长之间，显然是对称的，甚至是相辅相成的关系。因此唐代出现了杜甫这样用诗歌见证历史的诗人。在总体上，他又与其他各具特色的诗人一道，支撑起唐代诗歌的天空。光绪二十七年（1901）张宝森写下《庚子都门纪事诗原叙》把唐代安史之乱的时事背景同清代庚子事变前后联系，探讨了延清的《庚子都门纪事诗》

① （宋）李纲：《重校正杜子美集序》，华文轩：《古典文学研究资料汇编》杜甫卷，上编，中华书局1964年版，第277页。

与杜甫诗史写作的因由。“嗟呼，时非天宝，乃迁蜀道之銮舆；运异兴元，竟驻梁州之警跸。茫茫浩劫，猿虫幻化之场；冥冥妖氛，豺虎纵横之地。当斯际也，壮夫为之呜悒，文人因而欝伊。庾子山暮年作赋，哀动江关；杜少陵乐府怆怀，名传诗史。仆以江南之逐客，怀蓟北之羁人。时阅六旬，诗成两帙。而况京华从宦，久系匏瓜。骚些嗣音，工哦兰茝，如我铁君同年者乎？此《余生草》所为作也。”延清在国家危难之际，能够“见危授命，偷得余生”，自然会让同时代的士人感慨万端。

历史事件之所以被人们回顾，那是因为历史事件与人们的前理解有视阈融合的契合点，人们回顾历史，一般总是有一个问题视阈。回顾历史是为了以史为鉴、古为今用，当下视阈与所要回顾的历史视阈有融合的可能性，因此，人们对历史事件的理解和解释，就包含了时代性精神的实在。纪实性诗歌接受中的感悟心理，就是指读者在阅读诗句时，由于受到诗句意境、意象的暗示影响而产生的一种心理、情感上的对已经发生的历史事件的超越之思。无论杜甫诗史还是延清的庚子都门纪事诗都带给读者这样的感觉。而这同时也是对文学史上的叙事性诗学的一种接续。支恒荣《庚子都门纪事诗评》曰：“庚子之变，余及子澄同年均恭逢其厄。虽各听天命，而所遭则有幸有不幸焉。以余德薄，灾及妻孥，国破家亡，殆无生趣。且时势如此，一部《十七史》，从何处说起？惟有不著一字，默抱五言之痛而已。但是非成败之故，若非文人骚客以记之，何以传后而信今？惟我子澄，雅擅诗才，特将遭难后耳目所见闻者，发为古近体若干卷，亦少陵诗史之意也。盥诵一周，曷胜钦佩。”①

近代以来的中国历史，在诗人们的生命中大半是创痛、流离和尴尬的记忆。徒有知识和精神资源的他们进退失据，沉浮于大历史的激流中，难以保全个体的尊严。在这样的境况下，自尊的士人大多沉郁彷徨，但这种沉郁若能潜气内转，在痛定思痛之后行之于诗，传之后代，则不但可使读者了解当时的世事艰难，也可感知士人目睹国家民族沉沦时的一份哀痛和挣扎。

（二）延清诗歌对杜诗的丰富和超越：与时俱进，忧患意识

延清生活的时代，已经与杜甫时代相去一千多年，世界格局早已发生巨大变化，在时代变化中诗人的笔触也自然呈现出不同。因此，虽然杜甫

---

① （清）支恒荣：《庚子都门纪事诗评》，《庚子都门纪事诗》卷首。

《北征》也有对向回鹘借兵的异议，也有对朝廷的暗讽，但更多展示的还是如何忠君忧君。而延清笔下对国事艰危中的最高统治者则有了指斥，对汉奸更是痛斥。并且他的诗歌中对外国侵略者及其所用先进火器也有很多描述。这些都是在题材和内容上对杜诗的丰富与拓展。

杜甫的经历和作品表明，真正的一流诗人绝不会置身于历史之外，作一个超然的旁观者，以诗存史的路子就是他们把自己融入历史的最佳途径。延清在萧条异代以杜甫的方式以诗存史，而他的历史纪录在同时代人那里也不但被印证而且被深刻地理解。“震霆迅雷，风雨骤至，虽嚣夫憸民，无敢萌慝志，洎天威清霽，而修省之志荒矣。洪河沧海，横流溃决，虽贪吏疲甿，罔不思盖愆；洎沉灾洒淡，而宣房之计偷矣。此天下祸变之来之未有已，生民之患之所以日亟，而议微之士所为痛哭流涕而不忍道，镂心镌骨而不敢忘者也。岁在庚子，拳匪肇乱，六飞西狩。环球之师，麇集京畿。奸民溃卒，乘机屠杀。其死于战阵及无辜被戕贼者以亿万计。欧美火器，日锻月淬，不敢轻用，乃独萃于吾而为之的，其为惨憯可胜言耶？越明年辛丑款议成，法驾旋轸，诏书屡下，力图振兴。余方幸贞下起元，忠臣志士，将惩前毖后，宏敷硕画，以求称上意；而又恐悠悠者耽祸偷安，迅霆初收而忘修省，奔流暂息而忘宣房也。若吾友紫丞水部则可谓不忘者矣。紫丞素工诗，赡智丰学，迥轶侪辈。近持《庚子纪诗》六卷相示。自初及终，事核词哀，独抒忠爱，论者以杜少陵诗史、白香山《新乐府》例之，诚哉无忝。然余谓紫丞之志，则更有进焉者。曩德之破法也，残坏几不可收拾，法人绘图自警，无须臾忘，十余年而仍为雄国。余度紫丞意，盖欲使读是编者亦如目击惨毒景象，知危知惧，振奋精神，靖内绥外，以佐吾国家中兴之业，而不复以茫茫世运，概诿诸昆明劫灰，而犹是酣嬉鸩毒也。《传》曰：其心苦者其辞危。有动于中，不能自已。”① “事核词哀，独抒忠爱”是对坚持现实主义写作的诗人延清最恰切的评价。在那一时期的众多诗人中，延清所具有的社会承担精神与精英意识，在外来军事打击下所催生的忧患意识，使他深感国家存亡的沉重与沉痛，这一点，与杜甫诗史诗歌写作的原动力是一样的。不独于此，正如时人所赞，延清在其间的实录既是承传自杜甫诗史、白居易新乐府精神而为，同时在时代风气的因革下，他能寻找失败动因，矛头直指朝廷，并且

① （清）曹福元：《庚子都门纪事诗原叙》，《庚子都门纪事诗》卷首。

把庚子前后的多国情势及百姓所思所想融入诗作，在内容和题材上都拓展和丰富了杜诗。

李恩绶《庚子都门纪事诗序》云："延子澄工部遭庚子拳匪之变，幸获无恙，以《巴里客余生草》邮示余。余置行滕中，遇湖海诗人，辄出而质证之，多以为可传。有以'巴里客'询者，余曰：巴里客三字，乃蒙古籍贯，自居为下里巴人者。盖其谦词、谐声、会意，均寓其中。而其诗则引商刻羽，杂以流徵者也。子澄行年将六十，而诗兴特豪，年老而律极细。生平尤以帖体诗名海内。昔袁太史与盛祭酒有'精金百炼，玉言长城'之褒，识者以为知言。此集五七言律以至数十韵长律，法律谨严。每一讽咏，觉温柔忠厚之意多，幽怨噍杀愤感之音少。间作五七古，亦妥帖排奡。如试律之咏史诗一体，枪林弹雨中乃觉无危苦之词。此可觇子澄之所养焉。今功令虽废弃帖体诗，而《余生草》一刻再刻，无异锦官堂诗长留天地间也，子澄闻之，当掀髯。余今客彭城，此地风气古穆，楚、汉战争之地，独两免粤、捻之厄，徐人士真幸民也。苏子黄楼今尚存，顷友人携浊酒一壶，并子澄诗登其上。临风朗诵之，深情绵邈，令我不能自已。"① 历史作为人类社会繁衍生息的承载，归根结底是人们"存在"的记载者，诗人的追求同人类进步的心灵相通，诗史文学就会在普通民众中获得相当的认同度，从而创作出属于自己的历史，完成其他文学题材无力承担的历史使命。否则，一段历史就会随时间的流逝而湮没。

《庚子都门纪事诗》六卷、补编一卷受到时人高度推崇，比之于唐代伟大现实主义诗人杜甫，程棫林在集评中论其艺术风格与叙事特征，谓："情深而不诡，风清而不杂，事信而不诞，义直而不回。"② 吕传恺在跋文中将诗人比之于杜甫，曰："昔少陵当天宝之末未曾身陷危地而叙述离乱，凄怆沈郁，千载生悲。后人读北征诗谓具一代兴亡，足与风雅颂表里。况乎负少陵之才志，忝当其境者乎？"③ "靡靡行迈，伤心《黍离》。贞女坚卓，忠臣英荦。比事属辞，褒扬式礭。"④ 晚清庚子事变带给士人的黍离之悲，是他们心中挥之不去的痛。经过此变，士人对当时的国弱民贫，对国仇家怨的无能为力有了更为深切的感受。丹纳说得好："悲伤既

① （清）李恩绶：《庚子都门纪事诗序》，《庚子都门纪事诗》卷首。
② （清）程棫林：《〈庚子都门纪事诗〉集评》，《庚子都门纪事诗》卷首。
③ （清）吕传恺：《〈庚子都门纪事诗〉跋》，《庚子都门纪事诗》卷首。
④ （清）陈恒庆：《题馀生诗草》，《庚子都门纪事诗》卷首。

是时代的特征，他在事物中所看到的当然是悲伤……在悲伤的时代，周围的人在精神上能给他哪一类的暗示呢？只有悲伤的暗示，因为所有人的心思也都用在这方面。他们的经验只限于痛苦的感觉和感情，他们所注意的微妙的地方，或者有所发现，也只限于痛苦方面。”① 《都门杂咏二十七首》其一其二云：

九门楼橹已全摧，不见勤王劲旅来。翻手难为天下雨，惊心但听地中雷。城狐社鼠仍余祟，从爵渊鱼总见猜。鼎养几人占覆餗，安危谁是救时才？

牛豕迟迟备莅牲，何如城下即同盟。朝无权相专和议，野有顽民盗义声。肉搏那堪禁火炮，指挥徒恃击金钲。国仇家怨焉能报，谁量区区蔀屋诚？

“和平年代的风雅之作多淡泊之音，而乱离时代的穷苦怨刺之言更有情感的张力，更能感天地动鬼神。和平时期的诗歌无所见奇，反倒是遭遇家国之难时，诗人拥勇郁遏，坌愤激讦，笔下才能元气鼓荡，产生人间之至文。”② 所以，庚子事变后的悲伤、痛苦，并不是延清个人的感受，而是中华民族的一种集体记忆。《书感》云：“乾坤如此转旋难，惟恃和戎弥祸端。社稷重新期李晟，神仙误信累刘安。怨沉几辈遭加石，谁定千秋俟盖棺。怕见铜驼荆棘里，几回过关泪偷弹。”婉曲沉郁之语中对朝政艰危至此的原因提出了深刻的思考。历史叙事的目的，并不是为了仅仅记录下已经发生过的事件，而是为了“现在”，是为了给“现在”提供经验和教训。延清的《庚子都门纪事诗》，可以说在记录历史的同时，对事变的缘由和事变中的人心人性之变化已经开始了思考。

八国联军入侵北京后，两宫逃亡，城中大臣身处国破家亡的忧危境地，是否死节在他们的心中颇为纠结。《七月二十一日都门不守后三日作》云：

延秋门启已多时，疏远孤臣恨未知。不幸再生蛇画足，何如一死豹留皮。衣冠暂著幼安帽，弦管羞题摩诘诗。惭愧雀巢鸠莫占，借栖犹恋上林枝。

① ［法］丹纳：《艺术哲学》，天津社会科学出版社 2004 年版，第 36—67 页。
② 《黄宗羲全集》，浙江古籍出版社 2005 年版，第 34 页。

延清在这首诗后注释：时闻朋好中死节者甚多。他虽然最终没有死节，但这时也洁身自好，自觉地以王维在安史之乱后的行为来告诫自己，并为此不肯读写摩诘诗。锡嘏《庚子都门纪事诗评》：“《孟子》云：《诗》亡，然后《春秋》作。盖纪兴衰，别美恶，厚风俗，正人心，史与诗有同源焉。自后世人以风云月露之词为诗，而诗格日卑，诗与史之体遂日远。惟杜工部当唐中叶，伤天宝之乱离，幸至德之兴复，举兵事始末，一托之于诗，格意近古，故人以诗史目之。子澄夫子学议卓雅，雅负史才，而平居独好言诗。遭庚子京师之变，见闻既确，发为吟咏，得古近体若干首，皆缘情直达，悱恻缠绵。其于死事诸臣，表彰既切，论断尤平。先叔赠太常和年公亦在阐扬中，皆纪实也。昔少陵因诗征史，今师寓史于诗，殆同一体格，深得《三百篇》之遗意云。”①

作为富有使命感的诗人，延清从个人悲辛中超越出来，力图在对刚刚过去的历史真相的追寻中不断进行现实观照。这样，在客观上，在中国民众的精神建构方面，他进行着从个人觉醒到群体自觉的启蒙。他的仿效杜诗之作，在主题、章法、表现手法以及声韵上都有相同之处，同时也各具特色。检《庚子都门纪事诗》，集中挽死事诸臣多用杜集原韵。如《宝龢年读学丰五排二十韵》用杜集《哭王彭州抡》诗韵。《葆效先上公初五排六韵》用杜集《奉汉中王札报韦侍御萧尊师亡》诗韵。《王莲生祭酒懿荣五排十八韵》用杜集《哭韦大夫之晋》诗韵。《宋仰初侍御承庠二首》用杜集《哭孝侍峄》诗韵。《裕寿山制军禄子熙吉甫祭酒元二首》用杜集《故武卫将军挽歌》诗韵。《崇文山尚书绮五排十韵》用杜集《哭李尚书之芳》诗韵。《王枚臣太史廷相一首》用杜集《严仆射归榇》诗韵。《钟味纯侍卫淇一首》用杜集《闻高常侍亡》诗韵。《徐荫轩相国桐二首》用杜集《承闻故房相公灵榇自阆州启殡归葬东都有作二首》诗韵。《崇鹤汀讲学寿一首》用杜集《别故房太尉墓》诗韵。《聂功亭军门士成一首》用杜集《哭李尚书之芳重题》诗韵。《韩小山比部绍徽一首》用杜集《哭长孙侍御》诗韵。《王槐庭参戎长荫二首》用杜集《过故斛斯校书庄二首》诗韵。故其诗友李润均赞叹道：“经心史笔妙通神，迸入吟毫写性真。只有少陵相伯仲，水曹今古两诗人。卅年同谱又同舟，患难扶持谊气投。铁石如君坚不挫，阐扬忠义砺千秋。”② “先生之诗，悲歌慷慨，忠爱缠绵，

① （清）锡嘏：《庚子都门纪事诗评》，《庚子都门纪事诗》卷首。
② （清）李润均：《庚子都门纪事诗评》，《庚子都门纪事诗》卷首。

可以惊风雨，可以泣鬼神。至其格律之浑成，字句之研炼，尤为余事。昔人称杜陵为诗史，若先生，足以当之矣。”①

诗以言志，故此情动于中而行于言。盖言以足志，志之所寄，形诸歌咏，亦各道其性情而已。延清身处乱世，遭逢时艰，创作叙事长编，旨在存史。因此他的笔下对当时城中形形色色之人及事，尽可能都有所涉猎。《纪事杂咏二十首》纪录了八国联军入城后驻兵西苑，搜罗珍宝以及皇宫内外的破坏情形：“传闻西苑内，水殿住西人。鸥鹭惊飞去，荒凉太液春。”“不独求珍宝，图书内府多。搜罗知户口，中亦有萧何。”“森严兵卫撤，执戟久无郎。五凤楼前地，今成校武场。”“求仙兼佞佛，仙佛迄无灵。铜佛身全毁，金仙涕不零。”后人对此评曰：“夫心怀忠爱，身际乱离，慨时势之艰难，痛銮舆之播越。九州鼎沸，万户伤心。对此茫茫，乌能已已？此延子子澄所以有纪事感怀诸作也……兹独综其去年危城扰攘时所为诗，得三百八十余首，分为六集，出以示余。受而读之，有浑涵蕴藉者，有悲壮苍凉者，又有悱恻缠绵，若讽若规，如怨如慕者，不名一端，要无非性情所流露。昔浣花翁有诗史之称，今钱塘盲叟有《诗铎》之辑。是编出，其可接武杜陵，嗣音张仲乎？‘干戈易洒苍生泪，诗卷长留天地间。’”②“诗史之称，诚无愧色。”③

庚子事变后，北京城中骤然多了许多汉奸，对于这种卖辱求荣之辈，延清在诗歌中进行了强烈的鞭挞。其《危城五首》诗云：“奉使曾随海外楂，土音就是杂中华。一官得意凭喉舌，四译通词仗齿牙。作字势沿蟲篆派，职方类别象胥家。问谁操术无私曲？造福乡里讵有涯。”“翩翩年少半衣冠，面目而今顿改观。横鼻镜夸新模小，称身袍厌旧时宽。巾沾瑞露香殊桂，卷吸名烟臭胜兰。不识人间羞耻事，乘车戴笠满长安。”“室家已毁竟何归？服役甘心听指挥。门外执鞭迎白帽，座中行酒逐青衣。豪酋也通怜狐媚，丑类偏能假虎威。惟愿肆言无忌辈，感恩莫斥旧君非。”由说明性、形容性的名词或动词构成的描写性的语言，以名词为主，动词为“眼”，从而赋予了诗歌语言既具有可感的实在性，又包含抒情的想象性。生动形象地展示了宵小之辈狐假虎威、谄媚侵略者的嘴脸。《纪事杂诗三十首》其一云：耳有所闻某某事是否真伪不得知也姑拉杂咏之八首：“深

---

① （清）世荣：《庚子都门纪事诗评》，《庚子都门纪事诗》卷首。
② （清）郭锡铭：《庚子都门纪事诗评》，《庚子都门纪事诗》卷首。
③ （清）爱仁：《庚子都门纪事诗评》，《庚子都门纪事诗》卷首。

君府第昧先几，汲水甘心溷布衣。何若当时投井死，偷生免得后人讥。”“冠冕遭时不在才，铜山进穴况多财。居然赚得区区命，难免豪酋唾面来。”不唯鞭挞宵小之辈，慈禧太后、光绪皇帝在都城将破时仓惶出逃，对此延清写出了一首首暴露和批判现实的政治讽喻诗，把批判的矛头直接指向最高统治者。“河山真似一枰棋，著子全输信可悲。黑白未分争道候，苍黄犹记出宫时。”（《秋日感事用少陵秋兴八首韵》）指出京津沦丧就是由于最高统治者不能统筹全局积极抗战，才最终导致变舆出逃、生灵涂炭。

为了向世人展示先民的爱国精神，现代著名作家阿英曾于 1937 年编成《中国近代反侵略文学集》丛书初稿，1959 年由中华转局出版。该丛书之第四种《庚子事变文学集》中选入延清庚子纪事诗 48 首之多，并在序言中对作者反对帝国主义的思想给予了较高的评价。《关于庚子事变的文学》是这样说的：“《庚子都门纪事诗》原来题作《巴里客余生草》，重印时才改题现在的名字。初印的年代是辛丑（1901），补编刻于宣统三年（1911）。著者延清是蒙古人。书分《虎口》、《鸿毛》、《蛇足》、《鲂尾》、《豹皮》、《狐腋》六集，补编题《鸡肋集》。共收诗四百数十首，都是在庚子围城中写的。其间虽不免掺杂闲情之什，大部分却是反映着庚子事变的前后情况，特别是围城中各方面的生活。这些诗所表现的作者的思想、立场，一般是反对帝国主义，反对统治阶级的右派，反对并歪曲义和团，反对汉奸，采取忠君爱国的态度。”虽然有些评价明显带有时代的烙印，但大体是中肯的。

（三）诗史维度下的“诗”与“史”的疏离和绾和

文学与史事精神的疏离是在功能性层面发生的。正是现实关怀和使命感使文学通向历史，但又使历史和文学产生隔阂。从现实关怀层面看，历史注重的是表层的现象而忽视深层的本质，而文学则要求对现实有一种穿透力，能够昭示出冰山下的巨大的潜流：从历史使命感看，历史更看重某一阶段的历史任务，它有一种急功近利的品性，文学则是立足现实，或顾后，或瞻前，其历史眼光更为深远，所以表现的内容也更为宽泛。由是，历史对文学的介入，有可能产生对文学精神的不同程度的偏离。而从“诗史”诗人创作实际看，由于“史实性”诗歌是文学与历史沟通的产物，历史性的目的是其与生俱来的一个品质，它对诗歌的要求是一定要实录国家、民族的某一个历史阶段的灾难、现状，所以史实性诗歌的现实性意义是从这类诗歌诞生起就被反复强调的。历史是显性的、明晰的，因而是较易判断的，而文学则是内蕴的、朦胧的，是需要用心把握的，所以历史与文学的结合就带来了一种危险性——以较易判断的方式去把握文学，使文学创作流于表层的概念表达，就会导致文学自身价值的丧失。避免这种危险就要突破纯史事叙述的制约，尽力实现真实的艺术描绘，使文学的张力得以形成。

八国联军入侵北京，生灵涂炭，“东城敌已据，北阙兵犹鏖。抵御恃枪队，不虚平昔操。军心易涣散，阵脚难坚牢。战败禁城里，何人能遁逃？伤亡遍道路，死事诚人豪。门户内廷闭，轰轰攻几遭。震惊及九庙，抱恸应神号。谯楼悉煨尽，徒见金城高。威焰祝融助，延烧空市曹。安危究谁仗？莫再谈《龙韬》”。战争中的场面诗人虽然亲历，但丰富的想象和生动的描述也是必不可少的，而这些恰恰是历史所欠缺的。诗人的描述极具画面感，外敌入侵所导致的废池乔木生灵涂炭，百年之后读来犹历历在目。因此，在艺术表达的层面，历史与文学关系的妥善处理至关重要。《书感用杜少陵喜达行在所第一首韵即借辛苦贼中来句衍为四首》，其一云：

恨不从西狩，銮兴那遽回。忧危元鬓改，蒙难素心灰。此日关山隔，何时道路开？朝天唯有梦，辛苦贼中来。

诗下自注曰：“七月二十一日城破后，闻两宫出狩。本拟追赴行在，嗣以道途梗塞，不克成行，坐困危城，偷生人世，不禁愧愤并交也。”彼时两宫是皇权的象征，延清企望追赶她们的踪迹，诚如安史之乱后杜甫追赶肃宗至行在。其二云：

患难何能共？甘言别主回。燕归辞故垒，蠹去胜残灰。豢养憎他负，樊笼乞我开。还乡应自慰，辛苦贼中来。

诗下自注曰：“城破后，奴仆均辞去。”其三云：

自汝城西去，愁肠萦九回。平安闻竹报，岑寂拨松灰。日月愁边过，乾坤乱后关。倚闾亲望慰，辛苦贼中来。

诗下自注曰："东城自五月十七日以来，既受义和团之欺凌，又被武卫将军之抢夺。余家密迩，岌岌可危。因于七月中旬令儿妇挈孙男女辈避之西城母家。城破后四日，年儿前往探看，翌早方回，知尚粗安，余心稍慰。"

庚子事变前后，无论是个体还是国家的命运都发生了巨大的变化，在延清的诗中，他通过对自己家人的关切的描写，展示了诗歌的真实的艺术描绘，确如杜甫在安史之乱后历尽艰辛见到家人的真切表达是一样的，这不但无损于诗人的形象，反而达成了诗史式诗歌的艺术张力，使诗史与历史有了功能性层面上的区别。

明人谢榛《四溟诗话》称赞杜诗："情融乎内而深且长，景耀乎外而远且大。"① 杜甫诗歌的特性，是情与景的融合，是对叙事客观世界与表现主观世界的统一追求。而杜甫诗歌使用的描写性语言是造成这种效果的主要原因。延清追步杜甫，对于杜诗的诗歌特色显然是心有灵犀。宋人胡宗愈云："先生以诗名于唐，凡出处、动息劳佚、悲欢忧乐、忠愤感激、好贤恶恶，一见于诗，读之可以知其世。学士大夫，谓之'诗史'。"② 此论认为杜诗详于自述个体人生经历、抒发主体情志，而杜诗所以为"诗史"，在于读者可以从诗人的"一人之诗"了解"一代之史"。孟修祥认为胡宗愈的意见注重杜诗的抒情功能，宋祁、蔡居厚的意见注重杜诗的叙事功能，两者的紧密结合，构成了杜诗"诗史"最为突出的特点③。

延清的《庚子都门纪事诗》详陈个体人生出处，蕴含了展现大历史的可能，但这种可能要变为现实，对诗人本身参与社会历史的深度还是有很高的要求。诗人不仅要经历丰富，而且在思想上要有深切的社会关怀，有深厚的主体情志。这些都是延清所具备的。周济曾云："感慨所寄，不过盛衰，或绸缪未雨，或太息厝薪，或己溺己饥，或独清独醒，随其人之性情学问境地，莫不有由衷之言。见事多，识理透，可为后人论事之资。诗有史，词亦有史，庶乎自树一帜矣。若乃离别怀思，感士不遇，陈陈相因，唾沛互拾，便思高揖温、韦，不亦耻乎！"④ 他明确指出，只有"见

① （明）谢榛：《四溟诗话》，丁福保辑：《历代诗话续编》，中华书局 1983 年版，第 1221 页。

② 《成都草堂诗碑序》，（宋）鲁訔撰，（宋）蔡梦弼会笺：《杜工部草堂诗笺》，《丛书集成初编》本，中华书局 1985 年版，第 17 页。

③ 孟修祥：《杜甫"诗史"说考辨》，《殷都学刊》1996 年第 1 期。

④ （清）周济著，顾学颉校点：《介存斋论词杂著》，人民文学出版社 1998 年版，第 4 页。

事多，识理透”的诗人，其感慨寄托，才能成为“后人论世之资”。宋人认为杜诗深具美刺、比兴的寄托之旨意，而明清时期的论者，则进一步将美刺、比兴与史家之褒贬联系在一起。明清之际的钱谦益，就认为堪为诗史的作品，表达了作者对于“兴亡升降”的“感叹悲愤”①。延清在吸收杜诗诗史特点进行写作时，不但见事多，识理透，而且对黍离之悲有着个人的感叹悲愤，所以他的诗歌被时人追捧为诗史，实至名归。

文学创作是一种最具个人创造性的精神生产方式，是通过人对世界的情感体验、感受、评价，力求表达人对世界的主观感受和认识。任何一位文学创作者的创作灵感都来源于生活。“他们对生活的审美感受、审美体验、审美判断和评价以及运用文学语言反映生活的技巧、风格，都受到时代精神、社会意识、公共心理、民族特性、阶级意识等因素的影响。”②延清被晚清士人誉为“诗史”典范，一方面是因为他的一部分作品，的确体现了“善写时事”和“实录”的特点，而且就其整体的艺术格局而言，也与杜甫的诗史观相接近。杜诗在详陈个体人生出处的基础上，展现了社会时代的广阔画卷，表达了诗人感时忧世之情怀，深入地开拓了以“一人之诗”表现“一代之史”的艺术可能。除此而外，杜甫精神的高贵和动人之处在于他对故国的赤胆忠心，对理想的执著追求。杜甫及其诗史作品因此成为士人理想人格和叙事典范的象征。延清虽生也晚，但是在政治腐败、社会黑暗、黄钟毁弃瓦釜雷鸣的末世和外族入侵、江山岌岌可危之际，饱受屈辱的士人，无论其民族属性如何，都会以杜甫及其书写的诗史作为绘写时事，坚持斗争的精神号召和范本。同时亦对杜甫苦身焦思、悲愤哀怨的心境报以异代相知的感怀。这就是杜甫及其诗史作品颇受延清追摹的主要原因。

正是时代因素与多舛人生际遇的共同作用，才催生出了杜甫的诗，从而影响到更多的人都来走他这条创作道路。而从读者接受方面，也如丹纳所说：“群众的趣味完全由境遇决定；抑郁的心情使他们只喜欢抑郁的作品。”③ 这是延清诗歌在当时所以特别流行的原因。

---

① 《胡致果诗序》，（清）钱谦益著，（清）钱曾笺注，钱仲联标校：《牧斋有学集》卷18，上海古籍出版社1996年版，第800页。

② 童庆炳：《文学理论教程》，高等教育出版社1998年版，第116页。

③ （法）丹纳：《艺术哲学》，天津社会科学出版社2004年版，第38页。

二 杜甫纪游诗对《奉使车臣汗纪程诗》创作的影响

延清对杜甫诗歌的接受，主要表现于他的诗集《庚子都门纪事诗》和《奉使车臣汗纪程诗》。前者集中体现了延清对少陵诗史风范的追摹，而后者更彰显了杜甫《北征》、《望岳》类纪行诗对延清创作的深远影响。

光绪三十四年（1908）正月，延清奉旨去蒙古祭奠喀尔喀车臣汗部郡王衔扎萨克多罗贝勒蕴端多尔济，行程七千多里，历时七十余天，沿途风光和他熟悉的蒙古族风情，都使诗人感慨万端，延清将所见所闻形之于笔端，铸成晚清诗坛重要的纪游叙事长编《奉使车臣汗记程诗》三卷。这是延清的另一部重要诗集，收录前往喀尔喀车臣汗部致祭途中所作诗三百九十二首，其中和景镑诗五十八首，和宝鋆诗五十七首，和他人诗二十八首，余者二百四十九首均属己韵自题之作。在形式上以五、七言律诗为主，一、二十韵至五十韵的长歌有十四首之多。《奉使车臣汗记程诗》以延清三月初十离京落笔，诗歌按自然时序，遵循“奉使车臣汗”的行程，写出发和途经中国北方山河草原沙漠时的所见所闻，历涉三十七个台站，顺利抵达车臣汗部，完成了致祭奠礼的内容，融入这一行程的时间之中。《奉使车臣汗记程诗》于宣统元年（1909）付印。庆恕在《和延子澄学士奉使车臣汗记程草》一诗中对该集给予较高评价，诗云：“奉使遐慌要纪程，新诗落笔使人惊。黄沙白草全经眼，绿水青山切问名。九曲羊肠寻古道，几行马足蹴边城。长途风景君详志，不枉星轺远塞征。”①

延清诗歌“沉雄迈往”②，这与他读万卷书，并且能行万里路的经历是分不开的。出使蒙古让延清开阔事业视野的同时，也扩宽了其诗歌创作的题材，使其诗歌创作技巧更为成熟。在延清诗中出现的漠北的地名、地域形态或者少数民族风情，更是在接受唐诗基础上对蒙古族诗歌创作中的丰富。其《登吉斯洪果尔山》，诗曰：

> 穷边四望天地宽，平远山如画里看。非是振衣凌绝顶，那知高处不胜寒！

“吉斯洪果尔”，蒙古语，汉译为“红黄土堆”，是张家口至蒙古的第

① （清）延清：《奉使车臣汗纪程诗》，宣统元年（1909）铅印本。本节所选诗皆出此书。

② （清）李恩绶：《奉使车臣汗纪程诗序》，《奉使车臣汗纪程诗》卷首。

十八台站，在今内蒙古达茂旗东北。诗人登上边地山顶，看到这里山峦如画，忽然联想起杜甫《望岳》之“会当凌绝顶”诗句，并由这一奇特想象，继而借用宋词中“高处不胜寒”的成句，生成自己的这首诗歌。把塞外天高地远、旷揽无碍之景色巧妙地运用杜甫诗歌叙写出来，字简语丰，给人以无穷想象空间。恰如清人赵翼指出的那样，“皆题中本无此义，而竭意摹写，宁过无不及，遂成此意外奇险之句”[①]。读延清纪游诗，会发现诗人并不用多少笔墨去穷尽刻画山川之美，往往是意在笔先。这点正是他学杜甫纪游诗所得精髓。再如其“声声布谷唤山村，埘桀鸡栖日向昏。茅屋数家城下建，屋垣不筑借城垣。”（《暮抵鸡鸣驿，用景佩珂学士诗韵》四首之一）寥寥数语，勾勒出傍晚时分塞外零落人家景象。“四围天压大荒平，一片龙沙暗复明。有雨眼前还有日，云来云去互阴晴。”（《大雨适至，不久旋晴》）将“道是无晴却有晴”的诗语重新解构。“穷荒无夏令，每岁止三时。冬驻龙堆久，春来雁塞迟。炉常添火拥，裘更御风披。四月犹飞雪，天寒亦可知。”（《雪后寒甚》）用白描的手法写出了塞外百姓的苦寒状况。杜甫擅长将自己放置于广阔的社会背景中，从对山水草木的透辟观察中，展露自己忧国忧民之情和飘零之感。延清苦学杜诗，因此，他的纪游诗作总是在自然山水形象的塑造中渗透出时代风云之气与诗人的身影。其《榆河用明布衣谢茂榛诗韵》，诗曰：

远岫列千山，长城抱一关。水声危涧底，岚气乱峰间。土沃耕牛健，时清战马闲。笑余顽似石，双鬓未曾斑。

这首纪行诗中，忽而远山关隘，忽而山岚水涧，忽而沃土耕牛，忽而清平闲人，诸多元素萦绕期间，恰如杜甫早期已显示出不同凡响的纪游诗《望岳》，“纪一游耳，忽从始而风波，既而天霁，顷刻变迁上，生出一片奇情。便觉忧喜顿移，哀乐内触，无限曲折。”[②] 纪游是一种泛指，举凡行旅征程、登临迁谪、持节异国、任职地方等皆属其列，因此，纪游诗亦被称为纪行诗或纪程诗。在纪游中产生的对于自然风光的感受，通常与作者的民族属性、游历目的、人生经历等密切相关，它不仅呈现了诗人对于山光

① （清）赵翼：《瓯北诗话》卷2，郭绍虞编选，富寿荪校点：《清诗话续编》上，上海古籍出版社1983年版，第1152页。

② （清）浦起龙：《读杜心解》卷3，中华书局1981年版，第342页。

水色等自然万象的观览，也包含着诗人对于民俗民情、民生民瘼的了解，还常常交织着诗人对于军事国力、朝代兴替的感喟。盛唐诸人，尤其是杜甫的许多纪游之作就巧妙地将上述内容交融组合，从而在唐代纪游诗坛上卓然而立。清代末年这类纪行诗明显增多，诸如嘉道间松筠著《西招纪行诗》，道咸间柏葰著《奉使朝鲜计程日记附诗》，等等，不胜枚举。然而在纪程诗作者中奉使蒙古并以诗纪其事者只有《奉使三音诺彦记程草》的著者宝鋆、《北征草》的著者景锛、《奉使车臣汗记程诗》的著者延清。延清的诗名虽然前此早已为世人所知①，但他的才华在这部游历蒙古的诗作中得到了更娴熟的发挥，创作了一些具有鲜明民族特色的诗篇，为清代诗坛增添了生动真切地反映漠北生活的优秀篇章。如：

四野初生草，牛羊未尽肥。雪消随水下，风起挟沙飞。节气逢春令，蒙情懔国威。鄂罗胡笃克，烟火幕庐稀。（《将抵鄂罗胡笃克作，用宝文靖公诗韵》）

毡帷幕一庐，爰处复爰居。碍帽门如窦，支椽木似梳。乳酥调雪后，毳幕障风余。马矢添炉火，挑灯此读书。（《暮抵青岱三首选一，用景佩珂学士诗韵》）

草地莽天际，车行低复高。苍崖封石藓，赤野长金桃。驼负走千里，鹤鸣闻九皋。有泉清可饮，沙井是新淘。（《初行草地二首》其一）

边陲春到晚，草未绿蓬蓬。洒润久无雨，嘘枯唯有风。牛羊啮平野，鹰隼下遥空。纵目毡庐外，夕阳山外红。（《初行草地二首》其二）

诗人通过塞外春雪、毡庐毳幕、牛羊平野、黄沙驼队这样自然与人文风光的描绘，为我们勾勒了漠北草原的风光特色，“比喻、联想、夸张、对比等丰富多彩的表现手法，使延清的边塞诗具有较高的审美价值”②。

---

① 关于此点，延清曾在其《奉使车臣汗纪程诗・卷一・自题》诗注说过：“同治朝叶赫全文悫公庆所编《梓里诗存》八卷，凡我八旗宗室、满洲、蒙古、汉军人，自国初至今之试律各选数首，以永其名。余亦有六首滥厕其间。”

② 郭延礼：《中国近代文学发展史》第2卷，高等教育出版社2001年版，第249页。

清廷规定，翰林院满蒙侍讲学士、侍读学士例往口外致祭差。光绪三十三年（1907）九月喀尔喀车臣汗部郡王衔扎萨克多罗贝勒蕴端多尔济病故，清廷遂于次年正月二十一日奉旨派出翰林院侍讲学士延清前往致祭。延清接旨后即做了各方面的积极准备，希冀乘此对本民族的历史、风俗进行考察。他将清代著名学者张穆的《蒙古游牧记》、何秋涛的《朔方备乘》，日本参谋部编的《蒙古地志》装入行装，并借阅了曾奉是差的景镑、宝鋆二人的诗集欣赏。[①] 延清于光绪三十四年（1908）五月二十二日出使完成返京，随后将诗稿汇编成集，请徐琪、何润夫两前辈逐加评骘，后又交付汪凤藻校勘斧正全稿，于宣统元年刊行北京。徐琪（1849—1918）字玉可、花农，号俞楼、室名玉可盦、九芝仙馆、香海盦、瑞芝轩、青琅玕馆。仁和（今浙江杭州）人。光绪六年（1880）进士，授编修、曾任山西乡试副考官、光绪十七年（1891）后出任广东学使，光绪二十三年（1897）入值南书房，后为内阁学士，官至兵部侍郎。工诗文、善书画。著有《粤东葺胜记》、《粤轺集》、《日边酬唱集》、《花砖日影集》、《南斋日记》、《苏海余波》、《冬日百咏》、《留云集》、《墨池庚和》、《名山福寿编》等。何乃莹（1856—?），字润夫，一字梅叟，山西灵石人。光绪六年（1880）进士，改庶吉士，历官左副都御史。有《灵樵仙馆诗草》。他们在认真阅读延清的《奉使车臣汗纪程诗》后，逐诗加以点评，并将评点书于诗作上方。值得注意的是，他们的评点中多次将延清的诗作同唐诗联系来谈。如《又沙城午尖四十六韵》玉可评："语有所指包孕无穷，音节逼真昌黎传作也"；《宿察汗陀罗盖二首》其二："孤馆犹支榻，群峰自绕门。战争今日息，歌舞古风存。龙凤山前庙，牛羊塞上村。此间蕃汉别，耕牧长儿孙。"玉可评："纯似老杜。"《察汗陀罗盖早发用宝文靖公诗韵》玉可评："孟襄阳得意之笔。"《道经布尔嘎苏用景佩珂学士诗韵》又二首："绝徼行人少……水积冰花白，山横塞草青……"梅叟评"又二首青韵极佳两收笔颇有曲终人不见江上数峰青之境。"《鄂罗胡笃克蒙古包午尖五排四十韵》梅叟评："如登玉宇琼楼目不绝赏，是为燕许大手笔。"《闲眺用宝文靖公诗韵》："……沙虫经雪化，塞马逐风嘶……"梅叟评："闲眺诗嘶韵深得唐人骨髓。"《初行草地二首》其二："……洒润久无雨，嘘枯唯有风。牛羊啮平野，鹰隼下遥空。纵目毡庐

---

① （清）李钟豫：《奉使车臣汗纪程诗例言》，《奉使车臣汗纪程诗》卷首。白·特木尔巴根：《清代蒙古族诗人延清及其〈奉使车臣汗记程诗〉》，《内蒙古师范大学学报》1985 年第1 期。

外，夕阳山外红。”梅叟评：“风空红三韵纯是唐音。”《暮止德勒苏乌苏用景佩珂学士诗韵》：“……北走龙沙万里来。清洌井泉堪淅米，高低岩石可生苔……”梅叟评：“来韵悲壮苔韵清腴诸佳句置之唐人集中几无可辨。”《吉洪布拉嘎五排四十韵》玉可评：“不减老杜”，梅叟评：“吉洪布拉嘎四十韵与往游榆林下二诗魄力沉厚几入少陵之室。”对延清诗范唐人的诗学源流呈现在细味其诗的心得中。

延清的纪游作品虽然以叙事为主，但抒情性也很突出。在路经关隘古战场时，他一方面极尽奇险变幻之能事，同时也把对历史的思索融注入诗，读来沉厚博赡。如其《居庸关用宝文靖公诗韵》二首其一：“雄关自古名，重镇至今成。但得人心固，能令鬼胆惊。四围山并峭，百折路难平。秦政谋非拙，长留万里城。”道出民心远比山川地势更为重要。《行居庸关山中书所见》二十首选四：“无地容耕种，荒凉菜一畦。晚菘兼早韭，风味杂沙泥。”“采薪人便捷，日上最高峰。晚担斜阳荷，樵归说虎逢。”“清晓赍粮去，沿山作牧场。夕阳红半岭，高处下牛羊。”“沈沙遗铁炮，磨洗认前朝。盈寸刀瘢在，苔花蚀未销。”在对自然景色的素描中，既展示了边塞浑然天成的风光特色，也巧妙地嵌入自己对历史的感喟。“如果从诗歌的表现品质来看，行旅体中着重表现政治失意的传统，能更多地容纳个体人生经历、政治社会之内容，情感内涵也可以更细致；而着重表现厌倦尘累、愿依本性素志的传统，则更多地具有人生反思的品质，不太容易承载更多的社会历史内涵。简言之，后者更为内省，追求简洁中的深刻；前者则追求丰富中的深沉。杜甫五古对行旅体的创变，则是将这种丰富中的深沉，做了极为充分的发挥。”①延清诗学杜甫，这种丰富中的深沉之作，他的集中也有很多，如《赋得苏子卿在匈奴取妇生子》：

> 汉使牧羊年，胡中取妇贤。节旄都脱落，裘帽独便娟。羖羳偎眠地，熊罴入梦天。穹庐新置酒，大窖旧吞毡。塞上酥何腻，床前镜共圆。姻缘殊草率，嗣续宛瓜绵。雁帛音书寄，麟图姓氏延。生还通国赎，北望海山连。

延清一生勤于创作，其“胸怀高旷，天趣盎然，喜吟咏，所作诗不

① 刘宁：《杜甫五古的艺术格局与杜诗“诗史”品质》，《文学遗产》2009年第3期。

下数千首，掉鞅词坛垂五十年”。[①] 他的诗歌作品极大地推动了晚清蒙古族汉文创作，当代的延清研究中，对此也给予了中肯评价。“延清的创作成就和影响，不仅在清末民初、而且在整个近代的蒙古族汉文作家中都是最突出的，是一位创作数量最多、反映现实最深入的杰出的现实主义诗人”[②]，“延清……继承中国诗歌史上现实主义的优良传统，深刻反映了这一特定时期的社会现实，使他在近代蒙古族汉文作家群里，成为写诗最多，反映现实最丰富的名副其实的现实主义诗人”[③]。

三　延清后人对家族诗歌传统的承传

延清子彭年，字伯禾，一字寿民。光绪二十年（1894）甲午科优贡，三十四年（1908）任江苏扬州东台县知县，“本经学为治术，奉庭训作官箴，下车伊始，即以仁民爱物为己任”[④]，卸任之时，里人孙虎臣为撰《去思记》。据《八旗艺文编目》和《遗逸清音集》著录，他有《春晖阁诗集》一部，但《编目》未注存否，此集至今未见传本。其诗歌创作散见于清末诗文总集和别集者计六十余首。如《遗逸清音集》卷四收其《恭题家君太常仙蝶图》等二十八首诗；《道咸同光四朝诗史乙集》卷六收《庚子哀感诗》等十四首。延清《庚子都门纪事诗》中附载彭年诗十三首；《庚子都门纪事诗补》附载一首；杏芬《京师地名对》附载四首，等等。在这些诗歌创作中，影响较大的当属庚子事变期间写就的诗篇。师承杜甫，声讨外寇，直刺时事，与延清在庚子事变间所写诗歌相颉颃。《庚子都门纪事诗》卷三《蛇足集》，有题为《秋日感事用杜少陵秋兴8首韵》的组诗，此题下附载彭年和韵诗八首，其第三首云：

> 秋阳原不似春晖，万派寒光接紫薇。豺虎凭城供饱噬，鹓鸿得路竟高飞。豆羹亭下炊应献，菊酒篱边约已违。盈野争传禾稼尽，饶他蕃马一时肥。

---

① （清）檀玑：《遗逸清音集跋》，延清辑：《遗逸清音集》，商务印书馆1916年版。

② 荣苏赫、赵永铣、梁一儒、扎拉嘎：《蒙古族文学史》第3卷，内蒙古人民出版社2000年版，第609页。

③ 云峰：《近代蒙古族现实主义诗人延清》，《新疆社科论坛》1991年第2期。

④ （清）孙虎臣：《去思记》，见《引玉编四集》所收《锦官堂诗草》附录，宣统二年（1910）刊本。

将外国侵略者入城中后带来的民众心中的清寒，以比喻、夸张手法蕴藉写出。彭年之妹杏芬（1874—1897），自幼爱好文学，“谈诗共婢，问字呼爷。闲翻阿母之经，戏弄乃兄之笔”。曾寻访京师之街道、胡同、寺庙之雅俗名，零星手录，积有岁年，而后效家塾中的对句习作，戏为比俪，著成《京师地名对》。张宝森在序文中称：该集由延清、彭年整理，在诗人去世后的第二年，即光绪二十四年（1898）刻行，张宝森、鲍心增、同裕、延清、彭年等撰序跋文和题识。嗣后，又重刊两次，流布颇广。

第十三章

晚近诗人三多、升允的唐诗接受

三多和升允都是清末民初的蒙古族诗人，他们生逢末世，出入江南和边陲，既遭逢鼎革之变的身心游离苦痛，又经历民主共和的陌生冲击。文明的更迭，文化的冲击，常常让他们那代人有目不暇接的眩晕感，这些都大不同于唐代，彼时虽是文明文化大冲击和汇聚的朝代，但士人却有着主动的开放的接纳心态，而晚清士人却是步步被动、仓皇茫然。然这期间也还是有相通之处，晚清的蒙古族诗人们在进行文学创作时常常不由自主地化用着唐诗中的经典语词、诗境，甚而是诗人的诗情、诗心，文化文学的相连命脉有如草蛇灰线，品读那些萧条异代的诗歌是能明确感受到这种文化传承的。

第一节　三多诗歌的唐诗接受

一　三多其人

三多（1868—1941）为蒙古钟木依氏，汉姓张。祖籍抚顺，隶蒙古正白旗。顺治二年（1645），其先祖随军迁往杭州驻防，三多遂生于杭州。光绪十年（1884），袭三等轻车都尉世职，光绪二十二年（1896），署正白旗佐领，光绪二十七年（1901），任稽查商税事务，次年正月，充京师大学堂提调。一年期满后，回省，委署乍浦理事同知。光绪三十二年（1906），署杭州知府。光绪三十四年（1908）四月始任边疆大臣。先任归化城副都统，次年十月，任库伦办事大臣，连任至宣统三年（1911）十月。辛亥革命起，由西伯利亚辗转而归。三多任边疆大臣的四年里政绩颇著，如其为改善当地人民的健康状况，首倡在库伦设立卫生局等，其间的事迹多见于《归化奏议》、《三多库伦奏稿》等当时的呈文奏牍。入民国后三多任山海关副都统、国务院诠叙局局长。著有《可园诗钞》、《可园诗钞外集》、《东游诗词》等，其中《可园诗钞外》包括《北行诗录》、《柳营谣》、《缀玉集》、《倦游集》。

《清史稿》、《清史列传》都未收三多传记，其生平仕履仅见于民国初年的职官录、名人录和诗文总集所附作家小传，延清辑《遗逸清音集》，收其诗二十四首，小传曰："钟依氏，字六桥，蒙古镶红旗人，杭州驻防。世袭轻车都尉，历官库伦办事大臣。"① 民国九年的《最近官绅履历汇编》，叙述三多在清末的履历较其他小传详细，有曾任杭州知府、归化城副都统、库伦办事大臣等职的记载。诸多小传于三多年龄、族属、仕履的记载歧异丛出。以年龄为例，《最近官绅履历汇编》称民国九年（1920）三多四十五岁，《中国文化界人物总鉴》亦说生于1875年，然而据清代官方档案，光绪十年（1884）部旗奏请承袭三等轻车都尉，十三年（1887）闰四月补行引见，五月，回杭州当差。可确知上述两书所述时间有误。王廷鼎曾为三多的《可园诗抄》撰序，谈到袭职之事，称："年十七精骑射，承其世叔父难荫得袭三等轻车都尉，食三品俸。"② 清代档案虽未记载三多出生年月，但呈报三多履历的当年为光绪三十四年（1908），档案上有"年四十岁"的记载，据此推之，三多实生于同治七年（1868），光绪十年（1884）袭世职时恰好十七岁，与王廷鼎所说完全吻合。故江庆柏《清代人物生卒年表》依据《粉庵词》序所载三多生于1871年有误③。三多卒于民国三十年（1941）。有关三多的卒年，历史上多有误。《关东文化大辞典》"三多"条记："伪康德七年（1940）卒，终年69岁。"④ 据董毓舒《粉云庵词跋》："辛巳，先生忽归道山。同人恐先生遗稿湮失，乃将《粉云庵词》付之剞劂。"⑤ 可知其卒于民国三十年，享年七十岁。

二 《柳营谣》的书写及其间的唐诗脉络

三多出生于杭州满城，并在那里长大成人。对于杭城，他有着深切的感情。曾写下《柳营谣》七绝一百首记录杭城变迁。诗作大多清新可诵，

---

① （清）延清：《遗逸清音集》卷3，据民国初年商务印书馆铅印本。
② （清）王廷鼎：《〈可园诗抄〉序》，（清）三多：《可园诗钞》，清光绪间石印本。
③ 江庆柏：《清代人物生卒年表》，人民文学出版社2005年版，第9页。
④ 李治亭主编：《关东文化大辞典》，辽宁教育出版社1993年版，第21页。
⑤ 董毓舒：《粉云庵词》跋，国家图书馆藏缩微胶卷。

如“都署新成涵碧亭，真如画舫水边停。秋来妙又如书屋，雨打残荷倚槛听”①。末句化用晚唐李商隐“留得枯荷听雨声”之境，诗后自注：“恭问松都护今岁广葺其署，建亭沼上，颜曰涵碧，昔松赐亭、固莲溪两都护先后题有停舫、寄庐、听秋书屋、万花堂、伴鹤轩诸胜。”再如“湖上春深兴更悠，招邀俊侣策华骝。诘朝要放桃花血，逐队松鞍到处游。”诗后自注云：“春分前后当以针刺马颈，谓之放桃花血。前一日须出骑，谓之松鞍。”将杭城掌故化在诗句中淡然点出，悠然诗情里倾注的是对杭城的深深眷恋，而诗行中呈现出的悠长情韵更弥漫唐诗余味。再如“西去人家断复连，一湾流水绕门前。落花枯草调鹰地，暖日轻风放鸽天”，全诗颇有白居易《西湖杂草》之诗味。诗后自注云：“俗喜调鹰放鸽，佳者双值数金。”

三多作有《柳营谣》自序，介绍了杭城的变迁及自己写作《柳营谣》的缘由。“吾营建自顺治五年，迄今二百四十余载，其坊巷桥梁古迹寺院之废兴更改者，既为杭郡志乘所略，而其职官衙署科名兵额一切规制，又无纪载以传其盛。自经兵燹，陵谷变迁，老成凋谢，欲求故实，更无堪问。夫方隅片壤，尚有小志胜语，纪其文献。吾营八旗，实备满蒙大族，皇恩优渥，创制显荣，其间勋名志节，代不乏人，倘无一编半册，识其大略，隶斯营者非特无以述祖德，且何以答君恩乎？童子何知，生又恨晚，窃不忍任其湮没无传，以迄于今，每为流留轶事，采访遗闻，凡有关于风俗掌故者，辄笔之，积岁余方百事，即成七绝百首，名曰《柳营谣》，盖如衢谣巷曲，聊以歌存其事，不足云诗也。后之君子，或有操椽笔而为吾营创志乘者，则此特其嚆矢耳。”三多祖上即生活在杭城，三多少时在家族中耳濡目染，已将杭州当作自己的故乡。文化是社会变迁的动力，在某种程度上也可推动族群的变迁，“个体生活历史首先是适应由他的社区代代相传下来的生活模式和标准。从他出生之日起，他生于其中的风俗就在塑造着他的经验和行为。到他能说话时，他就成了自己文化的小小的创造物，而当他长大成人并能参与这种文化活动时，其文化的习惯就是他的习惯，其文化的信仰就是他的信仰，其文化的不可能就是他的不可能”②。相同或不同族属的八旗子弟生活在杭城，他们彼此自然而然地产生了族群

① （清）三多：《可园诗钞外》二集《柳营谣》，清光绪间刻本。本小节所选诗均出此。

② ［美］露丝·本尼迪克特：《文化模式》，何锡章、黄欢译，华夏出版社1987年版，第2页。

认同。杭城在表面上将八旗子弟与汉人生活圈隔离，但草蛇灰线，随着时间的推移，不同民族间的交流早已不是简单的有迹可循，文化传承的痕迹在在，杭城生活的经历给予了三多坚实的“社区精神”和汉文学底蕴。当杭城在兵燹中被毁，就等于摧毁了三多的“故乡”，这种地缘层面的与故乡的情缘，是建立在生活磨砺、身世变迁、文化濡染基础之上，经过岁月打磨而成的。骤然坍塌后，必然使得诗人的精神世界遭到重创，所以三多对此痛心疾首，在寻访故老、搜罗史料后，立志做成百首纪实七绝，以诗歌的形式传存历史，保留文化，彰显族群精神。

三多的私淑老师俞樾肯定了他的这一行为，并曾写有《柳营谣》序，曰：“国初平一海内，以从龙劲旅分驻各行省，是曰驻防。大者统以将军，其次为都统，又次之为城守尉。吾浙杭州乃东南一大都会也，于是有镇浙将军，有镇浙副都统，皆驻杭州，开军府，立满营，度杭城西偏以为城，其周九里，其门有五，规模闳远矣。二百数十年来，功名之隆盛，人物之丰昌，流风遗俗之敦厚，故家世族之久长，不可胜计。而纪载缺如，无以垂示于后。中间又经兵燹，一营俱烬，乱定之后，乃调集乍浦、福州、荆州、德州、青州、四川六处驻防，重建新营，粗复旧额。入其城者，但见衙署之鼎新，廛舍之草创，欲闻其故事而遗老尽矣。乃有鋆溪协戎之哲嗣曰三多六桥者，著《柳营谣》一百首，凡有涉掌故者重以诗记之。上纪乾隆中高庙南巡之盛，下逮咸丰间瑞忠壮、杰果毅两公死事之烈，而凡杜仙之坟，凤氏凰氏之井，句曲外史之庐，临水夫人之庙，以至九月演炮，春风松鞍，云鬟月髻，湘公府之闺装，留月鬓花，荣部郎之吟馆，事无巨细，一经点染，皆诗料也，即皆故事也，可以传矣。余春秋佳日，必至西湖，由钱塘门入城，必取道满营，如得此一编，于舆中读之，望将军之大树，观故家之乔木，其可慨然而赋乎？”将杭州驻防来历，杭城变迁及三多写作缘起、经过约略陈述，平实的叙说中饱含着老师对学生才华的肯定和善抓诗材的称许。

三多的老师王廷鼎对三多的才华颇为爱重，也曾作有《柳营谣》序，曰：“余于丙戌岁始于花市构屋以居，距杭城营仅数武地，暇辄入城，既爱其风土清淑，旋以琴酒获交其士大夫，又钦其温文尔疋，有儒将风，未几其子弟竞以文艺来从余游。有六桥世勋三多者，为有鋆溪协戎哲嗣，年少多才，且能留心掌故之学。忆杭城自顺治五年始设满蒙八旗防营，迄今垂皕六十年，其中规模创制，文物声明彪炳可风者，殆不胜数，而纪载阙如。中丁粤难，一营燔焉。克复后，合官与兵仅存四十余人，余悉调自荆、青、闽、蜀、乍浦诸营，以复旧规。非特文献荡尽，即其坊巷风情，大非昔比。六桥惜其典则云亡，深抱数典忘祖之虑，爰为广询老成，穷搜故实，一名一物，莫不笔以载之。积岁余，所得既多，乃仿《竹枝词》体，成七绝诗百首，名曰《柳营谣》。而请序于余。其诗自开国至今，大而宸章官制，勋业忠贞，小而风俗圆亭，世家古迹，釐然毕举，若讽若规，隐隐寓劝惩之思，寄今昔之慨，正不徒夸显荣存典则已也。余于防营棲游既习，思为创辑志乘，以传其盛，恒苦考证之隘，迄未卒业成书。今得是编，资我不浅。他日书成，不得不呼为将伯也。故喜而为之序。”对杭城文化风尚、三多家世及《柳营谣》写作缘起、书写意义作了介绍，并着重说明三多此作是仿《竹枝词》体而成。

三多征引史料、撰写《柳营谣》的这一行为，不但感动师长，时人对此也多有记述评论。徐一士《一士类稿杭州旗营掌故》载：“清室入主中夏，以八旗将士驻防各省要区，控制形胜，为一种特别之制度。此项旗营，在所驻之地，自成一局面，为时二三百年，其文献殊有征考之价值，而资料则颇感缺乏。三六桥（多）以诗名，家世杭州驻防（正白旗蒙古人），于杭营掌故，素极究心。己丑（光绪十五年）有《柳营谣》之作，用《竹枝词》体，述杭营诸事，共诗一百首，附注以为说明。时犹髫年（约十四五龄），所造已斐然可观。既见诗才夙慧，尤足考有清一代杭州驻防旗营之史迹。举凡典制、人文、名胜，以及轶事雅谈，略具于斯，洵可称为诗史，研究旗营故实者之绝好资料也。”① 认为旗营驻防作为一种特殊的制度，有其研究价值。

当三多把自身的生活经验浸润在江南文化的重心杭州这一特定的地域中，并与八旗驻防杭城的文化结合起来，所形成的感受不仅成为诗人本真的诗性感受，也成为游牧文明与农耕文明交融的典范。杭城掌故经三多查询记述，著为《柳营谣》，则三多此作既可征信，作为史才保存，同时又为诗材，合璧考量，可称“诗史”。唐代杜甫经流离战乱，将所见所闻以诗歌形式记述留存，被后人成为“诗史”，三多之被称为“诗史”，显然是时人在他的作品中感受到了杜甫遗风。

三多在《柳营谣》的写作中，艺术手法上追摹白居易、李商隐、刘

① 转引自《清诗纪事》，第3611—3615页。

禹锡等中晚唐诗人，诗情或悲慨、或清新。从诗集整体看来，既单独成篇，又彼此关联，诗后题注更是精准史料。其早期诗作，就曾刻意学杜，所谓“诗从杜甫集中补”（《回忆海棠作歌》），杜甫的写作手法即或在《柳营谣》中表现的不够鲜明，但诗学杜甫“诗史”理念还是在客观上促成了这百首诗歌的创作。

三 《可园诗钞》及其他诗集中的唐诗风范

三多现存诗五百六十八首，除《柳营谣》外，大多存于《可园诗钞》、《可园诗钞》外集中，三多家族虽隶籍蒙古镶黄旗，但是随着满族贵族习练汉文和社会变迁的影响，到清代中期蒙古贵族家族延聘汉人教习子弟的风气已经很普遍。当然，杭州作为江南汉学重地，这一“故乡”对于三多诗文创作的影响也是很显然的。

三多一生勤勉学习汉族先进诗文，曾师从王廷鼎、俞樾等大儒习诗，后又追步著名诗人樊增祥、易顺鼎的诗学取径，形成了藻丽绝艳的诗风，被归入清末民初“晚唐诗派”。俞樾论诗主张“消除门户，调和唐宋”，三多受俞樾影响，对唐宋皆有所学，然唐代经典诗作和著名诗人对他的影响更为深远。唐代诗人中，他既袭风李白、杜甫，对中晚唐的白居易、杜牧也颇为倾心。三多曾作《题唐宋人诗集》，对于其倾慕的作家给予了很高的评价，诗云：“唐到韩潮宋到苏，诗坛健将可言无。他人纵具通身胆，不似偏裨便武夫。除却坡公与谪仙，低头止拜杜樊川。性灵偶有相同处，范陆无心类乐天。”言明唐代诗人中自己最为看重李白、杜牧，对白居易也是部分接受。实际上三多袭风唐人的诗学路径还是从白居易开始的。十七岁时，三多北上入京，途中做有《初夏旅窗漫兴次白香山闲居诗韵》，诗云：

> 羁栖阁三间，小拓诗酒地。错落金叵罗，纵横铁如意。醉拟南薰歌，倦学北窗睡。但得梦长圆，莫干软红事。

诗中首联点明自己已在北京，用陆游“高秋风雨天，幽居诗酒地”（《题柴言山水（三）》），表明自得其乐的心境。颔联化用武进人刘翰的《李克用置酒湴同赋》：“铁如意，指挥倜傥，一座皆惊；金叵罗，颠倒淋漓，千杯未醉。”[①] 表现了年少轻狂、意气风发之态。颈联又用“南薰”、“北窗”之典，意欲表达自己超然脱俗之情致，最后一句化用范成大《醉落魄》中“凉满北窗，休共软红说”词句。“软红”即“红尘”，杜牧有“一骑红尘妃子笑”句，此处三多借由范成大的词句，表达了自己看淡世俗名利，意欲归隐田园、求得平和安乐之心。这首诗作在诗歌内容上频繁使用宋典，但在题目上标明是次韵白居易的诗作，可见其在诗学初始即有调和唐宋，但仍以唐为尊的诗学理念。

三多取法白居易诗歌主要体现在对其诗语浅俗直白的摹仿上。如《新葺可园拟〈琴隐园十八咏〉并次原韵》诗，“种得森森树，绿云环我家。桃李亦有阴，不独赏其花”[②]（《种树》），再如“不可居无竹，有竹使不俗”（《种竹篇》）等，俱是浅白如话。在继承白居易平易诗风的同时，三多也赋予了元白诗歌通俗性的新意。他在创作中引满蒙俚语入诗，使得诗作更加符合满清社会对诗歌通俗性的要求。而这一诗歌创作中的新变，发生在三多北上任职后。陈衍《石遗室诗话》载：“六桥尤熟于满蒙各地方言，凡故实稍雅驯者，多以入诗。可诵者，如‘沙亥无尘即珠履，板申不夜况华檐’。沙亥，蒙言鞋也。板申，蒙言房屋也。又‘尚嫌会面太星更，万里轺车我忽征’。星更，绥远方言稀也。又‘蔬餐塞上回回白，楼比江南寺寺红’。盖蒙人不事耕种，六七八等月，稍有蔬食。回回，白菜名，而庙宇穷极精华也。”[③] 汪辟疆、陈声聪、钱仲联等亦从此论[④]。

陈衍所举是三多在归化所作《归绥得冬雪次尖义韵》诗，共两首：

白凤群飞坠羽纤，大青山上朔风严。精明积玉欺和璧，皎洁堆池夺塞盐（蒙盐产于池）。沙亥无尘即珠履（沙亥，蒙言鞋也），板申不夜况华檐（板申，蒙言房屋。《明史》作板升，此间作板申）。铁衣冷著犹东望，极目觚棱第几尖。

无垠一白莫涂鸦，大放光明篾戾车（篾戾车，佛经言边地也）。

① 本文收入王先谦《清嘉集初编》，此书是作者在南菁书院（在江苏江阴）讲学时学员试卷、习作的选编，是作为科举范文收录的。三多原本一直准备科考，后因承袭世职，不能参加考试，所以对科场范文也极为熟识。

② （清）三多：《可园诗钞》，清光绪间石刻本。如无特别说明，本节所选诗出此。

③ 转引自郑逸梅《郑逸梅选集》第 4 卷，黑龙江人民出版社 2001 年版，第 565 页。

④ 参看汪辟疆著，王培军笺证《光宣诗坛点将录笺证》中《地隐星白花蛇杨春 杨忠义 一作志锐、唐晏、三多》条注释，此处对三多的评论有系统总结，中华书局 2008 年版，第 332 页。

难得遐荒皆缟素，不分榆柳尽梨花。琼楼玉宇三千界，毛幕毡庐十万家。预兆春耕同颖瑞，陈平宰社饷乌义（满蒙以少牢祀神，馈饷其膊曰乌义）。

这是三多在归绥冬日见雪有感所作。诗中虽嵌蒙语，但对仗工整、清新自然。再如“尚嫌会面太星更（星更，绥远方言，稀也）”（《答怅别》）、“恪素易名菩萨白（蒙言雪曰恪素，有堆雪人者笑谓此真白菩萨也），垂金左道喇麻黄（黄金喇嘛，黄教谓能驯伏一切妖魅）”等，不仅声韵和谐，且使整首诗呈现出鲜明的民族特色。同时期的词集中也有“扣肯胭脂山下过（蒙古姑娘曰扣肯）”（《长相思》）、“比乌剌奈（一名欧李，蒙古处处皆有），塞沙挼子，红得尤殷”（《眼儿媚 次和成容若〈红姑娘〉》）①，读来使人耳目一新。

实际上三多此类诗在诗集中并不多见，仅限于其在归化城以及库伦任职期间所作。唐代诗人顾况《囝》中曾嵌入闽南方言。三多在诗中运用此法大抵师学俞樾，而俞樾则是师法白居易，俱是对元白诗歌创作的发展。俞樾曾云“世传白香山诗必老妪能解而后存之，故多流于率易，此不知诗者也。白香山使老妪解诗，正其经营惨淡之苦心也。文章家贵深入显出，惟诗亦然。使老妪读之而不解，必其深入而未能显出也。故方其求入之深也，径路绝而风云通，虽鬼神不能喻及其求出之显也”②。三多青年时期作诗模仿俞樾，在明丽俊逸风格的基础上，追求一种平易雅切的风格，俞樾曾赞三多：“六桥年少而才美，得吾说而深思之，与其师瓠楼互相切磋，以求其深而又深，又求其显而又显。”③ 这可以看作是三多日后将满蒙俗语入诗的一个发端。同时，这与当时北京的文坛风貌也有很大关联。当时北京流传的俗文学样式主要是《竹枝词》，在嘉庆二十二年（1817）刊行的满洲旗人得硕亭所作的《草珠一串》中就有将满蒙语嵌入竹枝词的做法，如“奶茶有铺独京华，乳酪（奶茶铺所卖，惟乳酪可食，其余为茶曰奶茶，以油面奶皮为茶曰面茶，熬茶曰喀拉茶）如冰浸齿牙。名唤喀拉颜色黑（拉

---

① （清）三多：《粉云庵词》，1942 年版，国家图书馆藏缩微胶卷。

② 俞樾：《可园诗抄》序，光绪年间石印本。

③ 同上。

读平声，蒙古语也），一文钱买一杯茶”[①]。“喀拉”即蒙语“黑”，“喀拉茶”即黑茶。而在“子弟书”、“牌子曲”、“岔曲儿”等广泛流行于民间的曲艺形式中，类似的用法数不胜数。[②] 三多在京中多与八旗官员交往密切，接触到这些表演的机会非常多，且有些八旗贵族自己就参与到“子弟书”的创作中来，所以三多受到曲辞的影响而将满蒙方言入诗是极其自然的事。

由于满蒙八旗人中诗词出众者较少，同时汉族文人懂满蒙语者亦少，而三多自幼生长于文化繁盛的江南之地，诗书画皆精，又惯熟满蒙语言，所以他可以把方言口语与文人诗词完美结合。将满蒙俗语入诗是三多法乳唐诗并随时代风尚灵活运用的典型事例。

三多少年早慧，生活在杭州又跟从名师习文的经历，使他能将汉语言熟练运用，并写下大量诗词文章。他渴望自己能像唐代诗人那样写出经典诗作，在造语师范白居易的同时，他也学习唐代其他著名诗人的诗格、诗境及艺术特色。其《抵京看海棠》诗云：“有香何以说无之，只恨偏无子美诗。可是惊人句难得，不曾唐突到西施”[③]，就表达了对杜甫诗作的倾慕。

三多生于杭州驻防之家，作为蒙古民族的一员，血液中先天具有洒脱豪放的禀赋，而此种性情在诗作中亦会自然流露，“大漠先霜昨夜风，手挥小队出云中。拂云堆下无雕射，一笑重韬霹雳弓。”（《出猎》）就真切展示了他的豪纵之情。不唯短制，《可园诗抄》中有很多诗风豪迈的篇章，俱以歌行体写就，如《拍案歌》、《过黑水洋放歌》、《湖中望诸山感而作歌》、《观岳鄂王铜印歌》等。“诗之基，其人之胸襟是也。有胸襟，然后能载其性情智慧，聪明才辨以出，随遇发生，随生即盛。”[④] 三多阔大的胸怀及欲有为于世的襟抱，与唐代李白是最为相似的，因此在随性挥洒的歌行体诗作中也最可见出他追步李白的志意。其友来裕恂《赠三六桥》诗中曾评价他“长歌高和李青莲，新词学谱姜白石”[⑤]，认为三多歌行体诗作有李白风范。俞陛云在题诗中亦云：“诗成健者谁敢撄，仙气磐

---

① 得硕亭：《草珠一串》，杨米人等著，路工选编：《清代北京竹枝词》，北京出版社 1962 年版，第 50 页。

② 有关此研究，可参看［日］太田辰夫《满洲族文学考》，白希智译，中国满族文学史编委会 1980 年编印。

③ （清）三多：《可园诗钞外》一集《北行诗录》，清光绪间刻本。

④ （清）叶燮：《原诗・内篇》，王夫之等撰：《清诗话》，上海古籍出版社 1999 年版，第 572 页。

⑤ 来裕恂：《匏园诗集》，天津古籍出版社 1996 年版，第 63 页。

薄骄长庚。犹如太白楼大会名诸生，白袷少年一诗出，上客压倒楼君卿"，将三多比附乾隆时期著名诗人黄景仁。黄景仁诗作既取法李白，有豪宕之气；亦取法李商隐，多沉郁绵丽之色①。三多将自己的个性与唐诗气象结合，再加上诗学路径中的刻意求索，部分歌行体作品的气概与李白颇为相似，其《拍案歌》云：

拍案闷欲死，奇叫跳而起。丈夫贵有为，食粟吾所耻。人生百年过隙驹，束发便合游山水。结识犬屠牛贩流，缔交凤翥龙蟠士。储材广蓄药笼物，求访何必宰相始。一朝抵掌黄金台，贡之庙堂量器使。如指应手手应身，中外合并事求是。电激雷砰号令新，炮利船坚何足恃。兵固凶器不可用，用乃不得已而已。和歌猛士守四方，决胜强邻动千里。天下大事犹可为，其奈诸公妇人耳。默者明哲以保身，弱者优柔可臧否。主和主盟为老谋，割地弃城如敝屣。事后纷然策富强，一言九梗无定止。灭此朝食尚嫌迟，更不奋发将何俟。一战直须霸地球，判人兽替有巢氏。止戈永逸乐升平，儒将填词同奉旨。吁嗟吁！我今所生真不辰，路鬼揄揶道虎兕。低头折腰以事之，辱等穿人胯于市。天地生必有用才，何为嶙峋骨亦尔。素餐俸钱三十万，蹉跎忽长仲华齿。那得尚方斩马剑，庶几天下听挥指。行矣当垂万世名，藏则去寻赤松子。不然靴匕首报知己，安能石破天惊尚坐此！

整首诗读来慷慨激昂，诗人想要图强报国之心跃然纸上。这首诗写于戊戌变法之前，当时国家内忧外患，而朝政纷纭扰攘。三多在诗中讽刺了长于内斗、在强敌面前却软弱无能的朝廷大臣，表达了自己意欲成就伟业的宏愿。其中"低头折腰以事之"、"天地生必有用才"、"素餐俸钱三十万"明显化用李白诗句，而豪气干云的气势也与李白如出一辙。三多追摹李白的诗影在这首诗中清晰地展示出来。不久，三多又作《观岳鄂王铜印歌》，借观瞻岳飞印之机，要"试为忠裔一放歌"。诗中描述的"关壮缪印玉同坚，并向湖山镇妖魅。岂独湖山妖魅多，神州处处待降魔"，以妖魔鬼怪来写照当时社会动荡，而诗人想要"灵旗天上曷飞来，来挂九头狮子印"，表明了自己似李白的"长风破浪会有时，直挂云帆济沧

① 详见拙作《清代李商隐诗歌接受史稿》，中华书局2007年版，第132—138页。

海”的豪情。虽然全诗没有明显翻用太白诗语之句，但诗情却是一路的。三多七古作品，除了表达自己的济世诗情，更多的则是描述山水景物之作，其《过黑水洋放歌》诗曰：

一夜飙轮行不已，瀛洲烟岛程千里。吾昔曾闻海之奇，今忽置身奇境里。黑风陡卷银山来，滔滔滚滚如奔雷。既不能大声喝倒走，又不能赤手拖挽回。鼓轮逆浪浪颠簸，瞥眼雪山乱飞过。东舱西舱客尽呕，我似谢安仍独坐。忽而吟啸彻太空，忽而叱咤生长风。忽而竟欲蹋波去，腾身直扣蓬莱宫。蓬莱之宫渺何处？昙云四合不知曙。暗中恍有天人言，之子漫犯仙郎署。琳馆琁宫深且幽，高居半是白云俦。乘风破浪勿汲汲，他年自许乘槎游。长鲸竞将舳舻拥，碧瞳加意客心恐。舵楼一望昏无涯，浪花怒作墨花涌。而我为之高歌高，吟兴勃勃潮势豪。惯作险语破鬼胆，不学青莲东钓鳌。安得如椽大笔凌空把，恣意蘸此挥洒满天下！

本诗写景自然，抒情从容，将大轮船在波涛汹涌的大海之上的颠沛景况，以御长风上太空或是去蓬莱来比拟，从写作手法看，模拟李白《梦游天姥吟留别》的痕迹非常清晰，而从三多现存的歌行诗作看，突出的特色就是对唐代李白诗歌的摹写。三多常常在景色的移动中感受自然与人生的趣味，其间饱含的浓郁的情感与充沛的力度，也是历代追摹李白的诗人都渴望达到的。

唐代诗人中，除了李白、杜甫、白居易，三多袭风最多的是晚唐杜牧。杜牧性格旷达豪放，诗作俊爽。三多与生俱来的民族性格，和后期任职边塞，视野和胸怀开阔的特点都使得他在诗学取径上对杜牧作品有明显的倾向。在《柳营诗传》中，三多介绍其外祖裕贵，有“昔杜牧之将卒，取其诗文尽付焚如，公亦殆其人乎”之语，以杜牧行为映照外祖，说明三多对杜牧生活经历是非常熟悉的。除此，作为一名末世士人，三多对于杜牧的喜爱更源自于和杜牧家世、生活时代、诗歌中所散发出的精神气质的共鸣。杜牧生活在晚唐，杜家高门世族的荣耀和责任，使他在诗中迸发出渴求实现自我理想和抱负的力量，但是末代衰颓的政局和自我的怀才不遇，又使杜牧心中充满感伤。与同时齐名的李商隐不同的是，杜牧能在自我精神的解放中寻求一种解脱，他用放浪形骸来表现内心的矛盾。所以

“他的诗中虽然有颓唐的成分，却并不显得局促阴暗，相反，无论感慨往事、针砭现实还是抒写怀抱、描摹自然，都能在忧郁中透出高朗爽健、意气风发、俊逸明丽的气格”①。三多自认同杜牧有着相似的家庭背景，生活时代也相似，三多入京后与易顺鼎、樊增祥交好，他二人是清末晚唐派代表性诗人，友朋间的相互切磋更推动了三多对杜牧诗学的追摹。钱仲联《近百年诗坛点将录》曾云：“地捷星花项虎龚旺三多三六桥，蒙古人，樊增祥诗弟子。当举世宗江西派之时，独传樊氏衣钵，可贵也。”陈衍亦有同感，“六桥歌行似樊山，尤似实甫；七律似实甫，尤似樊山”②。钱基博也认为三多诗歌藻丽绝艳，是樊、易一派，“三多称增祥诗弟子，工于隶事，得其师法。于清末，历官绥远都统，库伦驻防大臣；尤熟于满蒙各地方言，与故实稍雅驯者，多以人诗。而歌行似增祥，尤似易顺鼎；七律似顺鼎，尤似增祥。……赠罗惇曧诗有句云：‘人品如西晋，家居爱北平’，稳称雅切，咸得增祥师法”③。三多作为晚唐诗派传人，对晚唐杜牧的追摹自是用力。三多在诗作中数次提及杜牧，表达自己对先贤的崇敬之情。“风流难继杜樊川，况乏江郎彩笔传”（《二月廿二日同人于可园作买春第一集秦散之敏树先生绘图纪事自题六绝并呈诸社长》）、“长安灯市今犹昔，争羡樊川杜牧闲”（《新年作》）等。三多还希望自己“乐于苏玉局，闲是杜樊川”（《湖上绝句四首》），时人也看到了这一点，蔡玉瀛在《可园诗钞》评跋中亦称赞三多才华横溢如同杜牧。④

除了在诗作中时常提及杜牧，三多也在诗句中引用杜牧成句或化用杜牧诗意，如其《春申江》，诗云：

春江花月不知愁，十里珠帘尽上钩。看遍梢头红芍药，浑如小杜在扬州。

首两句化用杜牧“春风十里扬州路，卷上珠帘总不如”，第三句化用姜夔由杜牧“二十四桥明月夜，玉人何处教吹箫”生发出的“念桥边红

① 章培恒、骆玉明主编：《中国文学史》，复旦大学出版社2001年版，第239页。

② 陈衍：《石遗室诗话》，张寅彭主编：《民国诗话丛编》第1册，第131页。

③ 钱基博：《现代中国文学史》，中国人民大学出版社2004年版，第202页。

④ （清）蔡玉瀛题诗：“交好俞莘老，才华杜牧之”，（清）三多：《可园诗抄》，光绪间石印本。

药，年年知为谁生”的感喟，在秾丽背景之下隐然有岁月流转之叹惋。末句诗人以杜牧自比，对扬州推官时期留下无数佳话的风流才子杜牧的羡慕之情溢于言表。光绪十七年（1891）三多作《吴门周次》，诗云：

> 姑苏城外夜行船，人自欣然我黯然。百八钟声杨柳岸，两三点雨杏花天。红楼近水皆灯火，翠幕深宵尚管弦。此是神州新乐土，不知旰食正筹边。

颇得杜牧七律蕴藉中寓讽喻之诗味。

三多袭风唐诗的诗学变化同他生活的时代和生活经历的变迁有着密切的关系。早期他对唐诗的摹范大抵集中在对唐人艺术风格的追求上，但随着晚清政局变化，他的诗作风格也由“婉约而趋于沉郁”①，《倦游集》写作时间从戊戌（1898）八月初二日至二十一日止，三多曾在此集卷首说明写作缘由：“维新孟晋，世事弈棋，富强萌兆，党祸蔓滋。两宫神圣，皤然决疑，献芹贡豕，无所用之。慷慨以去，侘傺而归。磨牛寻踪，林鸟退飞。箙矢囊剑，弹琴咏诗。”② 其忧心朝政，并因此变化诗风、提高诗格的诗作历程跃然纸上。《咨送京师大学堂肄业赋呈师友》其一云：“角智争雄五大洲，自强各为至尊谋。官闲久愧餐高禄，母健何妨事壮游。愿学情殷甘作士，报恩心重薄封侯。滔滔时局安能济，终胜观天切杞忧。”其二云：“十年轮铁杳京华，旧时公侯半种瓜。仁勇我师杨万里，治安谁是贾长沙。读书无用都为福，学剑虽成未足夸。散发归来堪理钓，一湖风月万株花。”表达了自己想要治世的强烈意念和若不为当局所用，则“散发弄扁舟”的萧廖之情。作品中选择的意象都是诗人洞彻世情，用心灵体贴物象后，将自己的性情胸襟流贯其中的产物，是心与物相互交融的结合体。这种自抒怀抱中而又自我砥砺的诗境，正是习得杜甫的入门之路。其《书感》云：

> 时事若棋局，吾侪安适从。中朝原亟亟，诸子太匈匈。自视皆怀

① 谭献云：“围棋变局中，诗格亦为一变。婉约之才趋于沉郁，情因境易，言为心声。作者不自知，不能禁也。”（清）三多：《倦游集》卷首，《可园诗钞外》四，光绪间刻本。

② （清）三多：《倦游集》卷首，《可园诗钞外》四，光绪间刻本。以下所选诗若无特别说明均出此集。

策，其谁善折冲。五曾楼倚遍，长啸气成龙。

在这首诗中，三多仿杜甫将时事比喻成棋局的诗歌写作方式，把对戊戌年各色人等想要富强变法而保守派秉持朝政，因此朝廷争斗不休变化频出的忧心融入诗行，语气沉重而心情盘郁。《中秋前一夕王穰卿康年进士招同陆勉斋懋勋庶常汪建斋立元大令酒叙归车作》云：“新令纷更似绩麻，危天党祸忽交加。冰心几辈争明月，泪血三升溅桂花。绿酒红灯君且醉，琼楼玉宇我思家。此间未必桃源土，满地干戈处处笳。”这是对戊戌新政刚启政出多门而朝政危如累卵的旁观者的清醒之语，典型的意象选择背后潜藏着一个与世道人心交融不昧的灵魂，而这正是子美诗行中最令人动容之处。《寄沈师徐惟贤孝廉》云：“大事无端不可为，此曹毕竟是庸儿。商量且买青山隐，收敛才锋入小诗。”这是戊戌变法失败后对朝政不可为的沉郁之语。变法失败后，三多将还杭州，临行给朋友写诗表达自己心情，其《寄方芸孙光斗明经》云：“遥忆方虚谷，临歧壮我行。云龙他日约，风鹢此时情。报国心空热，悲秋眼不晴。羡君甘小隐，袖手对棋枰。”南归并非是诗人真得想要成为隐士，暂时远离朝政只是为了他日更好地舒展怀抱。“家无阳羡好田畴，今日空登学稼楼振玉所居。菽麦不知诚可耻，菜根滋味欲先求。”（《农学报馆书赠罗叔蕴振玉明经》）吃得菜根，做得百事，三多在表面的闲淡中隐含着对未来的期许。《进拱宸桥作》亦有振世怀抱之语，“今我仍怀璞，明廷枉改弦。拱宸桥下柱，题恨待重旋”就是内心的真实写照。在对政治矢志不渝的关怀中，三多把自身的荣显与国家命运相连，他在面对国家危难之际的心曲志意，或许不能同杜甫相比，其描述家国变迁的诗笔亦难及子美，但其中所饱含的情感的激发与宣泄，诗歌意境中的盘曲郁结之情还是提升了他的诗格，使其在一定程度上展示出了杜诗风范，而高亢处则更似小杜。

三多在晚清社会看到朝政不可为之时，像许多文人一样，曾有一段放旷自适的时期。这一时期的诗作由山水主题构成。如其《登南高峰》，诗云：

登山须绝顶，绝顶豁胸膈。不计千万寻，有径终可适。我本采芝人，素负烟霞癖。忽闻南峰佳，赴山如赴敌。迹鹿履莓苔，尾猨攀竹柏。梯冈风顺呼，砯豁水倒射。不觉此峰高，但觉众山隔。仰观何所有？长天同一碧。俯视何所有？大云同一白。近则野花黄，远则霜叶赤。无丝竹乱耳，我胜谢安石。无案牍劳形，我亦刘禹锡。夕阳不肯留，催着高前屐。又作城中游，仍复世间谪。回头望翠微，俄顷人天析。如吹空鹤笙，已列飞仙籍。

在山水的畅游中三多感受到了如隐士般的快乐，诗中他以参与政治革新运动而得罪了当朝权贵、被贬至安徽和州县当通判时写作《陋室铭》的刘禹锡自比，表达了自己想要像刘禹锡那样在对朝政无所为时寻找闲适生活中安然，然而就如刘禹锡那样，三多的闲适中也有孤清之感。这一时期三多的作品，一扫沉郁之气，再度显示出了杜牧式的清俊诗风。“烟水苍茫际，悠然可一生。自招攻击处，白质太分明。”（《感鹭》）“西风催放几多枝，细种由来见赏迟。我忆菊花花忆我，一般傲骨不逢时。”（《重阳忆菊》二首选一）都是表达自己既想要放怀山水，但同时也有用世志意的诗作，而这种诗情本身就与晚唐时想要力挽狂澜又无能为力的杜牧是一致的。光绪三十四年（1908），三十七岁的三多任归化城副都统。到任之日，他赋诗云：“手持边锁下尧廷，巡遍云中马不停。拔地雄关迎我翠，黏天芳草送人青。五千里路山河海，十二时辰日月星。为问西湖苏学士，卖貂乘传可曾经？”（《抵任书寄杭州戚友》）透过对归化和杭州山水风景的注目，依然可以感知三多所肩负的那份家国责任。三多任职期间，勤于政务，在蒙地推行改革，注重教育。这与杜牧也是不谋而合，杜牧在黄州、池州、睦州及湖州刺史任上皆有惠政。在归化期间，三多还用诗笔记载了草原风情，他的八首《次和厚卿归化秋感》就是代表性的作品，现录三首，其一云：

大树长春不怕摧，高歌斫地莫衔哀。关中紫气频频出，天上黄河正正来。诗草军书双管下，鞠华尊酒一时开。从今更有羊羔美，恪素西风早翦裁。

指出了归化特有的黄河、西风、羊做了描绘，引动读者对塞外边地风情的向往。其二、其三云：

青冢秋深草亦黄，不须愁鬓叹三湘。无量寺拜英明主，隆庆年怀顺义王。盛世同文沾化雨，边风尚武富清霜。渐移游牧为耕稼，会看家家足稻粱。

夺人真箇要先声，策垦宽严似用兵。席卷八荒空绝塞，笔摇五岳况长城。增辉库克和屯色，占牧乌兰察布盟。怪底将军能决胜，运筹帷幄尽良平。

这两首诗作中，三多把自己治理归化的屯垦边政写入诗行，并且重申了盛世同文的主张，而且还把边风尚武的民情以及“乌兰察布盟”等专有名词融入诗行中，一读之下，令读者对边地风俗现貌有了深切的认识。这些诗作与《柳营谣》那样的系列诗史性诗作不能相提并论，但依稀可见三多在写景诗中向唐人最擅长的借景抒怀的写作方式追步的影迹。

一年后，清廷派三多出任库伦（今蒙古国首都乌兰巴托市）办事大臣。“万里龙沙一掌平，不知已傍九霄行。漠南移节绥藩部，斗北回头望帝城。腊雪渐随人迹化，春风先与马蹄争。金桃枝傥扶疏发，从此长听好鸟声。”（《人日》）在诗作中三多表达了自己依旧想要有所作为的欢乐心情，然而两年后的1911年11月30日，外蒙古宣布独立，将三多驱逐出境。三多仓皇乘坐火车先至奉天，后到天津，当起寓公。梁启超在《过渡时代论》中云：“今日中国之现状，实如驾一扁舟，初离海岸线，即俗语所谓两头不到岸之时也。”这正是三多被从政坛上驱逐后的心情的真实写照。他深深地觉察到传统社会在他面前已是无情地崩溃了，却又看不到新社会的成长，处于过渡的苦恼中。“法者，天下之公器也；变者，天下之公理也。大地既通，万国蒸蒸，日趋于上，大势相迫，非可阏制。变亦变，不变亦变。变而变者，变之权操诸已，可以报国，可以保种，可以保教。不变而变者，变之权让诸人，束缚之，驰骤之，呜呼！则非吾之所敢言矣。”①然而当年曾支持康梁变法的三多对帝制被改变的这一大变革却接受不了。他还是梦想恢复帝制。其实早在辛亥革命之前，这一想法已初露端倪。三多是清朝最后一个库伦办事大臣，他一直希望可以在外蒙古拥有自己的武装力量，其《边庭》诗中借唐诗怨叹“万人师长权安在，空读兵家玉帐经”，但是这个愿望终究没能实现。

近人汪辟疆在《近代诗派与地域》中曾指出：“夫文学转变，罔不与

① 梁启超：《变法通议·论不变法之害》，《饮冰室合集·文集》第1册第1卷，中华书局1989年版。

时代为因缘。道、咸之世，清道由盛而衰，外则有列强窥伺，内则有朋党之迭起。诗人善感，颇有瞻乌谁屋之思，《小雅》念乱之意，变徵之音，于焉交作。且世方多难，忧时之彦，恒志意经世有用之学，思为国家致太平。乃此意萧条，行歌甘隐，于是本其所学，一发之于诗，而诗之内质外形，皆随时代心境而生变化。”① 三多正是这样一位“忧时之彦”，本期经世，终于绝望，只好“本其所学，一发之于诗”。彼时朝政不稳，三多关心时事之心，时人亦从其诗集中看出。“时局不恒，游踪亦因之不定，读君倦游集，为之三太息。东坡诗云：浮云世事变，孤月此心明。老夫之志也。包孝肃诗云：秀干终成栋，精铜不作钩。愿为君勉之。”② 戊戌变法后，大势更不可为，朝廷政局开始动荡不安，这期间虽然三多也曾外放，但在辛亥革命前后，三多等生活在晚近民初时期的文人士大夫，面临着从主流地位到边缘化的境地。三多曾经在自己作品中所呈现出的各种对于主流文化地位的迷恋，对于参与社会发展或变革的强烈冲动，在 20 世纪初变成了对边缘化处境的悲凉体认、对公共价值的深度怀疑和对自我价值的深入理解。这是清代蒙古族诗人诗歌乃至整个晚近民初士大夫诗作的一个重要变化。他们中的大多数人不能够与时俱进。毛泽东说：“爱国主义的具体内容，看在什么样的历史条件之下来决定。”③ 彼时的他们，感受到的就是道衰而文敝的时代因素，至于 20 世纪初期的中国诗人在“西学东渐”中体味到西方式自由知识分子的价值立场，承担起时代性的思考、批判和建构的工作，都是从晚清政坛上走下来的三多等人不可能做到的。三多对于旧时代的眷恋在晚近民初的诗人中实在是有普遍性的。读其作品，可以感到三多的诗作数量虽然比不过许多同代作家，但却有鲜明的代表性，其中最突出的一点便是他的创作历程是那一时代文人心理变迁的典型体现。每一个强盛朝代的末期，此种情形就可展示，而唐帝国末段的盛世荣光萎灭的挣扎与晚清此种境地就更为相像，而士人在此间的挣扎与记录也就更有互参性。

四　《东游诗词》中的唐诗接受

在中国历史上，历代王朝的朝代更替时期往往是政治、经济、哲学、

① 汪辟疆：《汪辟疆文集》，上海古籍出版社 1988 年版，第 283 页。
② （清）俞樾：《倦游集》卷首，（清）三多：《倦游集》，《可园诗钞外》四，光绪间刻本。
③ 《毛泽东选集》第 2 卷，人民出版社 1991 年版，第 486 页。

文化，甚至是风俗习惯的大变动时期，而各种历史因素的变化必然带来整个历史环境的变化，作为反映历史变化最直接、最形象、最全面的文学，也理所当然地会发生巨大的变化。朝代更替时期的文学，也许不一定都是创作上的高峰期，但肯定是文学思想、创作心态、审美趣味、文学风格等重要文学因素的大变化时期，从而显示了其变异性、过渡性与转折性等重要特征。而且朝代更替时期的文学变迁往往牵涉面非常深广，其变化常常是前一朝代各种历史因素长期积累的结果，同时又会对下一个朝代的文学产生深远的影响。

南京国民政府成立，三多任东北边防军司令长官公署咨议。由于家道艰难等诸多因素，三多在1932年入职伪满，任电信电话株式会社副总裁，《东游诗词》是他甲戌年（1934）出访日本时所作。国图现藏有民国油印本，因是一时之作，集中只有几十首诗作。《甲戌四月十日乘扶桑丸赴日本访问》云：

潮平风正一帆开，天上船如镜里来。三十二年偿夙愿，樱花时节到蓬莱。

唐代诗人王湾《次北固山下》有“潮平两岸阔，风正一帆悬”之句流播后世，三多此诗首句显然由王湾诗句化用而来。唐朝中日友好之景况尽人皆知，然时至1934年，日本图谋中国阴谋昭然若揭，中日开战在即，国人大都对日本不满，三多东渡时却是心情激动，称实现多年夙愿，并将日本比作仙境蓬莱，在彼时的家国情怀中，显然以小利忘却大节，这也是他最为后世人诟病之处。《东游诗词》中词作《一剪梅 山阳县即目》云：

楼阁玲珑比画工，花是樱红，树是松葱，周遭山若锦屏风。人住当中，鸟度虚空。东海常依种族同，车胜奇肱，字胜扬雄。优游佳处愿相从。种菜成翁，求药还童。

词作与诗作表达的对日本的喜爱如一，上阕尾句化用李白《清溪行》之“人行明镜中，鸟度屏风里”诗句，而下阕更宣称中日同种，并称赞日本是优游佳地。东游的喜乐三多不惟在诗词中展示，并且诗赠亲友，分享喜悦。诗作《东京幸乐赠爱子》，诗题下注释：瀛花惟樱最著，而山茶同开，且久竟无人道。殆如西川海棠虽好不题耶。诗云：“东瀛举国爱樱花，硬绿肥红若个夸。我比杜陵诗兴好，海棠不咏咏山茶。”说明日本国花樱花自然美丽，但诗人注意到同开也绚烂的山茶花无人吟咏，自己要咏唱东瀛山茶，并说明自己比杜甫诗兴高，不咏杜甫咏过的海棠。杜甫一生忧生念乱，从没有将一己之私置于国家民族利益之上，在他的诗作中，我们时时可以感受那种磊落大气的人格美，三多入职伪满已自失人格，这首诗中又拿杜诗来比附，人性美丑自是不言而喻。因此，在三多诗歌对唐诗的接受研究中，不唯有诗艺、诗情的接受可以研究，其诗格的波浪式变迁也看得非常明显。

第二节　三多词的唐诗接受

1912 年以后，三多任职沈阳，由张作霖拨给经费，管理沈阳故宫和清朝关外三陵（新宾永陵、沈阳福陵和昭陵）。后任金州副都统等职。三多《可园诗抄》所收诗作止于此时，但其闲暇时仍旧作词自娱。

三多词集《粉云庵词》共收词作二百〇四首，这些作品贯穿三多一生，尤以入民国后为多，在其生前并未行世，词人只在庚午年（1930）自选部分作品，以纳兰三多之名发表于《东北丛刊》上。三多死后，门人董毓舒等将《粉云庵词》并附《柳营谣》及《可园诗抄》第七卷合成一册，1942 年正式出版。

三多生活的时代正是清词蓬勃发展的时期。清末以“词学四大家”为代表的常州词派主导着词学的发展演进，晚清谭献更是继承和发扬了常州词派词学理论。三多先师王廷鼎，所以其词有“浙西”之味；后入谭献之门，浸染“常州”作词之旨。除此之外，三多因喜爱纳兰性德的词作，在创作中摹写《饮水》、《侧帽》的痕迹在在。由于转益多师，三多广泛吸取前人的填词经验，形成了自己风流婉媚的词风。樊增祥评价其词有“忆云（莲生）麋月（复堂），合教鼎足钱塘”① 之语，而三多词中更有“调衍青莲，声偷白石，说甚梦窗叟”（《摸鱼儿 题徐中可珂纯飞馆添词图》）之句，直接点明了自己的词学路径，俞樾在三多词集序言中肯定了三多的夫子自道之语，但又言明三多词作偏重秦观黄庭坚婉美特色。

---

① （清）樊增祥：《粉云庵词》题词，（清）三多：《粉云庵词》，国家图书馆藏缩微胶卷。

"六桥性情中逸，举止娴雅，一望而知秦七黄九门径中人。其于诗宜，其于词更宜，婉媚深窍，读之意消，殆所谓辞情兼胜者乎？"① 谭献《箧中词》在溯源三多先师王廷鼎的词学路径基础上，指出了三多的词学特征。"梦薇（珂谨按：即王廷鼎）通经稽古，发为高文。填词未尝专诣，而骚怨所激，顿折沉扬，颇近晚宋。六桥都尉，（珂谨按：即三副都统多）学于梦薇，倚声乃冰寒于水。"② 王廷鼎词近晚宋，所以三多词作尽得南宋风流，且更柔弱婉媚。若追波溯源，王廷鼎词风在一定程度上受到其师俞樾的影响。俞樾词创作集中在同治六年（1867）至光绪三年（1877）这段时间，并且力主"温柔敦厚"的词风，以纠正"浙西"之弊。在《粉云庵词》序言中，俞樾曾写道："夫温柔敦厚为诗教，而词则尤以温柔为主。"③ 俞樾将三多纳入"秦七黄九"门中，秦观和黄庭坚的词风柔媚，秦观词向有"女郎词"之称，时人后人对黄庭坚词亦多有批评，宋陈善《扪虱新话》载："黄鲁直初好作艳歌小词。道人法秀谓其'以笔墨诲淫。于我法中，当堕泥犁之狱。'"明毛子晋云："鲁直少时，使酒玩世，喜造纤淫之句。"④ "辞情兼胜"正是秦黄二家特色，看来俞樾认为三多词更多体现的是与晚唐五代诗风相近的婉媚香艳的艺术风格。王廷鼎在光绪十八年（1892）离世以后，三多入于谭献门下。谭献论词标举"柔厚"，在词学本质上同俞樾所标举"温柔敦厚"不谋而合。王易《词曲史》就将他们都归入一类，称"皆浙西之变也"⑤。谭献词学融合了"常州派"词学"比兴寄托"之旨，以挽"浙西派"饾饤恶习，其"柔厚"是指词作既有柔媚婉约之格调，又兼笃实温厚之情感。谭献在《粉云庵词》序中评价三多词云："如烟绵绵，如月娟娟。高秀得之六朝诗，幽奇得之西泠山水，而性情真所流，不掩其倜傥不群之胜。"⑥三多词本是柔婉一路，与谭献创词之旨有不谋而合处，而三多词作也试图在其原本的词风之上表现出比兴之旨。如其《绿意》一词：

非珠不玉。甚彩光一片，流照如烛。启了窗棂，卷上帘拢，寻到

---

① 俞樾：《粉云庵词》序，（清）三多：《粉云庵词》。
② 谭献辑：《清词一千首 箧中词》，西泠印社出版社 2007 年版，第 350 页。
③ 同上。
④ 张宗橚辑：《词林纪事》卷 6，成都古籍书店复印 1982 年版，第 172 页。
⑤ 王易：《词曲史》，江苏教育出版社 2005 年版，第 297 页。
⑥ 谭献：《粉云庵词》序，（清）三多：《粉云庵词》。

画阑杆曲。方晖恰可中庭印，飞白写、几竿修竹。更拂墙、花影无声，疑是凌波芳躅。

钩起年时往事，水边悄，看著纤手亲掬。同样清宵，依约黄昏，冷煞琴台箫局。凝眸半晌遥相忆，怕此际、渠依幽独。等恁时、双拜琼楼，多谢绮绿重续。

此词风格淳雅，意境清新。上阕描写月光皎洁，竹影似飞白书印于庭院之中，很容易让人想起苏轼《记承天寺夜游》中“庭下如积水空明，水中藻荇交横，盖竹柏影也”之句，而“更拂墙、花影无声”是借用“云破月来花弄影”之意。后半阕中“凝眸半晌遥相忆，怕此际、渠依幽独”亦有“想佳人妆楼颙望，误几回、天际识归舟”之味道。整篇看来，上阕写景，下阕抒情，情景交融，有“屯田家法”之妙。此词意境清空婉约，所以谭献评语“清绮”[①] 可谓切恰。在冒广生和夏孙桐的序言中不谋而合都将三多词比作柳屯田之词，以此词来看，不是虚言。

三多先从“浙西”词派入手，后出入于“常州”词派，自己又广泛吸收南宋众词家之长，虽然词作偶有儇薄之语，但可以在婉媚浅白的词句中蕴含比兴寄托之意，形成自我的独特风格。

虽然三多生长在杭州旗营内，家族世代以军功为傲，其自幼也习骑射，学兵法，本具豪迈性情，但由于他家境优渥，同时受江南山水和文化浸润，所以词作内容和风格相对单一，大多描写自己饮酒玩乐或是赏景游山。但随着人生阅历的增加，胸襟和视野的扩大，有些词作可以从婉媚的词风中跳脱出来，带有了辛词爽快豪迈的风格。三多被任命为归化城副都统北上任职后由于所见所闻皆异于江南水乡婉约柔媚之质，为其诗词内容提供了全新的素材。北方苍凉豪阔的景致触动了这位自幼生长于杭州的将军，在上任路经张家口途中写下了《金缕曲·渡宣化洋河》一词：

水势来天上。挟泥沙，浩如海倒。浑疑潮长。手拔宝刀挥不断，又似黄河闸放。且休度，苍茫一望。仿佛淮阴征战处，演当年决壅军声壮。平地起，峭波浪。朝宗要有能容量。且兼涵，飞泉万道，奔流万丈。济利岂凭帆布力，忠信自应无恙。扶轴去，将军为舫。转惜观涛

① （清）三多：《粉云庵词》自注。

黄仲则，未追随、这里同高唱（黄仲则曾客山西）。出险否，问亭长。

此词形象刻画出三多意气风发的意志，经过多年的努力，三多终于谋得一个理想的官职。在词中，他借用韩信、项羽的典故，从内心中有与之相比之意。此词豪情勃发，造语多用李白《将进酒》中诗句，如上片首句化用李白“黄河之水天上来”，营造出开阔词境。紧跟着又反用“抽刀断水水更流”为“手拔宝刀挥不断”。下片翻用“直挂云帆济沧海”为“济利岂凭帆布力”，充满了自信乐观的情绪，从风格上来说，已趋近苏新词。《摸鱼儿　题徐仲可珂纯飞馆添词图》是三多早期写给谭献弟子徐珂的词作，词中有“会调衍青莲，声偷白石，说甚梦窗叟”之语，而在上引词中，三多确乎是“调衍青莲”，甚而在下片后句中与清代最擅长李白风力的黄仲则《观潮行》、《后观潮行》观涛之语来比附自己。

三多一直以武将自居，希望自己建功立业，同南宋辛弃疾有生命体验中的相同之处。辛弃疾词喜爱用典隶事，并能达到“语语有境界”，叶嘉莹认为“他（辛弃疾）乃是‘自有境界’的缘故。只要作者之情谊深挚感受真切能够自有境界，而且学养丰厚才气博大可以融汇古人为我所用，足以化腐朽为神奇，给一切已经死去的词汇和事典都注入自己的感受和生命，如此则用典隶事不仅不会妨碍‘境界’之表达，而且会经由所用之事典而引发读者更多之联想，因而使所表达之境界也更为增广增强”①。这段话借来分析三多部分词作也是非常恰当的。郑逸梅曾忆及：“狄平子称其（三多）风格逸丽，不减迦陵。”② 狄平子即文学批评家狄葆贤，狄葆贤认为三多词中可以读出陈维崧的味道，亦是间接的表明三多词中有辛词的痕迹和风格。不能说三多词完美地继承、表现了辛弃疾词的风格和境界，但是由于三多独特的个人生长背景和同辛弃疾相类的宦场经历，三多模仿辛弃疾的作品仍是很好地表达了作者性情，同时也为自己的词风增添了新的特色。

三多在其爱妾玉并卒后，曾作《玉连环影　效饮水词》，词曰：

烦恼忒，比春难了。糁径残花，红煞无人扫。只围屏，不闻笙。行遍画阑干曲独寻鹦。

① 叶嘉莹：《王国维及其文学批评》，广东人民出版社 1982 年版，第 262 页。

② 郑逸梅：《梅阉谈荟》，黑龙江人民出版社 1985 年版，第 204 页

1917年，三多四十六岁，自沈阳到北京述职之时，娶时年十五岁的玉并为妾。三多中年幸得一红粉知己，两人琴瑟和谐，时有词作唱和。不久三多出任华工事务局总裁、铨叙局局长。1922年授际威将军。民国十九年庚午（1930），年仅二十八岁的玉并病故，这使三多受到很大的打击。《清词玉屑》载："小弦（指姗姗）又折，有访六桥者，荒灯老屋间，方闭户诵金经。视纵辔湖堤时，判若两人。"① 三多在玉并去世后，广邀名流题诗，并收集玉并生前诗词作品，出版玉并遗著《香珊瑚馆诗词》。在这首词的结尾，用唐窦巩《少妇词》"昨来谁是伴，鹦鹉在帘栊"诗意，表达了愁绪难以驱遣的况味。不过较之纳兰性德，三多词终究是在感情上有所隔膜的。所以郝幼权评三多云："乾隆以降满族能诗、词者甚多，皆无出其右（此处指纳兰性德）。如伪满之三多六桥，亦少数民族诗词之佼佼者"，其词"典丽妩媚，与纳兰迥然不同"②。郑逸梅的评价更为直接："饮水侧帽之词，出于黑水白山间之纳兰容若手笔，惊才绝艳，传诵中原人士。不意晚清三六桥，为韦鞲毳幕中人，居然作雅颂之声，篇什流播，足与纳兰后先辉映，虽不谓之佳话，不可得已。"③

无论是学法"浙西词派"的清空淳雅，抑或是追步"常州词派"的比兴之旨，甚而融汇苏辛、打并纳兰，都是三多在词学创作上探源溯流，试图创立自己词作风格的辛苦之路。这其中，对于唐诗的摹拟并不似其诗歌创作那样明显，表面上看起来只是在词作中偶尔化用唐人诗句，但细读三多词作，就会发现他的词作基础依旧是晚唐诗的风味，而他的大多数词作所表达的词心依然也是晚唐诗的艺境。

第三节　升允诗歌中的唐风

升允，字吉甫，号素庵，蒙古镶蓝旗人。光绪八年壬午（1882）举人。后曾出使俄、德等国任头等参赞。戊戌变法时，他因为顽固守旧，曾被革职。光绪二十八年（1902）任陕西巡抚。光绪三十年（1904）调任江西巡抚，未赴任。光绪三十三年（1907）任陕甘总督。宣统元年

① 郭则沄：《清词玉屑》卷12，见《词话丛编续编》，人民文学出版社2010年版。

② 郝幼权：《"新京"诗人眼见耳食录》，《长春文史资料》第5辑，长春政协文史委员会编1988年版。

③ 郑逸梅：《梅阉谈荟》，黑龙江人民出版社1985年版，第204页。

（1909）罢职。辛亥革命爆发，升允又被清政府起用为代理陕西巡抚。清帝逊位后，他顽固抗拒革命，先到蒙古库伦，后又走日本，为扼杀革命而奔波游走，被清朝帝室称作四个申包胥之一（另外三个是善者、溥伟和铁良）。丙辰（1916）回国，居青岛。丁巳（1917）复辟，为大学士。晚病逝于天津。有诗集《东海吟》。另外，他在陕甘任上时，曾主持编纂《甘肃新志》。

升允的诗歌，保存至今的有一百多首，其中绝大部分是亡命日本时期所写。诗的主要内容是表达他对清王朝的怀念和对宣统皇帝的忠诚。辛亥革命后，他去往蒙古时写下《库伦》，“老臣犹在此，幼主竟何如？若射上林雁，应逢苏武书。”① 诗中用汉代苏武出使匈奴被扣，始终矢志不渝的典故来表明自己对逊位皇帝的忠诚。郭则沄《十朝诗乘》云：“升吉甫督部称鲠直。宣统初，抗论新政，斥罢。辛亥，陕西沦陷，奉命摄陕抚。自甘率旧部大小数十战，先后克长武、永寿、邠州、醴泉、咸阳诸城。方攻乾州，全陕垂定，而逊政诏下。次年，自陇走库伦，不识道，往往蹑驼粪以行。既至，与宾图王海山公议草檄声讨僭闰，以号召忠议。余挽吉甫诗所谓‘穹庐传檄壮，社稷肯输人’者也。不幸库伦受俄罗斯煽惑，内变。乃取道俄边，东走日本以归。其在库伦口占云云。东瀛人士传唱之，且谋梓遗集。吴蔚若侍郎诗云：‘东海有人哀马脚，北风无力起鸿毛。’亦咏其人蒙事。”② “世运沧桑非故国，岁寒松柏是真吾”（《偶成》），清朝虽然被推翻了，升允的顽固态度却始终不变。“中原将相幸贪生，顾我空怀殉主情”（《东京观招魂社春祭有感》），升允埋怨清朝将相抗拒革命不得力，自己想尽忠清室却孤立无援。他矢志不渝，并且时时以一千年前杜甫忠君爱国曾经博得当代与后世人们的同情和景仰为楷模。升允处处模仿杜甫，诗歌的内容和形式都仿效杜甫，还把自己的字也改叫“吉甫”。其《登太华》诗云：

太华岧峣亘古今，十年持节一登临。上穷碧落浮云见，下瞰黄河浊水深。谁是巨灵擎双手，可怜顽石不回心。棋亭苦欲终残局，输却金瓯何处寻。

---

① （清）升允：《东海吟》，《清代诗文集汇编》编纂委员会编：《清代诗文集汇编》第787册，上海古籍出版社2010年版。本节所引诗均出此。

② 转引自《清诗纪事》，第3249—3250页。

升允在诗中颔联化用白居易《长恨歌》“上穷碧落下黄泉”句，表达自己的奔波辛苦。在诗作末两句又仿用杜甫以“棋”喻时局，将清室比作棋亭，大势已去比作残局，对世情表示失望。李渔叔《千里斋随笔》云：“叶昌炽《缘督庐日记》称升吉甫中丞清廉刚正，能持大体，以社稷臣许之。惕园诵其《登太华诗》云云。当为官陕甘所作，于时革命告成，末二句盖指此也。”

升允的思想虽然守旧，同样打进了时代的气息。他和同时期的很多遗民，以一种“拒新恋旧”的理念引领，沉湎在传统的学术氛围之中，有着属于他们自己的“孽臣孤忠”式的时代共感。面对目不暇接、风云变幻的现实，他们感慨万分，痛心疾首：“神州扰离，风雅弁髦，明教扫地，吾人今日处境之难堪，有甚于零丁孤露，饮冰茹蘖。”[①] 这种易代之感，借用胡薇元的话来说，就是那种“心与境异”的“岁寒”[②] 之味。此“心与境异”的“岁寒”正是遗老们心灵的真切感受，是社会变迁在他们心里烙下的深痕，传达出遗老心灵与新时代之间、个体生命意识与传统道德观念之间的内在紧张。这不仅有旧时代逝去的无奈，也有对新时代到来的恍惚。在个人无能力作为的情况下，唯有“时时以共保此岁寒为念”。不管时代怎么变，在那些静穆自在的心灵中，“风雅”、“名教”仍然辉煌博大，充塞天地。反映在升允的诗词中，便是频繁出现的“故国神思”以及遗老孤愁之感。虽然清廷朝政也曾使他不满，并曾有消极隐退之念，但鼎革之变还是让他无法接受，矛盾的他既曾接受新教育思想，又曾拒绝使用新式机器刻书，并且还选择“逃命天涯”的生活方式。而事实上，他的这种逃命，更多的是心灵上的被放逐。升允《感怀》云：

> 辛壬癸甲历屯邅，诗酒消愁倍黯然。子美适逢天宝末，渊明止纪义熙年。古今未有不亡国，南北都成离恨天。谁继祖刘与郭李，竟教专美让前贤。

升允一生追慕杜甫，这首诗的颔联也以自己生活的时代与杜甫的天宝

---

① （清）况周颐《莺啼序》（音尘画中未远）词的小序，见《蕙风丛书》第6卷《菊梦词》集，陶凤楼刊本。

② （清）胡薇元《岁寒居词话自序》云：“于骄阳烈日炎威溽暑中，而曰岁寒，心与境异也。”《岁寒居词话》，民国二十三年（1934）铅印本。

末期来比拟，表述诗酒黯然的乱世情绪。晚清文学和文化中的不少新事物被压抑在根深蒂固却已摇摇欲坠的传统中。“帝制末”的问题，魑魅魍魉的“怪现状”在文人的作品中有大量的反映，其实反映的正是士人心理和文化危机的外在表现。“据日本间谍宗方小太郎的报告，当时积极运作复辟的主要据点是旅顺、青岛和上海。在青岛，以恭亲王溥伟为中心，前邮传部侍郎于式枚、前京师大学堂监督刘廷琛、前御史王宝田等围绕左右、热心倡导。在上海，以江苏阳湖绅士恽祖祁、恽毓昌父子活动最积极，并与军人张勋、徐宝山、张怀芝、张作霖等时有联络，且与升允、长庚、梁鼎芬、辜鸿铭、李经羲、锡良等声气相通，还与北京暗通消息。旧官吏缙绅士大夫多蚁附于门下。”① 升允与他的旧日同僚们始终将复辟“大业”放在心上，升允亲自策划、积极参与复辟活动，不但还自比为汉守节的苏武，还在上引诗中感叹“谁继祖刘与郭李，竟教专美让前贤”。“升允的《东海吟》充斥着心恋故国、伺机重振雄风的强烈思绪。”②

升允把自己对于家国山河的牵系比之于杜甫的同时，他在诗歌艺术上也着力学杜。因此他的诗作，无论是风格上的沉郁之气，还是诗律的严谨、典故的运用，以及诗歌意境的浑融方面，升允都努力为之，而且也达到了较高的水平。升允曾做《蒙古道中》云：“累日炊烟绝，穷愁历岁余。见牛寻井汲，闻犬觅人居。水涸沙堆岸，天荒草没庐。凄凉看童仆，磋尔久随余。”写他往返蒙古道中的所见所感，对当时蒙地生活做了纪实性的刻画，有哀时感事的乐府精神。升允做有《自述》诗，云：“我本插汉一老胡，云龙际会来燕都。身受国恩历七代，休戚与共无相渝。自读儒书服儒服，渐忘边外牛羊牧。美食鲜衣日不足，非复北来古风俗。”说明自己是清朝初年随满洲人入关的察哈尔蒙古人的后代，在儒服儒书熏染之下，日渐汉化的同时，纯熟地掌握了汉文古典诗歌这种体裁，有较高的艺术造诣。另有一首《忆杭州》，写得也自气势不凡，“我爱钱塘潮水奇，西湖如酒不盈危。元家兵力今仍旧，会有吴山立马时。”气象雄浑，颇有高蹈之气。唐代刘知几《史通·直书》中说过：“虽古人糟粕，真伪相乱，而披沙拣金，有时获宝。”升允不能与时俱进，是他的局限性，但在学习汉语并进行汉文创作是，能师范唐代最伟大的诗人杜甫，还是值得肯定的。

---

① 参看大正元年（1912）十二月十四日《宗方小太郎文书》第388号报告，章伯锋、李宗一主编：《北洋军阀：1912—1928》第3册，武汉出版社1990年版，第191—192页。

② 孙燕京、周增光：《辛壬之际旗籍权贵集团的政治心态》，《历史研究》2012年第5期。

第十四章

清代蒙古族女性创作中的唐诗接受

有清一代，能写汉诗的蒙古族诗人多如过江之鲫，女性诗人较之前朝虽有较大发展，然而人数依旧不多，因此，她们的创作也就格外引人注目。以恩华所辑《八旗艺文编目》为例，集中共收录女性作家五十二位，其中满洲二十六位、蒙古四位，蒙古族女诗人分别是那逊兰保、熙春、博尔济吉特氏（名不详）、成堃。作为唯一有诗集传世的女诗人，那逊兰保及其创作，显得弥足珍贵。而研究其文学创作中对唐诗的接受，不但有探寻源流的意义，更彰显了女性诗人在民族文化融合中的贡献。

第一节　有意工文章的那逊兰保

那逊兰保（1801—1873），字莲友，博尔济吉特氏，祖居库伦（今蒙古人民共和国乌兰巴托），为漠北喀尔喀部落首领之一，后归依清廷受封，故自署“喀尔喀部女史”。那逊兰保四岁随父入京，七岁入家塾，师从著有《冰雪堂诗稿》的名儒陈延芳之女归真道人，早慧的那逊兰保在成长中，受到著有《绿芸轩诗钞》的外祖母英太夫人金墀的影响很大，所以她十二岁即工吟咏，十五岁就通经义，十七岁嫁满洲宗室副都统御史恒恩后继续诗歌创作。终其一生，可谓雍容华贵，故李慈铭称那逊兰保为“和林贵种，瀚海名家。毓秀璇枝，远承薛禅之帝，绍封珪叶，代袭名号之王”①，后人称之为蒙古族的易安居士。

那逊兰保著有《芸香馆遗诗》上下两卷，共存诗九十一首。作品系由其子，时任国子监祭酒的著名学者盛昱搜集整理并刻印的。盛昱在诗“跋”中说其母“家务之暇，不废吟咏，所作已裒成巨秩”，可是，因

① （清）李慈铭《芸香馆遗诗序》，（清）那逊兰保著：《芸香馆遗诗》，清同治十三年（1874）刻本。文中引那逊兰保诗皆出此。

“太夫人之家，本不欲以诗传，故散失已多，无从收拾。即以此论，亦不过存什一于千百”。那逊兰保的诗多系早年之作，盛昱记忆中的母亲“中岁喜读有用书，终年碕碕经史，诗不多作”，那逊兰保的丈夫恒恩于同治丙寅（1866）去世，悲痛之下的那逊兰保觉得“内事摒当，外御忧患，境日以困，遂绝不复为诗”①。由此可见那逊兰保习诗多是闲暇所为，非专力为之。但因其富有才华，所以作品也自成一家。著名学者李慈铭为《芸香馆遗诗》作序，称赞那逊兰保诗作是“清而弥韵，丽而不佻。高格出于自然，深思托以遥情。怀人送远之什，登山临水之吟，踵转风骚，熔情陶谢，洵足抗美遥代，传示后来，名士逊其智珠，国史炜其彤管矣”。这些话或有溢美之嫌，但盛昱跋中所引时人称赞那逊兰保诗作“清雄绮丽，文意不自满，而诗实可传”之语，倒是不为虚妄之词。

因为女性生存的空间所限，她们的文学交流空间也极为有限，因此，那逊兰保诗集中，和家人、亲戚、朋友的奉赠送别类诗歌是她书写的主要内容。《瀛俊二兄奉使库伦，故吾家也，送行之日率成此诗》是亲友间交往的代表性作品，诗云：

> 四岁来京师，卅载辞故乡。故乡在何所？塞北云茫茫。成吉有遗谱，库伦馀故疆。弯弧十万众，天骄自古强。夕宿便毡幕，朝餐甘湩浆。幸逢大一统，中外无边防。带刀入宿卫，列爵袭冠裳。自笑闺阁质，早易时世妆。无梦到鞍马，有意工文章。绿窗事粉黛，红镫勤缥缃。华夷隔风气，故国为殊方。问以啁哳语，逊谢称全忘。我兄承使命，将归昼锦堂。乃作异域视，举家心徬徨。我独有一言，临行奉离觞。天子守四夷，原为捍要荒。近闻颇柔懦，醇俗醨其常。所愧非男儿，归愿无由偿。冀兄加振厉，旧业须重光。勿为儿女泣，相对徒悲伤。

中国古典诗歌传统是抒情和叙事交织并行的。诗歌中所摹写的历史、自然等物象本身就蕴含着诗性浓郁的意象与意境。在叙事的诗歌中，自然也成为叙事意象的组成部分，叙事诗歌中的意象，将一地一景的空间感凸显出来，增强了叙事的可视性与直观感。《瀛俊二兄奉使库伦，故吾家

① （清）盛昱：《芸香馆遗诗跋》。

也，送行之日率成此诗》剪裁了京师、塞北、库伦等一连串的空间意象，描画出诗人心中变迁的故乡风貌。那逊兰保幼年远离故土，家乡的风情和民族的荣光只能从长辈的言传口述中留下印记，对于故土的种种忆念，是其民族感情自发心理的显现。这首诗的思想表达属于中国古代诗歌中传统的思乡主题，作者特定的民族属性赋予了汉文化影响诗思带来的民族融合的新意蕴。在习见的送别叙写中，诗人从本事中阐发出高远的思致，作品虽然写于送别兄长之时，主要篇幅却是历数自己对于故土的眷恋和对当下文化气质的认同。空间的转移包孕了时间的流动，在特定的时空场域，透过为奉使出行的二兄送别事件，展示了诗人家族在清代的生活变迁。家族的荣显既然与国家命运休戚相关，当然要勉力兄长戍边卫国。不同于通俗文学叙事多着眼于具体的事件本身，诗歌因其内涵的抒情品质，往往超越了叙事的具体本事。诗歌自序曰："瀛俊二兄奉使库伦，故吾家也。送行之日，率成此诗。"这首诗作为五律长诗，四十句二百字，在那逊兰保诗集中并不多见，整首诗的抒情和叙事全然是杜甫《北征》的模式，或在抒情中插入叙事，或在纵向叙述中忽然插入横向描写，或在描写中转入议论。使得诗作顿挫起伏、情感跌宕。诗末化用王勃《送杜少府之任蜀州》中"无为在歧路，儿女共沾巾"之健朗笔触，让别离的愁绪远离自己的亲人。

唐代诗歌是古代诗歌史上的高峰，无数经典诗作成为后世诗歌史上的"母题"，诗人们在习诗时不由自主地就会把目光投向这里。作为"从少年时代就培养了对汉族古典诗歌的浓厚兴趣"① 的清代女性诗人，那逊兰保注目唐诗是很自然的事情，因此，她在诗歌创作中常常法乳唐人经典诗作。《庚申冬寄外，时在滦阳》诗云："漫道相思苦，从悲行路难。烽烟三辅近，风雪一裘寒。去住都无信，浮沉奈此官。亲裁三百字，替竹报平安。"诗中颔联再次化用王勃《送杜少府之任蜀州》中"城阙辅三秦，风烟望五津"之诗句，而整首诗中弥漫的对丈夫的深切思念，更是唐代王昌龄闺怨类诗歌模式。《清史稿文宗本纪》载："（咸丰）十年庚申……六月夷人犯新河，官军退守塘沽。七月，大沽炮台失守……僧格林沁退守通州。八月洋兵至通州……瑞麟等与战于八里桥，不利。命恭亲王奕䜣为钦差大臣，办理抚局。上幸木兰……驻跸避暑山庄。九月，抚局成……十

① 孙玉溱：《那逊兰保诗集三种》，内蒙古大学出版社 1991 年版，第 1 页。

月，诏天气渐寒，暂缓回銮。”那逊兰保的丈夫恒恩彼时随咸丰皇帝远离京师，与家人分隔两地，诗人在自己内心的思念忧戚无法排遣的时候，选择以诗歌的形式记叙下来这种感受。《送凤仪大嫂之盛京任诗以赠别》云：“一曲骊歌百感生，夕阳流水送君行。看花怕见将离色，听鸟偏闻杜宇声。恨逐大江横鸭绿，思萦清汉对蟾明。临歧莫作伤心语，纵有关山不隔情。”诗中颔联化用杜甫“感时花溅泪，恨别鸟惊心”之诗意，通过意境的营造，用“看花”、“听鸟”、“恨逐”、“思萦”这些概括性的超越时间和空间的诗性语言，使得送别亲人的赠别诗不黏滞于离别层面的悲情，而是跃升至情感可以跨越万水千山的思想层面。

“微妙的情感体验是否被觉察，要依这种体验在一定的文化中被培养的程度而定。”[①] 那逊兰保虽然是蒙古族诗人，但她生活的时代和环境并不能让她有很多的外出活动，所以描述家庭友朋亲情是其诗歌的主流。而她又有着很好的文学素养，所以在她的笔下对于家庭生活有着非常细腻而生动的描述。对于中国人来说，家庭伦理、婚姻爱情无疑是最能触动读者心怀的题材，林语堂曾经说：“家是中国人文主义的象征”[②]，因此，讲述发生在家庭成员之间聚散悲喜交集题材的文学作品无疑最容易产生最大范围的影响力。论者谓那逊兰保“蕙性夙成，苕华绝出”[③]，信然若此。诗人无论是描景写意，还是状物镂情，都善以清词秀句和新巧的技法传递于读者。如写《赏雪》：“尊酒未终明月上，爱他天地一般凉”，本当说是漫天飘舞的雪花，满地一派银白，而诗人出以温度的“凉”，使由视觉转化为感觉，令人着实觉得寒气袭人。又如《得凤仪大嫂盛京书》诗：“偶对好花思笑貌，时从明月想仪容”，刻写思念亲人的美好情意，真挚感人，而又韵味醇浓。读来如盛唐清新真挚诗语。

那逊兰保这类题材的诗作还有《题〈冰雪堂诗稿〉》、《和友兰三姊留别韵》、《五月廿八日即席再别友兰三姊》、《和友兰三姊杭州见怀原韵》、《祝归真师八十寿》等。《冬夜读书有怀竹君妹》云：“读罢闲将绣枕欹，书声歇处漏声迟。风来竹院一堂韵，月照芸窗两地思。碧简多情容我伴，青灯有味许君知。重重别绪绵绵道，樽酒何时共论诗？”诗中通过主人公由书声、风声、明月引发对远方姐妹的思念，从而抒发自己对再度重逢樽酒共诗的期

---

① ［德］弗洛姆：《精神分析与禅宗》，洪修平译，辽宁人民出版社 1988 年版，第 200 页。
② 林语堂：《中国人》，浙江人民出版社 1988 年版，第 89 页。
③ （清）李慈铭：《芸香馆遗诗序》。

待。再如《祝归真师八十寿》："真业来蓬岛，修龄衍麦邱。性同松柏茂，身与水云游。大节千秋定，新诗万古留。绛纱称弟子，惭愧鹤衔筹。"通过松柏之质性来赞美老师的品性，与水云游来赞美老师的飘逸之姿。"新诗万古留"来赞美老师的才智。诗中充满对老师的感激之情。

女性诗人的创作多围绕家庭中人来叙写，是因为家庭在女子的生存中占有绝对重要的地位。宗规、家训的制约，使得生活在古代的女子在女性权力和行为方面，都受到很大的限制。清代女诗人的主体是闺秀女子，其中生活于望族或官宦家庭的女性占了相当大的比重，女性诗人的成长大抵囿于家族之中，女诗人所进行的文学活动也大抵被限制在读书人所占比重较大的社会中上层。在这一点上，蒙古族上层家庭也不例外。一般而言，这样的家庭文化氛围很好，因此，女诗人无论是学习条件、图书条件，还是诗歌作品的出版以及流传，都得到家庭的很大帮助。冼玉清在《广东女子佚文考·自序》中说："就人事而言，则作者成名，大抵有赖于三者。其一名父之女，少禀庭训，有父兄为之提倡，则成就自易。其二才士之妻，闺房唱和，有夫婿为之点缀，则声气易通。其三令子之母，侪辈所尊，有后嗣为之表扬，则流誉自广。"① 那逊兰保就是这种范式的代表性人物。那逊兰保有来自家族的高门血统，对于她来说，娘家的声望与生俱来；其次，又因门当户对的联姻观念而嫁给既有功名地位又有文化的男子，丈夫及孩子的地位都对她的人生发生重要影响，进而影响到她的诗歌创作，甚至也影响到她的诗集的编纂和传播。钱穆指出："'家族'是中国文化的一个最主要的柱石。我们几乎可以说，中国文化，全部都从家族观念上筑起，先有家族观念乃有人道观念，先有人道观念乃有其他的一切。"② "社会重心，文化命脉，在下不在上，一皆寄托于此。"③ 古中国的宗法传统社会中，家族在传承文化学术中起着主导性的作用。清代社会的发展进程决定了满蒙文化与汉文化的融和是从上自下一体式的，因此，当满蒙文化家族与科举考试结合后，满蒙世家大族中的传统文化因子就会被进一步激活，并在社会文化体系的建构中发挥着独特的、巨大的作用。

那逊兰保出生于官宦世家，家庭中一直有文化传播意识，无论是父家还是出嫁后的夫家对文化业绩的追求都是相当强烈的。生长在这样的家

① 冼玉清：《广东女子佚文考》，商务印书馆1941年版。
② 钱穆：《中国文化史导论》（修订本），商务印书馆1994年版，第51页。
③ 钱穆：《国史新论》，三联书店2004年版，第248页。

庭，即使是女性，文化意识也很强烈。那逊兰保幼年即在家塾中跟家中的兄弟一起读书，接受相同的教育。良好的教育是其成为诗人进行诗歌创作的必备条件。家族中长辈的文学成就也往往为后辈所钦羡，因女诗人与外人接触少，对家族之外的世界认知少，也因之更成为女诗人学习的对象。这里我们需要将考察的视角移向与母教相关联的“外家”。在清代很多文化家族的演进过程中，外家曾发挥过重要作用。关于此点，罗时进先生阐述甚为周详。由于那逊兰保的外家风气相对开放，女性在家族中从事文学阅读和文化研习有着得天独厚的条件。而且，在婚配时因为更重视文化和道德层次，因此所嫁与的也同样是文化家族。这样的家族在丈夫长期游宦或早逝时，母亲就担负起教育和培养子女的责任。“每当此际，为了使子女有一个更好的教育和成长环境，她们往往动员外家的力量，让母系家族成为母教的延伸，使整个外家成为重要的支持力量。同时，外家源于亲情，也源于文化传承的需要，每每尽心尽力，有意识地培育、扶持外孙或外甥。这样，‘母教’实际上扩大为‘母系教育’，这对学术和文学人才的培养具有特殊意义。”① 那逊兰保的外祖母金墀是满族旗人，姓完颜氏，著名女诗人，著有《绿芸轩诗钞》，诗作多以表现闲情为主，致力于清疏诗境的营造。受到外祖母的熏陶，那逊兰保诗歌风格也以清为主。而这种艺术风格体现最为鲜明的就是在其诗集中占有重要比重的写景、咏物、纪游类闲暇之作。其五绝《成趣园夜坐》，诗云：“林壑杳以深，拂石坐忘冷。凉月不亲人，孤松转清影。”诗人以深杳林壑、月下凉石、孤松等清疏意象勾勒出夜晚幽阒的成趣园，诗境清幽孤寂，显然是承续唐代王维风格。

那逊兰保作品中所描绘的风景和实物，大都取自诗人生活的北京市区和郊区，如海淀、西山、大觉寺等。诗人对周围环境、事物，观察细腻，认识深刻，加之作者再现的艺术真实耐人寻味，绘声绘色，读来在读者情感深处容易引起强烈的回响。其纪游诗《游西山》，其一云：“清晨驾巾车，日晡到山脚。顿簸不辞劳，山灵如有约。转路入烟霞，回头隔城郭。危磴杂松楸，远寺闻钟铎。孤青表遥峰，万绿争一壑。行行下笋舆，径窄步引却。还与叩僧寮，荒荒红日落。”西山是北京西郊的风景区，诗人选取险峰、远寺、钟声以及烟霞、落日等意象入诗，在清晨到日落的一天之

① 罗时进：《地域·家族·文学——清代江南诗文研究》，上海古籍出版社 2010 年版，第 46 页。

中移步换景，随着时间流而改变空间景物，将自然景象的改变与人的旅途进程有机结合，与杜甫《北征》还家途中所见所述风格如一。其二云："我爱秘魔厓，怪石高撑天。复爱宝珠洞，下瞰及平田。快哉御风行，顷刻如登仙。探幽及穷僻，选胜防人先。所愧腰脚劣，呼婢相引牵。夹路橡实厚，嵌石孤花鲜。流连剧忘归，峰峰凝暮烟。"位于西山八大处的证果寺为八大处最古老的寺院，坐落于卢师山上。寺后秘魔崖峰顶有一巨岩突兀而出，极其险峻。崖壁镌刻天然幽谷四字，崖侧有一石洞，据传为卢师和尚修行之所。清代诗人对秘魔崖风景多有赞述，乾隆年间的蒙古族诗人法式善就曾创作了数首关于秘魔崖的佳作。那逊兰保在这首作品中并不单纯写景，而是寓情于景，在情景交融中抒发了诗人对自然的热爱之情。山水诗虽然产生于晋末，但彼时谢灵运笔下的山水仅是摹象而已，并不能融情入景，到了唐代王孟才完成了山水诗歌中的情景交融，而后世诗人在书写山水诗歌时也更多地以王孟诗风为范式。与此同时，诗人还表明了虽是须眉女子，探幽访胜，却也不遑多让男子的风姿，展示了蒙古族女性的豪壮之情。再如其《宿大觉寺》诗云："十亩松阴满寺凉，一条瀑布界山光。峰峦青逼衣裳冷，灯火红盘栈路长。时有微香来佛座，偶闻孤磬出僧房。游人对坐浑无睡，明日登山礼佛忙。"颈联意境读来浑似唐代常建《题破山寺后禅院》中的曲径通幽之感。近体诗是在唐代成熟的，千年之后的那逊兰保在习得唐诗的基础上写出的诗歌对仗工稳，对诗歌艺术的掌握一如汉族诗人。

清代蒙古族女性诗人创作与古代文学史中的女性叙写基本是一致的，大多数的诗作没有鲜明的民族特性，她们笔下的描写对象似乎生活在虚拟的情境中，从未经历过冲突、变化和选择。女性形象的内涵和涉及女性的生活场域被固定在婚姻和爱情的范围内，对女性完整真实的自我缺少细致的了解与体察，描写者很多是贵族妇女，她们对于下层妇女（比如婢女）的关注常显得遥远而生疏。那逊兰保在其间显得格外特出。她的诗作中对婢女的关怀也有记述。《仆妇李氏随余六七年，今为家大嫂凤仪夫人携往盛京，因成十韵以畀之》诗云：

聚散原无定，亲疏各有缘。料应难惜别，无那总情牵。意逐疗东水，思萦蓟北烟。随人千里外，伴我十年前。挑绣资分线，梳妆倩整钿。他时我还忆，此去汝堪怜。衣服随行笥，平安好寄笺。离怀飞鸟迹，心绪落花天。旧主思休切，新知礼欲虔。沈阳吾旧里，古迹待归传。

诗作中“随人千里外，伴我十年前。挑绣资分线，梳妆倩整钿”的细节回忆能见出主仆间的深挚情谊，而“旧主思休切，新知礼欲虔”又是主对仆的周到提点，殷切嘱托传达了非一般的情感。又作《以布衣一袭赠仆妇李氏》“缕缕丝牵别绪真，布衣一袭赠离人。前途冷暖原难料，借得斯名要谨身”，七绝的语言虽然简短，但其间蕴含的深切关怀和惜别留恋之情却是真挚而悠长的。诗人虽然在家庭中居于“主”位，但在生活中并未受到主奴关系的约束，这首诗中她摒弃了主仆关系，对即将离开自己的婢女表达了真切的关心。像这样专门为仆人写送别诗且与仆人关系如此亲密的诗人，在女性文学叙写中还是不多见的。

明清时期女性文学创作达到了前所未有的繁盛局面，然而女性诗词作品大部分仍然只在闺闱之内或诗友之间流传、欣赏；小部分才由家族男性文人辑录并刊刻成书，在有限的范围内赠送或存留。正如光绪间女诗人施补华所说：“世谓井臼缝纫为妇人之事，不宜偏近文字。又谓闺帷所作，不宜传述人口如学士热。”① 文学在彼时只是妇德之附庸。少数民族女诗人同汉族女性诗人的观念在此点上并无分别。清代尽管是女性作家最多，女性文学最为兴盛的朝代，但是因为传统的深层影响，女性的文学才艺并未得到充分的施展，有时处在被抑制的状况中。徐世昌《晚晴簃诗汇》载那逊兰保在丈夫去世后不复为诗，“同治丙寅，副宪逝世，遂绝不为诗”。从这里可以看出，源自颇具影响力的惯习，即使是风气开明的蒙古族，也不可能完全摆脱习惯的作用。对女性而言，文学创作更多时候都只是生活边缘的点缀。“总之，女人的性格——她的信仰、价值观念、智慧、道德、格调和行为——显而易见的，我们都可以从她的处境来解释。笼统地说，没有给予女人超越性这个事实，使她无法达到人类的崇高境界，诸如正义、豪侠、大公无私，以及想象力和创造力。”② 当然，在她们的诗作中也有对自己才华的肯定，那逊兰保在其诗作《题冰雪堂诗稿》

---

① 张宏生、石旻：《古代妇女文学研究的起点及其拓展》，《江西社会科学》2008 年第 7 期。

② ［法］西蒙·波伏娃：《第二性——女人》，桑竹影、南珊译，湖南文艺出版社 1986 年版，第 409 页。

中明确地指出："国风周南冠四始，吟咏由来闺阁起。漫言女子贵无才，从古诗人属女子。"时人认为此诗"足为闺门生色"① 。而且《寄心庵诗话》载"莲友女史系出外藩，深于经史"，并评论其诗作"寒风添竹得闲声"句，妙在"得闲声"三字，体物入微。这些都是时人对那逊兰保才华的肯定之论。

那逊兰保作为蒙古族女诗人，在诗歌方面取得了骄人的成绩，她属于"后来因为某种机缘来到内地，写出的作品仍然保留浓郁的蒙古族民族特色"② 的诗人。从现存的篇什不多的诗作中可以看出，对于各体诗歌，那逊兰保都能熟练掌握，尤其是近体诗更为突出。在语言的提炼上，诗人也是精益求精，进而形成诗韵轻灵、语言工丽却又富于自然美的诗歌特色。其《小园偶兴》云："小步意徘徊，西风几阵催。淡烟随暮起，落日促秋来。红叶点高树，黄花压翠苔。晚来清兴好，随意过平台。"深秋时节，暮色苍茫中的诗人在小园香径的徘徊中，观看红叶黄花。"从孤寂生活的深处，女人领会了应该对自己的生活采取何种态度。她对过去、死和时光的流逝，比男人更有切身的经验。"③ 文学创作是一种最具个人创造性的精神生产方式，当那逊兰保将自己对于世界的情感体验、感受、评价诉诸诗行，力求在其间表达自己对于世界的认知时，从某种程度上看来，她写下的文字已不仅仅属于自己，而是代表了她的民族属性、她的阶层价值观，甚而是像她一样的女性对世界的看法。自然，她的创作灵感都来源于生活，然而也有她曾受过的教育和她潜在的才华的影响。因此，物候变迁，季节更迭，都成为那逊兰保挥发诗情的绝佳对象。娴静的诗人，在春夏秋冬的鸟语绿荫落叶赏雪时节感受着生命流逝的点点滴滴，无论诗作是通俗明快还是典雅含蓄，都体现了唐诗中那种行云流水般的自在自然的诗歌意境。"滴遍芭蕉雨，秋晴写一庭。云容沉水白，山色接天青。树寂蝉添籁，花眠鸟唤醒。卷帘新爽入，斜照上疏棂。"（《秋晴》）颔联的"沉"和"接"字，将云水、天山巧妙地融在一起，而秋日晴空的天高云淡、蝉寂鸟鸣也在诗人的淡然书写中跃然纸上。

---

① （清）符葆森：《寄心庵诗话》。

② 扎拉嘎：《比较文学：文学平行本质的比较研究——清代蒙汉文学关系论稿》，内蒙古教育出版社2002年版，第3页。

③ ［法］西蒙·波伏娃：《第二性——女人》，桑竹影、南珊译，湖南文艺出版社1986年版，第411页。

不过，任何时候，“他们对生活的审美感受、审美体验、审美判断和评价以及运用文学语言反映生活的技巧、风格，都受到时代精神、社会意识、公共心理、民族特性、阶级意识等因素的影响”①。因之，从传统的角色分工考虑，那逊兰保认为“偶耽薄饮忘家务，每为微吟误女红”（《春日三首》之二）。用“忘”和“误”说明在其心中，做家务、女红才是女子的本色。但是她也有“清标傲骨绝群流，凡卉输君一百筹”（《咏菊》）的不甘之语。这种看似矛盾的表述更加说明晚清的女性诗人们在理家闲暇之际书写这样赋予女性理想的觉醒之语，是伴随着对其性别角色的思考中的巨大的痛苦和勇气的。在晚清的大时代氛围中，诗人们大都旨在回应强国保种、救亡图存的时代命题。因而，那逊兰保笔下的女性形象作为家国问题的一部分而被思考与塑造。

闺阁生活在很大程度上使那逊兰保只能从有限的活动环境中《寻诗》（“绿窗人静篆烟消，春引诗情上柳条。正欲寻题无觅处，小环报道是花朝”）、《检书》（“傍架齐书小课功，安排身入古香中。旧遗花样新翻得，又省窗前细剪红”）。读书对知识女性产生了积极影响，滋润她们的心田，开拓她们的精神。让她们学会用文字表达自己的眷恋悲哀。然而，法国的女性主义理论家西蒙·波伏娃（Simon de Beauvior）也指出：“业余的女作家们则认为文字只是人与人之间交流思想的方法，一种向别人倾诉自己的工具，只需要直接表达自己的感觉。”② 在文学构件上，清末蒙古族女性诗人并未与现实的女性生活、女性情感，特别是女性主体意识切实相通、紧密关联，从对这些女性形象的梳理中，可以看出晚清作者的家园理想充满矛盾，个中心结和理路正与20世纪中国的激进思潮相辉映。那逊兰保处于那个大时代风潮即将到来的时代中，她通过女性的直觉，即使在封闭的闺阁环境里，依然敏锐感受到了时代的新气息。并将这种锐感融入诗篇，在诗作中呈现出自由、潇洒、豪迈的生命魅力。“自是高标韵自长，不将颜色都群芳。爱他闺阁生花笔，写出人间第一香”（题香湖女士《墨兰册》）就是她在承传了家族文学精神，在时代女性创作风会中不甘人后的思想觉醒的真实写照。

① 童庆炳：《文学理论教程》，高等教育出版社1998年版，第116页。
② ［法］西蒙·波伏伏娃《第二性——女人》，第500页。

第二节　闲阶爱月明的成堃

成堃，字玉卿，蒙古布库鲁氏，广西浔州知府固鲁铿女，诸生守典室。有《雪香吟馆诗草》，现已不存。只有零星篇什留存。

成堃诗作多是闲暇时消遣之作，题材也不外是写景、送别等闺阁创作时的习见类型，但其中饱含的真率之意境却是典型的唐诗范式。《留别舜华二姊》云："生小离家国，天涯六十春。明朝挂帆去，又是异乡人。"篇幅简短，然读过几遍后可以感受到唐人贺知章"少小离家老大回"的感慨和李白《牛渚》"明朝挂帆去，枫叶落纷纷"的无奈。熟练运用唐诗成句或意境确是清代蒙古族诗人汉诗创作中非常习见的。其《秋夜》云："西风吹木落，何处不秋声？我是无愁者，闲阶爱月明。"诗意清新自然，如千百年前的王维、孟浩然在指导隔了时空的成堃感受自然万物而创作。是的，唐代的王维不是出世的，而是狡黠地洞察世事，在细节中暗示他的虚无感。诗人的眼睛里没有物，万物有灵。他的诗歌写作方式不是简洁、直指核心，而是绕弯子，与宇宙精神往来，深邃不是意义的深邃，是大地、宇宙、人事之存在的深邃。清代的蒙古族女性诗人在进行创作时推敲字句与唐代的诗人情境、道具完全不同，但推敲时的沉迷是一样的，这是唐诗在千年后依然魅力无穷的原因之一。

成堃还曾作有《古意》，诗云："新月明如镜，镜复如明月。题作明镜圆，莫作月常阙。"这首诗一如其他清代蒙古族女性诗人作品，她们的诗歌写得最多的是自己的生活感受。成堃并不刻意学习哪一家哪一派，她只是凭着自己的天分、性格和爱好率性而进行创作。她的诗歌呈现出自然脱俗的风格：自自然然地叙事、抒情、说理。其诗歌创作既不失典雅又不缺清新自然的韵味，又有比较丰富的思想内容，有较强的艺术性与哲理性，体现了她思维的敏感与深度。当然，她只是一名闺阁诗人，其诗歌无法脱离社会条件及角色所造成的局限，不免有题材单一、写作手法欠熟练等不足。如寒山、王维们一样，她的创作不仅是诗歌，更是世界观和生活态度。

第十五章

晚清俊彦残编中的唐诗接受

有清一代，因为蒙古族与满族统治者的特殊关系，所以满清政权的汉化，也在不同程度上影响了蒙古族，尤其是蒙古贵族的汉化程度，愈是生活在社会上层的蒙古族，其汉化程度也就愈甚，故而，现存下来的蒙古族汉语文创作集，大抵是世家子弟或为宦者所作。但诗集保留的是否完好，却因个人对待创作的态度或家境而有所不同。除喀喇沁王爷之外，本章中所呈现的诗歌都是有诗集名称却无完整诗集留存的诗人创作，但即使是在这零星残编中，依旧可以感知他们在习诗过程中对于唐朝这个诗帝国的膜拜。

第一节　光宣诗影中的唐诗接受

锡钧，字聘之，蒙古镶白旗人。光绪丁丑（1877）进士。散馆授编修。官至翰林院学士。奉天驻防。有《容容斋诗草》，现已不存。光绪三十四年（1908）正月，延清奉旨去蒙古祭奠喀尔喀车臣汗部郡王衔扎萨克多罗贝勒蕴端多尔济，行程七千多里，历时七十余天，沿途风光和他熟悉的蒙古族风情，都使诗人感慨万端，延清将所见所闻形之于笔端，铸成晚清诗坛重要的纪游叙事长编《奉使车臣汗记程诗》三卷。同时代的满蒙汉诗人多人读了这本诗集，并写下和诗。锡钧曾写有《子澄同年奉使车臣汗，出纪程诗示读，因触往事，率成拙句》，诗云：

> 穹庐我亦太蒙民，曾赋骁征北海滨。白草牛羊迎使节，黑河冰雪苦吟身。八千里外风沙路，二十年前况瘁人。今日读君珠玉集，聊将里曲和阳春。

诗歌在点出自己民族属性的同时，称颂了延清千里走蒙古，还写下诗作的情形。诗歌颔联、颈联对仗工稳，展示了成熟于唐代的近体诗在晚近锡钧手中被熟练运用的情况。

同裕，字秋田，延清同时代人，其他生平不详。曾在延清五月回京后作有《子澄夫子奉使回京赋此奉寄》，诗云：

> 追悼藩王肃礼仪，皇皇天使备驱驰。浑忘险阻饶吟兴，久识贤劳结主知。整辔春三风送暖，归装夏五日沈迟。料知行李无他物，词客囊中满贮诗。

虽然还是称颂延清奉旨出行，途中勤于诗歌创作的现实生活，但整首诗境浑融，酬答自如，颇似中唐元白类唱和诗。

荣庆，字华卿，号实夫。光绪丙戌（1886）进士，改庶吉士，授编修，官至协办大学士、弼德院顾问大臣。《晚晴簃诗汇》卷一百七十六录其诗一首。其《送何见石甘肃之行》云：

> 使君奉诏陇西行，洱海归来又远征。忆昔文章动秋榜，频年诗酒共春明。诸昆并焕鹓鸾彩，一柱同惊鸑鷟鸣。毕竟衡才又司理，定知贻上是前生。

这是典型的送别诗，七律送别最早在唐诗中出现，也在唐诗中有最好的展示。唐代著名诗人皆有迹可循。蒙古族汉诗创作者诗法唐诗是非常普遍的现象。荣庆也不能例外。这首诗歌首联点出送别之由，友人刚从西南洱海归来，又奉诏去往陇西。颔联回忆擅长属文的友人同自己昔年诗酒酬唱的往事。末尾表达对朋友的祝福。全诗词采流丽倩美，以抒情见长。这正是唐诗的典型特色。

博迪苏，蒙古辅国公，哲理木盟科尔沁人。官御前大臣、蒙古正蓝旗都统。光绪丙午（1906）奉命偕阁学达寿护送达赖活佛回藏。著有《朔漠纪程》。其《布隆第二十台》诗云："前山雷雨后山晴，顷刻天工变化生。昨日披裘今袒裼，要从冷暖验人情。"如中唐人所作《竹枝词》风味。而其《三音诺颜即景》云：

> 山如屏嶂草如茵，极目青青绝点尘。自愧囊中佳句乏，暂留妙景

待骚人。

诗歌清新自然。其他写景诗也大抵是这样的特色，再如《三音诺颜道中》其一云："卷幔忽闻十里香，野花灿烂斗红黄。边风吹动如星点，直接山旁或水旁。"其二云："积雨连朝可奈何？驱车日日走山阿。午风吹散云千片，涌出青峰如碧螺。"都可看出传承自王孟但又不似王孟诗艺纯熟、意境浑融的特点。

景文，字彦修，一字虚舟。袭封伯。累官冠军使。有《抱�亭集》。现存诗寥寥，观其《题云溪图》诗，诗意冲淡清虚，读来如见高卧松云中的孟夫子。诗云：

> 山人卜居山之南，山南平麓容茅菴。白云掩映碧溪静，住山滋味山人谙。十里五里路回曲，三峰两峰从幽探。香风吹雨松子落，鸣禽磔格皆元谈。世无支遁赏英俊，矻矻编简空沈酣。晓窗乍启白云去，群峰四面开晴岚。云来云去两不碍，太空聚散元精含。若教见月仍见指，筌蹄难作真禅参。南华作画得禅悦，丹青妙解通瞿昙。云溪图就发清啸，诗书与画奇兼三。方君雅意尚肥遁，日对此卷新不惭。笑余买山苦未就，霜须照镜空毵毵。披图使我心目豁，皎若皓月秋江涵。便拟将身入图画，卧听松籁鸣空潭。

日人川合康三认为："盛唐诗人用精炼的语言把握无边际的世界整体，这与其说是实景，不如说是他们在观念层次领会到的风景，在其背后有着盛唐人共有的安定的世界观。……到中唐时期，能够把握全体的世界观崩溃了，叙述只得局限于个人能够认识的领域。"① 在个人认知的世界中，中晚唐的诗文创作出现了新的风貌并产生了深远影响，"私人之出处进退，际遇穷达，家庭友朋悲欢聚散，几乎无一不足为当代历史写照，此成为唐以下文学一新传统。"② 确乎，中晚清诗文创作一如中晚唐诗文。对日常化生活的写作成为彼时蒙古族汉语创作者的普泛题材，即或是在清末民初的改制时期，诗人们依旧把自己的眼睛主要凝注于自己及周遭的生

① ［日］川合康三：《终南山的变容》，刘维治、张剑等译，上海古籍出版社2007年版，第79页。

② 钱穆：《中国文学史概论》，见《中国文学论丛》，三联书店2005年版，第50页。

活中。

长龄，字懋亭，蒙古正白旗人。官至文华阁大学士，封一等公，谥文襄。现存诗很少。其幼年所作《中秋对月寄兄》诗云："今夜中秋节，哥哥在热河。家中好月色，别处又如何?"吴文溥《南野堂笔记》载："惠中丞之弟长懋亭侍读，天性友爱，英颖绝人。年九岁，作《中秋对月》绝句寄中丞云云。不烦刻划，自擢灵根。与唐时七岁女子《寄兄》诗'别路云初起，离亭叶正飞。所嗟人异雁，不作一行归。'同一风人意趣。洵乎诗有别才非关学也。"① 将蒙古族汉诗创作中与唐诗的脉络传承表达得非常清晰。

庆惠，字迪堂，蒙古正白旗人。官工部尚书，谥勤僖。袁洁《蠡庄诗话》："庆迪堂先生惠为公相保文端公之仲子，年未三十，即官司空，礼贤下士，儒雅风流，一时罕出其右。张伯良刺史往权遵化州篆，先生相得恨晚，每伯良行一善事，建一善政，先生即多方将诱，务使有成。伯良瓜代后，贫不能治装，先生以所着貂裘并夫人珠饰付质库，得千余金助之。呜呼，廉吏如伯良固不可多得，而怜才爱士如先生者，尤为少见，真不愧古大臣之风矣。复於伯良之行，作五言长律赠之。"② 《赠伯良》诗云："恨不同舟早，识荆幸有由。通家敦古道，利物展新猷。志气凌霄汉，诗才贯斗牛。交才经九月，感足动千秋。泉壤幽光阐，羹墙庙貌修。穷黎乏冻馁，古墓表松楸。早听军民颂，时荟闉泽流。身家总未计，教养每深筹。文望当年树，贤声到处留。好朋难久聚，良吏信无俦。忽报骊歌唱，谁怜宦囊羞。喜君贫可贺，那惜解轻裘。"这首五律表现的赠别题材虽然由来已久，但律诗因是在唐代成熟，唐律又将各类题材发展至顶峰，故此我们有理由相信在诗人的写作中潜移默化受到唐诗的影响。

第二节 晚清余晖中的王者诗思

晚清的蒙古王公中长于诗歌创作者莫过于喀喇沁王爷。而世所称道的喀喇沁王爷有两位。一是旺都特纳木吉勒，一是贡桑诺尔布。他们的诗歌都在不同程度上受到唐诗的影响，在诗歌风格和特色上既有家族式的传承，也有自身特色。

① 转引自《清诗纪事》，第 2296 页。

② 同上书，第 2308—2309 页。

旺都特纳木吉勒，字衡斋，喀喇沁札萨克郡王，乌梁海氏，为元代贵戚之后裔。能诗，有《如许斋诗稿》。《遗逸清音集》和《晚晴簃诗汇》均选其诗。

旺都特纳木吉勒长于写景，其《过茅荆坝》诗云：

> 嵯峨峻岭万山低，晓雾苍茫曲径迷，策马登来天路近，引人步步上云梯。

茅荆坝地处阴山山脉与燕山山脉交汇处，是冀北山地和内蒙古高原的过渡地带，现在位于河北省承德市隆化县境内，是国家自然保护区。历史上茅荆坝是契丹和奚族的发祥地。清初，蒙古喀喇沁亲王把包括茅荆坝在内的大片土地敬献给康熙，从此这里成了清朝的皇家猎苑。在旺都特纳木吉勒笔下，茅荆坝山势险峻、云雾缭绕，然而诗人不畏高难，策马登顶，犹如踏上云梯直达天庭。语言平实，而内涵丰富，于平淡中见出诗语之俊爽、峭拔，虽不是刻意学唐，但诗中蕴含唐人柳宗元写景诗之风骨。再如其诗："傍岸携筇独步行，秋来一色碧澄清。无情水与人情似，随处翻波随处平"（《观水》）、"雨气浓遮万岭巅，苍茫树拥远村边。渔翁只作寻常看，如此风波不系船。"（《风雨图》），都是饱经岁月风波之平淡语，刘禹锡诗中多有此类。

旺都特纳木吉勒的写景诗既有峭刻如柳宗元之处，亦有冲淡如王孟之处。如其《梦园旷怀亭》、《咏龙泉》等。《咏龙泉》诗云：

> 峰峦四面水涓涓，古寺深林翠接天。曲径登来攀鸟道，清音响处汲龙泉。闲云阑升空留色，野鹤窗前半语禅。游罢人归几回首，钟声散入夕阳烟。

龙泉即龙泉寺，位于喀喇沁锦山镇西北三公里处，旺都特纳木吉勒是喀喇沁郡王，所以这是他常去游览之地。诗人笔下的龙泉山峰危峙，泉水淙淙，曲径通幽处，寺庙隐于接天蔽日的深林之中。诗人在这里可以坐看云起，与野鹤参禅，待踏着夕阳归去时，身后有向晚的钟声散入暮烟。这首诗得王维之禅意，却不似王诗幽寂，有孟浩然的闲适，但比孟诗入世更深。此外，其《祭鄂博》（山川祭毕瑞烟横，序眉新秋爽气清。萧萧声清溪水绿，旌旗彩焕夕阳明。争先乍试花聪马，习射还归细柳营。物阜年丰循旧例，人人把盏乐升平）等诗，则已有宋人平和之况味。

贡桑诺尔布，旺都特纳木吉勒之长子，字乐亭，号夔庵。光绪二十四年（1898）袭父爵继承喀喇沁右旗札萨克郡王王位。曾游历日本。归国后在封地内施行了一系列兴办教育、发展经济的举措。他的诗歌创作深受父亲影响。现存《夔庵诗词集》，内存诗四十八首，存词十八首。

与父亲的诗法一脉相承，贡桑诺尔布也长于写景，如其《山村得句》，诗云：

> 夕阳山半掩，震耳暮鸦鸣。村犬迎人吠，邻鸡逐队行。堆柴填破壁，剪穗挂斜楹。自有天然乐，无关世上情。①

诗中叙述的山村田家之乐，远绍王维《渭川田家》与孟浩然《过故人庄》之意境。鸦啼暮至的黄昏时节，山村犬吠鸡鸣，劳累一天的农人归来了，家人或添柴做饭，或剪纸斜挂窗楹，心灵可以安放之处，便是此身可以停顿之地，天然乐趣所在，当然可以称为“适意”。贡桑诺尔布笔下的田园较之其父更多了孟浩然式的蔼然。

除了写景诗，贡桑诺尔布集中咏史怀古诗亦占很大比例，《恭瞻盛京宫殿志感》七律一首、《题岳飞墓》七律一首、《出古北口有感》七绝二首都能得此类诗之真谛，但代表性的作品还属《昭陵有感》。诗云：

> 远接雄关秀气钟，连山倒海走苍龙。铜驼此日困荆棘，石马何时断杏松。退守谁怜元惠帝，偏安敢笑宋高宗。徘徊悱恻昭陵下，辇路犹余碧草茸。②

昭陵是唐太宗李世民的陵墓，唐太宗是历史上最被称道的一位皇帝，他所开创的“贞观之治”，是其后士人均心向往之的。因此，很多诗人或以昭陵为题或以昭陵为诗眼写下咏史怀古诗。唐诗人杜甫就有《行次昭陵》、《重经昭陵》，权德舆有《仲秋朝拜昭陵》。本诗也是典型的咏史怀古诗，首联作者即点出昭陵所在的景致。颔联由远及近写到昭陵故物铜

---

① 郑晓光、李俊义主编：《贡桑诺尔布史料拾遗·夔庵诗词集》，内蒙古人民出版社2012年版，第164页。

② 同上书，第168页。

驼、石马。并自注：昭陵石马，肖太宗所御大白、小白二马。唐太宗是马上皇帝，所以作者有此解释。唐诗人李义山《复京》诗有句“天教李令心如日，可要昭陵石马来”，韦庄《再幸梁洋》诗有句“兴庆玉龙寒自跃，昭陵石马夜空嘶”，都是对昭陵石马跨越时空的追怀。颈联中作者由唐太宗遥想当年蒙元帝国的最后一位皇帝元惠帝，元惠帝即元顺帝，是元朝的最后一位皇帝，也是北元的第一位皇帝，在位三十七年。1368 年明军攻占大都后，元惠帝所代表的蒙元王朝撤出对中原的统治，退守至上都，后又退至应昌城（又名鲁王城，故址在今内蒙古自治区赤峰市克什克腾旗西北达里诺尔西南的达日罕乌拉苏木），后惠帝病逝于此。诗中元惠帝后有注曰：辛亥冬，有建退守辽东策者，惜不用。颈联将元惠帝和宋高宗并提，作为蒙古族诗人，贡桑诺尔布在这里表达了对元惠帝偏安的怜悯之情、讥弹之意，但同时亦有对蒙元帝国不复一统中原的遗憾之情。咏史怀古诗，若能通过对历史的追忆、遥想，对历史人物的褒贬，把眼前景和心中情交融汇通，使之化合无迹，这样既在典故的熟练运用中扩大了诗歌的内涵，又增加了诗歌的承载力，方为好的咏史怀古诗。贡桑诺尔布这首《昭陵有感》可谓佳作。

不唯诗歌，贡桑诺尔布还长于词创作。虽然存留作品只有十数首，但从中依然可以清晰感知对唐诗的接受。如《如梦令》：“天际清光依旧，兴到狂歌醉酒。心事问青天，无语频倾金斗，消瘦，消瘦，是月圆时候。”虽然是词作，但与李白的《月下独酌》之诗情、诗境，颇有相通之处。再如其《浪淘沙》，词云：

> 容易又秋时，无限秋思，一年花事问伊谁。桃李随春同去也，菊放东篱。把酒倒金卮，寄兴新词，傲霜劲节少人知。今日对君成一醉，还我狂痴。

杜甫《绝句漫兴九首》其三曰：“二月已破三月来，渐老逢春能几回。莫思身外无穷事，且尽生前有限杯。”杜甫此诗以“二月已破三月来”写春天将逝，末联有及时行乐之意。宋词中多有以杜诗末联诗意入词境者[①]。贡桑诺尔布此词末句亦是用杜诗诗意入词，虽然所写是秋景，

---

① 刘京臣：《论杜诗清新闲雅意境对宋词的影响》，《国学学刊》2013 年第 2 期。

但表达的依然是见花伤感，及时行乐之慨。只是将春愁换成秋恨。中国古典诗歌重写意和抒情，诗歌中所摹写的自然、历史等物象常常蕴含着诗性浓郁的意象与意境，这种意境在跨越文体的接受中也常常被参用，而表达的内涵并不因之而减少。

贡桑诺尔布和其父亲旺都特纳木吉勒在诗歌创作中对唐诗的熟练运用，都在一定程度上展示出晚近蒙古族诗人对汉学的倾心学习，在客观上沟通了蒙汉文学和文化的交流。

结　语

本书研究了清代蒙古族汉语韵文创作的唐诗接受这个在历史上客观存在而当下却被完全冷落的诗学论题并力图在以下几个方面有所突破。

首先，清代蒙古族韵文创作的唐诗接受研究为接受史研究提供了一个既熟悉又新鲜的视角。说它熟悉，是因为清代诗歌始终处于“宗唐”和“宗宋”之辩中，“盖尝溯有明之季，凡称诗者咸尊盛唐，及国初而一变，诎唐而尊宋，旋又酌盛唐与宋之间而推晚唐，且又推中州以逮元者，又有诎宋而复尊唐者，纷纭反复，入主出奴，五十年来各树一帜”①。唐诗、宋诗作为古典诗歌史上影响最大的两种审美范型，在清代对其美学特征的认识已经相当透彻，当下的许多研究工作也是以此为基础展开的。而作为韵文的诗、词、赋，虽是不同文体，然则美学特征有颇为相似之处，因此，清代的蒙古族诗人在接受并运用唐诗的美学范型进行诗歌创作时，也可以进一步向词学领域或赋学领域拓展，而文体间的这种“移植”，也由此启迪了接受史研究的一个新的观察视角。

本书在考察清代蒙古族汉语韵文创作时，从横向和纵向两个维度入手。从纵向的文学发展史来看，清代的蒙古族的“一代之文学”无疑是诗歌，清诗确是清代蒙古族文学史——或者说是中国古代蒙古族文学史上最有生命力的文体。但从横向来审视蒙古族汉语韵文创作，突破诗体束缚后的词、赋等文体的创作，也从多方面受到了唐诗的影响，而这必然增强了蒙古族汉语创作中文体持续衍生的能力，推动了传统文体的更新和新兴文体的发展，从而使清代蒙古族汉语韵文创作的唐诗接受出现重大开拓。而且，蒙古族汉语创作文体间相互渗透、相互融合、相互竞争，在今后的研究中，对创造别开生面的少数民族文学面貌有着极大的推动作用。须

---

① 叶燮：《已畦集》卷9，清康熙刻本，《四库全书存目丛书》集部第244册，第104页。

知，虽然文体互参在文学史上由来已久，但对于从事汉语创作的少数民族诗人来说，毕竟不是一件容易的事情。它既要求学者对不同文体熟知，同时亦能习练方可运用得当。

唐诗多攫取诗人一刹那的情绪波动，不加点染，自然出之，故格外有感染力。蒙古族诗人的优秀韵文创作，多以抒情为主，写时往往靠灵感的启动，是主观感情与客体碰撞后形成的文字，这样写出的作品，自然情景兼美，韵味俱佳。唐诗高者皆感情醇美，笔调明快，意境玲珑，音调和谐。而这样的文字，本就是唐诗的高妙之处。“唐诗妙境在虚处，宋诗妙境在实处。初唐之高者，如陈射洪、张曲江，皆开启盛唐者也。中晚之高者，如韦苏州、柳柳州、韩文公、白香山、杜樊川，皆接武盛唐，变化盛唐者也。是有唐之作者，总归盛唐。而盛唐诸公，全在境象超逸，所以司空表圣《二十四诗品》及严仪卿以禅喻诗之说，诚为后人读唐诗之准的。”① 考察有清一代的蒙古族汉语韵文创作，其中，对盛唐诗人的接受占一半以上。桐城诗人钱澄之曾说：“诗也者，人之自言其情也。情不能直致，于是托物比类，泛滥旁引而曲达之，使览之者初不之觉，反复循绎而得其情，而后叹为妙也。”② 到明清之际，古典诗歌富于含蓄性的审美特征早已成熟、固定并成为诗家的自觉意识。唐代从陈子昂开始大力提倡的“兴寄”正是个人化抒情的内核，即便是崇尚本色的钱澄之，也同样认为诗歌的表达必须“托物比类，泛滥旁引而曲达之”，即采用意象化的抒情方式。因之，在清代崇尚唐诗的诗人们诗歌中常常用鲜明的意象化的抒情方式，而清代的蒙古族诗人在其韵文创作中正体现了这种诗歌观念和艺术特征。

其次，不同文体的移植接受能为理解和阐释文学接受史演进过程中的某些问题提供方便。闻一多在《文学的历史动向》中曾对中国文学史的发展有过这样的论述：“从西周到春秋中叶，从建安到盛唐，都是诗的时期。两个时期各各拖着一条姿势稍异，但同样灿烂的尾巴，前者的是《楚辞》、《汉赋》，后者的是五代宋词。而这样的辞赋与词还是诗的支流。”③ 这表明，尽管闻一多认为辞赋与词不能和诗歌并举，甚而是诗歌

① （清）翁方纲：《石洲诗话》，郭绍虞：《清诗话续编》，上海古籍出版社1983年版，第1428页。

② （清）钱澄之：《吴震一诗序》，《田间文集》卷15，黄山书社1998年版，第281页。

③ 肖鹏：《群体的选择——唐宋人词选与词人群通论》，凤凰出版社2009年版，第17—18页。

的衍生物，但是这两种文体从产生之初就与诗歌有着不可分割的关系。

唐诗作为文章之一体，对蒙古族诗人诗词赋的发展均产生过一定的影响。最表象的接受体现在唐诗中的很多成句，常被蒙古族诗人们在诗词赋的写作中引用。清代蒙古族汉文创作的体裁十分广泛，其中占相当比重的当属诗咏之作，次为散文。就韵文而言，它包括了乐府体、五七言古诗、近体诗（五七言律诗、五七言绝句、长律）、词、赋、塞下曲、竹枝词等体裁。接受的方式也多种多样，其一是直接引用或化用唐诗句；其二是依唐人诗之意的创作，或诗意相近，或提及唐人某诗作；其三是次韵、用韵、依韵之作。这要求首先要对唐人的诗作熟悉，一旦引用，还要与自己的诗句和谐，上下文流畅，能够融为一体。从对他们的拟作研究可以清晰感知，经典之作在很大程度上会影响到后代作者的艺术思维，即使他无意摹仿，诗思也会不经意地与之相关。

唐人刘知己在《史通·模拟》中说："盖模拟之体，厥途有二：一曰貌同而心异，二曰貌异而心同。"这两种形式的摹写，在蒙古族诗人笔下俱有鲜明的反映。王瑶在《拟古与作伪》一文中指出，"拟作是一种主要的学习属文的方法，带有与前人一较短长的意味，并且也是一种设身处地地发'思古之幽情'的方式"①。从蒙古族诗人拟用唐诗的具体情况来看，主要有借用意象，直引原句、篇目，整合概括句子入文等形式。清初蒙古族诗人们拟用唐诗的目的主要在于实用，法式善作品中出现了对唐诗的审美性化用，但不占主流。中期，诗人们突出了对唐诗拟用的文学性与审美性，但缺少对被引用对象意义的新的理解、阐释。到了崇彝，创造性地发展了对唐诗文学性拟用或审美性拟用的穿通，通过拟用，注入了自己对被拟用对象意义的新的理解、阐释，赋予其新的内涵，开启了蒙古族诗人拟用唐诗的新风尚。

再次，清代蒙古汉语韵文创作的唐诗接受研究亦能为文学与文化间的关系研究提供有益的启示。清代的中国文化史出现了一次极大的转变，论者多以明清之际为界，鼎革之变带来的不只是朝代更迭，也使汉文化领域内引入了满蒙文化，虽然在有清一代的诗史上依旧是汉族的唐型文化或宋型文化主导，但不可忽视的是，满、蒙少数民族学人在尽量保有自身文化传统的同时，也在将汉文化"移植"或导入自己本民族的文化。因此，

① 王瑶：《中古文学史论》，北京大学出版社1986年版，第196页。

随着清末汉文化的盛衰变化，少数民族文化的发展轨迹也呈此种变化。

除了表征符号之外，蒙古族诗人在接受唐代诗人作品的同时，也受其精神、品质的影响。唐诗以勃郁的生命律动感召生命意识，跃身时代风会的诗人们以盎然奔腾的气韵发抒对天地万物的观感，这样的兴会正是蒙古族诗人从祖先的马背走向书斋后依然潜在的气质，而唐诗成为他们能够率先接受的经典范型也与他们自身文化品格不可分割。无论是杜甫忧国忧民情怀的影响，还是李白个性中的高蹈逸气，都在蒙古族诗人们的韵文作品中依稀仿佛。例如19世纪末20世纪初的蒙古族诗人，在史诗的背景中，凭靠个体之抒情呈现时代，对话时代，增延时代。也许，这些抒情面未必是完备的，然而，在阅读中，我们依旧能感知到那份来自久远的唐朝的杜甫式的召唤和感动。在清代蒙古族作家的汉语韵文创作里，唐诗被他们心灵化了，而心灵的东西也借对唐诗的接受感性地呈现出来。

文学发展史的“一个时期就是一个由文学的规范、标准和惯例的体系所支配的时间的横断面，这些规范、标准和惯例被采用、传播、变化、综合以及消失是能够加以探索的”①。汉文化和蒙古族文化这两种迥然相异的文化精神通过蒙古族汉文创作的历史性的沟通，在清代融为共时性的民族文化心理结构，在不同层面上呈现为一个文明悠长的大国文化精神的气象。在循序渐进中有容乃大地构筑起丰盈圆融的中国文化文学史。

蒙古族在清代这个民族多样性的朝代中占有重要地位。蒙古族汉语韵文创作中的唐诗接受史的研究所提供的文学史的记忆是解决中国古代文学史多元化族群认同问题的重要一环。在某种程度上甚至可以说，一部蒙古族汉语韵创作的唐诗接受史就是一部民族影响史。而民族影响史又最能体现跨民族文学文化研究的价值。从一开始，蒙古族的汉文创作就是一种跨民族现象。因此，在这种新的研究取向中，本书拓展了以往接受史的研究模式，不再仅仅从单一民族接受的角度去简单处理接受史问题。为了在接受史的研究中体现跨民族接受这种新的思维和认识，本书尽量还原蒙古族诗人创作的时代和社会背景。这样，清代蒙古族的汉语韵文创作的唐诗接受史，就从过去那种仅仅关注同一民族间接受变成了除此之外还关注少数民族接受汉文创作的多维的文学接受史研究。

虽然笔者已尽力搜寻蒙古族作家的汉语韵文创作资料，但由于语言所

① ［美］雷·韦勒克、奥·沃伦：《文学史》，《文学理论》第4部第10章，刘象愚等译，三联书店1984年版，第306页。

限，文献资料的整理未能竭泽而渔，这是本书引以为憾的。从学术史的角度看，文学接受史前沿的学术活动的出现往往都有一个创作型的学术积累过程。这一新的研究取向的出现也不例外。在本书的研究中，笔者注意到有很多新的学术问题可就此生发。诸如唐诗在被蒙古族诗人接受过程中拟用的流变研究，清代其他少数民族诗人创作中的唐诗接受情况研究，等等。另外，本书所论诗人自然是在宗唐之列，但同时，很多人的诗歌也受到宋诗影响，一个优秀的诗人往往有其创作中的多面性。因之，唐诗接受史的研究也可以推广为宋诗的接受史。

当前这种新的研究取向的出现，同过去相当长一段时间内同一民族内跨朝代或跨文学体式的研究的学术积累直接相关。如果没有过去的这些学术基础，新的学术取向不可能发生。自然，新的学术转向必将推动新的文学史料和文学创作资料的发掘以及对旧材料的重新认识和整合。从这个层面上来说，对于中国古代蒙古族汉文创作文献的发掘是笔者今后更要着意研究的。

参考文献

（汉）孔安国：《论语孔氏训解》，清玉函山房辑佚书。

（梁）刘勰：《文心雕龙》，浙江古籍出版社 2001 年版。

（宋）司马光：《资治通鉴》，中华书局 2007 年版。

（清）李元度辑：《国朝先正事略》，续四库本，上海古籍出版社 2002 年影印本。

（清）嵇璜：《皇朝通志》，鸿宾书局清光绪二十八年石印本。

（清）鄂尔泰纂修，李洵等主校点：《八旗通志》，吉林文史出版社 2002 年版。

（清）李桓辑：《国朝耆献类征初稿》，明文书局 1985 年版。

（清）赵尔巽：《清史稿》，中华书局 1977 年版。

《清实录》，中华书局 2008 年版。

《咸丰六年丙辰科会试同年齿录》，北京图书馆藏清咸丰刻本。

《顺天乡试同年齿录》，北京图书馆藏刻本。

《清代史料笔记丛刊》，中华书局 1983 年版。

沈云龙主编：《近代中国史料丛刊》，文海出版社 1968 版。

《近代中国史料丛刊》续集，文海出版社 1985 年版。

《清代史料笔记丛刊》，中华书局 1980 年版。

（清）蒲松龄编：《浦氏族谱》，清康熙二十七年写本。

（清）蒲尚荣：《重修族谱序》，清道光二十七年写本。

吴宣易编译：《庚子义和团运动始末》，上海正中书局 1947 年版。

萧一山：《清代通史》，华东师范大学出版社 2006 年版。

萧金松：《清代驻藏大臣》，唐山出版社 1996 年版。

孟森：《心史丛刊》，辽宁教育出版社 1998 年版。

邓之诚：《骨董琐记全编》，生活·读书·新知三联书店 1955 年版。

陈旭麓：《陈旭麓学术文集》，上海人民出版社 2011 年版。

汪荣祖：《史学九章》，生活·读书·新知三联书店 2006 年版。
《长春文史资料》，长春政协文史委员会 1988 年编辑出版。
章伯锋、李宗一主编：《北洋军阀：1912—1928》，武汉出版社 1990 年版。
［韩］任桂淳：《清朝八旗驻防兴衰史》，三联书店 1993 年版。
张大昌辑：《杭州八旗驻防营志略》，台湾文海出版社 1971 年影印本。
刘小萌：《清代八旗子弟》，辽宁民族出版社 2008 年版。
江庆柏：《清代人物生卒年表》，人民文学出版社 2005 年版。
朱彭寿编：《清代人物大事纪年》，北京图书馆出版社 2005 年版。
（清）恩华纂辑，关纪新整理、点校：《八旗艺文编目》，辽宁民族出版社 2006 年版。
（清）徐珂辑：《清稗类钞》，中华书局 1986 年版。
（清）况周颐：《蕙风丛书》，陶风楼刊本。
（清）盛昱编：《八旗文经》，光绪刻本。
（清）铁保：《熙朝雅颂集》，嘉庆九年刻本。
（清）符葆森：《国朝正雅集》，清咸丰七年刻本。
（清）沈德潜编：《国朝诗别裁集》，中华书局影印本 1975 年版。
（清）沈德潜编：《古诗源》，中华书局 1963 年版。
（清）彭定求等编：《全唐诗》，中华书局 1960 年排印本。
徐世昌编：《晚晴簃诗汇》，中国书店 1989 年影印本。
徐世昌：《晚晴簃诗汇诗话》，中华书局 1990 年版。
（唐）张固：《幽闲鼓吹》，据明刻本。影印本文学书籍刊行社 1956 年版。
（明）张岱缀辑：《夜航船》，四川文艺出版社 2005 年版。
（明）胡震亨：《唐音癸签》，四库全书本。
（明）胡应麟：《诗薮》，上海古籍出版社 1979 年排印本。
杨米人等著，路工选编：《清代北京竹枝词》，北京出版社 1962 年版。
（清）沈涛：《交翠轩笔记》，上海古籍出版社 1985 年影印本。
（清）戴璐：《藤荫杂记》，北京古籍出版社 1981 年排印本。
（清）继昌：《行素斋杂记》，上海书店出版社 1984 年版。
（清）王士祯：《带经堂诗话》，人民文学出版社 1982 年版。
（清）王昶著，周维德校点：《蒲褐山房诗话新编》，人民文学出版社 2011 年版。

（清）杨钟羲著，雷恩海、姜朝晖校点：《雪桥诗话全编》，人民文学出版社2011年版。
（清）法式善著，张寅彭、强迪艺编校：《梧门诗话合校》，凤凰出版社2005年版。
（清）符葆森：《寄心庵诗话》，清咸丰七年刻本。
（清）李调元：《雨村诗话》，清光绪八年刻本。
（清）袁枚：《随园诗话》，人民文学出版社1960年版。
（清）胡薇元：《岁寒居词话》，上海中华书局1934年铅印本。
（清）王夫之等：《清诗话》，上海古籍出版社1999年版。
丁福保辑：《历代诗话续编》，中华书局1983年版。
郭绍虞编选，富寿荪校点：《清诗话续编》，上海古籍出版社1983年版。
张寅彭主编：《民国诗话丛编》，上海书店出版社2002年版。
（清）李慈铭著，张寅彭、周容编校：《越缦堂日记说诗全编》，凤凰出版社2010年版。
（唐）李商隐著，（清）朱鹤龄笺注：《李义山诗集笺注》，清光绪二十四年刻本。
（唐）李商隐著，（清）冯浩笺注，蒋凡、顾易生标点：《玉溪生诗集笺注》，上海古籍出版社1979年版。
（宋）鲁訔：《杜工部草堂诗笺》，（宋）蔡梦弼会笺：《丛书集成初编》本，中华书局1985年版。
（明）黄宗羲：《黄宗羲全集》，浙江古籍出版社2005年版。
（明）江盈科著，黄仁生辑校：《江盈科集》，岳麓书社1997年排印本。
（清）尤侗：《西堂杂组》，四库禁毁书刊丛本。
（清）纳兰性德：《通志堂集》，上海古籍出版社1979年影印本。
（清）梦麟：《大谷山堂集》，1918年吴兴刘承干刻本。
（清）王昶：《春融堂集》，清刻本。
（清）博明：《西斋诗辑遗》，清嘉庆六年刻本。
（清）博明：《西斋杂著二种》，清嘉庆六年刻本。
（清）博明：《西斋偶得》，清光绪二十六年刻本。
（清）博明：《详注韩昌黎诗集》，上海会文堂书局1925年版。
（清）朱鹤龄：《愚庵小集》，上海古籍出版社1979年影印本。
（清）法式善：《存素堂文集》，清嘉庆十二年程邦瑞刻本。

（清）法式善：《存素堂文续集》，清嘉庆十二年程邦瑞刻本。
（清）法式善：《存素堂诗稿》，清嘉庆十二年王墉刻本。
（清）法式善：《存素堂诗集》，清嘉庆十二年王墉刻本。
（清）法式善：《存素堂诗二集》，清嘉庆十二年王墉刻本。
（清）法式善：《存素堂书目》，稿本。
（清）法式善：《诗龛藏书目录续编》，稿本。
（清）松筠：《西陲总统事略》，中国书店 1983 年木版刷印本。
（清）来秀：《扫叶亭咏史诗》，清同治刻本。
（清）王夫之：《明诗评选》，太平洋书店 1935 年版。
（清）和瑛：《易简斋诗钞》，清道光初刻本。
（清）谦福：《桐花竹实之轩诗草》，清同治二年刻本。
（清）托浑布：《瑞榴堂诗集》，清道光十八年刻本。
（清）花沙纳：《东使吟草》，缩微胶片。
（清）恩孚：《敝帚集》，清同治五年刻本。
（清）柏葰：《薜菻吟馆钞存》，清咸丰三年刻本。
（清）崇彝：《道咸以来朝野杂记》，北京古籍出版社 1982 年版。
（清）崇彝：《选学斋集外诗》，民国间刻本。
（清）崇彝：《选学斋诗存》，民国间刻本。
（清）恭钊：《酒五经吟馆诗草》，清光绪间刻本。
（清）瑞洵著，［日］铃木吉武编：《犬羊集》，铃木氏餐菊轩日本昭和十年（1935）铅印本。
（清）锡缜：《退复轩文》，清光绪刻本。
（清）锡缜：《退复轩诗集》，清光绪末刻本。
（清）瑞常：《如舟吟馆诗钞》，清光绪间刻本。
（清）贵成：《灵石山房诗草》，清同治间刻本。
（清）清瑞：《江上草堂诗集》，1917 年铅印本。
（清）恩泽：《守来山房橐鞬馀吟》，稿本。
（清）倭仁著，张凌霄校注：《倭仁集注》，内蒙古人民出版社 1992 年版。
（清）孙雄辑：《道咸同光四朝诗集》，清宣统二年刻本。
（清）延清：《遗逸清音集》，商务印书馆民国初年铅印本。
（清）延清：《锦官堂诗续集》，民国初年铅印本。
（清）延清：《庚子都门纪事诗》，清光绪二十八年刻本。

（清）延清：《奉使车臣汗纪程诗》，清宣统元年铅印本。
（清）延清辑：《遗逸清音集》，商务印书馆 1916 年版。
（清）那逊兰保：《芸香馆遗诗》，清同治十三年刻本。
孙玉溱编校：《那逊兰保诗集三种》，内蒙古大学出版社 1991 年版。
（清）周济著，顾学颉校点：《介存斋论词杂著》，人民文学出版社 1998 年版。
（清）钱谦益著，（清）钱曾笺注，钱仲联标校：《牧斋有学集》，上海古籍出版社 1996 年版。
（清）延清编：《引玉编四集》，清宣统二年刊本。
（清）柏春：《铁笛仙馆宦游草从戎草》，毓文斋清咸丰十一年至同治二年刻本。
（清）三多：《可园诗钞》，清光绪间石印本。
（清）三多：《可园诗钞外》，清光绪间刻本。
（清）三多：《粉云庵词》，国家图书馆藏缩微胶卷。
盛伟编：《蒲松龄全集》，学林出版社 1998 年版。
（清）来裕恂：《匏园诗集》，天津古籍出版社 1996 年版。
（清）浦起龙：《读杜心解》，中华书局 1981 年版。
袁世硕主编：《蒲松龄志》，山东人民出版社 2009 年版。
汪辟疆：《汪辟疆文集》，上海古籍出版社 1988 年版。
梁启超：《梁启超全集》，北京出版社 1999 年版。
《刘师培史学论著选集》，上海古籍出版社 2006 年版。
荣苏赫、赵永铣、梁一儒、扎拉嘎：《蒙古族文学史》，内蒙古人民出版社 2000 年版。
云峰：《蒙汉文学关系史》，新疆人民出版社 1994 年版。
郎樱、扎拉嘎主编：《中国各民族文学关系研究》，贵州人民出版社 2005 年版。
白·特木尔巴根：《古代蒙古作家汉文创作考》，内蒙古教育出版社 2002 年版。
钱基博：《现代中国文学史》，中国人民大学出版社 2004 年版。
朱绍侯主编：《中国古代史》，福建人民出版社 1991 年版。
袁行霈主编：《中国文学史》，高等教育出版社 2005 年版。
章培恒、骆玉明主编：《中国文学史》，复旦大学出版社 2001 年版。

郭延礼：《中国近代文学发展史》，高等教育出版社 2001 年版。
郭绍虞：《中国文学批评史》，上海古籍出版社 1982 年版。
郭绍虞主编：《中国历代文论选》，上海古籍出版社 1979 年版。
陈寅恪：《金明馆丛稿二编》，生活·读书·新知三联书店 2001 年版。
钱锺书：《谈艺录》（补订本），中华书局 1994 年版。
钱穆：《中国文化与中国文学》，《中国文学论丛》，东大图书股份有限公司 1991 年增订版。
钱穆：《中国文化史导论》（修订本），商务印书馆 1994 年版。
钱穆：《国史新论》，三联书店 2004 年版。
徐复观：《中国艺术精神》，春风文艺出版社 1987 年版。
郑逸梅：《梅阉谈荟》，黑龙江人民出版社 1985 年版。
俞陛云：《诗境浅说》，上海书店出版社 1984 年影印本。
谭献辑：《清词一千首 箧中词》，西泠印社出版社 2007 年版。
钱仲联主编：《清诗纪事》，凤凰出版社 2004 年版。
《清代诗文集汇编》编纂委员会编：《清代诗文集汇编》，上海古籍出版社 2010 年版。
严迪昌：《清诗史》，浙江古籍出版社 2002 年版。
刘世南：《清诗流派史》，人民文学出版社 2004 年版。
罗时进：《地域·家族·文学——清代江南诗文研究》，上海古籍出版社 2010 年版。
罗宗强：《隋唐五代文学思想史》，中华书局 1999 年版。
施蛰存：《唐诗百话》，上海古籍出版社 1988 年版。
高友工、梅祖麟：《唐诗的魅力》，上海古籍出版社 1989 年版。
葛晓音：《唐诗宋词十五讲》，北京大学出版社 2003 年版。
孔寿山：《唐朝题画诗注》，四川美术出版社 1988 年版。
王易：《词曲史》，江苏教育出版社 2005 年版。
杨义：《李杜诗学》，北京出版社 2001 年版。
詹锳：《李白诗文系年·李白乐府集说》，人民文学出版社 1984 年版。
刘学楷：《李商隐诗歌接受史》，安徽大学出版社 2004 年版。
余恕诚、吴怀东：《唐诗与其他文体之关系》，中华书局 2012 年版。
刘学锴、余恕诚、黄世中编：《李商隐资料汇编》，中华书局 2001 年版。
华文轩编：《古典文学研究资料汇编》，中华书局 1964 年版。

王先霈：《文学批评原理》，华中师范大学出版社 2001 年版。

高人雄：《北朝民族文学叙论》，中华书局 2011 年版。

尚永亮等：《中唐元和诗歌传播接受史的文化学考察》，武汉大学出版社 2010 年版。

叶嘉莹：《王国维及其文学批评》，广东人民出版社 1982 年版。

曹聚仁：《中国学术思想史随笔》，三联书店 1986 年版。

张少康：《司空图及其诗论研究》，学苑出版社 2005 年版。

林岩：《北宋科举考试与文学》，上海古籍出版社 2006 年版。

于民编：《中国美学史资料选编》，复旦大学出版社 2008 年版。

［法］丹纳：《艺术哲学》，天津社会科学出版社 2004 年版。

［法］拉罗什福科：《道德箴言录》，何怀宏译，新星出版社 2008 年版。

［法］安德列·比尔基埃等：《家庭史》，袁树仁等译，生活·读书·新知三联书店 1998 年版。

［德］黑格尔：《美学》，朱光潜译，商务印书馆 1979 年版。

［德］H. R. 姚斯、［美］R. C. 霍拉普：《接受美学与接受理论》，周宁、金元浦译，辽宁人民出版社 1987 年版。

［德］伽达默尔：《真理与方法》，洪汉鼎译，上海译文出版社 1999 年版。

［德］丁·海德格尔：《存在与时间》，陈嘉映、王庆节译，三联书店 1999 年版。

［加拿大］诺斯罗普·弗莱：《批评的逻辑》，陈慧、袁宪军、吴伟仁译，百花文艺出版社 2006 年版。

［美］露丝·本尼迪克特：《文化模式》，何锡章、黄欢译，华夏出版社 1987 年版。

［美］庞百腾：《沈葆祯评传——中国近代化的尝试》，陈俱译，上海古籍出版社 2000 年版。

［美］韦勒克、沃伦：《文学理论》，刘象愚译，生活·读书·新知三联书店 1984 年版。

童庆炳：《文学理论教程》，高等教育出版社 1998 年版。

童庆炳：《中国古代心理诗学与美学》，中华书局 1992 年版。

张隆溪编：《比较文学译文集》，北京大学出版社 1982 年版。

王志清：《纵横论王维》，齐鲁书社 2008 年版。

彭书麟、于乃昌、冯育柱编：《中国少数民族文艺理论集成》，北京大学出版社 2005 年版。
赵则成编：《中国文学理论辞典》，吉林文史出版社 1985 年版。
罗春政、赵东昱编：《关东书画名家辞典》，万卷出版公司 2006 年版。

后　　记

终于校完最后一稿，心里稍稍松了一口气，今年塞外春早，虽然无雨，但仍然浅草离离、杏花疏影。街面上干巴巴的杨柳枝头此际也有些丝丝弄碧的清倩。在修订书稿的这段日子里，时间竟不知不觉消融春雪、迎来绿色了。现在坊间最流行的就是“时间都去哪儿了”这样的谑语，但笑谈后有时也颇能让人想想自己的时间都安放在何地何事上。回想七年前吴越古城的读书生涯，无数个春风沉醉的桃李花发日，同学好友曾无数次地遥想十年后的我们如何为了生活奔波在江湖夜雨中。但大家坚信，在时间的缝隙里，我们或三年或五年总有时间聚谈，而今，八年就要过去了，天涯海角的我们能电话聊一下已经很感奢侈。从小就记得这样的箴言，时间是海绵，挤就能出水，我们，或者说如我们一样为了名利忙碌的现代人，却在不知不觉间沥干了我们的时间，然而思想是否丰盈，学问是否坚实却不可知。我们因不知时间去哪儿了而恍惚的心充满了惶惑。

作为一个生活在民族地区的汉族学者，回到故乡后我的学术路径就渐渐开始偏离自己预期的轨道，开始申请一系列与所在区域相统一的课题，因为不懂民族语言，所以一直选择蒙古族诗人的汉语创作作为自己的研究对象。在蒙汉两个语言方阵中曾经左右逢源的这些文学史上本来可以被关注的群体，而今在学术研究中竟然是属于夹缝中书写的文字了。他们已经被冷落了很久，而我在无意中选择了这样的冷锅冷灶……这是幸还是不幸？我不知道。但我徘徊在这些冷寂的书稿、文献故纸堆中久了，竟然也渐渐地有了些暖意，因为他们虽然在文学史上是柔弱的一群人，但在20世纪初终结的那个朝代里，终究曾在文学江湖中有过一席之地。我也是柔弱的，然而有时也希望，若能通过我的努力让世人认识他们，说起他们，哪怕就像说明人作诗如何学唐一样提起他们，也是好的吧。

毕业后的几年时间就这样过去了！

毕业论文出版距今已是忽忽七年，其间也曾出过两部小书，写过数篇论文，却时常汗颜，不敢在师友面前提起。仿佛也曾努力，从数年前的学生，变成今日也带学生的导师，然而自己扪心自问，知道应该感恩，感谢机缘，和提供给自己机缘的师友！当然还有如今已然白发苍颜，每一次告别都目送自己远行的父母，和永远默默支持自己的丈夫，用实际行动让自己安心学问的儿子。他们让我更懂得珍惜时间！

本书的责任编辑宫京蕾女士和特约编辑孙少华先生为审读书稿付出了大量的劳动，谨此一并致谢！